报告文学

中国刑警

公安部刑事侦查局 编

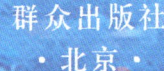

图书在版编目（CIP）数据

中国刑警.三／公安部刑事侦查局编.—北京：群众出版社，2019.8
ISBN 978-7-5014-5995-7

Ⅰ.①中… Ⅱ.①公… Ⅲ.①报告文学-作品集-中国-当代
Ⅳ.①I25

中国版本图书馆 CIP 数据核字（2019）第 172685 号

中国刑警（三）

公安部刑事侦查局　编

出版发行：群众出版社
地　　址：北京市西城区木樨地南里
邮政编码：100038
经　　销：新华书店
印　　刷：北京市泰锐印刷有限责任公司
版　　次：2019 年 8 月第 1 版
印　　次：2019 年 8 月第 1 次
印　　张：15.25
开　　本：880 毫米×1230 毫米　1/32
字　　数：378 千字
书　　号：ISBN 978-7-5014-5995-7
定　　价：49.00 元
网　　址：www.qzcbs.com
电子邮箱：qzcbs@sohu.com
营销中心电话：010-83903254
读者服务部电话（门市）：010-83903257
警官读者俱乐部电话（网购、邮购）：010-83903253
文艺分社电话：010-83901330　　010-83903973

本社图书出现印装质量问题，由本社负责退换
版权所有　侵权必究

报告文学《中国刑警》系列丛书编审委员会

顾　问：杜航伟　公安部副部长
主　任：刘忠义　公安部刑侦局局长
　　　　黄瑞雪　公安部刑侦局政委
副主任：李朝全　中国作协创研部副主任
　　　　张　策　全国公安文联副主席
　　　　李国强　中国人民公安出版社副总编辑
　　　　易孟林　中国人民公安出版社文艺分社社长
　　　　杨桂峰　《啄木鸟》杂志社主编
编　委：杨立州　孙晓建　宋　洋　沈　雪

前　言

这套系列丛书，讲述的每一个故事都是真实的。

一百多个与众不同的人，用一个共同的名字——中国刑警，诠释着大道之行的忠贞，演绎着永不放弃的执着，彰显着舍我其谁的血性。

一百多个与众不同的人，每一个人都展现出传奇而独特的个性魅力：他们万里追凶，伏虎擒魔，英勇无敌；他们心细如发，抽丝剥茧，智谋过人；他们笑看生死，挥泪别离，悲悯大爱；他们临危不惧，果敢霹雳，气贯长虹……然而，他们其实都是普通人，有血有肉，有伤有痛，更有情有义。

一百多个与众不同的人，从东海西域、北国南疆走到一起来了，无疑是中国刑警精英的一次大集结和大阅兵。这套系列丛书，为你展示的就是这一前所未有的中国刑警精英方阵的英雄群像。

为深入贯彻习近平总书记在接见全国公安系统英雄模范立功集体表彰大会代表时的重要讲话精神，积极落实部领导关于全国公安"百佳刑警"推选宣传活动的批示，大力弘扬"百佳刑警"的英雄业绩，讲好警察故事，锻造忠诚警魂，公安部刑侦局携手全国公安文联和中国人民公安出版社共同组织创作、编辑出版了这套报告文学《中国刑警》系列丛书。

这无疑也吹响了一次史无前例的刑警题材公安文学创作的集结

号。先后有近百名公安作家及部分社会作家深入全国警营，聚焦中国刑警，辛勤采访，深入思考，潜心创作。作家们星夜兼程，走进一线刑警的生存空间，体悟他们的生命常态，追寻那金戈铁马般的生死搏杀，感受那正义与邪恶的非凡较量，融入那捍卫法律尊严与中国刑警荣誉的热血豪情……中国刑警以他们超凡卓绝的破案智慧，出人意料的侦查方法和特有的赤胆忠魂感动着作家，才有了呈现在你面前的这鲜活的新时代中国刑警的巨幅文学画卷。

《中国刑警》系列丛书，第一次采用集中组织近百名作家深入刑警队伍采访创作，全方位、多角度、大视野地以报告文学的形式推出中国刑警故事，讴歌时代英雄，是公安文化建设的一次重大创举。

刑警题材是公安文学创作的富矿，运用报告文学形式，塑造典型刑警英雄人物，创作出优秀的文学精品，是《中国刑警》系列丛书孜孜以求的目标，更是不可推卸的责任。

《中国刑警》系列丛书从组织采访创作，到编辑出版发行，一直得到公安部领导的精心指导，也得到了各地刑侦部门和公安文联的大力支持，全国公安一线刑侦和宣传、文化系统的诸多单位为作家们深入采访提供了十分便利的条件。被采访的刑警，在肩负打击犯罪侦破案件重任的同时，还要挤出时间配合采访工作，他们的大局意识和奉献精神令人感佩。在此，我们向所有为《中国刑警》系列丛书作出了贡献的人们致敬！

收入这套系列丛书的人物，是中国16万刑警的杰出代表，是中国刑侦战线的英雄楷模。

在此，我们向所有的中国刑警致敬！

《中国刑警》编委会
2018年12月

目 录

痕检大师崔道植 ················ 1
痕　语 ···················· 48
通辽刑警马忠钰 ················ 71
兰州硬汉赵志军 ················ 90
驯犬师的故事 ················· 115
富平的"破案能手" ··············· 138
猫哥杨喜文 ·················· 159
阳泉刑警张亚杰的故事 ············· 189
"魏捕头" ··················· 210
问津除恶 ··················· 227
追痕者 ···················· 253
绿洲与荒漠 ·················· 285
反诈者 ···················· 303
黄金的舞蹈 ·················· 327
湘西刑警贾春宏 ················ 352
钦州刑警曹斌 ················· 375
时空战警丁皓 ················· 393
毒语者 ···················· 413
幕后英雄柯海鸥 ················ 431
警界工匠周贤人 ················ 455

痕检大师崔道植

冯 锐

引子 86岁依然通宵加班

午夜，哈尔滨江北一家养老院里漆黑漆黑的。但是，却有一扇窗，依稀透露出闪烁的灯光。那扇窗，位于养老院九楼。灯光下，一位白发老者在忙碌着。他时而来到显微镜前，时而走到写字台前，眉头时皱时舒。他叫崔道植。

公安部传来了一个鉴定样本，需要确定一支涉案枪支的产地。传到崔道植这里的鉴定样本，一般都是疑难中的疑难。面对工作，崔道植始终是个急脾气，数十年来，只要是任务来了，没黑没白的战斗也就开始了。

黑夜里，他的脑海中闪过一波又一波的惊涛骇浪。从一起起震惊全国的国字号案件，到一件件侦查工作走进死胡同的常规案件，崔道植数十年来走过数不清的疑难案件现场。他走到哪里，哪里就会在黑夜中出现一扇灯光闪烁的窗。窗里的灯光，一次次让侦查员在迷惘里找到了方向。

这一夜，86岁的老人工作了整整一个通宵。最终，他通过某个细微痕迹确定了枪支属于某国生产。

最近一年来，崔道植正在整理数十年来参与侦办过的刑事案件现场资料，做成一个又一个PPT案例。他说：生老病死的规律在那里，我的时间有限了，留下这些给后来的人一些参考吧……

"时间有限"——我深深记得，刚毅的老刑警崔道植说起这四个字时，双眼流出了清澈的泪水。

"崔老思维敏捷清晰，身体特别好，一百岁没问题……"这是崔老许多新朋旧故的感觉。

退休后的二十多年里，崔道植参与侦破了诸多疑难案件，82岁那年，还曾独自乘坐火车一路风尘仆仆赶赴甘肃白银，在认定元凶高成勇一个关键涉案证据上发挥了决定性作用。

事实上，人们只是看到了崔道植老人的"仙风道骨"与非凡的工作精力，却不知道他在退休那年开始，就因心律不齐始终怀揣救心丸。

他当然常常也会累，常常也会倦，常常也会在心脏突然不舒服的时候服下一颗救命药丸继续工作……许多年来，崔道植就是这样一路走来的。

1949年，吉林梅河口有个叫"三八大"的村庄，16岁的儿童团团长、朝鲜族少年崔道植手握红缨枪站在村口，英姿飒爽。他觉得自己长大了，爷爷也觉得他长大了。耐不住他的软磨硬泡，爷爷带着他来到附近的临江县政府，找到当地的民族科科长，恳切地说他要参军。

爷爷白衣白裤，黑色高帽，是传统的朝鲜族老人，与同为朝鲜族的民族科科长沟通起来很顺畅。

"这孩子，没爸没妈了，我的年纪也大了，就把他交给组织吧。他自己也特别愿意，天天缠着我说这事儿。"爷爷交心地说。

"可是，打仗，是要受伤、要死人的。就说这临江吧，我们打进来又打出去，再打进来，很惨烈的。他，太小了。"民族科科长说。

爷爷求起情来："留下他吧，当个卫生员、通讯员也行啊……"

民族科科长摸摸崔道植的头说："孩子，你太小了，也太瘦了。你这么小，为什么要参军呢？"

崔道植脱口而出："共产党来了，我才有了饭吃，爷爷、姐姐和我才不再挨饿了；共产党来了，送我进了学堂，发我助学金，爷爷告诉我长大了就要进共产党的军队。现在，我长大了。"

民族科科长听了，笑道："你还没有长大，你还太小。这样，咱们约定，过两年你再来，我一定同意你参军。你是特别优秀的儿童团团长，我会记着你。"

时间转眼过去了两年，崔道植18岁的时候，再次来到部队申请参军。

他因童年忍饥挨饿，长得瘦小羸弱。部队在体检的时候还是不同意他入伍。

当时，朝鲜战场正战鼓齐鸣，崔道植一心想走上战场，却只能眼睁睁看着别人体检过关，伤心得流下了泪水。

体检过关的都回家报信儿去了，他们按照要求将在午夜重新回到县政府集合，登上火车直接赶赴军营。

"孩子，你也回家吧……"县政府的工作人员对崔道植说。

崔道植没有走，一直就在那个简陋的县政府门前坐着。冬天的黑夜来临，寒风刺骨，肚子咕咕叫，他禁不住泪水滂沱。他不知道自己在等待什么，但似乎又是在等待着什么。

午夜，大多数体检过关的年轻人都返回来集合了。嘈杂的人声、接兵人员的口令声，还有不远处蒸汽机的汽笛声响成一片。

崔道植停止了哭泣，呆呆地站在那里。

这个时候，县政府的一个工作人员朝他跑过来："你也去集合吧，有一个体检过关的孩子没来，错过时间人家军列不等人啊。你通过了，入伍！"

那一刻，崔道植牢记一生，永远不会忘记。

崔道植登上了闷罐车。他终于拥有了自己的光荣时刻。蒸汽机火车头吐着浓重的烟雾启动了。经过自家村子的时候，崔道植挤到闷罐车敞开的大门前，他看到了大他两岁的姐姐正张望着，于是大声呼喊："姐姐，告诉爷爷，我参军了，我参军了……部队，要我啦……"

崔道植相信，姐姐一定听到了他的呼喊，一定看到了他。因为，他看到姐姐向他猛烈招手。他还看到姐姐哭了，姐姐的泪水刹那间冷却了他的喜悦。火车远去的时候，他看到从小到大爱护着他，连锅巴都舍不得吃要留给他解饿的姐姐，哭得那么伤心，甚至跪在了地上……

打仗，是要死人的。也许那一刻，姐姐认为从此就要与弟弟诀别了。

那一夜，改变了这个瘦弱男孩的命运，也让未来中国警营中拥有了一个传奇的名字——崔道植。

1949年，是崔道植信仰的起点。他的信仰与共和国同龄。1951年，崔道植入伍，次年入党。入伍后他特别努力，从没有辜负过自己最初的信仰，随后的数十年里他一直不忘初心。

在崔道植诸多"福尔摩斯"般传奇侦探故事的背后，鲜有人知道他的儿童团经历，也鲜有人知道他在1951年参加过中国人民志愿军。1955年，崔道植是以志愿军身份转业至黑龙江省公安厅工作的。

从1949年手握红缨枪开始，崔道植在随后的70年里一直衷心向党。坚定的理想信念背后，是他看淡个人进退得失，心无旁骛地努力工作。他用生命里的每分每秒，恪守信仰，践行着最初的誓言。

透过崔道植的健康高寿和饱满工作状态，可以发现：拥有一份坚定执着的信仰，可以温润心灵、收获宁静，也是最好的养身之道。

一、中国刑侦史的重要坐标:"白宝山"大案

细小的横线

"白宝山"大案,是中国刑侦史上具有坐标地位的要案。在案件侦办最为关键的时间节点,当时已经退休的崔道植受公安部指令来到乌鲁木齐。

他的那个不眠之夜,成为了突破全案的决定性因素。

而白宝山的夜晚则充斥着血腥。

白宝山于1996年3月至1997年8月持枪先后杀害军人、警察和无辜群众15人,抢钱140余万元……这样一起被公安部列为1996年1号案件、1997年中国十大案件之首的大案,曾被国际刑警组织列为1997年世界第三要案。此案轰动了北京,震动了警界、军界,惊动了中南海,影响远达海外。

但是,在崔道植介入此案之前,"白宝山"这个名字还没有进入人们的视野,侦查触角与白宝山之间还有着相当的距离。

早年没有犯案的时候,白宝山夜里睡不着觉,便用气枪瞄着打老鼠,一枪能把跑着的小老鼠打死。于是,白宝山对自己的枪法拥有了极端的自信。1958年出生的白宝山原是北京市石景山区第一电碳厂的一名装卸工。厂里民兵搞训练,白宝山参加过一次实弹射击,用五六式半自动步枪打靶,每人打三发子弹,他居然打了个优秀。那次之后,白宝山千方百计向亲戚借到一支气枪,下了班就背着枪到附近的林子里去转悠打鸟。一年之后,他的枪法练得极准,15到20米内,枪响鸟落,弹无虚发。23岁时白宝山结了婚。一年后,他得了一双儿女,龙凤胎。20世纪80年代柴米油盐、粗茶淡饭的生活,在常人眼中,是平凡中怀着希望,而在白宝山眼中却只有绝望,永远无法摆脱的

对家庭生活贫困的绝望。于是他开始是小偷小摸，之后渐渐发展到结伙入户行窃，潜入工厂盗窃生产原料和成品……1983年，白宝山因犯抢劫罪、盗窃罪，被北京市宣武区人民法院判处有期徒刑至1997年3月7日止，后因其在新疆服刑期间表现良好被提前一年释放。

所谓表现良好，实质上是他在"卧薪尝胆"。对于白宝山出狱后的遭遇，有一种说法似乎对他充满同情，比如因警察不给办户口、做小生意受到屈辱等，使得白宝山走上了通过暴力犯罪疯狂报复社会的不归路。而事实上，白宝山在新疆服刑期间主要做的事情，就是为将来的暴力犯罪做准备，他始终在准备打一场"战役"。当时，白宝山作为被遣送到新疆石河子新安监狱服刑的一名"零星犯"，分配在监狱的草场内放牧，有自由和时间可以和狱友、牧人等交流。外表积极改造，暗地里白宝山竟神不知鬼不觉地因琐事而杀死两名狱友，还搜集了步枪子弹75发和手枪子弹50发，在出狱后带回了北京。

对白宝山来说，无论身处高墙内外，他都沉浸在一种自认为被命运怠慢的痛苦之中。他在这种痛苦中时刻准备着、谋划着，以致后来警方与他角力时费尽周折。不久，白宝山便制造了一个又一个血腥之夜。

子弹有了，但需要有枪，梦寐以求的枪。

1996年3月31日晚，白宝山抢走了一家电厂哨兵的五六式步枪并将其打死；

1996年4月7日晚，白宝山袭击了装甲兵司令部留守处，开枪打伤哨兵后抢走一个枪套，结果里边并没有装枪；

1996年4月8日晚，白宝山作案途中遇到防暴大队巡逻车，连开九枪，打伤三名巡警；

1996年4月22日凌晨，白宝山在北京某射击场再次行凶，打死哨兵抢走手枪枪套和空弹夹……

连作四案，白宝山打死哨兵两人，打伤军警人员六人，这是新中国成立以来从未有过的大案。中央领导指示要求尽快破案。

就在警方紧锣密鼓地行动时，白宝山仍没有停止自己的罪恶计划。

1996年7月，白宝山来到河北徐水，在夜幕掩护下袭击某兵营哨兵并抢得自动步枪一支。

子弹有了，枪有了，白宝山开始进一步实施自己的计划。1996年12月，白宝山在德胜门一个烟草批发市场开枪行凶，打倒一女两男，抢得65170元。

抢得第一桶金后，白宝山的犯罪触角回到了新疆。

1997年7月6日凌晨，白宝山伙同吴子明枪杀一名偶遇路人；

1997年8月8日凌晨，白宝山伙同吴子明闯入新疆某农场宿舍，枪杀姜某及治安员时某，抢走姜某的五四式手枪；

1997年8月19日早晨，白宝山伙同吴子明在边疆宾馆入口处抢劫现金人民币约140万元，开枪打死7人，伤5人……

北京发生的系列案件得以并案，新疆发生的三起案件也得以并案。

关键时刻出现了一个关键问题：北京和新疆分别发生的系列案件是否可以并案？关于作案工具，最初的鉴定结论为，北京认定是八一式步枪，新疆则认定是五六式步枪。

两种枪，一定是不能并案了！

这个时候，公安部急调已经退休的崔道植赴乌鲁木齐，以确定几起案件是否为同一支枪所为。

崔道植在乌鲁木齐工作了一个夜晚，得出结论：新疆三起案件的弹头、弹壳均为同一支八一式步枪发射，而不是五六式步枪；新疆和北京"1996·12·16"案现场弹壳为同一支八一式步枪发射……

崔道植的乌鲁木齐之夜，终结了白宝山在黑夜制造的血色迷梦。

公安部据此得出准确判断，歹徒很可能是在北京犯罪后被送往新疆的服刑人员——白宝山进入侦查视野。

八一式步枪、五六式步枪都打五六式步枪子弹，所以从技术上来说，立足现场遗留弹头、弹壳的确不好区分是八一式步枪发射，还是五六式步枪发射。但是，凭借多年深厚的枪弹识别技术，崔道植有一个区分两者的诀窍——那就是在弹壳的某个细微处，八一式步枪有细小的横线，而五六式步枪没有这条横线。

那条横线特别细，灯光角度必须找好。

崔道植在新疆公安厅工作一整夜，外面有工作人员陪同却无人敢打扰他，直到最终清晰地确认了细微的横线特征。

正是崔道植在黑夜里发现的这一细小的横线，指明了突破全案的方向。

一纸箱猎枪弹壳

2000年的一个又一个夜晚，崔道植常常会在家里守着满满一纸箱子猎枪弹壳彻夜琢磨。

那个时候，已经退休多年的崔道植正在进行一个课题研究，即利用猎枪击发后的弹壳来分析判断枪种，判断是国内哪家猎枪厂家生产的。那个时候，崔道植和助手把全国各猎枪厂家所生产的猎枪全部收集起来，每支猎枪都要进行多次实弹射击。

收集的弹壳装满一个又一个大纸箱子。助手把所有的痕迹全部拍照，之后再研究弹壳痕迹形成机理。最后，所有弹壳都被送到崔道植家，逐一比对、把关，用以分析判断痕迹形成机理是否准确。

崔道植会把所有弹壳再重新看一遍，把相关的痕迹物证重新进行拍照。因为他感觉助手送来的照片拍得不对，也不够好。

在判断弹壳痕迹形成机理的时候，崔道植专门亲手绘制、制作了动画,这个动画详细演示了一颗猎枪子弹上膛、枪击发射,以及抛壳之后整个循环的过程,同时体现出各个部件在哪个位置能形成怎样的痕迹,在每一个痕迹点上又能够形成怎样的衍生痕迹。

崔道植做动画的时候,不可能像专业人员那样采用先进的软件技术,他需要付出更多的时间,因为所有图画都是他亲手绘制的。这是动画片制作的最传统、最原始的方法。

经过了 2000 年的那些夜晚,崔道植掌握了利用猎枪击发后的弹壳来分析判断枪种的技术。

2000 年 12 月 9 日,郑州市发生一起特大持枪抢劫杀人案。四名蒙面歹徒冲入郑州市某银行,用炸药炸开营业柜台的防弹橱窗后,抢走二百多万元现金。歹徒在行凶过程中使用的是猎枪。

猎枪的弹道理论研究原本是空白,却是崔道植刚刚研究突破的课题。

国内疑难枪案,崔道植是不会缺席的。公安部请崔道植来到现场。

很快,崔道植便根据他当年研究成功的以弹壳找枪课题,确定作案猎枪是湖南某猎枪厂生产的。

猎枪种类的精确定位,对案件侦破起到了决定性的作用。根据这个线索,警方抓获主犯张书海,并在其住处查获五连发猎枪一支以及猎枪子弹数百发。

这支猎枪的生产厂家,与崔道植的鉴定结论完全吻合。

膛线展平器

一个又一个不眠夜晚,成就了崔道植一个又一个传奇。

多年来,崔道植受命公安部执行鉴定任务,纠正诸多外省案件鉴定结论,也成功做出不少疑难鉴定,每一次都是日夜兼程。

2013年的一个夜晚,厦门市集美区某立交桥下无人处,两个男子正在低声商议。

"事成之后,给你余款。"

"不行,现在就给我,我要全款。干掉他后,我立刻远走高飞。"

争论,逐渐扩大。一声沉闷的枪响,一个身影倒下。想要远走高飞的那位上前查看,见对方已经完全没有了呼吸,于是轻蔑一笑,紧接着直接"远走高飞"了。

正值某村村长选举期间,被害人因为想当村长便预谋把竞争对手弄死。他想了啥方法?雇凶杀人。当他雇凶时,他还给了这个杀人犯一把枪,事先谈好三十万成交,两人在室外一座桥底下商量细节,结果出现了矛盾。被害人雇佣的杀手没去杀他的对手,反倒把他给打死了。尸体里遗留一枚弹头,弹壳则卡在枪里没有出来。

现场就这么一枚弹头、一具尸体,再无其他遗留物证。

案件侦查的时候,持枪杀人的凶手落网了,作案用枪也收缴了。缴枪时,同时发现了卡在枪里的弹壳。可是,认定现场弹头和缴获枪支的关系时,却因为枪管老化严重而无法认定。同时,凶手拒不交代犯罪事实。此时,只有证明这个弹头是这把枪发射的,才能证明这起案件直接跟他有关联。

这个案件,厦门市公安局工作了很长时间,他们检验的时候发现这个弹头检验难度特别大,就将其送到福建省厅进行检验。结果,福建省厅检验时也发现这个弹头认定起来特别难。没办法了,当地公安机关请示省厅后逐级送检到公安部,公安部物证鉴定中心组织专家会诊,做了很长时间工作,还是没有进展。

全国枪弹检验遇到难题和解决不了的问题时,就会有人推荐说:你上黑龙江找崔老。

当地办案机关的人也是这么想的:走到最后一步,成不成我们也尽力了,到黑龙江去看一看!

带着这种心情,厦门公安办案人来到黑龙江找到崔道植。

崔道植当即把枪支、弹壳、现场弹头拿到实验室,带着几个年轻人检验了很长时间,用了很多方法。最终,崔道植利用自己发明的膛线展平器解决了问题,以充足的证据做出同一认定结论。

崔道植的膛线展平器,即利用铝箔片把膛线展平到一个平面上,随后进行痕迹比对。崔道植曾在全国介绍过很多次这种工作方法,但是真正能用到手、用到会的,几乎没有几个人。

崔道植凭借精湛的技艺,认定这个弹头就是这把枪发射的。

这种认定难度非常大。当时,80岁的崔道植为了培养年轻人,指挥着年轻刑事技术民警一步一步做,但真正做到精髓的拍照取证环节,便动手亲自做了。

因为此类鉴定难度大,一定是会有争议的。当崔道植接受厦门警方求助时,所有人心中都存在一定的犹豫,但崔道植拿出确凿结论后,令所有人都信服了。

崔道植拿出的结论和拍照证据深入浅出,即使外行的普通老百姓也能一目了然看得懂。

人们都知道,这就是崔道植的能力,他做的就是关键精髓。无论什么检验鉴定,只要是崔道植出的鉴定结论,包括制作的比对照片,完全可以让一个不懂的人都能看懂,这是他最强的地方。

二、痕迹检验领域的"定海神针"

将贾文革送上绞刑架

与崔道植有关的媒体报道中,大多将其称为"全国首席枪弹专家",但这个定论并不全面。确切地说,崔道植应该被称为

"全国首席痕迹检验专家"。枪弹是痕检的一部分，崔道植的枪弹鉴定是权威的，同时他在其他痕迹检验方面也是全国首屈一指的大家。在整个痕迹检验领域，崔道植被誉为"定海神针"。

1991年，黑龙江讷河贾文革案件浮出水面的时候，崔道植在茫茫黑夜里一路颠簸了六个小时才从省城哈尔滨来到讷河。

轰动全国的贾文革特大强奸抢劫杀人案，被害人多达四十一人。从现场勘查启动开始，崔道植便一刻也未曾离开现场。最初的时候，初步估算被害人数为十人左右。即使是这样的估算，人们也不大相信贾文革在自家小平房里能杀十人。

深夜打开贾文革家菜窖的时候，一个又一个被害人的脚暴露在勘查灯下，拽出一双脚就会拽出一具尸体。数字，很快超过十人。崔道植建议从周围几个市县抽调警力过来，将警力分成勘查组、挖尸组、记录组、绘图组、物证查找组等。陆陆续续，累计挖出四十一具尸体……

所有的绘图，都是崔道植手画的。那个年代的刑事案件现场勘查图都是手画，因为1991年的时候还没有电脑。

那时候，崔道植57岁。他画的所有勘查图都是三维立体的。那时候画立体图的很少，均是画平面方位图。而如此复杂的现场，崔道植竟然能够画出一张张三维立体图，所有人都为他的认真所折服。

崔道植似乎没有了睡眠，黑夜从来没有影响他的工作效率。

现场勘查紧张繁忙，贾文革人还没抓到。

崔道植组织清理物证的时候细之又细。所有尸体高度腐败，用手一捅就漏了。尸臭味道令常人难以忍耐。许多到过现场的刑警到附近商店买东西时，商店里面的服务员都会问："你上哪儿去了？"

尸体上有衣服，有的还有手铐、脚镣，还有被人勒死时留下的铁链、绳子，等等。崔道植立足痕迹学角度，逐一确认衣服、手铐、脚镣、绳子以及捆绑方法等特征。清理衣服和作案工具，现场味道令人窒息，崔道植自始至终没有离开过。

勘查工作持续二十多天，尸体全部抬出处理完毕后，为了获取更多的物证，崔道植戴着口罩，拿着筛子，把现场土壤能筛的都筛了一遍。甚至是贾文革家的猪圈，他也用筛子把干化的粪便重新筛了一遍。结果，找到了很多的药瓶和犯罪物证。

所有人都记得，崔道植的现场工作时间和大家比起来，要长许多许多。相对于他获得的此案重要痕迹物证，作为老刑侦的他亲力亲为的敬业精神更加震撼人们的心灵。

尸毒是侵到骨子里的那种毒，那个气味对身体有毒有害。下窖里抬人，法医得先往窖里扔个氧气袋，然后把勘查人员用绳子拴着，竖着下去，把尸体系好了，人先上来，尔后再拽尸体上来。勘查人员在窖里系尸体，为了活命抓过氧气袋吸氧，那种毒、那种菌，所有人的衣服上都会有存留。大家心里都清楚，说不准哪儿摸一下、碰一下，你可能就把病菌吃肚里了。二十多天时间里，崔道植带领勘查人员整天沉浸在现场，任何人也没有时间与条件去换洗衣服，崔道植也一样。他们自己已闻不着身上的异味，但若是别人从旁边经过，都会说他们身上的味道无法形容。因为衣服上有特殊味道，从事现场勘查人员都被集中在宾馆一个区域住宿和用餐，由此可见勘查工作的艰辛和挑战。

但所有参与当年勘查工作的人员都清晰记得，最艰苦、最恶劣的环境里，崔道植是在现场待的时间最长的人。

贾文革案系黑龙江省公安厅建厅以来最大案件。在崔道植细心组织下，本案的现场勘查还有一个令人称奇的地方，那就是贾文革家隔壁还住着人，却没发现警察在做什么，即使门对门都不知道。

崔道植选择半夜挖地窖，对面邻居虽然能在白天闻到味道，但不知道出了什么事情。

崔道植自始至终都在现场，对年轻侦查员是潜移默化的引领。他言语非常少，从来没有什么豪言壮语，凡事就是率先垂范一股劲儿地亲自干，干完之后就会教大家干，带着大家干，谁干得不好，他会给你纠正。

那时候，所有人都对死者怀着强烈的悲悯心。那么多无辜的人，男的女的岁数大的岁数小的，都被凶手给杀害了；杀一个人就破坏一个家庭，谁也不希望一个家庭破裂。大家都带着对死者的同情和对犯罪分子咬牙切齿的恨，在崔道植带领下默默地干。如何用铁证将凶手绳之以法，是所有人思考的问题。

所有卷宗、材料都由崔道植亲自审核把关。案卷材料审核把关，不是谁都能胜任的。这项工作需要专业的知识，尤其审核完毕后，所有材料、绘图、照片都要装订成卷。这个节点的装卷是一个关键所在。卷宗怎么装？勘查材料、照片、绘图，等等，考验着侦查人员的刑侦勘查水平。

崔道植制作的鉴定书，从来都被当作教材和样本。同样的设备和同样的物证，崔道植制作的就会与众不同，也因此被称为教科书式办案。

扎实的现场勘查证据，成为了将贾文革送上绞刑架的决定性力量。

阻止冤假错案

崔道植给人的感觉，首先是非常非常地干净。用百姓的话讲，就是给人感觉从里到外的干净。那种干净就像他那清澈的心灵。无论周围环境怎样变迁，无论别人怎么想，无论出现多少不美好的、丑恶的东西，他总是一如既往地保持着他的纯粹、他的境界。人们都感到崔道植气场强大，像一个发光体，照亮了所有遇见过他的人。

崔道植又十分低调与谦虚。但他的低调与谦虚与众不同，因为他从骨子里就认为他自己很普通。自然而然地，他对谁都特别亲切、特别平和。谁要一说他怎么好，他就会不好意思，因为他始终觉得自己做的都是该做的事。

无论是在黑龙江,还是在全国,无论是什么样的案件,只要崔道植认定了,大家就会"迷信"。这种"迷信"是实践中得出来的客观结论。人们总会说:崔老师定的事,你就相信吧,不会有错的……

数十年来,在研究案件的时候也有人与崔道植有过争论,也会出现不同意见,但最终都是以崔道植的正确画上圆满句号。

2000年时,黑龙江省宁安县发生一起入室杀人案件,被害人系一女性,现场一张报纸上遗留一枚血和汗液混合的残缺指纹。

经过初步鉴定,怀疑指纹是她丈夫遗留。

后来又有各级技术员进行鉴定,均认为那指纹就是来源于她丈夫。

但是,崔道植看过后却说不是。他认定这枚指纹背后另有其人。

嫌疑人丈夫被排除了,被害人家属却不干了,多年来一直上访喊冤,公安机关承受了很大压力。

结果,过了五年左右,崔道植在比对指纹过程中锁定了真凶。

崔道植防止了一桩冤假错案的发生,让所有人折服。

在刑侦领域,很多人都赞誉崔道植"前无古人,后无来者"。也有人说,在探案世界里,他是"500年出这么个人物,一点儿不夸张"。

刑事技术领域的警察大多严谨寡言,但为什么唯独对崔道植有这样高的评价?

一切皆非偶然。这里也不可能存在一丝奉承。

崔道植是用数十年来对七千余起疑难案件的精准鉴定证明了一切,更凭借数十年来始终如一的人格操守问鼎了一名警察、一名共产党员的信仰高地。

很显然，作为一名从警64年的警察，作为一名对中国共产党有着70年坚定信仰的老党员，赋予崔道植任何一个评价、任何一个称号都不过分，而且最重要的是从没有过歧义和杂音。警队内部但凡接触过他的人都会发自内心地敬佩他！

技术＋境界

崔道植退休后，被返聘到黑龙江省公安厅刑侦总队。

刑侦总队1999年上了一套指纹识别系统，当时许多刑警都是学计算机的，对指纹识别一窍不通，他们便都成为了崔道植的学生。

崔道植亲手给大家做课件，但他不能亲自讲课。因为他特别忙，全国各地跑，做好课件是为了让大家自学。他还亲手做了考试卷，考试卷上都是图文并茂。至今，他给很多年轻人出的试卷，依然被很多人保留着。

渐渐地，黑龙江省内市地县区刚刚从事指纹鉴定工作的民警听到消息后，都来向崔道植请教。大家提的问题深浅不一样，但无论是简单问题，还是具有一定技术难度的问题，崔道植都一视同仁认真作答，直到对方听懂为止。

总之，崔道植是在把他掌握的东西毫无保留地传授给每一个想学习的人。有时候，他怕人家学不会，还会留下电话。任何时候打他电话，他都会耐心作答。

后来，黑龙江省指纹信息库建库成功，当年就发挥了作用，破了很多案件。这其中崔道植起到了决定性的作用。

2016年年底，黑龙江省公安刑侦系统开展全省命案积案指纹比对专案行动。那些案子久侦不破，现场提取的指纹不全都是疑难指纹，很多细节特征都经地市、省厅痕迹专家标注过。

为什么久侦不破？大家希望尽快找到答案。

于是，七十多起疑难命案的现场指纹都交给了崔道植。

当时，人们只抱希望于他能够在闲暇时间给看一看。

结果崔道植连续加班三天，全部看完。他对每一枚指纹都详细地用图像处理软件标上小红点，具体位置在什么地方，应该怎么比对，等等，标注得一清二楚。

大家被他这种精神深深感动了。

搞刑事技术，第一需要勤奋认真，第二需要悟性。崔道植兼具这两种品质。手、足、弓、枪，崔道植是公认的全才。

技术＋境界！很多人形容崔道植的时候，都会由衷地这样感叹。

一个人如若没有大的格局、心胸、能力，就达不到崔道植的技术水准，更达不到那种境界。所有接触过崔道植的年轻刑警都说：向崔道植学习，既要学他的精湛技术，更要学他的精神境界。

崔道植当时已经83岁高龄，在单位连续加班，每次都工作到后半夜。多起积案在他标注完毕后，便成功破案了。

他这个年龄段还成宿加班，很多人都感觉对不起老爷子。大家禁不住后怕，老人家身体要是给累坏了，这个责任就太大了。

崔道植现在每天都在整理枪弹检验教材课件，以留给后人做参考。

有时，年轻的勘查人员需要借鉴，就会找他借去看看。而有的课件还没有最终制作完毕，正处于逐渐完善的阶段，每当这时，他都会叮嘱：这还不是最终版啊，这个东西我还需要斟酌修改。

他始终是一个追求完美的人，教材课件不到最完美的时候，他永远在补充。但凡崔道植拿出来的东西，他一定是做到了最好，只要启用，确保没有一丁点儿瑕疵。所以，人们都坚信，崔道植所有教材课件制作完毕后，一定全是精华。

那是崔道植用心血制作出来的啊！

三、怀揣救心丸破解疑难案件

养老院成了办公室

那个早晨，我穿过拥堵和霾雾笼罩的城市一路向北，来到松花江江北那家整洁的养老院。在那里，我见到了被誉为"共和国刑侦专家"的黑龙江省公安厅原刑事技术处处长崔道植。

数十年来，崔道植持之以恒地研究公安痕迹学科，并成为全国著名痕迹检验专家，被誉为黑龙江公安战线的"瑰宝"。1992年，他荣获国务院颁发的国家有突出贡献的科技专家证书，并享受政府特殊津贴。自1994年从黑龙江省公安厅退休以来，他退而不休，始终工作在刑侦一线；每年公安部五局、黑龙江省公安厅都要十几次甚至二十几次抽调崔老参与疑难案件侦破工作。他于1999年被公安部聘为首批特邀刑侦专家，2006年荣获全国公安科技突出贡献奖。

一年前，因老伴儿的痴呆症愈发严重了，崔道植为照顾老伴儿搬迁至这家养老院居住，并带去了自己全部痕迹鉴定设备。

一年来，他一边照顾老伴儿，一边把养老院里的房间当作自己的办公室，不断接受公安部传来的痕迹鉴定样本和检材，鉴定完毕后再通过网络传至公安部。

86岁的崔道植每天都在整理资料，除了将以往工作中的成功案例做成PPT，以留给年轻一代刑事技术人员做参考，还聚精会神地推进非制式枪支课题攻关。

2018年中秋节，他带着老伴儿和老儿子来到黑龙江省公安厅刑事技术实验室。他让老儿子安抚老伴儿，自己则和年轻人一起开展课题实验。中秋节别人放假，他却带着老伴儿来"上班"。他选择这个时间来做实验，就是考虑到每天总是围着他转的老伴儿不会给别人带来麻烦。

当天，崔道植整整工作了一天才回去。那个课题，叫非制式枪支弹头痕迹研究。

养老院里的崔道植一刻也不停歇，给人的感觉是他身体很好，精力充沛。事实上，他的身体不像人们想的那么好。自退休开始，心律不齐的毛病一直伴随着他，他的衣兜里总是揣着救心丸，难受的时候就会服药。二十多年，他就这样走了过来。

他也会受到各种老年病的困扰，但他总会想方设法应对，尽量不让其影响自己的工作。这期间，人们见证了他的执着和毅力。

2017年年初，哈尔滨市公安局刑事技术支队支队长李新明请崔道植帮助认定一枚指纹。当时，他并不知道崔道植刚刚做过白内障手术。每次李新明找崔道植帮着把关，都是很快收到回复，那天也没例外。

只不过，那天崔道植在给他解惑答疑的时候，眼睛不断淌眼泪。

李新明问他眼睛怎么了，他说自己刚刚做完白内障手术。

李新明听了，眼泪顿时刷刷流，自责地说："这个时候，我怎么能让您看电脑呢？崔老，真对不起啊……"

崔道植看到他的样子，反而笑了："没事的，不要多想，不要多想……"

发现隐藏的蛛丝马迹

八旬老刑侦崔道植数十年如一日的敬业精神，令很多人不由自主地流下了感动的热泪。

"现场论案"，他总是激情澎湃，中气十足，让人们往往忽略了他在某个瞬间吞服药片；他总会论据厚重，发现犯罪分子隐藏最深的蛛丝马迹，让人们往往忽略了他已经耄耋高龄。

某起开枪杀人案件，一时间难以确定是故意开枪，还是在争夺枪支中枪支走火。

崔道植应邀到达现场后，首先组织现场复原，重建弹道。做实验的时候，需要有人拿枪，有人充当被害者。他二话不说主动充当被害者——一个遇害女子。

就在当时案发的小旅馆房间里，他完全没有听从年轻刑警的劝阻，像遇害女子那样趴到地上，一边趴一边喃喃自语：你们来看，我身体瘦小，挤这儿正好，我的身形和死者差不多……

看到崔道植高度聚神投入案件侦破中，尤其看到白发苍苍的他如此敬业的状态，现场几乎没有人不落泪。大家敬佩崔老，又心疼他、爱他，舍不得又无法阻挡。

接下来，崔道植给大家解析被害人是怎么倒的，尸体是什么姿势，子弹怎么穿过去又打到墙上再反弹的，等等。

犯罪分子把情人杀了，落网后却坚持说，是枪走火把那女的打死的，目的当然是为了逃避法律追究。

后来，崔道植在看守所里与凶手面对面。凶手非常嚣张，拒不承认。

但是，崔道植经过现场侦查实验已经确定，是凶手扣动扳机打死了被害人。他是故意的，测量数据显示弹道向下，被害女子的胳膊够不着枪。

令疑难案件不再疑难

如果不是特别重大的疑难案件，一般不会请崔道植亲自出马。

2014年2月，佳木斯发生一起杀害五人的灭门案件。因为案件对社会造成很大的负面影响，省委省政府领导高度重视，要求迅速破案。

从哈尔滨赶到佳木斯，崔道植经过一路旅途颠簸后，不顾疲劳立即参加了案情分析会。

对于这起案件，省厅和当地双方意见分歧特别大。

案件如何定性？先杀的谁？后杀的谁？以至于下一步的侦查方向，包括犯罪嫌疑人的刻画，都没有办法确定。

因为侦查方向不清晰，使得警力没有办法投入到具体侦查工作中去。

案情分析会从中午12点一直开到晚上8点。吃了一口饭，崔道植坚持不休息，又召集开会。会议一直持续到晚上12点。

崔道植把所有细节都掌握清晰后，按他的角度判断，重新复原描述了现场，明确指出凶手的杀人顺序，以及怎么杀的，然后又怎么去拿的钱。

最先的争论，源于现场呈现的矛盾谁也解释不清，崔道植把那些矛盾一一解答清楚，所有人的疑问也就解决了，争论也就停止了。

专案组决策层按照崔道植的结论，果断确定了下一步侦查方向、人物的筛查范围，包括作案时间段，等等。

当天，崔道植做人做事的风格，给在场所有人，无论是领导还是刚入职的年轻民警，都上了一堂特别生动的课。

一位年逾八旬的刑侦专家，把所有他能想到的事情，用深入浅出的语言给大家叙述了一遍，得到了所有人的认同和佩服。

争论平息了，侦查方向确定了，崔道植回到房间。

后半夜的时候，人们看到崔道植的房间还亮着灯。专案组领导派人到崔道植房间送水，同时也是想叮嘱崔老早点儿休息。

送水的刑警发现，崔道植正拿着案件材料在床上看。

当叮嘱他应该休息的时候，崔道植说："我再研究研究，我觉得我说的还不是特别完美；有些小瑕疵的地方，我需要用我的逻辑再去印证一下。"

那一夜，崔道植房间的灯光始终亮着，直到天明。

四、重返案件勘查现场

一曲《没有门牌号的客栈》

我在养老院里见到崔老的一刹那，同时见到了崔老背后的老伴儿。老人像个小孩子那样，似乎是不高兴地哭闹，又做出了假装要捶打、责怪崔老的样子，但终没有下手，令人感觉她不喜欢家中来客。可在我真正走进房间的时候，老人又跳起了欢快的朝鲜族舞蹈以示欢迎。

崔老摇着头叹息说：她以前是省医院脑电科主任、专家，自己老了却得了脑病……

和崔老聊天过程中，他的老伴儿经常会过来"搅局"。比如，她一次又一次拿着老花镜来到我旁边送给我。我多次推脱，她却反复说她有好多眼镜，"哎……送你一个，拿着……"再比如，她一次又一次很不高兴地对我和崔老说："吃饭，该吃饭了……"

老人是哭闹着欢迎我的到来，又很生气地要将我送客出门。但无论怎样，我们的谈话完全没有被叨扰的感觉。崔老始终是那样地耐心，他一遍又一遍像哄小孩那样对老伴儿温柔耳语：不要闹，不要闹，看电视，看电视……

接下来，老人为我唱了一首朝鲜族歌曲。我听不懂歌词，但感觉老人唱得非常深情。

于是，我问崔老歌词大意。崔老告诉我那是朝鲜族歌曲《没有门牌号的客栈》，歌词大意是：今天还是走啊走啊，没有定处的身影；走过来的每一足迹被眼泪浸透……还给我的青春吧，我那最美好的青春！似箭般的岁月，谁能留住他！还给我的青春吧，我那最可爱最美好的青春！

崔老的房间很清静，但充满着生活气息。锅里煮着粥，电视里播放着早新闻。崔老仔细打扫、擦拭着四十五平方米小屋的每一个角落。每一天,崔老都会重复着同样的家务。白发苍苍的崔老说,亲自做家务是他多年习惯,也是一种锻炼身体的有效方法,此类家务活儿他从来不会请保姆来做。

86岁的崔老,看起来也就60多岁的样子,而做起事来的干净利落和谈吐间的清晰逻辑,给人感觉却和40多岁正当年的人毫无差别。

采访中,崔老为我泡茶的时候,从他往杯子里投掷茶叶又倒水的快速动作来看,他实际上是一个急脾气,完全没有当下人把玩茶道的那种闲情逸致。

60岁开始学习计算机

"我退休以后啊,依然常年在外工作,和老伴儿少了交流。她整天没人说话,最后患上了小脑萎缩。如果我每天哪怕和她通个电话,她也不会患上这种病——记住,和家里老人一定要常常通电话,调动老人脑细胞;你将来老的时候啊,和老伴儿也要常常聊天、交流……"

采访期间,崔老给我建议的同时,也暗含着深深的自责。

仔细看看他退休后许多年的工作日程表,完全是"爆表"状态。

1994年6月17日,原本是崔道植退休的日子,老伴儿在等待,儿子们在等待,孙女们也在等待,大家期待着这个数十年来始终"聚少离多"的家庭,从此能够走向正轨。但是,大家的期待落空了,这个日期没有成为崔道植生涯里的一道分水岭。随后的日子里,崔道植依然一如既往地工作着。

在本应该退休的1994年,崔道植根据其长期从事现场勘查和痕迹检验工作积累的经验发现:有些犯罪现场上遗留的痕迹或者经过显现的痕迹,反差不强,因无法确定其特征而舍掉;有些痕迹垂视看不清,斜视能看清,但无法校正拍照变形的图片,也只好舍掉;在检验工作中,很多细小痕迹,尤其是工痕和枪弹痕迹只能进行形状比较，不能进行测角、测距等定量检验；现场平面图、立体图的绘制仍停留在鸭嘴笔手工操作、费力费时的低水平上。

他觉得不解决这些问题，就没尽到自己应尽的责任。

经请示公安部科技司批准，崔道植决定立项研究"痕迹图像处理系统"。研究这一系统，必须依靠当代高科技计算机技术。可当时，计算机技术对崔老来说，完全是一窍不通。为了按时完成课题任务，崔老暗下决心从零开始，向课题组合作伙伴、专家、教授们请教，向书本请教，竟然在60岁的时候熟练掌握了计算机技术。

接下来的工作中，崔道植有时为了掌握一项图像处理技术，依然是好多天都不回家，操作在实验室里，睡在实验室里。

经过课题组全体成员的齐心努力，对要达到的每一项技术指标进行了上千次的实验，该项课题研究终于在1996年10月圆满完成，并顺利通过了部级专家鉴定。

专家们对此给予了较高的评价："该项成果实现了从痕迹整体形象至微小特征的计算机检验，即能够对拍照变形的痕迹进行复原和对痕迹物证进行自动测量和标定，又能通过对模糊痕迹进行锐化、亮度对比度处理使其显现出更多的特征，扩大了检验范围，极大地提高了痕迹的利用率和工作效率。该系统处于国内领先水平。"

"痕迹图像处理系统"获得了黑龙江省公安厅科技进步一等奖，将它开发应用于现场拍照和痕迹检验工作中，对黑龙江省内外的刑侦工作起到了开创性的引导作用。该科研成果，除了在黑龙江省进行普及之外，还推广到内蒙古、宁夏、甘肃等地，收到了很好的工作成效。

1997年3月，黑龙江省富裕县镇区内居民一家四口被杀，犯罪分子翻箱倒柜抢走了五百余元。现场地面为水磨石地，留下了一枚灰尘足迹，垂直看根本看不清，逆着光线斜着看很清楚。

县公安局领导决定将留有足迹的现场水磨石地块实物及嫌疑人王恒文的胶底布鞋一同送省厅，请崔道植老师解决。

崔道植接到现场足迹后，先进行比例拍照，再用"痕迹图像处理系统"校正后，与嫌疑人王恒文胶底布鞋进行比对，很快认定了杀人现场灰尘足迹就是王恒文右脚布鞋所留，为破获这起重大杀人案提供了强有力依据。

立项研究"痕迹图像处理系统"，仅仅是崔老退休后工作的一部分。大量疑难现场鉴定工作层出不穷，崔老最为擅长的枪弹检验理论研究也在不断向前推进着。同时，公安部刑侦局不断根据工作需要邀请崔老进京，攻克诸多疑难案件中的疑难点。

破解"罗生门"案件

除了沉浸在实验室里搞科研，崔道植在退休后，仍频繁出入各种疑难案件现场，由他破解的经典案例层出不穷。由于数量太多，他本人都记不清楚了，但别人却深深记得。

这是2000年发生的一起"罗生门"类型的案件。

张山腰间有一把手枪，与李师行走在夜色里。月光下，两个人眼中泛着邪意。他们找来一位长期与他们有联系的失足女，走进一家宾馆准备放纵孽欲。

剧情在宾馆房间里出现反转。三个人一开始笑声不断。突然，那女子发现了张山腰间的手枪。趁着张山不注意，她拔出了他的手枪，嘻嘻哈哈笑着说："真家伙？还是假的？"

张山说："假的，快还给我……"

女子说："假的，我就留下了，不给你了。我留着防身，吓唬人用，我总会遇见各种各样的坏人……"

张山说："你先把这个还给我，回头我再送你一个。"

女子说："我就要这个，我要留着它吓唬人，吓唬像你们两个这样的浑蛋。"

张山急了，厉声说："快还给我，少他妈废话！"

女子笑得更加张扬,一副不知深浅的样子:"别过来,你要过来,我就开……"

话没说完,"乒"的一声震天响,一颗真实的子弹射了出去,不偏不倚,直接射到张山心脏里边。

女子被枪声吓傻,又看到张山倒下了,血流如注,她开始疯狂喊叫。

这个场景,是李师事后向警方描述的。

但是,女子却不这么说,她提供了另外一个版本。

"不是我干的,一切和我没有关系。是那个李师开枪,打死了张山……"女子说。

"我和他们都是老相识了。他们两个吵啊吵,最后枪就响了。"女子一口咬定。

警方对李师做了检测,他的手上和衣服上果然有"射击小球"火药残留。

所有读过警校侦查专业的都清楚,谁开枪谁的身上就会有这种"射击小球"火药残留。

当时,办案人员也一直认为只有射击者手上才能有"射击小球"火药残留。这种"射击小球"火药残留就是射击底火打出的一个几种元素的混合体,在自然界是不存在的。按照以往的经验,在某人手上检验出这个东西就证明他射击过。

女子、李师,两个人谁是凶手?谁在撒谎?

这个时候,办案人员又推理出一种可能:也许是女子、李师合谋要了张山的命,事后又互相推卸罪责。

如此一来,本案就出现了三种可能的逻辑关系。就像黑泽明影片《罗生门》那样,同样一个事件,不同当事人陈述却出现了不同场景,女子、李师都是立足于对自己有利的视角向警方陈情。

这样一起"罗生门"类型的案件里,究竟隐藏着怎样的密码?又该怎样破解?

进一步检测表明：女子手上、衣服上也存在"射击小球"火药残留。

难道，真的像办案人员推断的那样，一切系两个人合谋？他们都开枪了，最后又都说谎了？真相到底是怎样的？

无论怎样勘查，现场只找到了一枚弹壳和一枚弹头。勘查工作还在继续，大家期望着再找到一枚弹壳或弹头。案件侦查仿佛瞬间进入迷宫一般失去了方向。

崔道植就在这个时候来到了现场。

他认真研究着现场，对嫌疑人的供述置之不理，对几种可能也不感兴趣。他只一心想通过现场回答所有问题，最后得出一种可能。

崔道植提出做现场实验，他想验证：在一定的环境内，非射击者能不能有"射击小球"？

实验很快做完了，结果发现在特殊封闭空间内射击，非射击者手上、身上也会有"射击小球"火药残留。

崔道植新发现的这一规律性论断，以充足的论据颠覆了全国同类枪案现场勘查的常规判断。

以往，"射击小球"火药残留一直被当做定性证据使用，凡是手上有"射击小球"的就会被认定为射击者。根据崔道植得出的结论，从证据角度来讲，对检察院或审判环节的认知是一种全新提升，其作为证据链一个重要环节的作用，和以往比起来有了更加多维的考量，从唯一性变成了不确定性。

有了崔道植的新发现，"罗生门"案件的密码很快被破解了。

原来，李师的陈述是真实的，女子因为开枪杀人而惊恐、说谎……

支撑一生的力量

在崔老和老伴儿干净整洁的房间里，令人惊诧的不是崔老高超的刑侦技艺，而是他饱满的精神状态和健硕的行动力。比崔老小两岁的老伴儿身体状况同样良好，唯一遗憾的是因小脑萎缩导致她情绪控制出现问题，行为举止往往会像两三岁小孩。

当崔道植感觉老伴儿病情逐渐稳定时，他开始考虑重返现场："我在养老院已经一年零四十三天……我争取重返勘查现场，很多案子不到现场，单纯这样通过检材做鉴定，是不行的。"

老人的语气很重很重。可以感受到，养老院里的崔道植，是按天计算日子的。提起重返现场，老人神色焦急。

"老伴儿的病情逐渐稳定，我已经和三个儿子商量好了，公安部再有案件现场勘查任务，由他们三个轮流照顾她，我还是要重返一线勘查现场。"

采访期间，崔老反复提起要重返现场。事实上，崔道植在84岁时，还曾接受公安部指派，乘坐飞机十一小时飞赴云南执行疑难枪弹痕迹鉴定任务。后因照顾病情日益严重的老伴儿，他一直没有再奔赴现场。

提起目前依然经常通宵加班的问题，这位86岁的老警察似乎不以为然，他对我说："没有感觉累，习惯了。"

但凡找崔道植鉴定的样本和检材，都是难点中的难点，都是众多专家难以定论的疑难杂症。纵观崔道植六十四年从警生涯，鉴定痕迹物证七千余件，大多成为侦破疑难案件的点睛之笔。

崔老告诉我，他的童年遭遇了日本侵华战乱，他自幼跟随父母逃亡，忍饥挨饿。直到新中国成立，才不再挨饿，又有书读，他深深记得共产党的"好"。1949年，他担任儿童团团长，两年后加入中国人民志愿军。在军营里，老班长推荐他阅读方志敏的手抄本《可爱的中国》，看《钢铁是怎样炼成的》主人公保尔·柯察金的奋斗人生。

"进入组织大门'第一天'，我获取了支撑一生的力量。"提起他的初心，崔道植记忆犹新。

"尤其是进入公安机关后，我先后到中央民警干校（现中国刑警学院）、哈尔滨业余职工大学、哈尔滨医科大学学习，组织上为我花费了很多精力与经费，我觉得自己必须回报组织。人必须懂得知恩、感恩、报恩。"

崔道植如饥似渴地学习刑事科学技术，以及与之相关的医学、数学和逻辑学等方面的知识，夯实了业务基础，丰富了自己的才干。

1975年，公安部在郑州召开全国刑事技术工作会议，他与其他四个省的同行承担了《人手各部位长宽度与身高、年龄、体态的关系》的科研课题。经过四年不懈的努力，共搜集了12500人的125000份指纹卡，崔道植运用数理统计学对国人手掌各部位长宽度进行了系统的统计分析，首次测得国人手掌各部位的正常值及其与人体身高、年龄、体态的关系，为利用现场手印分析犯罪分子某些生理特点提供了新的依据。

20世纪80年代，崔道植围绕枪弹痕迹采取弹痕的检验，先后撰写了《根据7.62mm手枪射击弹壳痕迹判断射击枪种的探讨》、《64式手枪指示杆痕与59式手枪抛壳挺痕位移的研究》、《枪弹底座痕迹拍照规范》、《侦破涉枪案件最有效的方法——建立枪弹痕迹档案》、《根据射击弹壳与射击物确定手枪射击位置范围》等论文，分别在公安部"枪弹痕迹档案管理教材"、"枪弹痕迹检验技术教材"和国际刑警第十届年会上发表。

与此同时，崔道植还开创了指甲同一认定、牙痕同一认定侦破疑难案件的先河。

五、颠覆退休返聘概念

破一个案子就年轻一次

崔道植个子并不高，给人的感觉是布衣素履。他的头发雪白雪白的，步伐却轻快矫健，脚下生风。

黑龙江省公安厅的院子里，小路弯弯。阳光明媚的早晨，婆娑摇曳的树影里，一个个身影匆匆而过。略显清冷孤单的白发老者崔道植也在其间悄然而过，很少引起他人注意。

衣衫是穿了许多年的，但干净整洁。

几乎很少有人知道，他就是世界级弹痕检验专家、公安部首批特邀刑侦专家、退休后第十二个年头获得全国公安科技突出贡献奖专家、退休二十多年来依然每天按时上下班并时常熬夜加班的超级老刑侦崔道植。

现在，黑龙江省公安厅刑侦总队依然有一间属于崔道植的办公室。那间办公室的门，每天早晚都会有规律地开关，办公室里的灯光也会在一个个深夜陪伴着年过八旬的老刑侦专家到天明。

所谓退休返聘，一般情况下都是力所能及发挥余热，而崔道植却颠覆了这个常规概念。退休之后，崔道植对公安事业依然保持着"炙热"的情怀，不停地在为这项事业添砖加瓦，不懈地贡献着。

崔道植仿佛有一种神奇的魔力，即使退休后，依然令一个又一个疑难案件拨云见日。

白宝山落网后曾经做出如下供述——

"每次作案前，我都要把可能出现的问题想过几遍。包括作案的方法、行走的路线、允许的最长时间、在作案过程中可能发生的意外、我怎样处理，等等。我想好一件事，就把它定下来，全部想好之后，我觉得有把握了，再行动。

"我对如何防备公安的调查做过专门研究。别人可以犯错，我不能犯，一个小错，就可能断送掉自己的性命。我是个爱冥思苦想的人，先往最坏处想，做好应付最困难的局面的准备。所以，我不怕调查……

"枪是一定要开的，而且一定要打死人，不然没有震撼力。"

疯狂的白宝山，一度气焰嚣张到极点，却没有意识到，自己的终极对手竟会是一位瘦弱老者。

白宝山心思缜密细致，自信百密无一疏。的确，无论怎样，他一度成为警方抓捕的难题。北京与新疆发生的系列枪案，当时，从多角度技术鉴定，一度认为不具备并案条件。比如，北京的解放军哨所枪支被抢后，新疆发生了系列案件，但新疆警方认为涉案枪支并不是北京案件被抢枪支。

"老崔，干啥呢？能不能来一趟？"在白宝山案件侦查工作最为胶着的时刻，时任公安部副部长张新枫给崔道植打来电话。

那一年，崔道植63岁。他笑着回答部领导："您下令，我就马上去！"

进京后，崔道植认真比对了所有检材，一个细节一个细节研判，最终凭借充足的论据确定新疆、北京系列案件完全可以并案。

随后二十多年里，崔道植凭着对刑侦事业的执着信仰，用他特殊的"静气"与"定力"，在一起起疑难案件中，一次次与罪恶游魂隔空搏击，也一次次使对方败下阵来。

直到86岁高龄之时，崔道植依然斗志不减，战斗力更不减……

很多人都说崔老越活越年轻，并问他秘诀。

崔老说：秘方倒是有，那就是工作。每破一个案子，就年轻一次；每攻下一个难题，就年轻一回。我的座右铭是——人生价值在于奉献！

崔老是我1998年参加公安工作时便一直崇拜的偶像。当时为了能够像老人家一样心无旁骛从事一项专业性很强的公安业务工作，我到处托人申请调入市公安局刑警支队痕纹检验科，但终究没有结果。

那个时候，完全没有想到有一天我会和崔老在一个院子里工作，更没有想到未来的某一天会与老人家面对面，去了解和记录一段段与他有关的风尘仆仆。

现在才知道，在我刚刚参加工作的时候，崔老便已经在黑龙江省公安厅的工作岗位上退休了。但退休二十多年以来，崔老的传奇故事还在一直不断更新着。他的一生激励着一代又一代青年刑警。

精神矍铄、声音高亢洪亮的崔道植对我千叮咛万嘱咐：这两年啊，我的记忆力有点儿下降了，那些案子的大框我都还记着，但细节我不太清楚了，你一定要多查查以前的资料，可千万别弄出差错……

一个土办法引发的重大课题研究

崔道植在黑龙江省公安厅院子里来来往往六十四年，他的大儿子出生在院子里的五号办公楼，二儿子、三儿子分别出生在院子里的一间狭小宿舍。就是在这个院子里，崔道植演绎着一名中国警察的传奇。

1994年10月21日，山东省农村经济开发中心总经理王某夫妇在家被枪杀，现场留下两枚7.65mm手枪弹。过了七年，山东省公安机关发现了重大嫌疑人张昌文，并缴获了一支比利时造"枪牌"手枪。经送有关部门检验，均认为枪管磨损严重，无鉴定条件。后来手枪被送到了崔道植这里。

崔道植用自己发明的"铝箔胶片"与"弹痕展平器"将送检的弹头膛线痕迹全部展平后进行线痕接合检验，得出了"枪杀王家夫妇现场提取的弹头就是用在张昌文处缴获的'枪牌'手枪射击的"这一结论。

根据此结论，公安机关很快破了案。原来，因王某举报了山东省水利局局长张程震的经济问题，张就雇佣张昌文并交给其手枪和子弹枪杀了王家夫妇。

"铝箔胶片"与"弹痕展平器"，是崔道植自己琢磨出的一个土办法。

但怎样才能把自己发明的"铝箔胶片"与"弹痕展平器"

规模化推广,并实现系统性应用?

这成了崔道植反复琢磨的一个课题。

这个课题终于在他退休后有了大突破。

1995年,全国涉枪案件形势处于明显的上升趋势,公安部在"十五攻关"规划中列入了《枪弹痕迹自动识别系统》的课题。当时,全国有九个省、市公安部门参加竞标要承担这一重大科研项目。崔道植代表黑龙江省投标。但由于当时黑龙江省拿不出科研的补助经费三十万元,公安部初审阶段没有通过。最后,公安部物证鉴定中心和北京市公安局中标承担了该项课题的研究。

当时,崔道植已经62岁,虽然从正式工作岗位上退了下来,但是心里还总挂念着国家弹头痕迹档案的现代化管理技术的研究进展。1997年他参观了公安部举办的国际刑侦器材展,展会上看到加拿大、美国的"枪弹痕迹自动识别系统",心里十分着急。

"自己干了一辈子枪弹痕迹检验工作,却拿不出我们国家自己的'系统'!"崔道植心里深感内疚,也憋足了一口气。

他暗暗地下了决心,非要攻破这个堡垒不可,而进一步充实"铝箔胶片"与"弹痕展平器"鉴定枪案的理论支撑,并最终实现规模化推广、系统性应用,无疑成为了解决问题的钥匙。

搞科研就得花钱,可他已从工作岗位上退下来了,不可能再向单位要经费。

他开始精打细算,从自己工资里留下生活费用后,其余全部花在科研上。

为了研究膛线痕迹的提取技术,他访问过国内七所高等学府和三所精密仪器研究所。

为了研制一种高精度制模片,他去过国内三大铝厂和铝箔片厂。

为了研制理想的弹痕展平装置,他先后设计了四种模型图,与四个机械加工厂研制过。

经过五年多的苦心研究，他终于发明了一种用特制铝箔胶片提取弹头膛线痕迹的技术，并获得发明专利证书。同时，他还设计制造了一种弹痕展平装置，并获得实用新型专利证书；用它复制出来的膛线痕迹，既清晰又稳定。

接着，他和公安部物证鉴定中心王志强一道以这两项专利技术为基础，研究出来了"弹头膛线痕迹自动识别系统"，于2001年10月16日通过了部级专家鉴定。

鉴定结论高度评价道："该系统具有独创性，技术水平高，不需人工干预，技术成熟，性能稳定，实用性强，容易操作，在膛线痕迹的录入时间、查准率方面优于国外同类系统，总体技术达到国际先进水平。"

公安部将该科研成果列入了2002年度"2002B001"重点推广项目。

许多年来，该系统中的"制模片"及"弹痕展平装置"已被全国十三个省、市、地三十九个单位采用，并用此技术破获了一批涉枪案件。

这就是一位退休老刑警的"杰作"。

六、不一般的"警察家风"

沉默不语的老人

崔道植每天早晨第一件事就是把家里擦得窗明几净。他工作思路清晰，每天的工作量和攻坚克难力度，不比一名80后警察少。

甘肃白银案的攻坚时刻，82岁的崔道植从哈尔滨坐火车，一路倒车辗转来到白银。一路上，老人沉默不语。人群中谁也没有过多注意这样一位老人，也没有人知道这位老人竟是可与福尔摩斯比肩的共和国刑侦专家崔道植。

张君特大系列抢劫杀人案、沈阳运钞车大劫案、郑州特大持枪抢劫杀人案……这些轰动全国的大案要案背后，都有崔道植那一次次徘徊的清瘦身影。正是那个清瘦身影，有着普通刑警难以企及的张力，令数千起刑事案件鉴定无一差错，也撕下了一张张罪恶的画皮。

1988年至2002年，嫌疑人高承勇在甘肃省白银市及内蒙古包头市连续强奸残杀女性11人，作案时间跨度14年，受害人中年龄最小的仅8岁。该案侦破时间跨度28年，被称为"世纪悬案"。

随着DNA技术发展，高承勇的一名亲属因违法犯罪被采集到血样，比对DNA最终发现白银系列凶杀案嫌犯高承勇线索。

这个时候，崔道植坐着火车风尘仆仆来到甘肃白银。他将模糊指纹利用特殊技术予以恢复，这很快成为并案的确凿依据。

那些原本无法鉴定和确定结论的检材，经过崔道植的那双眼睛审视后神奇般成为了铁证。可谁会想到，当崔道植一次次加班加点时，患有老年痴呆症的老伴儿曾被他反锁在家里。

老伴儿迷路了

原本以为崔道植退休后会回归家庭，妻子与孩子们判断错了。已退休的崔道植，在不断接受省公安厅指派任务的同时，也经常被公安部调派赴外地开展疑难案件现场勘查。

退休后的生活里，老伴儿一次次将他送到火车站和飞机场。每一次出行，老伴儿都会相送，也时刻期待着他快点儿"回家"。

2011年的一个早晨，78岁的金玉伊送老伴儿崔道植到机场大巴站，人流如海。金玉伊老人眼中流淌着不舍的泪水。

按理说，两位老人退休后经历了一次又一次的送行，公交站边、火车站前、机场大巴下，一般他们都会伫立在路边彼此叮嘱一番，随后崔老便进入属于他的刑侦世界，老伴儿则折返回到她的生活领地。

可这次，老伴儿为什么会有泪水呢？

崔道植因常年参与刑侦工作，外有各种血色凶杀现场的考验，内有各种侦破思路碰撞交锋，他性格里充满"铁质元素"，但面对老伴儿那淡淡泪滴，他情绪上也有了微微颤动。

没有人会料到，一个不幸即将降临这个家庭。

那一天，金玉伊迷路了。

当一位出租车司机把电话打给崔道植时，他正准备登机。案发现场那边在等他，他没有退路。于是他给儿子打了电话，之后独自登上飞机，心中满是牵挂和忧虑。

那一年，金玉伊被确诊为老年痴呆症。

确诊后，家人对她的照顾显然不够。崔道植仍然奔走于全国各大案件现场，三个警察儿子每天也忙得不亦乐乎，她的病情被家人忽视了。谁也没想到，她的病情会越来越严重……

一天早晨，金玉伊早早离开了家，接下来便是谁也找不到她了。

崔道植在外地办案，三个儿子想尽办法找寻，哈尔滨市公安机关也尽力帮助查找，依然没能找到她。

原来这一天，金玉伊老人始终在机场徘徊。直到一名热心的出租车司机发现了她。

"您老，这是要去哪里？"

"我不去哪里，我要送人，送崔道植……"

"送走了吗？"

"我要出门，我要买票去韩国……"

"您不是要送人吗？"

"我不送人，我接站，我要接崔道植……"

"您还是回家吧！"

"好啊，回家也行，我家在公安厅……"

语无伦次的对话，暴露了老人的疾病状态。热心的出租车司机把她请上车,一直送到公安厅家属区。此时三个儿子正急得像热锅上的蚂蚁。

这次事件过后,崔道植和儿子们开始有了分工。只要他外出办案,妻子这边就由儿子们轮流值班照看。

尽管事情已到了这个份儿上,崔道植依然没有放弃工作的念头,依然在思考着如何实现工作与照顾老伴儿两不误。

家里的每一扇窗户都上了锁。崔道植早晨为老伴儿做好早饭,便会反锁好家门到公安厅的办公室上班,中午回来做好午饭,接下来再反锁好门去上班……

这样做,是不是太残酷了?

每一次打开家门,老伴儿就会像孩子一样来到崔道植面前。有的时候,她也会像孩子一般满是委屈的泪水;有的时候,她也会假意要打他却终没能下手。很明显,她是委屈的,她不希望自己被人锁在家里。

但是,她看到他的时候永远都是亲切的,她会用朝鲜语为他清唱《没有门牌号的客栈》:今天还是走啊走啊,没有定处的身影;走过来的每一足迹被眼泪浸透……还给我的青春吧,我那最美好的青春!似箭般的岁月,谁能留住他!还给我的青春吧,我那最可爱最美好的青春!

"为国家省点儿钱"

由于退休后没有工作助手,崔老所有辅助性的琐碎工作都要自己完成,工作量远超一般在岗的刑事技术人员。

每天工作的时候,崔老都要一边和小脑萎缩导致精神障碍的老伴儿周旋,一边抓紧时间进行手头的工作。

有时,崔道植正在专心致志工作,老伴儿会突然过来像小孩一样抢走电脑。他总是会耐心劝慰,然后取回电脑。

就是在这样的条件下,崔老在高质量完成公安部鉴定任务的同时,又把以往成功案例制作成了一个又一个精彩的 PPT 教材,并着力研究非制式枪支建档工作。

七十年衷心向党,不忘初心,是崔道植毕生的力量源泉。七千余起疑难案件鉴定无一差错的背后,更是一名老共产党员安身立命、牢不可夺的理想信念。他还将"对党忠诚"的信仰基因深深根植于自己的家庭。虽然家人对他曾有过诸多不理解,但最终还是理解他、支持他,使他可以心无旁骛地工作。

除了侦查技艺高超,公安部刑侦局的同志最熟悉的还有崔老的工作作风:他不愿给别人添麻烦,每次来京执行任务,虽年逾八旬却都是挤公交和地铁,从来不让接送……侦办白银案时,老人家是独自坐火车从哈尔滨出发的,原因在于飞机票贵,老人一向是能省就省,用他的话说就是"为国家省点儿钱"……

和崔老一起工作过的老同志都说,即使当年在工作岗位上,崔老的工作作风也是如此。身为处长他是有专车的,但他却常年骑着自行车上下班。

骑车也罢,走路也罢,崔道植的每一个生命细节都蕴藏着一名优秀共产党人的清风硬骨。

84岁那年,崔道植接到公安部指派的一个鉴定任务,鉴定内容为深圳发生的一起疑难案件。这次鉴定,是崔道植从警以来遇到的最为严峻的一次挑战。因为就在接受任务的第一天,崔道植笔记本电脑的背包带断裂,背包带上的铁卡弹射到他的左眼上,使他的白眼仁位置出现了一个L型伤口。

为抓紧完成任务,崔道植老人没有停止工作。他右眼患有轻度白内障,左眼的伤痛给他的工作带来极大困难,但他依然专心致志工作着。

三儿子崔英滨来看望父亲时,老人已经连续工作了三天三夜,满眼充血。当崔英滨翻开父亲左眼皮看到那个伤口时,眼泪便止不住地流了下来,他二话不说,强行带着父亲来到哈尔滨眼科医院。

那一次，医生在处理崔道植伤口时总计缝了四针。

不负责任的父亲

"母亲现在的双手关节很不好，有严重的大骨节病，这都是因小的时候家里穷，买不起更多的煤，常年用凉水洗衣做饭造成的。"崔英滨说，"父亲在生活上对我们缺乏关心，也从不用工作上的权力为自己和家人谋利。"

早年，出于对崔道植加班加点拿出精准鉴定结果的感谢，许多基层公安机关经常会给他送来米面油和山货，甚至还有整只狍子和整只羊等，他却全部送到单位食堂为大家改善伙食。

对孩子们的生活，他似乎不太关心，对孩子们的前途似乎也很"不负责"。

崔英滨1990年至1993年在佳木斯当兵，那期间崔道植经常会去那里办案，与崔英滨的部队只有几百米距离，可他从来没有去看过儿子。

一同去办案的同事和佳木斯的同行都希望在案件勘查结束后让父子见一面，但都被崔道植婉言谢绝了。

崔英滨有时真的会恨父亲，战友里有能力的几乎都调回了哈尔滨，而他们近在咫尺却连面都见不到。

崔道植对下属和同事却有求必应，曾经为了下属有更好的发展空间，和南方的公安局领导沟通推荐人才；还经常把在单位住宿的年轻民警带到家里改善伙食。可对自己的孩子，他只有一句话："我的荣誉，不是你们进步的台阶，路是要靠自己一步一个脚印走出来的。"

2006年，崔道植因荣获全国公安科技突出贡献奖，获得四十万元奖金，其中十万元归个人支配。对于这些奖金，崔道植没有一分留给家人使用，全部用于给黑龙江省公安厅、哈尔滨市公安局添置鉴定设备，还有相当一部分则用于购买鉴定器材捐助兄弟省市公安机关。

当时,身为"无房户"的崔道植二儿子正为购房款不足而发愁,他想给母亲买一处带有电梯的楼房。住上带有电梯的楼房,是母亲"这辈子唯一心愿"。

可买房缺钱是缺钱,但家人没有一个去"惦记"崔道植的十万奖金,且对崔道植将十万奖金用于工作的做法也没有任何异议。

直到2011年,崔道植的二儿子才贷款买了一处房子,而这时房子的单价已经由2006年的每平方米2800元上涨至9000元。

"常年点灯熬油进行课题公关,崔老有很多专利,完全有机会从中获得巨大经济利益,但他却把这些专利都无偿献给了单位。"崔道植的学生、深圳市公安局痕迹检验大队大队长梁传胜说。

崔道植对待工作的勤勉作风,让自己的家庭也拥有了一种特殊的醇厚之风。他以他特殊的人格意志感染、带动着自己的家庭,其身体力行的家教模式打造了与一般家庭不同的"警察家风"。

崔道植对自己要求严格,同样,对三个儿子都有着严格要求。其中老儿子崔英滨继承父业,在哈尔滨市公安局从事痕迹检验工作。

崔英滨原来在省警卫局服现役,同期战友如今都已经是团职干部。当年是父亲硬性要求他转业至公安机关传承"痕迹检验"事业,而且不让他留在省厅,提出"必须到最艰苦的一线积累工作经验"。

2018年春节,崔道植第一次问老儿子:"爸爸让你从事这个工作,后悔吗?"

崔英滨回答:"只要是爸爸让我做的事情,我从不后悔。"

"当我投身公安工作,满满理解了父亲。这十几年,我通过自己的努力和支队领导、同事对我的鼓励、帮助,取得了一些成绩,也算是没有给老爸丢脸。"崔英滨说,"我们哥儿仨性格上还是像父亲，工作上也与他一样很拼。"

目前，崔英滨先后荣立个人三等功两次、二等功一次，获得市局嘉奖七次。曾被授予过"哈尔滨市公安局优秀民警"、"十佳专业技术能手"、"严打整治先进个人"等荣誉称号，四次被评为"哈尔滨市公安局优秀共产党员"，连续三年被评为"哈尔滨市公安局优秀科所队长"，2012年被评为哈尔滨市第三十四届劳动模范，2015年获得"哈尔滨市民喜爱的好警察"提名奖，2016年荣获"全国优秀人民警察"荣誉称号，2017年获哈尔滨市公安局党建创四星提名奖。

崔门父子四人，个个都是所从事工作上的行家里手。大儿子崔成滨是省厅刑侦总队科技专家，二儿子是省厅反邪教总队业务骨干。

崔道植的工作作风六十几年如一日，但有时家里还是会起"争执"。如白银案攻坚的关键时刻，崔道植为了给国家节约经费，已经82岁仍一路火车赶赴甘肃。儿子们心疼父亲，"生气"地说："爸，我们花钱给你买飞机票，不花国家钱，还不行吗？"

"母亲，和我们兄弟三人，都是从内心里敬畏父亲的。虽然对他老人家曾有很多误解和不理解，但我们始终知道父亲是在做特别有意义的事情，他身上有太多值得我们学习却学也学不完的东西。"长子崔成滨说，"可以说，这些年来我们对他'爱恨交织'，但在支持父亲工作这一点上，却没有过一丝动摇。"

"给他当儿子，连埋怨他的资格都没有。他对事业的忠诚，和所有的身体力行是对我们最好的教育。"二子崔洪滨说，"荣誉、职务这类东西，父亲根本不往心里去。他的心思全在现场和那些研究课题上，所以心无杂念，所以长寿并且工作思维敏捷。"

红烧肉和烧茄子

崔道植从来没有离开过工作，公安部给他下达的任务也是一个接着一个。但因他的忙碌忽略了老伴儿，老伴儿的病痛也就成了崔老唯一的心病。

儿子们说：我妈这一辈子啊，所有一切都奉献给我爸了。

20世纪70年代之前，黑龙江百姓日常生活尤其艰苦，存秋菜、渍酸菜及冬天的柴米油盐、缝缝补补对于任何一位母亲来说都是严峻考验。以做棉袄棉裤为例，家庭成员每个人都需要薄厚各一，厚一些的应对深冬，薄一些的应对浅冬，加之大棉鞋、二棉鞋、单鞋等，所有这些大多要由母亲一针一线缝制。

崔道植在黑龙江乃至全国警坛威名远扬，有许多动人的故事和业绩，而他却说："如果说这些年我取得了一点儿成绩，那都是党培养教育的结果，并且给了我实现人生价值的平台，让我无时无刻都有一种'报恩'的思想。"从旧中国走过来的他，有对事业至高无上的追求，有对党和人民终生无悔的赤诚。在他看来，要向党和人民"报恩"，就必须落实到全心全意为人民服务、对公安事业尽职尽责的具体行动上。

没提老伴儿！任何场合，崔道植从来没说过感谢自己的家人，感谢自己妻子的付出；但是，他心里知道妻子为他、为三个儿子做了什么。所以，才有他在养老院里细心呵护老伴儿的每一个细节。崔道植希望，他能在生命最后的一段时光里，给老伴儿一些补偿。

往昔的日子里，补偿虽然也有，但十分稀罕。

将全部精力用在工作上的崔道植，从警生涯中鲜有陪伴家人的时候。青年时代，崔道植工作起来经常会通宵达旦，对家庭照顾得很少，洗洗刷刷、缝缝补补的家庭重任全部在妻子一人肩头。崔道植要么常年出差在外，要么扎进实验室不出来。妻子一度对他不顾家的做法抱怨很深，甚至私下里还说起过要和他离婚。每当妈妈有这种想法时,孩子们都会陪在她身边并做她的工作,把爸爸在工作中取得的成绩讲给她听,开导她。

当年,崔道植也有自己特殊的方法来补偿。每当出差回来,他都会亲自下厨为妻子做她喜欢吃的红烧肉和烧茄子,他用这样的方式来抚慰妻子的情绪。

"记得当年每次妈妈吃爸爸亲手做的红烧肉、烧茄子时,眼里总是含着泪水的。"三子崔英滨说,"成年后,我理解了母亲的泪水,那里边其实有对父亲的理解与支持,也有她的委屈和无奈。"

她在潜意识里成为了他

和老伴儿搬入养老院的一年时间里,是崔老陪伴妻子最为密切的一段时光。两个人从来没有像现在这样形影不离。

看望崔老那天是一个周末。我在养老院里和崔老一家共进晚餐,是一人一份的自助餐。

崔老为老伴儿剥开两只虾,又不断地给她夹菜,结果老伴儿对食物一点儿也不感兴趣,仅仅喝了一碗稀粥后,便把她餐盘里所有的虾、菜、馒头等,热情地推到我面前。

看来,她已经开始欢迎我这个"不速之客"了。

为了让她开心,我狼吞虎咽吃光了她给我的所有主食、副食。我们大家一起会意地笑了。

"走,回家!这里不是我的家,我的家在公安厅,我是干枪弹检验的!我是干枪弹检验的!"

晚餐后,她突然有些歇斯底里,开始像个小孩子一样闹着要"回家"。任凭大家怎么说,她也不回房间。那一刻,她似乎忘记了自己的名字"金玉伊",却在潜意识里成为了他。

崔道植温情满满地拉着她的手说:"玉伊,你不要急,我们回家……"

时间好快啊!1960 年在黑龙江省公安厅小会议室举行的那

次集体婚礼依然历历在目。1970年、1980年、1990年、2000年、2010年——以十年一个节点算起来，时间就像呼啸着的高铁列车，站台已为数不多。

结婚五十八载，崔道植常年在外奔波，往返于各种疑难案件现场。他在每一个现场都会停留很久，耐心观察寻找一个又一个扑朔迷离的微痕，因此她和他聚少离多。

结婚五十八载，她常年独自一人带着三个儿子洗洗涮涮、缝缝补补，一次次等待之间虽也曾哀怨争吵，但她却始终坚定地支持丈夫崔道植做好刑侦痕检事业。

结婚五十八载，当老年痴呆症把她裹挟时，她忘记了自己的名字"金玉伊"，却在潜意识里成为了他——公安厅里的枪弹检验专家！

于是，在成滨、洪滨、英滨三个警察儿子的陪同下，崔道植陪着老伴儿金玉伊开始围着养老院转圈。

迎着傍晚的风，一家五口人转了一圈又一圈。一圈圈走着的时候，崔道植眼中泛着泪，成滨、洪滨、英滨眼中也泛着泪。

一家人走到很累的时候，回到了养老院门口，小儿子英滨说："妈妈，公安厅到了，我们到家了……"

眼下，除了老伴儿崔道植，她谁也不认识了，包括她的三个儿子。即使是老伴儿崔道植，只要他离开她十分钟，她也会忘记他，直到他自我介绍说"我是崔道植"，她才会缓过神来，恢复对这世间为数不多的记忆。

听说"公安厅到了"，金玉伊老人显得很高兴。她旁若无人地唱起了那首几乎唱了一生的朝鲜族歌曲《没有门牌号的客栈》：今天还是走啊走啊，没有定处的身影；走过来的每一足迹被眼泪浸透……还给我的青春吧，我那最美好的青春！似箭般的岁月，谁能留住他！还给我的青春吧，我那最可爱最美好的青春！

此时，朝鲜族老人金玉伊唱起这首歌曲，早已经不像最美青春之时的字正腔圆了。在外人听来，一定以为那刺耳歌声是老年痴呆症患者的病理性反应。但崔道植却不这样认为，他所感受到的是，那个旋律始终是他心里最美的旋律，是她给他唱了一辈子的最美旋律。

在崔道植心中，那个旋律是只有他和她才会真正懂得的旋律，是唱出了他们一生的旋律。

"明天，我们去拉林，看看妈妈能不能在那里想起什么……"崔道植对儿子们说。

1952年的拉林，是18岁志愿军战士崔道植和16岁卫生站护士金玉伊相识的地方。拉林，也是那位曾在朝鲜战场身经百战的连队指导员介绍崔道植阅读方志敏手抄本《可爱的中国》的地方，还是那位曾在朝鲜战场救死扶伤的护士长介绍金玉伊加入中国共产党的地方。

拉林的寒风里，崔道植拉着老伴儿的手，走过了一条又一条街。

当年的街道还在，但两边的建筑物早已面目全非。崔道植在老伴儿耳畔反复述说着："我们，来拉林了，我们在拉林，还记得你的卫生所吗？就在那一边……"

金玉伊老人注视着卫生所曾经的位置，突然安静下来，凝视很久后自言自语地说："护士长……田毅……"

这个时候，她唯一记得的是入党介绍人。

朝鲜战场五次战役结束后的1952年12月，身为志愿军某部16团朝鲜族战士的崔道植跟着部队来到哈尔滨附近的拉林整训。由于文化功底比较好，并熟练掌握汉语、朝鲜语，崔道植开始承担培训三千名朝鲜族学生的教学任务。这个时候，从朝鲜战场上撤下来的大量伤病人员也集中在拉林，崔道植经常往返于伤员战友与三千名学员之间。

在朝鲜战场受伤被誉为"挂彩"，是一件光荣的事情。无论是在学校里，还是在卫生所里，时刻准备战斗的群情激奋，让人感觉可以赢得接下来的一切战斗。但是，受了伤的志愿军官兵在病房里的脾气还是很大的。面对那些容易发脾气的伤病员，朝鲜族女护士金玉伊总是很有耐心，尤其是她那热情爽朗的笑声，缓解了大家的伤痛。

护士长介绍金玉伊加入中国共产党的时候，崔道植绝没有想到这样一个优秀女孩会成为自己未来的妻子。后来，崔道植所在16团整编交给了黑龙江省军区，变成健康二团。1955年5月集体转业，崔道植来到黑龙江省公安厅工作。直到这时，才有人撮合崔道植与金玉伊。

确定恋爱关系的五年时间里，崔道植先后到中央民警干校（现中国刑警学院）、哈尔滨业余职工大学、哈尔滨医科大学学习，很快便成为黑龙江省公安厅刑侦专家。金玉伊也不断外出学习，成为了黑龙江省医院的脑电专家。相对而言，崔道植更加忙碌，五年时间里，金玉伊没见过他几次。恋爱的五年，也是聚少离多。

时光荏苒，青春岁月已经匆匆而过。

目前，妻子只要崔道植离开一段时间，就会不认识他。

每天在养老院食堂用餐完毕时，她依然会拒绝返回宿舍。她会逢人就说："我要回家，我的家在省公安厅，我是干枪弹检验的……"

这时，大家就会带着她围着养老院走上几圈，或是开车带她外出兜几圈，然后再回到养老院大门口告诉她："公安厅，到了！"

每天，她会因为回到"公安厅"而十分高兴，然后就会为大家唱那首《没有门牌号的客栈》：今天还是走啊走啊，没有定处的身影；走过来的每一足迹被眼泪浸透……还给我的青春吧，我那最美好的青春！似箭般的岁月，谁能留住他！还给我的青春吧，我那最可爱最美好的青春！

这一段歌词，其实正是崔道植从警生涯的真实写照。

最美好的青春！似箭般的岁月，谁能留住他！崔道植把最美的青春献给了公安刑侦事业。也正是因为有崔道植这样老一辈刑警的执着奉献，一代代公安刑侦人的接力传承，公安刑侦事业才能"永葆青春"……

扫描二维码即可观看
相关视频等

痕 语

谢沁立

耿作明的生活，从来与时尚不沾边，上班时一身警服、黑色皮鞋，下班时换一件夹克衫。这身装束从青年一直穿到中年。

可他对年轻人趋之若鹜的限量版运动鞋鞋底的模样，是流畅的线条、凹凸的花纹，还是整齐划一的菱形格或者不规则的圆形块，却一清二楚。

他不仅能从鞋印中分辨出是运动鞋底、皮鞋底，还是塑胶鞋底、布鞋底，还能通过这些鞋印找出相同的规律，勾勒出穿鞋人的走路习惯、高矮胖瘦。

"这是刑警的职业习惯，"耿作明对那些惊诧不已的人说，"处处留心皆学问。"

绕到谜面背后

戊戌年腊月二十五，双塔区小桃村。独居村里的65岁李老太被杀。

李老太的老伴儿老谭在镇子里打工，女儿和儿子都住在城里。老谭一星期回一次家。这天傍晚，他回到家里，发现妻子下身裸露，被利刃剜割，惨不忍睹，立即报警。

法医推断，李老太死亡时间大约在两天前。

老谭说，他回家时，院门关闭，插着门栓，房门是虚掩的。他借助邻居家的梯子翻过院墙才进了院子。院子里是土路，院子两旁堆满了劈柴、秫秸秆儿、砖头儿。

明亮的照明灯下，朝阳市公安局的刑警们现场勘查、法医验尸、痕迹搜索、拍照录像，各司其职，忙而有序。

市局刑侦支队副政委耿作明戴好手套和鞋套，并没有急于走进第一现场。

院子里有数枚脚印，多属于李老太、老谭，还有他们的女儿，只有一枚大小、形状相同的鞋印分别在院外墙根、院内土路、房间内水泥地面出现。

民警提取了最完整的一枚鞋印。

看着院子土路上的鞋印，耿作明自言自语道：身形瘦弱，个头儿不到一米七，男性。

然后，他就不再说话，继续盯着那枚鞋印。

他时而蹲下看，时而侧着头看，时而弯腰看，似乎要把那枚鞋印的纹路一道道刻进眼睛里。

他越看这鞋印越觉得眼熟。此刻，那些他曾认真研究过的鞋印——在脑海里闪现着。他确信自己一定见过这枚鞋印，只是究竟在何地何时见过，一时还有些模糊。

足足观察了十几分钟，耿作明对现场勘查大队副大队长杨家柳肯定地说：这枚鞋印我们一定见过，你负责串案，有印象吗？

杨家柳负责全市刑事案件的串并案工作。他将鞋印拍照传回队里，让技术人员进行比对。

很快，队里回复：这枚鞋印的花纹种类二十四天前在一个现场出现过，而那个现场正是眼前的李老太家。

当时，李老太报警说家中无人时，有人入室盗窃，丢了二百多块钱。民警在勘查现场时发现一枚鞋印，在汇报近期刑事案件情况时，附上了这枚鞋印的照片。虽说只是土路上不很清晰的鞋印，却被只是扫上一眼的耿作明留在了记忆中。

循着足迹追踪下去，民警在距离李老太家两公里之外煤渣场的煤堆旁发现了相同足迹，并找到了一副黑色线手套。同时，在距离煤渣场五百米远的一间蔬菜大棚的看护房里，看到燃烧过的炭火旁留下了一枚烟蒂。

根据这些痕迹线索，耿作明一条条分析，模拟现场，进行分析判断。

这个杀人现场与二十四天前的盗窃现场足迹种类一致，相同的地点，不同的日期和作案性质，如果串联起来分析，是不是本想图财盗窃，但在盗窃过程中被发现而临时起意杀人灭口？

李老太家所在的村庄是一个自然村，距离最近的国道两公里，位置非常偏僻。各家院落依地势而建，零零散散毫无规律。李老太家位于村庄深处，七拐八绕才能找到，犯罪嫌疑人两次光顾，是熟悉这里还是偶然巧合？

耿作明说，熟人作案的可能性很大。

相同的鞋印、新鲜的烟蒂，手套和鞋子的来源，这一系列线索和分析缩小了民警的侦查范围，确定了侦查方向。

用足迹找到烟蒂，用烟蒂很快锁定犯罪嫌疑人。除夕的下午，伴随着时断时续的鞭炮声，犯罪嫌疑人被抓获，是李老太女儿的前夫。

李老太的女儿和他有过一段婚姻，但已离异几年。离婚后，他的日子很是艰难，因为没钱过年，便找熟悉的人家入户盗窃。前妻家便是他的一个目标，第一次得手，再次盗窃时被李老太发现，他便凶狠地抄起厨房里的刀具对老人下了毒手。在那魔鬼般的疯狂瞬间，他忘记了被他杀害的老人曾是他的岳母，也忘记了老人曾用那把菜刀一次次地切菜做饭款待他。

他的作案过程与耿作明的分析相差无几。

命案告破，民警们总算过了一个踏实的年。

对耿作明来说，正是三十四年前从警之初的那个犯罪现场模拟重现，奠定了他一辈子从事的侦查工作的基础。

1984年，从辽宁省警察学校毕业的耿作明，被分配到朝阳市所属北票市的桥西派出所。他性格稳重、工作细心、勤奋严谨，深得同事信任和喜欢。工作刚满半年时，朝阳市公安局刑事技术处开办现场勘查培训班，所长珍惜这棵好苗子，派他去学习。

培训班的老师功力深厚，不是照本宣科，而是从实战中遇到的问题讲起——如何搜集现场的各种证据，如何规范操作，甚至连照相机的光圈如何调整，如何在暗室冲洗胶卷都讲得通俗易懂。

耿作明听得大开眼界，学得如饥似渴。

结业考试分为理论考核和实际操作。结果，理论考核，耿作明拔得头筹。实际操作考核时，考官设置了一起拦路抢劫案的现场，被害人的钱包被抢走，有一张工作证留在现场，还有一枚足迹。耿作明将现场勘查图细致地画在一页纸上，比例恰当；笔录记了三页，字迹工整；拍摄并冲洗照片十张。最终，耿作明的答卷获得全班最高分。

也正是这次脱颖而出，他实现了警察生涯的第一次跨越——他被调入朝阳市公安局从事痕迹检验工作。

在耿作明的从警岁月里，朝阳警方破获的所有重特大案件，都有他寻找犯罪痕迹的身影，都有他敏锐的目光闪烁，都有他独到的见解和分析。

纸上谈兵终觉浅，没有到过现场，就没有发言权。无论案件大小，耿作明都会去现场走上一遍，甚至十几遍。

现场就在那里，一切答案都在那里，就看你怎么去发现痕迹，怎么去化解谜题，找到答案。

枯井中的罪恶

朝阳市位于辽宁省西部，水资源不足，农村生活、灌溉用水多靠水井。家家户户院中有井，地里有井。一口口星罗棋布的井,养育着这一方百姓。那一望无际的田野上究竟打了多少口井,连当地人也无法说清;而幽深的水井中到底藏着多少秘密,更是无人知晓。

那是十五年前7月的一天,天气炎热。学校放假,但朝阳师专的学生小娟决定留在学校。她想趁着假期去做家教,给自己挣出下学期的学费,减轻家里的负担。

小娟举着一个A4纸大小的纸牌,上写"家教"两个大字,顶着烈日,站在市中心商场门口,盼着熙来攘往的人群中能有人前来咨询。

一个中年男子走过来,问:"姑娘,你是大学生吗?"

"叔叔,我是师专的学生。我有学生证。"见有人询问,小娟忙不迭地说,还从包里掏出自己的学生证。

中年男子接过学生证看了看,语气和蔼地说:"我想给孩子找一个家教,他是小学生,课业负担不是那么重,但需要老师帮助一下。"

小娟同意去做家教。

中年男子说:"我在外地工作,你需要办一张银行卡,我每个月把钱给你打到卡里。"

旁边不远就有家银行,小娟去办理银行卡时,中年男子在外面等候。小娟的银行卡办好后,就被中年男子要了过去。毫无戒备之心的小娟言听计从。

中年男子说,现在去认认我家门吧。

小娟跟着男子上了一辆帆布顶棚的老旧吉普车。

后来,再也没人见过小娟,她莫名其妙地失踪了。因为正值假期,学校并未掌握小娟的行踪,家人则以为她还住在学校忙着做家教。

一个星期后,一位中年男子跑到小娟的学校,递给门卫一张纸条,上面写道:"你们的学生小娟在我手上,两天之内你们得给这张卡上打五万块钱才能保住她的性命。"

纸条下端还写有一串数字，是银行卡号。

几天后，中年男子被民警抓获。当时他正在俨然一个小型加工厂的自己家中埋头用袖珍机床加工着五金件。他叫孙国祥，单身一人住在父母留下的一室一厅里。他没有正式工作，经常跟着一个装修队打些零工。他性格偏执，没有什么朋友，但心灵手巧，喜欢五金加工。为了制作一个零件，他会废寝忘食地不停打磨。邻居说，深夜里他的房间还经常有电钻的声音。在孙国祥的住所，民警发现了一把手工制作的手枪，能够射出子弹球。

那天，满心欢喜的小娟上了吉普车，坐在副驾驶座位上，不时地擦拭脸上的汗水。不久，她发现汽车正驶向郊外。她有些惊慌，让中年男子停车，中年男子"嘿嘿"笑着，猛踩油门儿，开得更快。她试图跳车，但汽车速度飞快，她没敢拉开车门，最终被孙国祥在车上强奸并杀害，扔到田里的一口水井中。

小娟就这样离开了这个世界，一个花季少女，涉世不深，只是单纯地想给家里减轻负担，却走上了不归路。市中心商场前依旧人来人往，不会有人记得曾经有一个瘦弱的女学生羞涩地举着"家教"的牌子，憧憬着未来。

看守所里的孙国祥面对民警得意地说："我反正最后也是死，这世界上没有值得我留恋的东西，我再告诉你们一个秘密吧。

"我还杀死过一个人，也扔在水井里。两年前，我和一个女足疗师好过。我总去找她，她叫冯路。有一天，我带她到凤凰山，她站在离我几米远的地方看风景。当时我只是想试一下我自己制作的手枪能打多远，有没有威力，我就冲冯路脑袋开了枪。结果，冯路死了。我这才知道我的枪能打死人。我把她扔在附近的一口井里，还往里扔了一些石块和其他东西，至少从表面上看不见她。"

"具体还扔了什么东西？"

孙国祥使劲儿想了想，说："好像有帆布。"

按照孙国祥的供述，冯路已经被害两年。这两年间，凤凰山周边地区因为开发改造，环境变化非常大。孙国祥记不清当时的标记，也找不准那时沟沟壑壑的山路。他将冯路的尸体扔进了哪口井里，是水井还是枯井，更是说不清楚。

耿作明和刑侦支队的同事们划出勘查范围。

在这个范围内，有很多口井。他们要逐一下井查找，找到两年前被杀害的冯路的尸体。

来到荒山野岭山沟里的一口井边，周围林密草丰，山风呼啸。民警们查找了两三天仍一无所获，都很心焦。

耿作明站在井口，他粗略观察，井口边沿的砖块已经破损，应该是很久无人使用。井口直径一米宽，深度超过二十米，看不清下面是否有水，表面似有片状的塑料膜覆盖，看不出原有颜色。

耿作明的心忽地猛跳了一下，他想起孙国祥口供中说"好像有帆布"。他有一种感觉，冯路的尸体就在这口井里。

只要下井一查看就能水落石出。

那年，耿作明刚满40岁。他拦住年轻民警说，让我这个老同志下去吧，如果井下藏着尸体，也是高度腐败，你们不要下。

耿作明穿好防护服，戴上头顶有灯的头盔。赶来援助的消防战士开启救援车上的卷扬机，一条钢丝吊绳垂下来，吊绳下端是一个三脚架。

耿作明拽住吊绳坐了上去。他悬在了空中，现场人们的心也跟着悬了起来。

一手拽着绳子，一手拿着相机，随着卷扬机缓缓下降，耿作明不停地对着井的深处拍照。

井外是三十度的高温，越往井下走，耿作明越觉得凉风嗖嗖从耳畔穿过。尽管见过数不清的犯罪现场，见过许多非正常死亡的尸体，面对诸多复杂情况，他都能冷静应对，但在这深不见底的井下，有那么一个瞬间，狭小的水井、冰凉的井壁、脚下可能存在的尸体，让他忽然生出一种莫名的恐惧，他的心"怦怦"跳着。但他很快调整好自己的状态，紧紧抓住绳子。他明显感觉到了自己手心里的汗水。

到达井下约二十米处，拍照后，耿作明先是掀开早已变成灰黑色的残破灯箱布，灯箱布下面是一些散乱的干树枝。当耿作明揭开灯箱布的一角时，已经闻到一股恶臭。他屏住气息，拍照。

他知道，这每一层物品的先后顺序都要与孙国祥的口供相对照，作为法律上的证据。

从井上到井下，从井下回到井上，耿作明反复了五趟。

将井下的秘密一层层揭开，把作为证据的物品带到井外。干树枝下面是大大小小二十几块不规则的石块，石块下面的井水中，赫然蜷着一具尸体。尸体大部分浸在水中，背部朝上脸朝下。

悬在绳子上在井里摇晃的耿作明，一阵心疼代替了恐惧。两年了，这个被人杀害的女人，她的尸体孤独地等待着有人发现，为她伸张正义，给想念她的家人一个最终的交代。

一阵阵恶臭令人作呕，耿作明精神高度紧张。他忍住身体的不适，精心观察着，拍着照。尸体已高度腐败，呈现尸蜡状态。如何将高度腐败的尸体带出狭小的井？

耿作明想借助吊绳上的钩子拉住尸体往上提，便于从尸下缝隙把绳子穿过去，然后系在尸体上将其拉出井外。谁知钩子脱落，尸体下滑。也许是女子冤魂未散，有意相助，尸体下滑的同时，竟使绳子另一端从水里浮了起来，正好卡在尸体的两腋之间。耿作明背靠着冰凉的井壁，顺利把尸体缠好，这才通知井上的消防队员将尸体拽出井口。

经过DNA检验，井下女尸正是失踪了两年的冯路。她从外地来到这里打工，只因为孙国祥产生了打算试试自制手枪的想法，便被剥夺了生命。

耿作明在井下的所见所"闻"、所拍摄的照片,在孙国祥故意杀人案的卷宗中占有沉重的分量。他从现场勘验的角度,在清理、打捞犯罪嫌疑人为掩盖犯罪而投入井中的石块、薄铁皮、广告灯箱布等杂物的过程中,发现并记录了其相互间的交错关系、先后顺序,成为甄别犯罪嫌疑人的口供、认定犯罪嫌疑人作案的重要证据。

他在案卷中记录下这一切,同时,也在内心不断加重着公平正义的砝码。在常人眼中,刑事现场勘查民警没有特警的勇猛和霸气,也不会有追捕刑警的冲锋在先,作为技术警察,他们多了几分儒雅,多了几分沉静。而在这儒雅和沉静的背后,是触类旁通的知识积累,是对稍纵即逝的痕迹捕捉,是对蛛丝马迹的细心搜索。

在耿作明的痕检经历中,从另一口井下探出的秘密,让他对金属材料、工艺领域做了一番研究,还写出了学术论文。

那是二十多年前的一起案件。

这是一口供热管道维修井,在地下三米处,用于一年四季为工业企业供热。大约十平方米的管道井里,布满横横竖竖的供热管,常年温度保持在六七十度。

工人下去维修时,看到一具腐败的尸体,吓得魂飞魄散。他跌跌撞撞爬上地面,脸色煞白,惊恐万分,好半天才缓过神来,这才感觉到身上的刺痛,原来是身上的多处皮肤被供热管道烫伤。

尸体在管道下面的泥水里,露出一半,不辨男女,难见模样。

经过法医鉴定,死者为年轻女性,死亡时间在半年以上。尸体颈部紧紧勒着一截直径1.8毫米的细铁丝。

细铁丝是最重要的物证和线索,也是现场唯一的线索。

痕检民警勘查现场、检验证据时,最关注"五个字":手、足、工、枪、特,也就是手印、足迹、工具痕迹、枪支痕迹以及特殊痕迹。

从细铁丝断端的痕迹能够确定剪断铁丝的工具，继而可以追根溯源。但这根细铁丝的断端已在高温环境的水中严重锈蚀，根本不具备检验条件。

现在，这段长约四十厘米的铁丝摆在了耿作明面前。这上面到底藏着什么秘密呢？

耿作明在显微镜下观察着细铁丝。细铁丝表面因为镀过锌，并未被锈蚀，显得很光滑，但在放大显微镜下细细看，表面似有线条状痕迹。在痕迹检验中，线条粗细、间隔是否具有规律性都能验证不同的情况。

耿作明发现，在这段细铁丝表面，间隔的线条不稳定，随着长度的变化，线条也在变化，不连贯。

这种细微的变化能否作为鉴定意见而采用？它又具有怎样的意义呢？

实验室里静悄悄的，耿作明的心里却波涛汹涌。他在思考着细铁丝上的各种可能性。

走出实验室，耿作明去了一家新华书店。在专业书籍的书架上，他一眼看到《金属拉拔工艺》、《金属拉丝及镀膜工艺》两本书，如获至宝的他赶紧把书拿在手里。薄薄的两本小册子解答了他的许多疑问。但隔行如隔山，字面意思能够理解，实际制作的过程却无论如何也想象不出来。

耿作明找到一家铁丝厂。他要亲眼见证一下铁丝被拉拔成型的全过程。走进车间，他大开眼界，被拉拔成型的各种型号的铁丝摆在一起。拔丝眼直径决定着铁丝的粗细，铁丝外表的线条痕迹都在拔丝孔上形成。

他很快发现一个细节，但那两本书上均未提及。工人在拔丝时，会在铁丝外表撒上滑石粉类的粉末用于润滑，细小的粉末有时会粘在拔丝孔里，造成很长一段拉出的铁丝具有相同的条状痕迹。而如果拔丝孔内壁欠光滑，也会使一定长度的铁丝表面留有条状痕迹。如果能够对拉拔出的痕迹做出距离和变化测定，也许就能确定犯罪现场的铁丝是从某一盘铁丝上截断而来。

耿作明从铁丝厂搜集了不同粗细的铁丝，每一种的长度都是十米。他又去建材市场买了其他厂家出产的不同型号的铁丝，同样也是每一种十米。

这些铁丝被耿作明带回实验室。没有人知道他要做什么研究。何况，一堆铁丝能研究出什么结果来？

耿作明将每种型号的铁丝编号后，分别截取一米，再将这一米长的铁丝剪成两厘米的一小段，每根铁丝剪成50段，每个小段都进行连续的编号——1号铁丝的第5段为"1-5"，1号铁丝的第49段为"1-49"，5号铁丝的第20段为"5-20"……

整整二十天，耿作明的桌子上堆了几百段打着标签的铁丝。

他一段段在显微镜下仔细观察，找寻着表面线条中的规律性、连贯性。

在那段日子里，他眼中是铁丝，脑子里是铁丝，睡梦中闪现的还是铁丝。他似乎被那变化多端的铁丝表面上的线条紧紧吸附而无法自拔。

经过观察，他最终得出结论：粗的连贯的线条，超过二十厘米几乎不发生变化。细线条，超过二十厘米就会发生变化。因此，他确认了金属线表面的拉丝痕迹具有连续性和一定范围内的特定性。

如果侦查员能够在犯罪嫌疑人家里找到铁丝，并且在作案后没有应用或者应用很少，那么在那盘铁丝上，将看到与死者身上的铁丝相同且连贯的线条。

耿作明对铁丝表面线条进行研究的同时，侦查员们通过大量走访、调查取证，确定了犯罪嫌疑人，并在其家中提取了一些截面为1.8毫米的铁丝。

最终确定，勒在被害人颈部的铁丝，就是从在嫌疑人家中搜查到的铁丝上分离下来的,而且分离距离很近,中间几乎没有再使用过。

犯罪嫌疑人的供述最终证实了这一点。

被害人与犯罪嫌疑人本是情侣。在两人的一次争执中,嫌疑人将女方掐死,又用家中的铁丝勒在女方脖子上,趁半夜将其扔进了管道井。

耿作明用金属线表面的拉丝痕迹的检验,开辟了痕迹检验的一个新领域。他撰写的科研论文,被刑技民警奉为教科书级的必读样本。

笔记本里的疑案

自三十四年前从警那天开始,一直到今天,八十一本大大小小摞在一起达一米多高的笔记本,记录了耿作明精彩的破案人生。

随手翻开来看,一行行洒脱的钢笔字,写下的是案情的描述、破案的思路和体会。一个个笔记本,记录的是朝阳城市的变迁,犯罪分子作案手段的变化。字里行间永远不变的,是一位刑警澄澈的内心和对职业的忠诚。

这个记录本,是2003年里的一本,里面记录了一起盗窃案。

5月的一天上午,8点刚过,市区的一家食品厂报案,财务科的保险柜丢失了三十一万元现金。

耿作明和同事很快到达现场。

财务室在一楼,防盗门完好无损,没有被撬痕迹,窗户完好无损,放钱的保险柜表面也是完好无损。表面看,这是一个和往常一样平静安全的财务室。但四名工作人员都确定前一天下午确实从银行取出三十一万元现金放进了保险柜,准备今天给员工发奖金。

监守自盗？对相关人员逐一排查，可他们都有发案时间内不在现场的证人证明。

负责保管保险柜钥匙的雷姐会是作案人员吗？耿作明把思路拉回到眼前，心里自问着。

雷姐40岁，离异，前夫在外地。她坚定地说，钥匙从未离身，晚上一直和15岁的女儿在家里，没有外出。自此，她女儿作案的可能性也被民警排除。

耿作明再次拿起雷姐的钥匙。

钥匙串上有四把钥匙，包括财务室防盗门的钥匙一把，保险柜的钥匙一把，还有她自己家里的房门和屋门钥匙各一把。这四把钥匙她每天必用，从不离身。

耿作明仔细观察着。他发现雷姐家里的房门钥匙和财务室防盗门的钥匙颜色相同，外观相像。

仔细甄别后，他确认雷姐家里的房门钥匙没有仿型痕迹，而财务室门钥匙却有仿型痕迹。

是雷姐用仿制钥匙盗窃，还是另有一人拿着仿制钥匙？作案人一定非常熟悉雷姐的工作、生活情况。但雷姐和女儿已排除作案可能，那么，应该还有一个人没有进入警方视线。

是谁？

雷姐被单独留在了现场。

"你还有一位亲近的人没有说出来！"耿作明紧盯着雷姐的面部表情、眼神变化。

"我、我没有什么亲近的人了，"雷姐低着头小声道，"我肯定没有偷钱啊。你们不是都证明了吗？"

耿作明说："既然你说没有作案，你也不必有什么隐瞒，也不必包庇其他人。把你知道的，你生活中接触得最亲密的人告诉我。"

"唉！"雷姐深深地叹了口气，"这也太难为情了。"

雷姐不敢正视耿作明的眼睛。她说出了自己藏在心底的秘密。

原来雷姐几年前离婚后，独自带着女儿生活。一年前，她在商场买东西时，一个剪着短发、个子高大的女子向她问路。雷姐热心地给她画了张图，指点路线。女子是个背包客，常常一个人旅行。雷姐的热情让她很感动。两人一见倾心，越聊越贴心。相识不久，女子就住进了雷姐家里。有时雷姐加班，女子还到厂里来接她，并经常用雷姐的钥匙开门。雷姐的一切，她了如指掌。

"那个女子现在在哪里？"耿作明问。他决定马上见这个神秘的女人，揭开案件的真相。

"她在我家住了一个月，但今天早晨没和我打招呼就走了。我也不知道她去哪儿了。"雷姐竟然对女子的背景一无所知。

耿作明根据仿制钥匙查出了这个隐秘的人，根据这条线索，侦查员在盘锦将犯罪嫌疑人抓获。

女子偷窃的原因竟然很简单。

她住在北京，家境富有；盗窃保险柜里的现金，不为钱财，而意在控制雷姐，让其与她长期厮守。她说她真心喜欢雷姐。

现金一分未动，如数追回。

另一个笔记本，是2018年的，开篇就是一起疑案。

除夕之夜，小区里一家别墅被盗。

业主一家到父母家吃年夜饭，回到自己家时却发现二楼房间里的保险柜被撬开，丢失现金、首饰等贵重物品，价值约二百万元。

除夕夜，耿作明刚回到百里外的老家陪伴父母。

接到警情后，他立即赶到了案发现场。他想和同事趁着居民们还在睡梦之中，趁着现场外围道路上的痕迹还没有被破坏，查找并确定犯罪嫌疑人的进出轨迹。

经过连夜勘查，现场发现有足迹、手套痕迹，一些物品被翻动过，打开保险柜的方式还很有些技术含量。

从室内足迹情况分析，作案人为一人进入室内，戴手套，持有撬压工具。

耿作明仔细观察着现场内外。谁亲自查看了现场，谁才有发言权。他一直遵循着这个原则。他从不走马观花，而是细之又细。他一直感觉破案就像解谜题。犯罪嫌疑人有意或者无意置下谜面，他和同事们必须去揭开谜底。这个过程十分焦灼，却也有独特乐趣。当谜底在绞尽脑汁后终被解开时，那份酣畅淋漓的快乐是刑警特有的待遇。

被盗的别墅位于小区最后一排。距后窗三米远，是小区的铁丝网围挡，两米高。围挡外是一栋六层普通住宅。铁丝网周围没有路，少有人清扫，地上覆盖着枯枝败叶。铁丝网有一个新近被剪开的豁口，应该是工具钳所为，能容一人侧身通过。普通住宅墙外的边沿有一个视频监控探头，但因故障无法使用。

小区门口的监控正常工作。但一天中，来往行人和车辆很多，怎么确定正在通过的某个人是犯罪嫌疑人，正在通过的某辆车里坐着犯罪嫌疑人呢？

耿作明说嫌疑人的左脚有残疾，走路会跛脚。

视频监控中发现了跛脚男子。

小区外一百米远的垃圾堆旁，发现了与现场相同的足迹。

二百米远的公路旁，民警们在条件复杂的人行道上发现了作案人徘徊的脚印，与中心现场足迹相同，确定了犯罪嫌疑人来往的路线。

通过犯罪嫌疑人来往路线，在相隔的马路边找到了他驾驶的银色汽车……

大年初一、初二、初三，耿作明和专案组六十余名民警的春节假日，是在室外零下二十度的寒风中度过的。他们嘴唇麻木，手指僵硬，腿脚冻得几乎没有知觉。取暖的方式，就是到汽车里开上暖风暖和一下。更主要的是，节日期间，饭店关门，他们常常连饭都吃不上。他们笑称自己是在被动减肥。

证据不断被确定,证据链条逐渐串联、清晰。

大年初四中午,犯罪嫌疑人在沈阳的家中被抓获。

因为过年,所有的首饰还没来得及变卖,完璧归赵。

犯罪嫌疑人以前因为车祸造成跛脚。他在这个小区多次踩点,挑选家中经常黑灯的人家为作案目标。

"非案"之"案"

从警多年,耿作明经历过大大小小数不清的案例,无论当时多么悬疑,都随着时间推移而渐渐模糊了细节。他印象最深的案件竟是两起最终不是案件的死亡"案件"。

王爷爷和老伴儿带着小孙子一起在农村生活,儿子儿媳在外地打工。孙子上小学二年级,每天早晨要在家里吃早饭。王爷爷赶集时负责副食、日用品的采买,王奶奶管理着一家的柴米油盐,天天在灶上忙碌。王爷爷认为豆腐皮是营养食品,就常常买来,小孙子特别喜欢吃。他将每次买的豆腐皮放在厨房一个塑料兜里保存。

那天早晨,王奶奶照顾祖孙俩吃了早饭,都吃的是开水冲鸡蛋、豆腐皮,她自己却不舍得冲一碗这样的"营养餐"。一个时辰后,王奶奶刚端起饭碗,屋里的王爷爷"扑通"一声倒在了地上,不省人事。王奶奶吓得不知所措时,接着又有电话打来,学校的老师说小孙子突然出现严重中毒症状,正送往医院抢救……

王爷爷还没送到医院就咽了气。小孙子病危,在医院抢救。

灶台上还有没吃完的豆腐皮和其他一些蔬菜。

王奶奶说不清楚农药的事情,她也没吃豆腐皮。儿子儿媳怀疑她,村里人也怀疑她。她只会捶胸顿足地哭,什么也说不清。

农药和豆腐皮的关系?王奶奶是否为犯罪嫌疑人?她有杀害亲人的动机吗?集市上的豆腐皮是否被农药污染?有多少人

最近买了或食用了豆腐皮?

这样一想,所有民警立即紧张起来。食品安全关系民生,十万火急啊!

警方一方面协同有关方面对市面正在售卖的豆制品进行管控、检验;另一方面,由耿作明带领技术民警对王爷爷家的三十余份食材进行毒物检验,寻找线索。

现场,实验室。实验室,现场。

耿作明来来回回很多次。

每一次,他都站在王爷爷和王奶奶生活的地方,根据家具的摆放、锅碗瓢盆的搁置地方,想象着他们日常生活的情景。

现场勘查民警发现厨房的角落里有一瓶农药甲拌磷,盖子拧得不紧。瓶子外表的痕迹经过鉴定,有王爷爷的指纹。

王奶奶回忆说,那是王爷爷不久前从集市上买来的,用来灭自家菜地里的虫害,她并没有使用过。在农村,家家户户存些农药司空见惯,而在王爷爷和孙子的呕吐物中,发现有甲拌磷的毒素成分。在豆腐皮的检测中,分层搁放的豆皮,有的含有微量农药成分,有的就没有。

这是什么原因呢?耿作明思考着豆腐皮中的秘密。

不是豆腐皮的问题,是用于包装豆腐皮的塑料袋有问题?

马上对塑料袋里里外外的残留物品进行毒物理化性质分析检测。

就这样不停地检测,不停地思考,不停地在脑子里还原一切可能出现的情节。

耿作明忽然想到王爷爷赶集时的双肩背包,那是塑料袋之外的又一个包装袋。

王奶奶说,王爷爷每次赶集都会背着那个背包。背包的里层经过毒物理化检测,有甲拌磷的成分。

经过几个昼夜的勘查、检验,最终还原了事情真相。

上一次王爷爷赶集时背着帆布双肩包。他买了玻璃瓶装的农药甲拌磷放在背包里。玻璃瓶封闭不严，途中有轻微渗漏。他到家后发现农药漏在背包里，便简单清洗了晾干，再次赶集时还是背着这个包。他将塑料袋装的豆腐皮装在背包内，由于干的豆腐皮较硬脆，将塑料袋刺破，有部分豆腐皮漏在背包里，而清洗过的背包其实还残留了农药。王爷爷和小孙子正是吃了被农药污染的豆腐皮，出现了意外。

接到这个结论，痛失亲人又饱受怀疑的王奶奶在王爷爷墓地前委屈得大哭了一场。

经历了整个案件侦破过程，耿作明心里很不是滋味。本是快乐生活的祖孙三代人，因为这样的致命失误而阴阳永隔。他觉得每一次出警，都是对正义和公平的考量，也是对人性的终极探究。

另一件事，是有关父子俩的一起"案件"。

那一次的一瞥，就连久经沙场的耿作明都经历了一次"惊魂"。

8月的一天中午，有人报警，说邻居家的父子俩好几天没有露面，家中有臭味传出，而且越来越严重。父亲60多岁；儿子30多岁，有精神病。是不是父子俩发生了什么意外？

出警民警请开锁公司打开房门时，房间里恶臭扑鼻。这是套一南一北小两室住房，厨房位于北面，卫生间处于两室之间，没有窗户。老父亲在北面房间的床上，早已死亡。因为天气炎热，尸体呈现高度腐败状态。床上、地上有尸液，很多蛆虫在蠕动。出警民警查看另一个房间，并没有看到死者的儿子。

耿作明赶到现场，得知的信息是，现场有一位死者，患有精神病的儿子不知去向。

他小心翼翼地从进门处的厨房看起，他的眼睛在搜寻着每一处，仿佛录像机正在录入。他重点看了厨房的刀具，发现刀架上并没有菜刀，一下子警觉起来。

中间的卫生间紧紧关着门。耿作明轻轻转动球形门把，开了一小条门缝,里面黑黢黢的。再打开一些,门外的光亮立即照进卫生间。

他看见地上有一只穿着鞋的脚。当他推开门的一瞬间,那只脚嗖地缩了进去。他吓了一跳,是那个患有精神病的儿子!

他忙关上门,抓住门把手,喊在场的同事:儿子还活着!在卫生间。

民警们冲了过来。卫生间里,只见一个表情木讷的壮汉歪坐在地上的粪便里,浑身上下脏兮兮的,很是虚弱。旁边地上有一把菜刀,但刚才的缩脚动作耗费了他最后的一点儿力气,几天没有吃饭的他已无力拿起菜刀。

经过现场勘查、尸体检验和走访调查情况分析,老父亲是因为疾病而死,儿子并没有杀害父亲。

民警把儿子送到精神病院,医护人员帮他清洗干净,让他吃了顿饱饭。

经过一段时间治疗后,儿子一点点还原出那几天的情景。他说,爸爸躺在床上不起来,不给我做饭吃,他不要我了。

每每想起这父子俩,耿作明都觉得心疼。老父亲一直在尽心尽力照顾精神障碍的儿子,他怎么会不要自己的儿子?只有死亡才能将他们分开。

每每想到卫生间里的那一只快速缩回的脚,他的内心多少有些后怕。如果一把刀就举在黑暗里,后果真的很难想象。

但每次出现场,耿作明依然义无反顾,依然会去探究每一扇门背后的秘密。

满身绝技传后生

刑事案件的现场勘查、痕迹检验是公安刑事侦查工作的最前沿,也是案件侦查和诉讼的第一个环节,是案件侦破和诉讼的基础。刑技和侦查工作相辅相成,缺一不可,只要在某一点突破，就能立即找到破案方向。

刑技工作是脑力活儿，需要斗智斗勇；也是细致活儿，需要抽丝剥茧，细梳慢理；更是体力活儿，需要有强健的体魄和持久的耐力。

耿作明曾经在盛夏，为了最大程度获取物证并准确确定每一件物证所在位置、物证间的相互关系，详细又反复地勘查尸体高度腐败的沙土现场。他带领现场勘查人员，双脚踩在被腐烂尸体流出的液体浸透的沙土上，用双手一捧一捧甚至是一小捏一小捏地剥离，力图发现并提取隐藏其中燃烧不完全的衣物残片。残片上面浸透着腐尸液体散发的尸臭味，并黏附着大量泥沙。为了能够分辨颜色、花型图案等特征，他将衣物残片在水中反复揉洗。他还通过掩埋尸体的沙土、树枝、树根、杂草等相互间的位置关系，分析被害人在被害前的状态，以及作案人焚烧、掩埋尸体等作案过程，为确定案件性质、刻画作案人的心理特征以及犯罪嫌疑人被抓获后的审讯、甄别犯罪嫌疑人口供提供了客观、可靠的证据。

他曾经在零下二十度的大雪天气，提着勘查现场的工具箱，顶着大风，步行七八里山路，一步一滑走到位于山顶的守夜房，勘查一起看门人被害的爆炸案。守夜房坍塌，证据被毁，飞扬而下的大雪掩盖了很多痕迹。整整一天的细致勘查，耿作明毫不放弃，一路追踪。他认定，犯罪嫌疑人总会留有痕迹。在下山路上的一个雪窝旁，他发现一枚足迹。这枚足迹是球鞋底的特征，特殊的是，在脚心处有一个长约五厘米弯曲的凹痕。耿作明立即断定，这是鞋踩过滚烫的炉钩子留下的痕迹。根据鞋印的位置和其他线索，耿作明判断，这是犯罪嫌疑人逃离时留下的脚印。随后，办案民警在走访中，很快发现了穿着这双鞋的人，他脚底的凹痕正是踩在炉钩子上留下的。

耿作明曾经一次次不厌其烦地蹲在犯罪现场，从不起眼的门框上找到一点儿陈旧血迹，从而揭开了一个女人失踪半年之谜，确定了犯罪嫌疑人在家中将上门推销草药的外地女子强奸杀害，并将尸体扔到水井中的犯罪事实。

他曾经利用遗留在挂锁商标上仅有的 0.8 毫米 × 3.21 毫米的痕迹，认定嫌疑人的盗窃犯罪事实，从而使一个几乎逃脱法律制裁的大盗落入法网。

耿作明性格儒雅，不那么像刑警。他身怀绝技，却待人平和，从来不大呼小喝发脾气。

对新一代刑技民警，他会让你大胆按照自己的想法去做。但他会跟在你身后，做好了，为你喝彩；做得不好，随时纠正。

耿作明研究案情，不说话时凝神倾听，发表意见时一定是有理有据、深思熟虑。他有了百分百的把握时，才会说出自己的判断。而平时，他不是一个善于表达的人。

虽然不擅表达，他却特别爱提问。

一个火灾现场，残留一个塑料卡扣样的小物件。老耿问，这是什么？年轻民警拿在手里看了又看，最后摇摇头，答不上来。老耿说，这是抽水马桶里的上水阀。

一位老人在家中遇害。现场的窗玻璃上有擦地的墩布擦拭的痕迹，粗重的水印。老耿问，这一细节意味什么？意味着老人平常自己生活，无人帮忙照顾，想擦玻璃，但个头儿不够高，腿脚也不便，只好举起墩布擦几下。老耿似是自言自语，又似是讲给年轻民警听。

朝阳市下属的北票市矿产资源丰富，曾经有多家矿产企业在矿井下作业。作业中需要大量雷管进行爆破。当时，雷管的管理不完善，家家户户都存有一些，以供打井、开山时用。后来，一些采矿企业倒闭，社会上却还有人在使用数年前存留的雷管。

爆炸案时有发生，有人员伤亡。是因雷管引发，还是其他化学物质引发？是爆炸造成人员伤亡，还是杀人后用爆炸现场掩饰？这都需要耿作明和同事们分辨、鉴定。

爆炸现场往往房倒屋塌，一片狼藉，碎铁片、碎玻璃、碎塑料，一切都是大大小小的碎片，混乱不堪。能在现场找到雷管就是奇迹，但年轻民警根本不知道雷管爆炸后是什么样子。

耿作明想了一个办法。

他从废品站买来废旧煤气罐，用电焊打开一个小口，放进一枚雷管，在宽阔的空地上引爆雷管，再将煤气罐破拆，让大家观察雷管爆炸后的样子。除去烧毁的物质，煤气罐里只剩下卷曲的不规则的米粒大小的颗粒。此情此景，使年轻民警再也无法忘记爆炸后雷管的样子。

耿作明还带领民警们做各种试验。埋在地下的炸药、雷管炸完什么样？地上什么样？火雷管和电雷管炸完有什么不同？铁皮雷管爆炸又是什么样？他们在案发现场找到的雷管碎片，为侦查部门提供着侦破方向。

这一系列试验，极大地提升了朝阳公安刑警的破案水平。

耿作明是严谨的人，却也是十分风趣的人。

朝阳的冬天特别寒冷，特别漫长。每当民警出现场，需要一连几个小时在户外勘查，那股寒冷透入骨髓。他们常常嘴唇麻木说不出话来，手脚不听使唤。有时，大家会在空地上歇一歇，点燃一堆篝火取暖。年轻民警杨家柳至今都记得当一堆篝火点起来时，耿作明对他说，小杨，今天是你的生日，这堆篝火就代表生日蜡烛吧，我们祝你生日快乐！

冰天雪地中，一堆篝火的温暖让杨家柳感慨万千，眼泪充溢在眼眶，幸福充满在心中。他觉得受过的那些苦和委屈都在这一瞬间消失得无影无踪，他为自己战斗在这个为人民服务的集体中而感到光荣与自豪。

有一种刑警，是他到了现场，所有的人都会放心，因为案子准会破获。

有一种刑警，是只要内心坚信总有一抹痕迹印证着罪恶，他就会找到痕迹。

有一种刑警，被年轻民警当做标杆，从警就要一辈子当他那样的警察。

耿作明就是这样的刑警。

他虽然已经55岁，但仍然奔波于案发现场。只有闲下来的片刻，他才会想一想退休之后的日子。

他想，退休后终于有时间陪伴年迈的父母，希望到那时候他们还能拉着他的手微笑。他也想，那时终于有时间陪伴妻子雪卉，实现一起去海边看夕阳的愿望。那时候，他们一定会慢慢聊着几十年间的往事，把这些年没有时间说的话都说上一遍⋯⋯

但这一切，现在还只能停留在想象之中。

痕迹无声，刑警有心，人间有爱，正义有期。

面对一起起悬疑刑案，为了早一点儿还原真相，找出真凶，耿作明依旧在日夜兼程，一次次兑现着当年初入警营时的誓言。誓言里有他美丽的梦想，更有他无畏的担当。

扫描二维码即可观看
相关视频等

通辽刑警马忠钰

张玲玲

"老马啊,你再考虑一下,经侦、法制都可以,不然去分局,一把位置你随便挑。"

"行,局长,您都找我四次了,我不同意说不过去了。这样吧,这个刑侦支队支队长我不当了,我啥也不要,您让我留在刑侦就行。"

"……你这个犟马……哎,随你吧,真拿你没办法。"

老马?谁啊?

老马叫马忠钰,他是内蒙古自治区通辽市公安局刑侦支队的支队长,全国公安"百佳刑警"中为数不多的"白衬衫"。

他参加公安工作三十八年,当刑侦支队支队长十五年。换了四任政委,他都不换岗。他视刑侦如命,经和局长这么一犟,终于留在刑侦直到明年退休。

老马一辈子干刑警,故事多得要命,今天我就由近及远讲三个。

一、月黑风高西辽河

这第一个故事有些悲凉。

2016年6月18日那天早上,风和日丽,科尔沁区木里图镇的农民董力正哼着小曲儿在田里干活儿，一抬头看见田里有一团黑色的东西。

跑近一看，妈呀，一辆烧焦的车。董力围着车看了一圈，车里好像没人，赶紧掏出手机报警。

科尔沁区分局刑侦大队民警到现场一看，车烧得就剩架子了，也没啥有用的信息。

回去一查，啥车？福特金牛座，香槟色的，价值二十四万多，刚买不久。

车主是一女的，姓肖，25岁，是一名护士。车主哪儿去了？好好的车为啥烧了？自燃，还是出事了呢？家属也报警称人失踪了，民警也到处找。一转眼十天过去了，焚车案没有进展。

6月的天，孩子的脸，说变就变，连下了两天大雨。

6月28日早上，开发区一公司的小职员晶晶赶着去上班。这大雨怕是要迟到，抄近路吧，她撑着伞从柳荫路的公园穿行而过。哎哟，脚下绊了一下，差点儿摔个大跟头，一低头，魂吓没了，声都叫不出来了。只见一只人手从土里冒出半截，姑娘腿一软，直接坐地上了。

警察来了，挖出一具女尸，下半身赤裸，脑袋上一个大洞。一验DNA，正是失踪的女车主肖楠。经法医鉴定，死因是脑部遭重击导致颅内大面积出血，而且死前遭受了性侵。

父母知道后，几乎快疯了，就这一个宝贝女儿，未婚的大姑娘，怎么就遭遇了这样的不幸？

车烧了，人死了，典型的抢劫强奸杀人案，性质十分恶劣。

两个案发现场距离三十多公里，由开发区分局刑侦大队并案侦查。但由于大雨冲刷，现场除了一条项链，没有其他线索。

7月，新局长上任，听说这案子迟迟未破，拍桌子大怒，让刑侦支队直接接手。

马忠钰被委以重任，限期破案！

案子未破，流言四起。有说社会治安差的，有说公安破案能力不行的，还有说女护士生活作风不检点，与人私会才会遭遇不测的。

肖楠父母气得要自杀，抱着肖楠遗像几乎天天坐在马忠钰办公室里哭得死去活来。

马忠钰只能忍着。人家本来就够惨了，更骂不得、赶不得，还要茶水饭菜伺候。都是为人父母，他能理解他们的心情，也许对他们来说，坐在他办公室里才能找到些安慰，就随他们吧。

内蒙古自治区公安厅领导开大会点名批评，让马忠钰如坐针毡，颜面掉一地，心中郁结了一口气。

从那天起，马忠钰就睡在了办公室，不破案不回家。这"犟马"又犟上了。

他不抽烟，也不喜欢打麻将，他的解压方式有点儿特别，沿着肖楠遇害的柳荫路大坝一路暴走。

桥下的西辽河水静静地流着，像肖楠无声的哭泣。

马忠钰让民警调取了两个案发地的监控录像，慢慢发现了一些端倪。

肖楠家住在通辽市的北面，上班地点在中心地区，而案发地却在南面。她每天上下班的路线与案发地相隔甚远，方向截然相反。可案发当晚11点多，她却驾车到了开发区的柳荫路，把车停在大坝下，自己走上大坝，边走边玩手机。

要不说这女孩子防范意识差呢，大晚上不回家在黑漆漆的桥上瞎逛，胆儿真是够肥的。

事后马忠钰才知道，肖楠当时发现有一个男的跟着她，也害怕了，边走边回头看，后来发现男的坐在台阶上没有继续跟，肖楠也就放松了警惕，又继续玩手机。

这就让她走上了不归路，是命运的捉弄，还是有预谋的杀害呢？

那么又是谁引她去那里的呢？

肖楠最后一通电话，是晚上9点多打给男友李庆的，两人在电话里吵了一架,后来谁也没有联系谁。

李庆是牙医,案发那天,他自称在诊所加班。

马忠钰见到李庆的时候,他情绪十分激动,除了悲伤,更多的是气愤。

"你们还让不让人活了?我都说了人不是我杀的,本来我和楠楠都要结婚了,我怎么可能杀她?你们隔三岔五来找我,身边的人以为我有问题,都离我远远的,我内心的苦你们谁知道……呜……"

李庆哭得全然不顾形象,鼻涕眼泪扭成一团。

马忠钰不吱声,默默地看着。随后,就转身离开了。

几个年轻的侦查员跟上来:"马支,李庆是肖楠最后联系的人,我们觉得最可疑,所以就多找了他几次。"

"你们这是破案吗?你们这是扰民!人家告你都没话说。"

"不是,马支,我们是有原因的。我们了解到肖楠谈过好几个男朋友,我们想从她的人际关系入手。"

这一问,才知道,侦查员把肖楠几个前男友查了个遍,其中一个已婚的,因为警察找上门,老婆正和他闹离婚。

马忠钰一听,气得冒烟。

"刑警的颜面都让你们丢尽了,有你们这么查案的吗?以后还怎么和老百姓打好关系?"

几个年轻的侦查员没见过马忠钰发这么大火,都吓得不敢再吭声。

回到办公室,马忠钰仔细翻阅笔录,让自己冷静下来,回忆李庆的举动,他相信李庆不是凶手。

民警根据时间轴,刻画出了凶手开着肖楠那辆车的行驶轨迹。让民警们疑惑的是,他完全不按套路出牌,看那路线就是瞎逛,没有明确的目的。监控拍下了他驾车的清晰画面,但这人反侦查也有两把刷子,他把遮阳板放下来挡住了上半部的脸,所有的画面都只拍到了他的嘴以下部位,穿的是一件特别紧身的紫色短袖。

马忠钰让侦查员从焚车地点向外扩散找线索，在四周无遮挡的田里放火，很可能会有人看见。

果然，侦查员回报，找到一位目击者，是附近的农民，而且两人还有对话。

马忠钰兴奋得直拍大腿，开车飞奔过去。

"老哥，你啥时候看见他的？"

"哎呀，都一个多月了，我记得是早上5点多吧，我开拖拉机下地，看见一小轿车开到地里去了，有个男的围着车转。"

"然后呢？"

"然后，我就喊他干啥呢，咋把车开地里去了。那小伙说车坏了。我说这附近也没有修车的地儿啊。那小伙就让我用拖拉机顶他的车屁股，要把车顶到道上去。我一看，这车这么新，不都顶坏了吗？小伙说，不怕，顶坏算他的。我顶了两下没顶动，车屁股还顶出了一个大坑，就不敢再顶了，万一赖上我，我可赔不起。"

"后来呢？"

"后来我就走了，不知道他最后怎么整了。第二天我们屯子里的人说那车烧了，我就寻思那车肯定不是那小子的，谁能舍得烧自己的车啊？"

"那小伙长啥样？"

"瘦高个儿，小眼睛，口音是咱本地的，瞅着打扮不像城里的，但也不像农村的。"

"穿啥衣服？"

"穿了一件灰色的短袖和一条黑色的裤子。"

"老哥，你确定不是紫色的短袖吗？"

"不是，颜色我还是能分得清楚的。"

这就怪了，嫌疑人难道会多带一件衣服作案吗？或者那件紫色短袖是肖楠的？这也就解释了为什么监控里看他紫色短袖非常紧身的缘故。他穿着女装估计是怕监控拍到他自己的衣服。

这小子真狡猾！

这个唯一和嫌疑人正面接触过的老汉给警方提供了不少线索。

马忠钰觉得嫌疑人应该居住在城市周边，从穿着打扮看，应该是见过一些世面，可能是常年外出打工。

他马上让全市各刑侦大队联合派出所开展地毯式摸排，寻找年龄在20岁至30岁之间，住在城边，且常年外出打工的年轻人。

没了车，嫌疑人一定会步行经过木里图镇。

马忠钰就去镇里逛。

在木里图农村信用社门口，马忠钰看见大堂里有一个监控是照向外面的，马上叫工作人员调出监控，还真看到了嫌疑人路过的画面。

反复看了多遍，马忠钰观察到了嫌疑人投射到电线杆上的倒影，一个聪明的想法蹦了出来。他找到几名不同身高的民警依次从电线杆旁走过，看倒影和视频里的重合度，由此锁定了嫌疑人身高应该在一米七八至一米八之间。

第三天，他们请到了安徽省公安厅"神笔警探"张辉前来助阵。很快，一幅栩栩如生的嫌疑人面部画像跃然纸上。随后，十万份悬赏通告如雪花般飞向各地。

马忠钰是做技术出身，他觉得让物证说话是最直接的证据。

两个案发现场都遭到了破坏，幸好还是找到了一条项链。经过DNA检测，上面有两个人的DNA，一个是肖楠的，另一个是未知男性的，那么很可能就是嫌疑人留下的。

但比对库里一直没有出现相同的DNA信息。

随着调查的深入，马忠钰发现嫌疑人的反侦查意识很强，不用手机，行踪不定。这反而让各种高科技手段无处下手。翻遍了通辽市，也没有嫌疑人的踪影，估计人早已逃离。

马忠钰向黑、吉、辽三省也发出了协查通告,但迟迟没有回音。

案发几个月,连嫌疑人的身份都不知道,马忠钰感到了前所未有的压力和耻辱。这让他想起 1985 年那起枯井案,一具森森白骨展现在他眼前,却因时间太久而找不到有用的破案线索,枯井案至今未破,成为他心中的结。

西辽河的水从薄冰到慢慢结成坚固厚重的冰层,马忠钰觉得那是肖楠对他的期望一点点变小,直至寒心。

12 月 24 日,马忠钰接到了辽宁抚顺警方的电话,说他们抓到一个通辽籍命案嫌疑人,让他去看看。

马忠钰立马动身,坐车直奔抚顺。

在看守所里,马忠钰见到了嫌疑人,叫许志,23 岁,家住通辽市科尔沁区城郊。

看守所所长给他讲了许志在抚顺的案件。

8 月 17 日,许志和一个女的在楼道里躲雨,他见女的就一个人,拿出斧子就威胁她给他钱。其实这女的是一名精神病患者,被他一吓,犯病了,在楼道里大喊大叫,许志十分害怕,就把这女的杀了。

住户听到喊声出来看,发现死人了,赶紧报警。

许志还没跑出去三条街就被抓了。

所长先给马忠钰打了"预防针",这家伙嘴特难"撬",脑子反应很快,而且特能吃。

可不,马忠钰看他的照片,比刚入所时胖了不少,同时也终于明白为什么这半年都找不到他,敢情他猫在看守所里了,已经被羁押了四个月。

马忠钰开始对其进行审讯。许志特别健谈,和谁都能聊上。

马忠钰心里有底,不怕他说谎,肯定有漏洞,就陪着他一直聊,也不问案件。

同去的侦查员急了,看他慢悠悠地陪许志瞎聊,也没问出啥，就偷偷和马忠钰说，好像不是这个人。

但马忠钰坚信就是他。他相信科学，相信物证不会说谎。最主要的是马忠钰通过观察，发现许志特别沉着冷静，绝对是老手，他身上绝不只两桩命案。

聊着天，慢慢把他家的情况摸清楚了。

许志5岁的时候，他妈就抛弃他爷俩和人私奔了。从小他爸也不管他，喝酒赌博还总打他。他也经常没饭吃，多数都是去邻居家蹭饭。说着说着突然饿了，许志提出要吃方便面。

马忠钰赶紧让手下去买。一盒没吃饱，两盒，还是没吃饱，好家伙，一口气吃了六盒。给马忠钰吃乐了，这许志真是饿怕了。

让马忠钰意外的是，这六盒方便面竟然"收买"了他，他主动交代了一起命案。

"我知道你们来干吗的，看你这么够意思，我就说了吧。"

马忠钰心中暗喜，但他交代的结果却让人意外。

许志说的是他16岁的时候奸杀了他邻居60多岁的老太太，还学着电视剧里的情节用枕头闷死了老太太。老太太一直心脏不好，常年独居，家人以为老太太是心脏病突发去世的，也没有报警，就直接火化下葬了。

怕马忠钰不信，他还让他们去检查老太太家的碗。他闷死老太太后，吃了饭才走的，上面有他的DNA。

纵使见过各种穷凶极恶的犯罪嫌疑人，马忠钰还是被许志的不以为然震惊了。

三起命案全部是女性，许志的心理已经达到变态的程度。其实他内心的扭曲源于母亲的抛弃，因而从小就对女性产生了仇恨，却又渴望得到女性的关爱。

许志爱看警匪片，所以一般的破案手段他都懂。他知道手机能定位，所以他从来不用手机。他到处流浪，四海为家，打几天工赚点儿钱就吃玩消费了；没钱了就抢，有时候好几天都吃不上饭。

许志虽是小学文化，但记忆力特别好。他做过的事情基本都记得，但他说来说去就不往"6·17"案上说。

马忠钰就假意打听他的生活过往，慢慢引导他说出了整个6月份的行踪。

这一问不要紧，又问出一起命案。

6月28日，许志跟踪一名女子到了科尔沁大桥附近，抢劫强奸后，用斧头杀死了她，随后埋在了桥下。

马忠钰一边不动声色地听他说，另一边马上交代家里的民警去桥下挖。

还真挖出了一具女尸，作案的斧头也找到了。

受害者姓修，外地到通辽打工的。

马忠钰推断，杀死肖楠的应该也是这把斧头。于是他说，这斧头不止杀了一个人吧？

许志一听，笑了。

"对，是还有一个人。"

"其实，我都知道了，你就讲讲过程就行。"

马忠钰扔给他一根烟，假装不在意地提起了"6·17"案。

"你说的是大坝上那起吧？那女的胆儿可真大，大晚上自己在大坝上瞎逛，不过她遇到我算她倒霉。我都好几天没吃饭了，一看她打扮，应该挺有钱的。她一直低头看手机，我就悄悄跟着她，后来她突然回头，我就坐在台阶上。我以为她会跑，结果她就看了我一眼，又开始玩手机，你说她是不是该死？"

马忠钰表面不动声色，手却使劲儿攥着拳头。别人的生命在他口中被如此地践踏，他的变态几乎到了丧心病狂的程度。

"我用斧头威胁她，她也不敢叫。她说她没带钱，银行卡在车里。我才不要银行卡，取钱不就被发现了吗？后来，我看她挺漂亮，就强奸了她。谁知道她那么不抗打，一下就死了。"

"你怎么在她车里待那么长时间？"之前调查发现，肖楠的车灯一会儿亮，一会儿暗，不明所以。

"我找说明书啊，我没开过车，研究半天才把车弄走。"

"好好的车咋给烧了？"

"没油了，也弄不走，就烧了呗。"

后来，许志又交代了在北京、天津和呼和浩特也先后杀了三个女的。

侦查员们惊呼，我的天，27岁的他身上背负了七条人命！

回去的路上，侦查员们怀疑许志吹牛，但马忠钰觉得不像假的。他能说出每一起案件的具体地点和杀人手法。其实对他来说，杀一个人和杀七个人已经没有本质的区别了。

一周后指认犯罪现场。肖楠的父母抱着女儿的遗像，早早地等在现场，那个让他们伤心欲绝的地方。

许志一下车，老两口就红了眼冲上去打他。

马忠钰赶紧叫人拦着。许志却终于说了一句良心话："打就打吧，我把人家姑娘祸害了，他们打几下能好受些。"

讲完故事，马忠钰叹了口气。

许志或许是自知罪孽深重，或许是看到自己的罪恶为受害者家属带来的撕心裂肺的痛苦，突然有了良心发现。

耗时半年，动用了一百多人，马忠钰终于破案了。

马忠钰认为，"6·17"案的成功破获，最关键的是现代先进的刑事技术手段起了重要作用。

马忠钰从一名最基层的现场勘查员干起，三十八年来见证了通辽公安刑事技术的迭代发展。

他以前的工具包特简单，一把手电、两把刷子、一捆胶纸、两筒石膏。哪像现在这么专业，光灯具就好多种。从落后到迎头猛追，通辽刑事技术有了突飞猛进的发展。

就拿DNA实验室来说吧。2005年，马忠钰提拔支队长的第二年，局长提出要和通辽市医院建立DNA实验室，公安局拿三百万，医院要提供场所和后续的费用。任务下了，至于怎么谈，你老马想办法。

一听这"霸王条约",马忠钰头都大了。没办法,公安没钱,必须抠门儿。

马忠钰第一次去谈判,差点儿让人轰出来。

院长一听条件,笑脸立即变黑脸,公安局也不能这么欺负人。

这么"硬来"肯定是不行的,要"智取"。马忠钰脑瓜一转来了主意。

医院要发展,一是靠技术,二是靠声誉。当时,整个内蒙古自治区也没有几家 DNA 实验室。马忠钰再次找到院长,先把优势条件抛出来,一方面院方可以做病理实验;另一方面有了先进的 DNA 设备和专业的实验室,医院的知名度也就上来了。院长一听乐了,当即就拍板同意了。

实验室建成后,为通辽市公安局物证鉴定工作起到了巨大的作用,十几年来破获命案积案 140 余起。

马忠钰有些不好意思地笑,医院对这个实验室的使用率还不到 30%,其实大部分都是公安在用,每年至少为公安局省下 100 多万元的经费。

那些年通辽的治安环境很乱,命案、打架和纠纷类案件比包头都多,在全自治区排前列。

马忠钰主持刑侦后,重点抓破案和命案防控。他研究出了命案规律,农村命案多,冬天农闲的时候命案多。细化到按人群分析,每到命案高发期,他就提前开展预防,多加宣传,使得命案发案率持续下降。

二、第二枚纽扣

马忠钰拿起手边的大茶杯,"咕咚咕咚"喝了一大口茶,清了清嗓子开始说第二个故事。

那是发生在 1995 年 11 月的案子，彼时的内蒙古已经进入了冬季。冷，透彻的冷。而这个案子还差点儿让他命丧出警路。

他记得很清楚，11 月 8 日晚上 9 点多，他在家洗了脚正准备睡，值班室的老王跑来使劲儿敲门。

"小马啊，来电话啦，霍林郭勒命案，一大一小被杀。"

当时现场勘查民警少，除了通辽市区的案件，底下各县级市的现场他也要去。

命案，大事，必须立即去！

马忠钰背起工具包和同事跳上了 212 吉普车。那时候这种帆布棚的交通工具已经算是比较豪的座驾了。他们连夜出发，沿着扎鲁特旗山区，直奔三百多公里外的霍林郭勒市。

没定位，没导航，一路乌漆墨黑，司机凭着感觉开，可道儿越走越窄，坐在副驾驶的马忠钰感觉不对劲儿，让司机停车。

他跳下车，拿着手电向前走了十几米。

哎妈呀，眼前是黑不见底的悬崖深渊，他们五个人差点儿就一命呜呼喽！

马忠钰上车拍着胸脯给自己"叫魂儿"，命大，命大，必有后福，必有后福。

倒车，往回走。路上车又陷到雪里，几个人又下车推，折腾了一夜，觉也没睡成。

早上 6 点多，他们终于到了案发地。马忠钰下车就狂吐，晕车了，估摸还有半夜那场悬崖惊魂吓的。

简单吃口饭，马忠钰开始干活儿。

案发现场是一栋二层干部楼，被害的是会计梁文和她侄女梁露露。

一开门，嚯，一股血腥味扑面而来。梁文仰面躺在地上，自行车在她身下压着，浑身被砍了数刀，一看这刀法就是往死里砍，不留活口啊。

在里间的第二道门口，梁露露面朝下趴在一堆凝固的血迹上,头被砍烂了,孩子瘦小的身躯上还背着书包。马忠钰气急了,在心中暗骂,真他奶奶的残忍,连孩子都不放过。

掏出刷子和胶带,他开始刷门窗上的痕迹。在一楼后门上面的窗户边找到一枚足印。

这个足印有意思,横细条纹的,马忠钰一眼就认出来了,这是皮鞋印儿。20世纪90年代,买双皮鞋不容易,鞋掌都要钉一层自行车轮胎皮,耐磨。

窗户边还有一枚黑色的纽扣,看质地和大小,应该是呢子大衣上的。

二楼的卧室有明显被翻动的痕迹,柜子的抽屉被摔在地上,里面的东西扔得到处都是。

马忠钰趴在地上,打着手电一寸寸地照,楼上楼下一百多平方米的房子,他采集了整整一天。

两枚足印、一枚纽扣,马忠钰脑子回放了一遍凶手作案的过程。

凶手从一楼爬窗入室,不小心刮掉了大衣纽扣,直接上了二楼实施盗窃。下楼时遇到了放学回来的梁露露,行凶灭口,随后又遇到下班回来的梁文,再次灭口。

从翻动的迹象和凶手的作案手段看,应该是熟人作案。

这让马忠钰想不明白了,嫌疑人穿皮鞋和呢子大衣,在那个年代应该算是有钱的主儿,为啥铤而走险盗窃杀人呢?

马忠钰和法医把关键信息告诉了当地的派出所,让他们开展排查。

俗话说,人在做,天在看。凶手不作不会死那么快,可是他好死不死非要闹一出。

案发后第三天,一家餐馆里发生了一起打架斗殴事件。一男的与邻桌的人因喝酒打了起来,还掀翻了桌子。这老板哪能忍啊,报警,双方被带到派出所做笔录。

所长是个聪明人,留了一个心眼儿,留下每个人的足印。

真是无巧不成书，那个闹事男子的鞋印和命案现场的足印非常相似。所长不敢怠慢，赶紧把马忠钰请去了。

他打眼一看，心里就有谱了。

"你有呢子大衣吗？"

"有啊。"

"在哪儿呢？"

"干洗店呢。"

马忠钰拔腿就往干洗店跑，生怕呢子大衣飞喽。

还真叫他给找着了。可是，大衣不缺扣啊。不对，一定有问题。

马忠钰抱着衣服研究扣，第二枚扣子的光泽度，明显比其他三枚都要亮，不像是磨损很久的；另外，这枚扣子缝合线的松紧度也更加紧实。就凭这两样，这枚扣子一定是后缝上去的。

没跑了，就是他，审吧。

没多久，那小子真招了。

他叫姚大海，与梁会计家很熟，常去她家溜达。寻思她家是干部家庭，家里肯定有钱，他于是动了歪心思，趁着一家人上班、上学不在家，他撬窗进屋偷东西。可是翻了老半天，只找到五十块钱。他只顾翻东西，忘了时间，下楼的时候碰到了放学回家的梁露露，小女孩还很亲切地叫了一声"叔来了"。没想到，这声问候却引来了杀身之祸。姚大海急了，一咬牙一跺脚，抡起斧头把孩子砍倒了，可怜的孩子不明不白就倒在了血泊中。这时梁文推着自行车进屋了，他又上前把梁文也砍死后溜了。幸亏梁家其他人没回去，不然这杀红了眼的姚大海，怕是见谁砍谁。没偷着啥，还杀了两个人，姚大海在饭店借酒消愁，就这样成功地把自己交代进去了。

三天破大案，梁文家属千恩万谢，差点儿给马忠钰跪下来。

案子破得漂亮，马忠钰得了一千块钱的奖金。那时候每个月工资才几十块钱，这一千块钱简直是天大的鼓励和荣耀。

哎，那孩子真是可惜了！我那时候刚当了爸爸，孩子真是牵动每个家长的心，当时那孩子妈哭晕过去好几次。

提到家人，马忠钰眼中泛起泪光。

"我们家三代贫农，我小时候没穿过新衣服，都是带补丁的。"补丁裤搁现在是时尚，在马忠钰的童年却是贫穷的象征。

马忠钰的老家在内蒙古包头市，兄弟姐妹四人。他父母都是地地道道的农民，没有文化。但是对他的教育没有落下，家里再穷也要供他读书。

1976年，他考上了当地最好的高中，但是半年学费就要八十元，全家硬是咬牙供他。他非常珍惜上学的时光，拼命地学习，付出了比别人多几倍的努力。

他永远记得母亲那句话："吃点儿苦吧，先苦后甜。"

他第一次接触警察，当时读高一。那时候警察到农村办案，都是到老百姓家吃"派饭"，类似于吃"百家饭"。他家就被轮过"派饭"，警察吃住在他家，上白下蓝的警服深深地吸引了他。

高考时他直接报了警校，因为不仅免学费，包吃住，发衣服，还有补贴。他也不负众望，以优秀的成绩走进了内蒙古警察学校。

马忠钰从警后，也体验到了"派饭"，原来并没有小时候想的那么好。老百姓家做啥吃啥，没得挑。那时候都穷，有口吃的就不错了。

他是西北人，吃不惯通辽的饭菜，咸得要命，而且他以前从没吃过生的蔬菜。他记得开鲁发生系列盗窃案，他去现场勘查，被派到老百姓家吃饭，人家就吃生菜蘸酱，他也得跟着吃，不然就要饿肚子。

12月份的冬天，他到农村办案，住在科左中旗大队部。那地方不烧水，也不烧炕，就得睡那凉炕上。

刚入警那会儿，单位食堂煮了三个月的蒸黄豆，他吃得天天胀肚。

其实,马忠钰没想到会被分到通辽,他以为警校毕业后会回到家乡包头。但是,1979年通辽市重新划归内蒙古自治区,当时的哲里木盟公安处刚组建不久,急需他这样的警校毕业生。

他深刻地记得报到那天的情景。1981年8月14日,他和同学也是同乡一起坐绿皮火车从包头去通辽。火车晃了四十多个小时,终于到达通辽。

一下火车,他心凉了半截。通辽太破了,火车站周边一片荒凉,交通工具竟然是毛驴车。

他和同学"打"毛驴车去报到。一路上,尽收眼底的都是长着野草的圆顶平房。唯一的三层小楼是市政府。

报到后,他被分到了刑侦,同学被分到了交警。马忠钰终于正式成为一名警察。

当时刑侦队一共就六个人,其他人都是从别的单位拉过来的,只有他是科班出身。所以1983年一个学习刑侦技术的机会,只给了他。

他从普通的现场勘查员一直干到刑侦支队支队长,一路的艰辛只有他自己知道。

从警三十八年,马忠钰没有请过假,更很少回老家,但他的家乡情分却丝毫不减,他尤其爱吃家乡的莜面,爱吃那香香的胡麻油。

三、破案波浪线

马忠钰有不少身份,内蒙古自治区刑事技术专家、公安科技专家、内蒙古通辽市警察学校客座教授等。奖拿了不少,荣誉也一身,但他心中始终有一件遗憾的事,想上大学。虽然他现在也是大学文凭,但读的是中央党校的函授,不是正儿八经的大学。曾经有几次上学的机会,都阴差阳错地失之交臂。

一听有学习班,他就想去。那年听说重庆有一个外国教授来授课,四十天的课程,他心动了。可是回家一看到才4个月大的女儿,他又打了退堂鼓。他不忍心让爱人一个人照顾孩子。

马忠钰爱学习、爱看书,办公桌上堆了各种书籍。他不仅喜欢研究法律条文,还要做笔记,给学生上课的时候,喜欢用各种案例讲解晦涩难懂的理论。

他觉得刑侦是一门综合学科,而现场勘查就是找东西,需要将各科的学问融会贯通。所以,脑子里要有货,用时才不会抓瞎。就像当数学与破案相碰撞,就会擦出霞光万丈的火花。

80年代,家有摩托车都是有钱的主儿。每天骑摩托车晃来晃去倍儿有面子,但也容易遭贼惦记。这事就让张亚文摊上了。

家住霍林郭勒市的张亚文,花了五千多块钱买了一辆蓝色的西湖牌250型摩托车,那个年代这简直是天价。为了妥善安置这个宝贝,张亚文还专门给摩托车盖了一间仓库。

1988年1月,刚过完元旦没几天,眼看着快过年了,张亚文骑摩托车去市场买年货。他买得愉快,盯他的人也感到很愉快。

回到家,他把爱车锁进仓库,就进屋了。

第二天早上,一开仓库门,妈耶,他下巴差点儿掉了,摩托车不见了。

赶紧报警吧,他一路小跑到派出所报了案。

这在当时可是大案。民警仔细询问了摩托车的特征。张亚文特别强调,摩托车高压线包是用自家毛毡做的衬垫,这个作用相当于今天的贴手机膜。张亚文对爱车的保护可谓全方位。

派出所民警把警情转给交警,让留意路上的摩托车。

转眼过了五个月,霍林河一矿工赵明理驾驶摩托车违章被交警查了,车也给扣了。

交警检查摩托车的时候发现高压线包外的毛毡,想起了那起摩托车被盗案,怀疑这车就是张亚文那辆,但赵明理伸个脖子死不承认。

不承认,好办,鉴定一下就知道到底是谁的。

摩托车被推到了马忠钰这里,还送来了张亚文家的毛毡,检验两块毛毡是不是同一条。

肉眼看花色、质地都一样,但也存在是两条同样花色毛毡的可能。

为了想出让人信服的鉴定方法,马忠钰启动了大脑里的所有知识。

他在两块毛毡上分别剪下一小块做比较,其中摩托车里的那块明显长期被汽油浸泡改变了质量。但是显微镜下,每条线都清晰可见,他有了主意。

他分别抽出两根黑色的线,用读数显微镜测量厚度和高低数值,再用数学方法计算平均值,将数字峰值连在一起形成波浪线。

比对两条波浪线的走势,显示仅为非常微小的偏差,由此证明两条黑线是同一条,也证明毛毡是同一条。就这样用这独特的方法成功破案。

马忠钰找到了当年这条毛毡的鉴定报告给我看,泛黄的纸上记录得非常翔实,一目了然,让我这个数学学渣也能看得明白。

我小心拿起一页页的稿纸,生怕这三十多年的珍贵资料在我手中化掉。

马忠钰有两样最爱,"英雄200"钢笔和蓝黑色墨水。他用这两样心头宝写下了《一例毛毡的整体分离痕迹鉴定》、《故意破坏手指纹线的指纹鉴定》、《指纹鉴定中的极坐标分析》、《论痕迹映射》等多篇论文,创新多种物证鉴定方法,被全自治区推广。

他坚持写日记三十五年,起初是为工作,慢慢形成了兴趣。娟秀的字迹清晰地印刻在纸上,每一篇都舍不得扔,积攒在一起就是他从警经历的宝贵财富。

"哎，以前没事就拿出来翻翻，当宝贝一样收着。有时还能翻出破案灵感。现在这些都过时喽！"

他抚摸着记录时间的文字，有青涩的回忆，有懵懂的心事，还有破案后的喜悦。

59岁的马忠钰明年8月就退休了，他为公安刑侦事业的奋斗也即将画上圆点。

马忠钰的爱人也是一名警察，去年退休了，偶尔会去北京帮女儿带孩子。

马忠钰说，结婚这么多年，双警家庭聚少离多，双方都习惯了，也相互理解。

他还记得，80年代单位分的十平方米婚房，孩子出生后升级到了十七平方米。一家人在狭小的房子里依然快乐。现在女儿也成家立业了，马忠钰也终于要迎来幸福的晚年。

对于他来说，这就是甜，是他用无数的苦日子换来的甜。

扫描二维码即可观看
相关视频等

兰州硬汉赵志军

张 蓉

瞧这俩师父

两只鞋子轮番脱下来全都在墙上磕过了,那帮家伙还是没跟上来。赵志军犹豫了,这扇门,进还是不进?

进,生地方,只身一人,如果露出破绽,还不知道会发生什么;不进,必然会惊动那些人,跟了这么久的案子肯定泡汤,又怎能甘心。

赵志军是甘肃省兰州市公安局刑警支队十大队大队长,故事发生的时候他刚当警察没几年,也就20几岁。那时黄金不允许私下买卖。他此刻的角色是黄金贩子,和他接头的老板有金条要出手,扁头只是个牵线搭桥的马仔。两个人约好了在中央广场西头那块长风电器广告牌下见面,然后扁头把他带到老板那里,货色和价钱他自己和老板谈。

那帮家伙稀稀拉拉、不远不近地跟着做策应——当然也只能稀稀拉拉、不远不近,原因你懂的。

一个转弯刚转进一条小胡同,扁头又马上一个闪身打开紧挨着胡同口的一扇小门。

这门开得极隐蔽,不留意根本看不出来。

那帮家伙没跟上来,怎么办?

赵志军心生一计,虽说鞋子没绑带子是个小小的遗憾,但鞋里可以进沙子呀。于是,他站在门外,一手扶墙,一个金鸡独立,磕掉左脚鞋子里"莫须有"的沙子,穿上,眼睛一扫,人还是没跟上来;又一手扶墙,再一个金鸡独立,磕掉右脚鞋子里同样"莫须有"的沙子,穿上,再一扫,仍然没跟上来。

扁头在前面叫,磨蹭啥哩?快点儿进。

赵志军说,好,马上,这鞋真讨厌,爱灌沙子……末了,他扶着墙,两只脚交替跺了跺,再朝着胡同口看了最后一眼。

他痛苦地发现,那些望眼欲穿的身影依然没有出现,于是牙一咬,跟了进去。

扁头在他身后仔细关好门,让他在关门的时候做手脚的想法瞬间灰飞烟灭。师父说,到了陌生的地方,先要观察地形。孤身一人,更加必要。

刚进门是一间黑屋子,没有窗户,一扇门通往内室,扁头招呼他进去。里面一间房子,还有个门,通往更里面,有窗户,窗户外面是块空地,停着几辆车。

不怕,有车就有进出口。赵志军心稍微定了一点儿。

这个时候,第三进的那扇门开了,出来一个穿唐装的男子,一身精肉,肩头和上臂的地方鼓鼓的,一看就是个练家子。这人伸出手,要和他握,赵志军坦然地握了上去,那手的力道和他想象的一样。他庆幸已经做了六七年警察的自己,手心再也不会像最开始那样都是汗——之前一次,和他接头的一个假币贩子,在和他握手后,绝口不再提假币生意的事情,更不再和他见面,赵志军知道是手心里紧张出来的汗出卖了他。

握完手,唐装男子转身进到第三进的那扇门里面。一阵窸窸窣窣之后,他拿出几块样品,摊在窗前的桌子上给他看。

赵志军嘴里挑剔着金子的成色,眼睛的余光却发现空地上出现了几个身影,仔细一看,不是那几个磨磨蹭蹭的家伙是谁?

只见他们举着枪，相互掩护着四处搜寻，显然以为他发生了危险，在找他。

赵志军心里一惊，赶快转了个身，背靠窗子站着。当警察头些年，他还没瘦下来，人也长得喜相，大家都叫他胖娃娃，所以这样一个身材站在那里，当个浮云遮个望眼什么的绰绰有余。

遮住唐装男子的视线后，他说，老板，你看你这金子，成色都不够。

唐装男子说，我不敢说有99.9，最少有99.6。

赵志军说，我看最多有90，而且你看这块和这块，一个金黄，一个屁黄，颜色咋差这么大？

唐装男子说，这个是手工提炼的，肯定有些小差别，我说的是最少99.6，金黄的这块99.9只高不低，你看不上货就算了。说着要收拾金块。

赵志军扫了一眼，扁头在外面黑屋子坐着抽烟，暂时没有凑过来的迹象。说什么也不能让唐装男子抬头，于是他继续缠着他说，手工做的，这我知道，有差别你也承认，你看能不能这样，再拿点儿货出来，我再看看？

唐装男子说，都差不多这个货色，看不上就算了，大家都是江湖中人，买卖不成仁义在。

赵志军说，人常说，东挑西拣的才是真买主，这么一大笔生意，老板你总得让我挑拣挑拣吧？

唐装男子想了想，犹豫了一下同意了，转身再次进了内屋。

趁着这个时间，赵志军装作吐痰，啪的一声打开窗子，捏着嗓子咳嗽一声，啪的吐了一口痰，又啪的一声把窗子关了。他指望这几声能把外面那些家伙吸引到这方向来。

谁知那些笨蛋根本没朝这个方向看。唉，啥一样的队友啊。

这个时候，他听到唐装男子的脚步声，赶紧转过身，胖身子继续挡在窗前。

幸好唐装男子没往窗子那个方向看，他不易觉察地轻舒一口气，低下头继续和他纠缠。但是就在这个时候，扁头凑了过来，也许是从赵志军的肩头缺口看到外面的，他大叫，外面有人，还拿着枪！然后把头转向赵志军，逼视着他问，警察是你给招来的吧？

赵志军眼皮一翻，无辜地说，我招来的？你们招来的吧？我第一次到这儿，你们在这儿时间长了，肯定有啥事惹上警察了，摊子你们自己收拾，我得走了。

唐装男子比较镇定，二话不说，哗地一下拉上窗帘，整个屋子立刻黑了——赵志军后来知道，就是这个动作，让队友们看到了异常。

唐装男子趁黑收拾金块，金块在碰撞中发出生脆的响声。

就在这时，门口传来很响的砸门声。

赵志军心里一喜，这帮家伙，总算还没笨到祁连山山顶上。但门一时砸不开，他想趁黑去开门，来个里应外合，谁知走到半道上，门"哗啦"一声连框子一起倒下来，他赶紧抱头蹲在地上……

赵志军前后跟过两个师父。

第一个师父，标准一个女汉子、大姐大，常常半夜弄完案子，谁送她都不要，说你们少废话，快点儿睡，到天亮还能睡上三四个小时。那个时候没有私家车，也舍不得打出租车，她一个人穿高跟鞋噔噔噔走回家。

她家离队里远倒不远，但地名听起来怪吓人的，叫华林山，就跟北京的八宝山、上海的龙华、西安的三兆差不多。传说有出租车司机夜里到这个地方送客，收到客人给的车钱，回到家一看，居然是冥币。

可师父她却天不怕地不怕，夜路走了不知道多少回。

有一次赵志军跟她到一家戏园子找个嫌疑人，那个人是唱秦腔的。他们到的时候，《杜十娘》正热热闹闹地唱着，师父问戏园子的工作人员，工作人员指着台上一个英俊小生说就是这人。

赵志军从小在兰州长大，跟父母看过很多秦腔，一看就懂，这家伙演的是那个庸懦自私、放荡薄情的李甲，扮相、唱腔真心不错。他心想，师父总归会等人家这出戏唱完，再带他去后台抓人。谁料到没过几分钟，师父招呼都不招呼一声，突然直接几步一个起跳，一双高跟鞋利利落落跨到台上，把人家杜十娘心心念念的如意郎君给抓了，招来台下一片惊呼。

赵志军开始只道师父是出风头，他这个想法当然逃不过师父的眼睛。果然收工的路上她问他，你注意到咱说话时边上有个人吗，那个脖子上挂个篮子卖瓜子、香烟的？

他想了想说，有印象。

师父又问，那你注意到这人的行为轨迹了吗？

他说，哎哟，还真没注意。

师父再问，那你有没有发觉李甲的眼神有问题？

他还是摇摇头。

师父白了他一眼，怒其不争的样子：这都没看见，还能当个好警察？卖瓜子的人在边上，听完咱的问话马上顺着边儿直接去了后台，然后那个李甲的眼神就不对了，根本不在戏里，嘴里的唱词没错，但眼睛滴溜溜四处看。等这折戏唱完，人早就跑了，还能乖乖等着咱去后台抓？

师父这几句话，听得赵志军目瞪口呆。

他心想，难怪好多案子连支队长都要征求她的意见。

不过，等若干年后，师父这个待遇也轮到了他。每次研究案子，大领导都要点他的名，赵志军，这个案子你还有啥意见？

第二个师父是男的，这师父也了得。

有一年春节刚过，发生了碎尸案。那时候电视里正放《射雕英雄传》。有一天一早，一个小孩子给他妈说，他发现了梅超风的练功场。他妈说，你胡说。小孩子言之凿凿。他妈跟过去一看，妈呀，真的有两颗人头。

赵志军当时在一队，专门管凶杀案子。专案组派给他的任务是跟着师父找尸块。

这天，师徒二人找到兰化厂旁边一条小路上，路边有间废弃的卖牛肉面的土坯房。进门一看，灶台塌了，再进去，是一间住人的房子，盘了个炕，也塌了，上面苫一片烂草席。

两个人绕到土坯房后面。有个化粪池，池子是干的，底上有条死了多日的狗，狗边上扔了一团报纸。

不等师父说话，赵志军跳下去，蹲在坑底仔细看，死狗被粪坑里残存的粪液冻得粘在坑底上，狗毛上有血，已经发黑，报纸上也有陈旧的血迹。

他仰头看师父，师父叫他把报纸递上来。

他说，明显是擦狗血的报纸，没啥用处。

师父说，想当然了吧，你怎见得报纸上是狗的血？你怎见得没有用处？

两句话问得他哑了口，于是乖乖把报纸递给师父。

接着，师父又带着他进了一趟土坯房。你猜怎么着？师父左看右看，再次走进里面那间住人的房子，掀开炕席，只见塌了的炕洞里，赫然几块尸块，用胶带缠在一起。

鉴定下来，和前面发现的人头正正好能对上，而破报纸上的血也正正好是被害人的。这还不算，破报纸边角上还写着一串数字，这串数字是个股票账户，其主人，查到最后，就是杀人碎尸的主要嫌疑人。

有这两个师父垫底，赵志军不知道少走了多少弯路。

满身泥污的证婚人

有一阵子兰州偷车贼特别多，最多的时候一个晚上要丢七八辆车。赵志军被抽到专项行动组，跟盗贼一样，也昼伏夜出。

他们在出兰州城的七道梁那个地方设了四道防线。第一道有民警举停车指示牌检查。好人开的车肯定停，真正偷车的那些家伙一般是不会停的，直接冲卡。遇到这个情况，电台里会马上呼叫。于是第二道有两个措施，一是设置阻车钉，二是用防暴枪阻击。偷来的车被阻车钉扎了，或者被防暴枪吓到了，这个时候停的比较多。也有心存侥幸的，这样一来，第三道防线便开始发挥作用，就是开车追。追的时候，你还得考虑嫌疑人的安全，所以尽量把车子迂回逼停。但也有不要命的，于是第四道便是防暴车阻拦，防暴车身量大，横着一停，基本你偷车贼就无路可走了。

因为手脚快、枪法好，赵志军被安排在第二道防线。他的任务是一旦电台里呼叫，有人冲卡，车是什么颜色什么车型，他马上刷地一下把阻车钉拉好；然后趴在路边，端好防暴枪，张开网，只等着嫌疑车子开过来。

赵志军好琢磨。他发现，把阻车钉的拉绳放在后备厢上面最顺手，拉开阻车钉用的时间也最短——他们每一道防线之间，间隔一公里，车子开过来也就几十秒时间，得用最快速度设好防线，同时又不能伤到无辜。如果停下来，好，上去盘查。如果不停，再嘣地一枪，又是火光，又是炸裂的声响，震慑的作用不小的。

一次，国庆节前的一天，他们上任务。先是抓了两个抢便利店的小青年。已经后半夜了，这两个家伙合开一辆摩托车，见有警察检查，不敢停车，直接闯了过去。到了赵志军的第二道防线这里，阻车钉直接把他们给阻了下来，一查，车倒是他们自己的，只是从两个人身上搜出来一沓一沓一毛、两毛、一块、两块的票子。

正常人哪有这样装钱的？这钱肯定不对。正要继续查，前方电台又呼叫，一辆白色帕杰罗冲卡，前排坐了两个青年男子。

赵志军指着两个小青年，叫他们乖乖等在边上，唰地一下把阻车钉拉好——摩托车停下来以后，阻车钉他得收回去，不能妨碍正常车辆通行；接着，瞬间他又唰地一下趴在路边准备射击。

被阻车钉扎过，被防暴枪打过，帕杰罗还是不停，继续冲。正在这时，对面来了一辆集卡，司机看到又是追，又是枪响，吓得赶紧打方向。结果，车子一横，刚好做了路障。

白色帕杰罗一看这阵势，刺啦一声把车子停下，两个人一左一右拉开车门顺着沟滑了下去。对付警察，他们显然经验丰富，二人并不一起跑，而是兵分两路，叫你们顾了这边，顾不了那边。

兰州的地形大家可能知道一点儿，黄河穿城而过，沟壑纵横，很多路都是一边山一边沟。这种地形，藏身容易找出来难。沟的坡面上，常常有放羊的人挖的或者雨水冲刷形成的猫耳洞，加上刚过了夏天，草木正茂盛，人顺着沟往下一滑，天黑，加上树丛和猫耳洞的掩护，转眼就不见了。

虽说警用手电筒还算强大，但也只能一片一片扫。

很快，赵志军一身新西装就溅满了泥，脚上的新皮鞋也进了水，加上底子上粘着泥，走起路来重得拔不起来，还扑哧扑哧响——不是赵志军烧包，爱穿新衣服，也不是他准备不充分，这里面其实另有原因。

他本来准备加完班，在国庆节这天中午直接去参加个婚礼，给一对年轻人当证婚人。他也知道一旦上任务就没个准，所以上岗前犹豫着要不要把第二天的行头穿好。老婆建议他穿上，省得回家换，来不及。那个时候，老婆刚怀孕，自己不仅没时间陪人家产检，还因为晚上一直要出来设卡，甚至一连几天连面都见不上，心里有愧，所以老婆大人的话还是尽量听，于是上上下下都穿好了。

就这样，鞋底下扑哧扑哧在响，手电筒明明暗暗在照，肚子里面咕噜咕噜在叫，这还不算，突然一脚踩空，他半个身子陷进了一个坑，脚一用力，反倒陷得更深。

他心一沉，可能是烂泥坑。这种坑，你越用力，吸力越大，人陷得越深，就跟《这里的黎明静悄悄》电影里演的一样。队友拉他，根本拉不出来。

队友想了个办法，找来一段粗的树干，递给他。

他扶着树干，趁着劲儿，慢慢将脚一点儿一点儿往出拔。队友则一点儿一点儿拉他。终于，一双脚离开了烂泥坑……此刻，早起的鸟儿已经开始啁啁啾啾唱歌了，仿佛在祝贺他成功脱险。

继续找人。

这时，电台里传来一阵欢呼的声音，原来另外一路那个人已经抓到了。这家伙不怕扎，居然躲在一丛酸枣树底下。

人家人已经抓到了，赵志军心里更急。

这个时候，天已经完全亮了，视线也好了很多。突然，他在泥地上发现一行脚印，指给队友看。

几个人顺着脚印走，走进一个猫耳洞，一看，真躺着个人。几个人大喜，再仔细一看，却是个放羊老汉，正咬牙流口水，睡得正酣。叫醒来，老汉说半夜听见有人跑过去。他知道，走进去不远的地方，还有一个能睡人的猫耳洞。

老汉自告奋勇当向导。他们跟着，一路走，一路找，直到中午时分，果真在一个相当隐蔽的猫耳洞里把另外一个家伙抓到了。

一看时间来得及，赵志军的性格是答应人家的事情总要想办法做到，于是赶紧开车飞到饭店。婚礼进行曲已经在放了，他只顾洗个手洗把脸，马上奔到台子上。

聚光灯下见他满身满脚泥污，全场响起了掌声和尖叫声。他心里顿时涌起一阵感动。他在为一对新人天长地久的婚姻证婚，也在人群中找那个和他约定要天长地久的人。

终于，赵志军遇到了她的目光，有点儿责备，有点儿骄傲，又有点儿心疼。他知道，嫁给自己，这个女人受过太多的委屈……所以，前面的历险，一定不能让她知道，这一身泥，只当是不小心摔倒粘上的。

匪夷所思的案中案

有人说，做警察，总能在不期然间与人性之恶相遇，利己、贪婪、狡诈、凶残，甚至毫无羞耻心。但是赵志军知道，一个好警察，在看透了人性之恶后，依然必须心怀悲悯。

十几年前的一个案子，受害人是个老太太，她来报案说，有人冒充检察院的人，骗了她五十万。老太太是四川人，在兰州很多年了，一看就是那种精明强干的人。她买了一套二手房，房东是个30来岁的女的，兰州本地人，价钱谈好是二十五万，两个人约好在老太太的公司交款。

到了约好的时间，这女的来了。老太太开的是家设计公司，一间大房子，三四张桌子，几台电脑，几个文件柜，看上去破破的。

不过，老太太很爽气，说多大个事，你跟着我的会计和出纳去银行拿钱。

公司到银行大概只有十分钟的路程，可就是在这十分钟时间里，这女的已经把老太太的底给摸清了。

她先试探会计、出纳说，你们老板赚钱不多，看着口气还大得很。

会计、出纳都是年轻女孩，两个人"苦秦已久"，便争着抢着说，我们老板家的钱，一麻袋一麻袋往家里搬。

这女的装着惊奇的样子说，不可能吧？那你老板是靠啥赚钱？

会计说，老板的老公，当过设计院的领导，拉过来的活儿多着哩。

这女的其实已经听出来里面的不满，于是煽风点火说，那你老板这么有钱，肯定也不会亏待你们。

出纳果然上当了：切，整幢楼里，别家公司都是订五块钱的盒饭，两荤一素，她，给我们订三块钱的，一荤一素。

这女的说，你们要给她提要求，不提要求人家老板咋能知道？人家还说不定想着给你们吃一荤一素减肥哩。

会计说，我们提要求，老板不把我们给灭了？她那人，灭的人多着哩，对面那个楼看见了吗？停工了，损失了上千万，为啥？被我们老板告了，告他们挡住我们这幢楼的阳光……

过了两三天，老太太公司来了三个穿着检察院黑西装的男的，胸前别着国徽，手里拿着讯问笔录纸，裤子口袋里丁零当啷是明晃晃的手铐。

老太太虽然也是见过世面的人，但这阵势还是让她有点儿乱了阵脚。

她问，你们是哪里的？

其中一个男的回答，你睁开眼睛仔细看我们是哪里的。

老太太又问，你们找我有啥事？

男的说，啥事？你不是会告状吗？就允许你告人家，不允许人家告你？

老太太声音有点儿颤了：告我啥事？

男的说，告你啥事，你自己最清楚，我点出来，你就失去坦白自首的机会了。现在我代表检察院宣布，逮捕你。走，跟我们去接受调查。

就在这关键时刻，前面买老太太房子的那女的进来了。

女的一进门就问，啥事情？出了啥事情？

一直说话的那男的说，没有你的事，到一边去。

女的说，咋能没有我的事？这老太太是我干妈。

男的说，我们查的是这老太太的事，不要干扰我们办案。

女的问，我不干扰，但是我得知道我干妈咋了。

男的说，咋了？偷税漏税了。

女的说，我当多大个事。给，我这里有张银行卡。说着，从随身的包里掏出一张银行卡递给男的说，这卡里有三百万，密码在后面写着呢，先把卡押在你们那里，我只有一个要求，别把我干妈带走。

老太太感激地看了眼那女的，真心庆幸自己及时认识了一个行侠仗义的好姑娘。

好不容易"检察院"那些人走了，那女的这才拿出一张手写的纸，说出此行的目的：我突然想起来，前几天给你打的收条不规范，我重新写了一个，干妈你看看。

被女的称作干妈，老太太心里又一暖，加上她知道自己这馍馍欠点儿灰，不硬气，于是和干女儿两个人商量接下来的事情该咋办。

女的说，我刚刚看了那个跟你说话的人的胸牌，知道他叫啥名字，不行我开车带你去一趟检察院，直接找他，看能不能私下把这事了结了。

故事讲到这里，很显然老太太被人设局了。但既然这女的敢去检察院找人，证明这些人事先是经过精心策划的。

赵志军越调查，越觉得这几个骗子胆子真是太肥了。

话说老太太和那女的两个人停好车，刚走到检察院门口，就看见那男的从门里走出来，身上还是穿着检察院那身衣服，国徽也别得好好的。

女的拉着老太太走上前去问他，我干妈的事能不能用钱摆平？

男的说，你以为有钱能让鬼推磨？告诉你，你干妈得罪大人物了，摆平很难的。

女的问，很难，不是不可能，对吧，大哥？你能不能帮忙想想办法，钱上我们不会亏待你。

男的一副为难的样子，想了想说，看你们态度不错，我想办法给领导说。

女的说，那今晚上能不能我出面请你领导吃饭？

男的说，你等我电话，我尽量把领导请出来，谈不谈得成看你的本事。

赵志军调查到这里时，他问那男的，你就不怕真的检察院的人认出你不是检察院的人吗？

那个男的说，这怕啥，你是公安局的，你敢保证你认识公安局所有的人？

也是，这些骗子，把人情世故都摸透了。赵志军只好笑了笑。

当晚的宴请，老太太给了这女的一万块钱，叫会计、出纳当陪客。酒过三巡，这女的拿出两部苹果手机，塞给会计、出纳一人一部，两个人推脱。这女的说，手机是用老太太的钱买的，不拿白不拿，你们放心，老太太那里我一个字都不会说，今天晚上吃饭的钱唱歌的钱都我掏。两个一直被老板给吃三块钱盒饭的女孩子哪里受过这种恩惠，一口一个姐，叫得欢天喜地。

收买好两个内线，不愁她们不在老太太面前替她说话。

果然，第二天，当会计、出纳两个女孩子一早来上班，发现公司门前台阶上坐着憔悴无比的姐时，顿时心疼得把她扶了上去。等老太太来了，两个人左一句右一句，一个行侠仗义疏财的女子形象更加鲜明起来。听说事情全部搞定，老太太即刻开出一张五十万元的支票，让会计、出纳拿去给那女的取现。

一桩糟心事总算太太平平过去了。可老太太毕竟是见过世面的人，到这个时候，她把整个事情想了又想，总觉得哪里不对劲儿。于是她找人打听检察院有没有叫这个名字的人，结果人家一口回答她两个字，没有。

她一屁股坐下去，半天才回过神来。

面对赵志军，老太太连干女儿姓啥叫啥都不知道。前面那房子，是这女的从别人手里买来的，没有过户；再上家的房东，也不知道这女的叫啥。

赵志军想到了会计和出纳讲的一个细节，去饭店的路上，那女的打过一个电话订包房，听说话很熟络，对方应该认识这女的。

结果，就是通过饭店订餐这条线索，确定了这女人的身份。

女人是下岗工人，身高只有一米五几，长得还算可以，站在你面前，楚楚可怜的样子。那几个男的，人高马大，人人都有前科。

做笔录时，女人承认拿了老太太五十万，但她说这五十万是老太太主动送给她的。

至于整个骗局是怎么出笼的，女的只是哭，一句都不说，一副被侮辱和被伤害的样子。而且，那几个男人被带进来时，女的看见了，脸上同样是被侮辱和被伤害的表情。

赵志军想当然地把从检察院大门里出来的那男的认作是主犯。

男的吃过官司，对付赵志军有经验，也是左问右问都不开口。

赵志军那时候年轻气盛，他说，你看你，一个大男人，敢做不敢当，把枪顶在人家一个良家妇女腰眼儿上，逼人家在前面给你冲锋陷阵……

谁知这句话点到了穴位，那男的跳起来，说，谁是良家妇女？谁拿枪顶谁了？你不要搞错了，她才是老大。

等把全部男的审完了，赵志军才知道，真正的主谋，正是这个看起来弱不禁风、楚楚可怜的女人。那几个人高马大的男子，不过是她的喽啰。

而且，骗老太太的钱，只是冰山一角，他还挖出了一桩令人匪夷所思的案中案。

线索是那个男的说出来的，说这女的骗过一个老男人三百多万元。

女的死活不承认，赵志军就去找她的一个小姐妹。这个小姐妹也不知情，只是说自己陪她去过某个地方拿钱。

赵志军按图索骥，确定了受害人是一个50来岁的大叔。

大叔有点儿身份，但一看就是个老实人。大叔不承认被骗过钱，从下午5点被叫到刑侦队，到晚上八九点依然不承认。

赵志军心里想，不承认必然有不承认的理由，十五六年前的三百万元，可不是小数字，少说在兰州也能买十套房。莫不是他这笔钱的来源不敢见天日？

赵志军联系了大叔的单位了解情况，单位领导说他没有贪污受贿的可能。

那会是什么原因呢？

他只好调转枪头，再去审那女的。

女人根本不承认认识这位大叔，但一个细节露出了马脚。她被赵志军问得急了，反问道：我连西固都没去过，我怎么可能认识他？

大叔住在西固这件事，赵志军压根儿就没有提过，她却主动说了出来，说明了什么？

说明此地无银三百两，隔壁老王不曾偷。以子之矛攻子之盾，女人自知失言，于是不再开口。

回身找大叔，大叔沉默了许久，给赵志军提了一个问题，问他某年某月某日某地是不是发生过一起小姐意外身亡案件。

虽说这话让赵志军云里雾里，但他还是马上查了，结果是没有接到报案，也没有人报失踪。

接着大叔又问，某年某月某日是不是发生过一起民工在看守所身亡案件？

赵志军又马上查，还是没有。

之后，这位大叔傻愣愣地坐了很久，才吞吞吐吐地把自己这些年的遭遇一一讲了出来。

大叔爱好集邮，噩梦开始的那天，他手提袋里装了一沓一百张五十元的钞票去集邮市场淘宝。没有淘到宝，出集邮市场门的时候，却碰到一个娇小妖娆的女人。女人问他看录像不，《倩女幽魂》正放着，好看得很。大叔虽说木讷，但他也知道女人叫他看录像意味着什么，于是谈好价钱跟着女人进了录像厅。

　　事毕之后，大叔拿出手提袋，掏出整沓的五十元钱，抽出一张递给女人。

　　女人一看，妈呀，这么多钱，都归我该多好。于是，她说，五十块钱不行，你把五千块都给我，要不然我告你强奸。

　　大叔想了想，即使告不了强奸，在录像厅里做这个事情，传出去名声也不好，于是居然同意了。那个时候，公务员工资才三四百块，五千块不吃不喝得赚一年。

　　女人喜出望外，她对大叔说，大哥，我老了，下次我给你找个年轻漂亮的"白蛋子"。

　　过了一两个月，大叔打传呼给这女的，这女的果然没有食言，而且只要五十块钱。

　　但又一个多月后，这女的给大叔打传呼，说不好了，出大事了，"白蛋子"死了，就是跟你做了以后死的，现在公安局查是咋回事。

　　大叔吓得快尿了，急忙问她怎么办。女的说，不怕，我给你找了个民工顶包，这民工要关一年，你得负责安排这民工家里，一个月一万，一共十二万。

　　大叔无奈，只好拿了几版邮票去卖，凑了十二万给了这女的。

　　谁知事情还没有完，过了五六个月，这女的又打来传呼，说民工死到看守所里了，公安局已经知道民工是顶包的，现在正在查这事，叫他准备一百万摆平这事。

　　大叔心里叫苦连天，但不敢吭声，又拿了好多邮票出去卖，在限定时间里把一百万给了女的。

大叔以为这下可以安生了，可是到了第八年，有一天，这女的带了一个七八岁的小男孩来找他，说孩子是他的，就是那次在录像厅里有的，这么多年她含辛茹苦养孩子，现在要带着孩子出国，叫他再给一百万。

故事越来越离奇，离奇得连老实巴交的大叔也开始不相信了。他说，给可以，咱们去做亲子鉴定。女的早就料到这一出，说做可以，明天一早咱在省医院门口见面。结果，第二天，大叔、女人和孩子把省医院跑遍了，人家就是不给做。

虽然没做，但大叔被女人的态度给唬住了。女人既然敢和他去做，证明这事是真的。其实他有所不知，女人早都踩过点了，省医院根本不做这个鉴定项目。

结果你猜怎么着？从省医院出来，这位大叔居然带着女人和孩子去了他家的祖坟，让孩子磕头认亲归宗，然后又东拼西凑给了女人一百万。

审到这个情节时，这女的居然笑了出来，说那男的大傻子。

赵志军听得直替那男人不平，他指着这女的鼻子说，你得有廉耻啊，人家被你骗成这个样子，你还笑得出来？

说起为啥要做这些事情，这女的又恢复到被侮辱和被伤害的表情，说丈夫生性暴烈，好吃懒做，年轻时逼她卖淫，录像厅、舞厅、路边，随便哪里，只要把钱拿回去。卖得少了，不仅没饭吃，还要挨打，每次都是拿皮带抽她。拿到钱，丈夫不是喝酒，就是赌博，嫌她脏，还要找别的女人。那次她敲竹杠敲了大叔五千块钱，丈夫才对她罕见地有了好脸色。那个十二万，又都被他拿去了，酒池肉林，快活了好一段时间。第一个一百万，一大半被丈夫如此这般花天酒地掉了，剩下的她用来把儿子转学到北京的贵族学校和租房子。结果，她在北京遇到了一个齐齐哈尔男人，这个男人有钱，受过良好的教育，当时也是单身，正在北京读 MBA。她决心要和这男人在一起，于是回兰州要和丈夫离婚，丈夫提出要一百万的分手费，她又心生一计，借了一个七八岁的小男孩去骗大叔。可是，等真正和齐齐哈尔这个钻石王老五相处起来，她又觉得累，因为素质不够，得装，无时无刻都得装，那种累，是属于不是同一个族群的累。于是她常常以做生意为名，回到兰州去找前夫，和他过上几天浓油赤酱、水深火热的日子。骗老太太，就是在偶尔回兰州的日子里做的。

指鼻子归指鼻子，把女人成功移送起诉后，赵志军开始牵心起她的儿子来了。

没有女人的经济来源，男孩子在北京的贵族学校肯定维持不下去了。赵志军先去找了几个朋友，把他从北京转学回来，还找人搜罗到这个学校的教材、教辅书，给他送去。

关于谁来抚养他，赵志军做了很多工作。齐齐哈尔这位钻石男，人家已经明确说了，不可能。男孩子又不愿意和他声名狼藉的爸爸一起生活，反过来，这个爸爸也嫌弃孩子累赘。

他又找到女人的姐姐，但一进这家的门，顿时心酸起来。夫妻两个下岗，所谓的家，就是在小区的墙角搭了个棚子，四面透风。自己的房子呢，租给了别人，一个月五百块租金，就是全家的生活费。她家女儿穿的球鞋，大脚趾头伸在外面，补丁摞补丁；吃的粮食是粮站里扫的仓库底子，一块钱一堆，买回来用筛子过，细的做馒头，粗的煮粥。

赵志军送书送转学材料，男孩子起初头都不抬，也不接书。他恨这个抓走妈妈的警察。

赵志军不气馁。他知道，只要心用到了，金石也会感动的。

他一次一次去，直到男孩子看他的目光终于柔软下来。

有人想扒掉他的制服

别看赵志军喜相，又一副菩萨心肠，但办起案子来，他是有名的谁也不认，尊口免开，不管是曾经的朋友，还是显赫的权贵。

他有个发小，犯了事。在队里侦查员报给他的材料上，他看到了发小的名字，也知道是他，但一直没去接触。

这发小，知道赵志军在这里做队长，于是钢嘴铁牙，一直不交代，指望着赵志军出来，能网开一面。

暗里较劲较到后来，不得已，赵志军出马了。

他进了审讯室。

那家伙看到赵志军进来，眼皮一闪，一句话也不说。

赵志军会意，把几个侦查员支走。

等到审讯室只有他们两个人时，那家伙说，胖娃娃，你干大事了，兄弟都不认了。

赵志军说，我这不是认你来了吗？

那家伙说，那好，给兄弟一个面子，兄弟出去以后绝对不会亏待你的。这种事情，你绝对放心，天知地知你知我知。

那个时候，赵志军他们队管的是诈骗案，他是大队长，案值动辄上亿，所以"不会亏待"这四个字，含金量是相当高的。

但是赵志军说，有的面子能给，有的面子不能给，法在那儿放着呢，谁也不行。你好好交代，我叫侦查员把材料做好，给你争取从轻的情节，我这个当兄弟的别的做不到，这点保证能。

还有一个案子，系列诈骗案，仅仅其中一家受害公司，就被骗掉两个亿。把人带回来当天，就有说客上门了，而且是通过很大的领导传话的。

赵志军不怵这个，他一个小小的科长级的大队长，敢当着大领导的面与说客对质。

说客说，你们把人家公司两个亿冻结了，人家正在融资，就因为你们冻结，本来能融四个亿，这下都打了水漂。人家是甘肃数一数二的民企，你们这是阻碍甘肃民营经济的发展。

大帽子扣下来，赵志军不怕。他说，是阻碍还是保护，不是你说，也不是我说，要靠事实说。冻肯定得冻，案子正在查，查出来如果是我们冻错了，马上解冻。

说客说，两方是经济纠纷，不是诈骗。

赵志军他们抓人之前，外围调查全都做好了，是诈骗还是经济纠纷，证据全拿在了手上。于是，他摆出其中两样，一是有伪造对方公司的银行印鉴和法人章、出纳章的情节；二是嫌疑人把钱划走后，继续给受害公司发送假的银行账户余额变动短信，蒙蔽受害人。

这两条一摆，说客哑了口。

他避开赵志军去卫生间打了两个电话，回过身来又说，两个亿目前还在嫌疑人和另外一家公司的共管账户上，这样做只是为了摆账，向另外一家公司证明他们有这个实力，等这家公司把资金放给他们后，两亿元还会回到受害公司账户上，而且他们已经支付了资金使用费。

赵志军又拿出证据反驳，再次让这位说客哑了口。

事后，赵志军才知道，说客的来头那是相当地大，大到可以一手遮掉兰州的天。但欺天的人终究不会有好下场，果然不久后这位号称能遮掉兰州天的大神就爆掉了，异地审判，被判了十五年。坊间传闻这位大神受贿所得的那些见不得天日的钱，大部分都交给这家嫌疑公司打理。难怪，世界上没有无缘无故的爱，也没有无缘无故的恨。

受害公司拿回了两亿元，自然欢天喜地。但赵志军断了有些人的财路，人家肯定和他过不去。于是，他不断地被告，各种告，而且每次告，目标不是扒他的制服，就是要把他往牢里送。一会儿说赵志军办人情案、关系案、金钱案，有钱能让鬼推磨。他之所以那么卖力办案子，是拿了受害公司的贿金，还拿出他微信收款两个五十万的截屏。特别是那两个五十万，让赵志军听了都好笑，那截屏是他截受害公司的，本来是作为办案证据保留的。一会儿又说他是黑社会的保护伞。

他当时任更高一级职务的事情已经进行到了最后一关,就因为这个被搁置下来。

接着市纪委把他叫去了解情况。前后一共只有两三个小时,可是等他出来时,已经满城风雨了。不断有电话打进来,问他好着吗。有的语气是关切的,但也有的语气有点儿阴阳怪气。

赵志军这才知道,短短几个小时,几乎半个兰州城都知道他被"双规"了。那些被他断了财路的人,恨不得他真的被开除、被双规、被判刑、被碎尸万段。

虽然不是战争年代,但赵志军已经看到了你死我活的残酷。

但他不怕。他知道时代不同了,毕竟不是魑魅魍魉能当得了道的时代。

侦查员请示他,案子接下来怎么查?

他说,实事求是地查,该怎么查就怎么查,不要回避,不要绕着走,出了任何事情,我来担。

赵志军的坚持,事实证明是对的。不久后他被评为首届全国公安"百佳刑警",便是组织和领导对他最大的支持、肯定和褒奖。

套路贷终结者

近两年来,随着互联网金融的深入发展,一种依托互联网实施的"套路贷"案件迅速呈高发蔓延之势。特别是债务催收过程中,广泛使用威胁、恐吓等软暴力手段,不少团伙带有黑恶犯罪特点,危害性更大。扫黑除恶专项斗争开展以后,很快将"套路贷"作为打击重点。赵志军临危受命,带领侦查员们承担起打击任务。

套路贷案子中的套路相当深,它打出的口号有三个关键词:低息,无抵押,快速放款。主要目标是在校大学生。这个人群有冲动消费的意愿,又虑事欠周全,且家长都正值壮年,有支付能力。

套路贷团伙组织严密、层级分明。金字塔的顶端是金主，第二个层级是总经理，再下一个层级是技术部和网络部，最下面是催收部。每个层级之间不相互联系，你公安机关打掉一个层级，就跟切掉壁虎的尾巴一样，他们马上能续上命，继续害人。

原先他们会亲自带着受害人去银行各种操作，现在已经升级了，全部互联网化，公司所有账户绑定第三方支付平台，资金一旦进入这个大池子，再要分辨起来，难度就大了。说白了，这样做，就是扰乱警察视线，拖延被查清楚的时间，给他们转移资金、洗钱打掩护。

赵志军他们曾经打掉的一个团伙，对挑选受害人有着严格的标准。

首先他们购买公民个人信息，然后进行筛选。一是父母是公检法的、本人是读公安或者法律专业的不做，二是通话记录少于六个月且没有和父母通话的不做，三是手机通讯录联系人少于35人且没有亲属联系人的不做，四是大专三年级和大本四年级的不做，五是单亲家庭的不做，六是芝麻分550分以下的不做……这些条件一条一条看过去，已经能隐约嗅到血腥的气息。

是的，一旦被泄露的公民信息不幸通过这个筛选，就基本成了他们砧板上的肉。他们先是问你是不是急用小额的钱，告诉你无须抵押、放款迅速，然后诱使你把身份证正反面扫描好发给他们，再拍下你拿着身份证大声读他们规定内容的视频。

你借一千块，到手实际上只有七百块，那三百块俗称"砍头息"。一周以后，你得还一千三，还不上？好，另外一家公司再借给你。就这样，借下家，还上家。但砧板上的"肉"们不知道，这些上家下家，本来都是一家，你借他们，不过是从他们左口袋借到右口袋，上口袋借到下口袋。只要你借一次，他们第一周就最少拿到百分之三十；再借一次，又是百分之三十；有时候你借六七千块钱，不到半年，就得还六七十万。

催收部用的都是软暴力，要么是短信电话轰炸，叫你的父母或者关系人一整天啥事也干不成，一个其他的电话也进不来；要么把你的照片做成灵堂照片，用你的账户发朋友圈，招呼亲朋好友来吃丧酒；更有甚者，把你的照片衣服都P掉，然后给私处P上梅毒，羞辱你……

赵志军接待过好多受害人，常常是家长在这边痛哭流涕，孩子在那边呆若木鸡。

有一个母亲拿着孩子刚上大学时打篮球的照片，阳光帅气，跟眼前这个萎靡呆滞的孩子完全是两个人。出事后，她连班也不敢上了，请长假在家里陪孩子，生怕他寻短见。好端端一个年轻人，就这样因为借了几千块钱毁掉了。

还有一个在校大学生更惨。父母离婚，父亲只管自己快活，一分钱抚养费都不给；母亲给人当保姆，挣点儿辛苦钱。孩子懂事，不想增加母亲的负担，借了三千块钱交学费。本想自己打工赚了还，谁知道这三千块钱是噩梦的开始。两个月后，他不得不向母亲求助，母亲替他还了四万，结果，又出来一个五万的欠条……无奈，这孩子又走上"懂事"的路，他办了休学，主动去找套路贷团伙，说要给他们打工，直到把所有欠款还完。9月办的休学，10月开始打工，11月赵志军他们把这个团伙打掉，这个时候他还欠他们四万元。打工的时候，这孩子主动帮团伙完善技术漏洞，筛选猎物，目的是想多赚点儿钱，但他哪里知道，这些主动作为，让他成了犯罪的积极参与者……一个懂得替母亲分忧的孩子，一个套路贷的受害者，又反过来害人，让人感到分外惋惜和悲哀。

赵志军也是做父亲的，听到这些父母的哭诉，看到这些孩子的遭遇，仿佛自己的心也在滴血。

本来这个案值特别特别大、涉案人员也特别特别多的案子，他们打算再经营一段时间再动手的。但是今年的"3·15"晚会到最后，曝光了一个套路贷受害人的遭遇。其中的借款平台是甜兔网，是他们已经在经营的这个团伙一千多个平台中的一个，先期已经有侦查员去平台所在地杭州摸排，情况也基本摸清楚了：人员有哪些，怎么分工的，犯罪手法是什么，办公地点在哪里，主要的人居住地在哪里，等等，只等团伙成员开会或者聚会时一网打尽。可晚会还没播完，他们就得到消息，最大的那条鱼已经订好了最早一班去香港的机票。而且，他们预判，这些人很快就会销毁电子证据，再不动手就会前功尽弃。

那边晚会还没结束，这边赵志军就往局里奔。

空旷的兰州街道上，仿佛只有他一辆车。他一边开，一边向领导汇报这个突发情况。

当晚，全局紧急召集，出动了四路四百多名警力，一路增派杭州，三路去催收公司所在地的合肥、亳州和西安，四地同时行动，力求一网打尽。

本来赵志军请缨一线作战，可领导说整个案子情况你最熟悉，还是留在兰州协助指挥更能发挥作用。

行动非常成功，一共捣毁了六个团伙，抓回来 210 个人。最大那条鱼是在他父母家里抓到的。这家伙老家山东，曾在一家著名的互联网公司做过，业务能力非常强，后来出去单干，投靠了一个大金主，找人开发了一千多个贷款的 APP。这些 APP 有 AB 两个面，表面上它可能是一个美食、娱乐或者教育的平台，你一旦安装，B 面马上行动，窃取你手机里的所有信息，包括通讯录，通话记录，地理位置，银行卡号、密码等，接下来就诱使你借钱，再然后就拿刀"杀"你。就这样一个运营模式，仅仅用了半年时间，就赚了 11 亿。可以说，这 11 亿，每一分钱都滴着血和肮脏的东西。在他们手里，有 400 多万条公民个人信息，有 113 万笔借款合同，有 20 多万名受害人……都是相当触目惊心的数字，这种犯罪规模在非互联网时代根本达不到。

他们这次行动后,有家微信公众号一篇阅读量 10 万 + 的网文,以《互联网金融闹剧结束了》为题,里面谈道,"一个礼拜前,杭州西溪某 5A 写字楼,某上市公司背景的 714 公司,有 1600 多个贷款 APP 的壳,其老板被带走,床下有两千多万人民币",说的就是赵志军他们办的这个案子。

进到最大这条鱼常住的那套房子,赵志军的队友们都惊呆了。十万一捆的人民币在墙角随便堆着;地下室的超大旅行箱打开,也满满当当全是人民币;一百八十公斤金条,根本不像我们想象的那样放在保险箱里,也是随便堆在地上。这家伙另外还有价值一亿的房产、七辆豪车……

一边是被他们害得借三四千要还三四十万、差点儿毁掉一生的年轻学子,一边是毫不夸张的满地黄金,他们真不知该说什么好。

陶尽门前土,屋上无片瓦。十指不沾泥,鳞鳞居大厦。朱门酒肉臭,路有冻死骨。如此畸形,如此凶残……

赵志军和他的队友们知道,这人间罕有的畸形,必须灭除;这噬百姓血与骨的凶残,必须根绝。黄河的涛声中,他们已然开战。

他们是为平安而战,也是为理想而战。

扫描二维码即可观看
相关视频等

驯犬师的故事

吴全礼

老头儿衫、松垮的短裤,光脚穿着一双颜色混沌的宽带凉鞋,几乎切近头皮的板寸发式,一张微胖的脸不苟言笑;即便和你说着话,也是一副面无表情的神情,看不出他内心到底在想什么。徐洋给我的直观印象是一个看似随意,实则不太容易接近的人。

等摩托车把我颠簸进基地,院里除了饲养员老杨忙碌的身影外,只听得到几声沉闷厚重或清脆响亮的零星犬吠。

空旷的训练场上,各种驯犬设施有序地排列着,看不到驯导员驯犬的火热场面,整个基地静谧得有些异常。

"花花"的狂吠

"支队其他民警带犬参加集训,备战第五届全国警犬技术比赛呢。"徐洋看出了我满眼的疑惑,淡淡地说了这么一句,又转身叮嘱饲养员老杨,"外单位的那两条犬先放在隔离区,观察一下有没有啥异常状况。"

"一条犬刚送进来就吐了,还拉肚子呢。"

"那就先别喂食,只给喝点儿水,我随后看看再给配点儿药。"

"前两届你都参加了,成绩也不错,这次为何不参加了呢?"从材料里我看到徐洋在2010年和2014年参加了全国警犬技术第三、四届比赛,分别获得了第十名和第六名的好成绩,也是宁夏参加五个科目比赛唯一获奖的选手。

"机会也要让给别人,不能一个人总占着。我已经连续参加两届了,年轻人更需要这样的机会去锻炼和检验一下。再说,基地的这些犬还得有人照顾呢。"

说得淡然而笃定。徐洋接着径直将我带向犬舍。

越靠近犬舍,徐洋身上的那种味儿越浓。

从一见面,我无意中发现他不时挠挠手腕处,细看有一块发红的地方用黑色的笔迹圈了起来,还有几处发白的印迹。

那双手看上去像整天干粗活儿的,还有身上这种味道,令我不由得张口问道:"家里人不抱怨你吗?"

"这么多年习惯了。这种皮癣对我来说没啥,天天接触犬,难免的。"

正说着,犬舍里七八条警犬见到徐洋,扑在栅栏上兴奋地吠叫、跳跃,如同见到了久别的亲人似的。

体型壮硕的警犬站立起来超过了我的身高,气势有些吓人。

徐洋边介绍它们的性格特点,边不时伸手拍拍犬的脑袋,一点儿也不担心那些犬的尖牙利齿。

一间犬舍里有几只还未满月的萌萌的可爱的幼犬,徐洋开门进去挨个儿抱起来看了又看,疼爱地抚摸了几下后轻轻放下。母犬贴在他的身边,坦然地任由他逐一查看自己的宝贝,但看我的目光里却充满着警惕与防备。

无意中我与徐洋聊起了孩子。

今年3月份,正在区厅训练总队办班授课的徐洋,突然接到孩子在放学回家途中遭遇车祸的电话。等他心急火燎地赶到医院时,被逆行电动三轮车撞伤的儿子正在急救室抢救。孩子面部被挡风玻璃多处划伤,下巴颏儿和喉咙之间那道伤最为严重，迫近颈动脉和气管，危及生命的险情就在方寸之间。

看到那道伤，徐洋冷汗如雨，两条腿软得几乎难以挪动。不用大夫过多解说，他也知道有多危险。30多岁才有了这个宝贝，尽管平日对儿子并不宠溺，但内心里那如山的父爱此刻彻底决堤了。

他心疼得大哭了一场。

孩子的伤情稳定后，他很快和肇事者了结了此事，丝毫没有在医药费和赔偿问题上纠缠。退回了对方付给的超出医疗费的那部分钱，对孩子后期治疗所需的费用，他一个字也没提。

对方错愕不已，连称遇上好人了。他们哪里知道徐洋内心对儿子的伤有多痛？

安顿好妻子在医院照顾儿子，徐洋心里牵挂着已在训练总队关了几天的警犬"花花"。

离开前，他嘱咐驯导员不要渴着饿着他的宝贝"花花"。驯导员心疼已经关了几天"禁闭"的"花花"，想把它放出来放放风。

哪知出笼的"花花"从训练场地嗅到徐洋住宿的地方，看不到徐洋的身影，便不顾一切地往大门外猛冲。

几个驯导员左拦右挡，与"花花"在训练总队的大院里斗智斗勇，软硬兼施，才将"花花"逼入一个死角控制住。

看到几个驯导员几乎快瘫软在笼子前，"花花"还不依不饶地在笼子里冲撞吠叫。

外逃失败后，性格温顺的"花花"知道来硬的不行，开始进行"软抵抗"。它不食茶饭，哭泣似的吠叫。

几个驯导员轮番去哄，"花花"都视而不见，一副等不到徐洋誓不罢休的神态。

各有高招的驯导员们使出了浑身解数，"花花"依旧不为所动。

"花花"那一声声的狂吠，就像一个执拗的孩子，不管不顾。

在基地，只要饲养员把犬舍的门一打开，"花花"在院里找不到徐洋，就直奔楼内徐洋的办公室，看到徐洋就高兴得围着跳腾个不停。

的确，正如儿子所抱怨的，他陪警犬的时间比陪自己的时间多得多。

"爱犬就像爱孩子一样，这样你才能赢得它的信任和爱。"徐洋不单只爱他的"花花"，对基地的其他警犬一样爱得那样彻底与无私。

说起徐洋爱犬，真是由来已久。

给"小黑"加点儿营养

徐洋的父母是宁夏农学院的教授。父母经常在家交流牧医教学方面的问题，徐洋耳濡目染深受影响，高考志愿填报了父母所在的学院，并在父母的建议下选择了牧医系兽医专业。

大学毕业后，学习成绩优异的徐洋留校任教，成了牧医系的一名教师。母亲说，书本上的知识若没有临床实践，还是纸上的死知识，建议徐洋在课余到门诊室跟随她的学生实习。

徐洋听从了母亲的建议，教学之余坚持到兽医门诊室坐诊。徐洋不计脏臭，赢得了门诊大夫的喜爱，不遗余力地将常见病症和治疗方法教给他，并放手让他诊治。

在门诊大夫的悉心指导下，徐洋学到了许多书本上学不到的知识。身为教授的父母，对徐洋的理论研究和实践水平的提升给予了独到的指引。

将近半年的临床坐诊，牲畜的一般病症都难不倒徐洋了。

机会往往青睐那些有准备的人。1994年下半年的一天，一个愁容满面的警察牵着一条病恹恹的警犬来看病，看到年轻的徐洋坐诊，心里犯起了嘀咕，怀疑徐洋能不能看好犬病。

在配合徐洋给警犬做检查的当间，他细细地观察着徐洋的一举一动。看到徐洋不顾脏累，细致耐心地检查问诊，并拿出了非常专业的治疗方案，他虽仍不是那么踏实，但心里十分温暖。

警犬一天天地精神了起来。

这个警察看出了徐洋的专业水平不低，背地里对他的家庭和个人表现进行了摸底调查后，向徐洋抛出了橄榄枝。

"你想不想去我们的警犬基地？你这样的人才我们基地太需要了！"

"我愿意。"徐洋想都没想就张口答应了，又生怕人家不信似的补充道，"我是真心喜欢警犬。"

"你是大学教师，还能坐诊看病，我们那儿的条件可比不上这里。"侯荫桐主任想进一步试探徐洋是真心，还是一时冲动。

刚刚组建的警犬基地条件简陋，任务繁重，原本警犬数量就少，老犬、病犬和传染病肆虐使他心急如焚。

警犬基地在闹市区外一条僻静的巷子里。

基地的办公用房，是一栋破旧不堪的平房。门窗老旧，裂开的缝子透着一股股彻骨的冷风，水泥地面多处溃烂如癣。办公设施也只是一些破旧的桌椅柜子。

办公房一侧的犬舍，地处低洼，杂草丛生，到处汪着冲洗犬舍的积水，气味腥臭刺鼻。看到陌生人过来，几条犬冲着锈迹斑斑的栏杆吠叫了几声，远没有想象中那么威猛。

眼前的景象和想象的情景相差十万八千里，徐洋的心凉到了脚板底。

"怎么这副表情呢？是不是后悔了？"看到徐洋脸上显现的失落，侯荫桐主任的心悬了起来。说实话，就是他本人看到基地的现状，心也一下子热不起来。

"失望是有，可我不后悔！学院少我一个没啥影响，这里更能发挥我的业务专长。"徐洋暗暗发誓，既然来了，就要信守承诺，绝不能退缩。

看到那些警犬的状态，徐洋的内心深处感到隐隐作痛。基地的医疗器械要啥没啥，他返身赶回学院的门诊室，连借带拿凑齐了给犬体检的基本器械，顺带拿了不少药品过来。

第二天，徐洋对基地仅有的八条警犬一一进行了仔细全面的体检。

八条警犬勉强能过健康标准的寥寥无几。

这是一个省级的警犬基地吗？这样的基地能培养出适合侦查破案的警犬吗？那些驯导员是怎么带的犬呢？

一连串的疑问堆积在徐洋的心里，但眼前的状况令他不得不面对现实。

恶劣的环境，是导致警犬患病的病因之一。

徐洋二话不说，挽起袖子，将犬舍里的粪便和发臭的积水、杂草处理干净。然后，开始做全面的消毒，以便切断传染源。

一般的消毒剂不适合犬舍使用，也存在警犬误食或中毒的风险，而过氧乙酸的气味刺激性又太强，容易破坏警犬的嗅觉，最好的办法就是不用化学药剂消毒。

其他人想不出别的办法，但这个问题难不倒徐洋。从有丰富实践经验的父母那里，他随时可以求得解决难题的办法。

徐洋买来一把喷灯。十几间犬舍，他硬是用喷灯喷射的火焰一间一间地去烧，不放过每一个角落和缝隙。

喷灯炽热的火焰炙烤着他，地面泛起的刺鼻气味令人窒息。他一会儿蹲下，一会儿起来，整整两天干下来，浑身怪味儿不说，腰酸背疼得几乎直不起身子，眼睛被烟熏火燎得直淌眼泪。

"一个在城里长大，工作环境又那样优越的大学年轻教师，不顾脏臭在犬舍里这样忙碌，到底图啥呢？"

"有几个人能像他这样扑下身子干的？我看这个年轻人有办法呀！"

……

可在有些人眼里，犬舍卫生无关大局，没必要像他这样大动干戈。

徐洋的举动，在基地引起了很大的反响，有质疑，也有肯定。然而，不论别人说什么，徐洋该怎么干还怎么干，丝毫不为那些闲言碎语所干扰。

他心里十分清楚，犬病防治、幼犬繁育是警犬训练和使用的基础，也是警犬能否顺利开展工作的有力保障。说得再多，不如用事实来证明更有说服力。基地的那几个老驯导员，被徐洋扎实肯干的精神深深地折服了。他们也爱犬，却没有徐洋爱得这样纯粹，这样理性，这样不顾一切。

警犬驯养对徐洋来说，一切都是从零开始的。

他自己购买有关警犬疾病防治和饲养的书籍自学，不懂就问，问同事，问父母。好在他有一定的牧医知识打底，很快就摸索出了一些实际操作经验。

他每天根据掌握的具体情况，为警犬制订营养食谱，并亲自下厨给警犬拌食，确保每一条犬能够吃得健康有营养。

徐洋的眼睛始终盯在基地的警犬身上，尤其在驯导员训练警犬的过程中，严格监督和控制驯导员乱给警犬吃东西，反复向他们强调科学喂养的重要性。

犬的毛色一天天变得油亮起来，眼神明亮有力，整个精神状态与此前相比有了很大的改变。

徐洋对犬的珍爱和专业的犬病预防与治疗水平，很快赢得了同事们的信服与赞扬。

徐洋陪我到基地吃第一顿饭时，不住地劝我多吃菜，而他自己却吃得很少。

我看着盘子里还有不少肉菜，让他多吃些，他笑着说没事没事。

我刚放下碗筷，他便快速地动手打包。只见他仔细地将吃剩的菜里不多的几块骨头挑到面前的碟子里，连同那半盘肉片一块儿装进了一个干净的塑料袋里。

我心生奇怪,他这是要给谁带饭呢?

他笑笑说:"给我的小黑加点儿营养。"

"小黑",是他心爱的警犬。原来是这样。

其实这样做,早已成了他的习惯性行为。他根本不在乎别人怎么看,也不觉得这样做有啥可难为情的。真正令他忧心的是警犬有病,不论轻重他都放不下。

犬瘟热和细小病毒

一年365天,对犬病的防治,徐洋不敢存有半点儿侥幸心理。

到基地后,每次看到病犬在自己面前奄奄一息时,徐洋即便竭尽全力地治疗了,心里依旧会留下无尽的伤痛和自责。

他一次又一次地查看治疗记录里的每一个细节,生怕是自己诊断有误,或是药物配比不对造成的。每有不明病因死亡的警犬,如查找不出死亡的根源,他绝不放手。

在一条死亡警犬的心脏里,他发现塞满了心丝虫。

他于是集中精力研究如何治疗这种犬病,寻找有效的治疗药物,进行预防性干预。

他翻阅了大量的资料,向父母、老师请教相关的疑问,到远远近近的兽医站或宠物医院去打听,但都没有找到能够有效治疗的方法和药物。

静下心来,徐洋将收集到的相关资料继续梳理,开始自己着手试验查找治疗方法。

他夜以继日,失败了多少次他不记得了,但那摞厚厚的记录簿上,记下了他每一次试验的点点滴滴。

真是功夫不负有心人,他最后终于找到了治疗方法,而且防治效果出乎意料地好。

徐洋并没有满足。

经过进一步查找疾病发生的根源,他发现这种疾病易受蚊蝇叮咬传播,而基地旁边紧靠犬舍,有一条臭水沟。每到盛夏,臭味扑鼻,蚊蝇滋生成团,飞起来如同一团黑雾,叮咬得警犬无处躲避。

他将自己查找到的致病根源,反馈给基地领导。

总队经过核实后,拨出专项治理经费,将这条臭水沟盖板封闭。

彻底消除了传染源后,基地的警犬再也没有发生一例这样的疾病。

工作过程中,徐洋发现威胁基地警犬健康最大的两种传染病,是犬瘟热和细小病毒。

犬瘟热的病程长,患病犬从最初的发烧、流眼泪、流鼻涕,到后期牙关打颤、喉头麻痹难以进食,最后被慢慢"熬"死。

这种病的发病初期极易被驯导员忽视,以为只是警犬上火了、发烧了,想当然地将警犬放置在比较凉爽的地方,而延误了治疗的最佳时机。

从外表看,徐洋不是那种心细如丝的人,也没人能看出有些粗拉的他,心里整天在琢磨什么事。驯导员随口说出犬的一些反常表现,他从不会听过放过。追根究底不说,他会将这条犬的情况放在心里,每天跟踪查看犬的状态变化。

经过他的悉心观察和揣摩,发现这种病极具传染性,体温特征也很明显,早晨正常,傍晚升高。

他准确诊断后,查找到发病根源,对症下药,最终在基地将此种疾病完全控制住了。

而细小病毒则更为棘手。只要发生,能在一周内令病犬毙命。其病症为又拉又吐,极易被误诊为出血性肠胃病。

为了尽快找到预防和治疗的办法,徐洋将病犬带到办公室,不分昼夜地时刻观察着犬病的发展和病症规律。

病犬拉出带有酱汤色脓血粪便，散发出浓重的鱼腥臭。办公室敞开门窗依旧臭气逼人，甚至走廊里都蔓延着这种令人作呕的气味。

同事过来找徐洋说事，还未到门口，就紧捂着鼻子不肯再往前走一步，喊着说完事掉头就跑了。

难道徐洋就闻不到吗？

他能闻不到吗？那种臭鱼似的腥臭，几乎快要将他熏得窒息，一口水都咽不下去。但看到病犬痛苦不堪的眼神，他顾不得那么多。

他一门心思都在病犬的身上，取样化验，整天守着病犬，找对症治疗的办法。

喂药、打针、输液，他尽心尽力地像对待有病的孩子。

病犬的症状最终控制住了，而他却累得病倒了。

可他人在医院里输液，一天还要打好几个电话，叮嘱同事照料好病犬。

身体稍有好转，他便不顾医生的劝解和拦阻，执拗地赶回基地照料病犬，直到病犬彻底康复。

二十多年来，他每天上班的第一件事，不是到办公室泡一杯热茶，而是直奔犬舍区，挨个犬舍查看一遍。警犬没啥异常情况，他才转身到办公室去。

"习惯了，不看一眼心里就不踏实。从它们的活跃程度上，可以随时发现犬患病的苗头和迹象。有些犬病一旦发生，若不及时处理，殃及的是整个基地的犬群。犬和人一样，身体不舒服时，精神状态上就能看出来，只是它们不会说，就要靠我们平时仔细观察。"

不紧不慢的几句话，徐洋说得家常而平淡。

几十年始终如一，不是所有人都能做到的。还有什么比这更能证明他对犬的热爱呢？

什么时候该消毒、什么时候该驱虫、什么时候该免疫、什么时候该灭蚊虫……所有的这些程序如同二十四节气表，徐洋烂熟于心。

将专业知识和实践经验相结合，不断总结归纳整理出一系列有关警犬饲养管理和犬病防治措施，一旦发生传染性疾病，他总能在发病初期将病情控制住。

为了提高治疗和预防犬病的水平，他向总队申请资金购买了便于治疗警犬骨折和吞食异物的 X 光机、检查警犬内脏疾病和孕情的 B 超机等医疗设备。没有使用这些设备的经验，他就到各大医院找操作这些设备经验丰富的同学，虚心求教相关方面的业务知识。

在徐洋的科学防控下，基地再没有发生过因大的传染病而影响警犬正常使用的情况，确保了警犬在侦查破案和重大安保任务中的出勤率。

"警犬的健康，就是我最大的幸福。人人都有或多或少的亲朋好友，但对警犬来说，我是确保它们健康的唯一依靠。"

随着社会形势的发展和公安工作的需要，警犬发挥作用的业务工作越来越多。可基地的警犬数量却难以满足工作需要。

徐洋开始把精力逐步用在了警犬配种繁育上。

经过不断地研究和实验，徐洋总结出了一套自己的"育儿经"。

1994 年正值隆冬，徐洋成功繁育出了第一窝德国牧羊犬。

当时，基地条件简陋，没有专门的产犬舍，徐洋便在办公室搭了一张行军床作为产犬床。产前一周，徐洋就做好了一切迎接幼犬出生的准备。他将母犬接到办公室，安顿在自己床边靠暖气片的地方。

那几天，徐洋就住在办公室，日夜守护着这条母犬。晚上只要听到母犬发出细微的声响，就赶紧起身查看。

看到三条健康、活泼的犬崽陆续降生，徐洋比儿子出生时还要激动万分。他像伺候"月婆子"一般全身心地看护着母犬和幼崽。

聚沙成塔，集腋成裘。"挑犬时要看犬的胆量、衔取、占有欲，还要看犬的神经类型。"徐洋为了挑到一条好的种犬和母犬，往往会跑很多地方。

通过繁育幼犬，徐洋练就了一双挑选优质犬的"火眼金睛"。

听似简单的几句话，却没有人知道他为此付出了多少心血和汗水，走访了多少散养户，过手了多少幼犬。这些都只有他自己心里清楚。

在他的严格把关下，基地的警犬品质在不断提高。他前后为基地繁育出了一百多条幼犬，成了基地发展的重要功臣。

貌不出众的"克德威"

"多干一点儿没啥，总比时间荒废了要好。"徐洋说得十分坦率。

犬病防治、幼犬繁育和饲养管理，这几项工作对徐洋来说，早已达到熟能生巧的地步。还有精力有时间，他想再干点儿其他工作。

深思熟虑后，徐洋决定学习驯犬。

训练出一条骁勇善战的警犬，是他心存已久的愿望。

2003年初春，徐洋新婚还不到三个月，得知有一个去南昌警犬基地参训的名额，他立即向基地领导申请。

出发前，基地领导开玩笑似的对他说："要是驯不出一条好的警犬，你就不要回来了。"

把这样难得的机会给一个兽医？基地的警犬驯导员们都窃窃私语。

这些议论没有令他退而却步，反而进一步增强了他的自信心，有天大的困难也决不放弃！背起行囊离开基地的那一刻，徐洋没有回头。

南昌警犬基地，是徐洋向往已久的地方。此基地是集警犬繁育、训练、教学和科研为一体的综合性警犬技术专业机构。

刚集训了三天，徐洋就深深地感到自己对警犬驯导的认识太过肤浅。尤其要在短短的几个月里驯出一条出色的警犬，那不是想当然的事。

基地严格的专业性和系统性训练，对他来说，比南昌那些历史古迹和风景名胜更具吸引力。基地领导的那些话时刻回响在他的耳边。他时时告诫自己，要专心致志地投入到每一天每一项的训练中。

"报告教官，这条犬的生殖上有缺陷，能否给我换一条犬？"徐洋接手南昌基地配发的警犬后，利用自己的专长为其做了一个全面的体检。

"不影响训练，没必要更换。"教官没想到这个不太多言的学员，能用非常专业的术语将这条犬存在的问题陈述得如此清楚。

徐洋不甘心，为了能换一条优质犬，他豁出勇气找到基地的叶书记。

叶书记被徐洋一连串的专业说辞所打动，得知徐洋也是牧医专业出身，非常痛快地说："你去繁育队自己挑，挑到哪条是哪条！"叶书记并不知道徐洋还有高超的挑犬技术。

"这条犬不可能给你。"看到徐洋挑选的是基地的一条预留种犬，负责人一口回绝了。

"把那条犬给徐洋，有问题我负责。"叶书记没等听完负责人拒绝的理由，直接把电话挂了。

有了叶书记的"口谕"，负责人悻悻地看着暗自欢喜的徐洋，带走了这条三个月大的德国牧羊犬"克德威"。

个头儿小、体质瘦弱的"克德威"，看上去像个病秧子，与它的名号实在相去甚远。

有人窃笑徐洋的眼光有问题。

徐洋才不管他们如何嘲弄呢。看似貌不出众的"克德威"有多大的"后劲儿",他们哪里看得出来?

"克德威"的胆子特别小,连犬舍都不敢出。说话声大了,它都吓得直哆嗦,像没满月的婴儿似的,一有风吹草动,就没命地往犬舍里逃。

徐洋培育了那么多幼犬,有的是耐心和信心。

他哄不出来,就轻手轻脚地将它抱出来,到训练场、人群、街边,不急不躁地让它一步步地适应外面的环境。

当徐洋发现瘦弱的"克德威"身上长满了犬蜱时,自责太过大意。

他用了整整一天时间,拿小夹子从体格娇小的"克德威"身上捉出了一百多只蜱虫。

每捉出来一只,徐洋就用石子将其使劲儿碾碎,弄得满手都是蜱虫脏污的血迹,晚饭一口也没吃。

去除了犬蜱,他又给"克德威"彻底洗了一个清洁澡。

身体舒爽的"克德威"顿时精神状态大变,渐现调皮好动的天性。见到徐洋,它不再是那种漠然的神态,而是像见了妈妈一样蹦跳欢喜,依恋难舍。

为了壮大"克德威"的胆量,徐洋每天把它从犬舍里抱出来,带到训练场看其他犬训练。

然后,他拿着火腿肠,鼓励它参与训练,不厌其烦地教它练习衔取、搜寻等基本技能。

训练结束后,他再将它带到马路边,看着路上过往的车辆和行人,倾听各种大大小小、高高低低的声音,不断增强它适应环境的能力。

"克德威"的胆子就这样渐渐变大了。

徐洋心里清楚,其他参训学员几乎全是驯导员,驯犬的经验比他丰富。若论具体操作,自己还是个门外汉。

每天训练,他去得最早,离开得最晚,尽量比别人少休息多训练。

为了训练"克德威"的扑咬能力,他把手臂当作"克德威"的攻击对象。

尽管有厚实的护具,但"克德威"咬合得轻重,不是他所能把握的,被"克德威"抓伤咬伤成了家常便饭。

然而,徐洋从不在其他人面前叫苦喊累,也不会将伤痕遍布的胳膊展示给别人看。

慢慢地,"克德威"在衔取,扑咬,跨越障碍物、高低垛桥,上爬梯,钻洞,搜捕等实战训练中,逐步能跟得上其他犬的进度了。

不管哪个科目的训练,徐洋对"克德威"的要求都绝不松懈,力求精益求精,使"克德威"的服从力不断攀升。

基地警犬的伙食,是定量供应的。对运动量极大的"克德威"来说,与日俱增的饭量,定量供应难以满足它的营养需要。

徐洋想方设法给它补充营养,只要看到餐厅饭桌上有剩饭剩菜,就不管不顾地收集起来,实在收集不上,就再打一份饭,哪怕多花点儿钱,也要保证正在长身体的"克德威"吃饱。

基地改善伙食,徐洋总会想法弄点儿骨头和碎肉回来。

一次,无意中在犬舍廊架上看到小半袋犬粮,徐洋实在眼馋得抵挡不住。第二天事情"败露"后,丢失犬粮的那位学员在训练场上破口大骂,徐洋硬挨着没吱声。

事后,他立即去向人家真诚地道歉。

对方早已被徐洋驯犬爱犬的执着精神所打动,很快就谅解了他。

三个月后,警犬技能训练结业。徐洋带着"克德威"顺利完成了全部训练任务。此时的"克德威"毛色发亮,健壮彪悍,从所有参训警犬中最为瘦小的"小弟",华丽转身为体型成长最快、性情变化最大的大"帅哥",俨然出落成一条高大威猛、名副其实的德国牧羊犬，令其他驯导员刮目相看，艳羡不已，纷纷赞赏徐洋有眼光、有水平。

回到基地后，在徐洋进一步的严格训练下，"克德威"愈加健硕，在治安防范和搜捕工作中表现极为突出，成了徐洋办班教学的示范犬。

"驯犬是一门技术，要动脑子。驯前要有周密的计划，驯中要仔细观察，驯后要认真总结。尤其，在训练中要严格规范自己的言行，注意每个细节的处理。

"作为一名驯导员，千万不能因为你的不良行为影响到犬的正常作业。驯犬，就是和它斗智斗勇的过程，时刻要牢记，你的犬，既是你朝夕相处的战友和伙伴，也是你首先要征服的对象。一定要敏锐地捕捉犬的行为变化，读懂自己的犬。

"驯犬不能急于求成，要有步骤、有计划地让犬逐步建立自信。不要以为它们是动物，其实犬很聪慧，你的喜怒哀乐它都能感受到，千万不要让它看穿你的表情。驯好一条犬，不是你所看到的那么容易，得付出你的真心和真情。"

……

这是徐洋给参训学员讲课时所说的。

"你的喜怒哀乐它都能感受到，千万不要让它看穿你的表情。"从徐洋的这句话里，我终于找到了他面无表情的缘由，全然是日久天长驯犬养成的习惯性表情，并不是那种有意拒人于千里之外的意思。

徐洋驯犬的技术声名鹊起。

经他驯出来的犬，最大的特点就是服从力超强，就连打针治疗都不用人帮忙。

只要徐洋指令一下，警犬就会安静地卧下来，再痛也不会动，令人惊叹不已。

徐洋经常说，警犬是我们无言的战友，作为驯导员要时刻牢记给无言的战友多一份关爱。这也是他驯犬带犬一直信守的座右铭。

正是徐洋真心实意地关心犬、爱护犬,他和犬彼此之间才建立起了深厚的感情与信任。

徐洋一手带出的警犬"克德威"衰老退役后,被一位爱犬人士收养。

现在他驯导的两条犬"花花"和"小黑",是搜毒、搜爆方面的"尖子犬",成为徐洋最为亲密的新战友。

警犬缉毒专家

"花花"是2008年从南昌基地接回来的。

当时,徐洋已有一年多没有带犬了。看到"花花"落寞地在犬舍里待了一个多月,明亮的眼睛里透着满满的渴望与焦虑,似乎在不住地求他放自己出去。

他太了解犬的内心世界和肢体行为所表达的意愿了,于是主动向基地领导提出带"花花"训练,并保证不影响本职工作。

有了训练"克德威"积累的经验打底,徐洋了解这条史宾格犬"花花"的性格特点。

此犬看上去身架不大,普普通通,默不作声,像个生性内向、性格木讷的孩子。不知情的驯导员都不看好它,这也是"花花"接回来后备受冷落的缘故。但它天资好,工作欲望非常强烈,而且工作态度认真仔细。

当时基地缺乏搜毒犬,徐洋结合"花花"的性格特点,将其工作方向设定为搜毒、搜爆。

所有的驯导员都知道,小犬难驯。可徐洋对自己决定要干的事,向来都是义无反顾,有多大的困难也要上。

"花花"被徐洋从犬舍里解放出来后,高兴得不知怎么表达。它把徐洋当成了它的衔取物,不停地扑在他裤脚上抓挠、扑咬,像个不懂事的孩子。

从开始带"花花",徐洋的裤腿总是被撕扯得破破烂烂,手上、脚上都是伤。可被抓伤咬伤,还不能简单粗暴地制止,更不能动手打骂。如果因此对它进行惩罚,就会影响到犬的衔取、扑咬等工作情绪。

犬的天性如此,越是扑咬能力强的,越有培养前途。

徐洋接手了"花花"后,基地的那些驯导员看到徐洋整天带着"花花"东闻西嗅,玩闹似的训练,便有些怀疑"花花"最终能不能被驯成像"克德威"那样优秀的警犬。

徐洋赏罚分明,丝毫不迁就"花花"犯下的任何一个小错误。

在徐洋严格耐心的调教下,"花花"从一个懵懂莽撞的"小丫头",出落成了一个聪明伶俐的"美少女"。

它对徐洋的每一个指令,都能很快心领神会,执行起来更是不折不扣。不像有些犬,会不时地"忽悠"一下驯导员,搜寻目标浮皮潦草不认真。

是骡子是马,拉出去一溜便知。

2010年初冬,看似毫不起眼的"花花",在全国公安系统第三届警犬技术技能全区选拔赛上,获得了代表宁夏参赛的资格,并在比赛中取得了全国警犬技术搜毒科目第十名的好成绩。

2014年,徐洋再次带着"花花"征战第四届全国警犬技术比赛,取得了第六名的优异成绩,再次成为基地的骄傲,也为宁夏刑侦队伍赢得了荣誉。

徐洋先后荣立个人二等功,获得公安部全国公安机关优秀专业技术人才三等奖、公安部公安基层技术革新优秀奖、全区优秀人民警察、全国公安"百佳刑警"荣誉称号等荣誉。

荣誉只属于过去。

日常繁重的训练、出警,工作犬的嗅觉时刻经受着很大的考验,而搜毒、搜爆训练,也存在犬中毒的风险。

徐洋对每一个参加培训的驯导员说教最多的,就是在训练中要保护好犬的健康，要求防护工作细之又细。

他一再强调，气味球里的物品要包装严密，确保犬不会直接接触，以防犬中毒或嗅觉受损。

"工作能力越强的犬，寿命越短。"这是令徐洋非常苦闷，却难以克服的难题。

搜毒、搜爆过程中，犬难免会有所摄入，日积月累会导致犬肝硬化、肝腹水，所以犬的黄金使用期，只有七八年。

在"花花"6岁时，徐洋为了工作能有序衔接，又成功驯出了另一条犬"小黑"。

2014年出生的"小黑"，也是一条史宾格犬。经过一年多的训练，"小黑"成长为一条优质气味搜索犬，尤其对微小气味的捕捉能力极强。

徐洋把它作为"花花"工作疲劳时的替补，没承想"小黑"工作起来一样积极主动。

每次出现场，徐洋总是把它们都带上，在现场相互补充、相互印证，更好更高效地发挥作用。

一个现场搜索两遍，对徐洋来说会多一份辛苦。但他认为只要能提高搜索的准确率，苦一点儿累一点儿没啥，能把案子破了，才是最重要的。

徐洋的心，时刻都在他的爱犬身上，像疼爱自己的孩子一样，时时处处牵挂着犬的安危。

"小黑"的示警反应和"花花"不同。

"花花"发现目标后，会用前爪不停地扒物证对象，徐洋意识到"花花"的示警反应极易引起爆炸物燃爆。

而犬的示警反应一旦成型，很难改变，后来在训练"小黑"时，徐洋就把它的示警反应改为坐下。

若出警的路途较远，到达现场后，徐洋会让年龄大些的"花花"休息，让年轻的"小黑"先上。

不甘示弱的"花花"看到"小黑"抢了先，也会着急表达不满。

并肩作战的两个"小伙伴"搭班破获的贩毒案,不仅在基地为人称道,也被办案单位的民警牢牢记在了心里。

2015年,徐洋带着"花花"和"小黑"协助大武口区分局,在银川东收费站从一出租车上查获毒品2234.6克,并成功抓获毒贩一名。

当时,嫌疑人看到办案民警在车里车外没有搜查到毒品,态度蛮横强硬。

徐洋带警犬赶到后,打开车门,"花花"敏捷地跳上车,不停地在车内嗅着,很快对着车后座扒个不停。

看到"花花"的示警反应,徐洋从车坐垫下查找出了一个伪装严密的包裹。

嫌疑人顿时哑口无言,满头虚汗。

2016年6月,徐洋带"花花"和"小黑"协助中卫市沙坡头分局查处一起涉毒案。

接到出警通知,已是黄昏。

到达目的地后,面对快递公司堆满大小不一的纸箱和包裹的货场,为防止主观臆断,徐洋没有让办案民警将嫌疑人的包裹拿过来直接让犬搜索,提出要"盲测"。

这么做,是为了确保信息的准确性,也是对警犬搜毒能力的一次考验。

几十个快递包裹间,先出场的"花花"来回游走逐一细嗅。当它嗅到一个大纸箱时,围着嗅了又嗅后,开始不停地扒着纸箱。

"花花"的示警反应令徐洋眼睛一亮,但他不动声色地唤回"花花",再次派出了"小黑"。很快,"小黑"也对大纸箱做出了示警反应。

根据此线索,办案民警随货一路追查,成功破获一起贩毒案,从纸箱中缴获毒品1053克,抓获毒贩两名。

警犬的示警反应,也有被误解的时候。

"犬没错,有错也是驯导员的错。"这是徐洋一贯坚持的准则。

2017年初春,徐洋带着"花花"和"小黑"到银川某公寓搜毒。

到达现场后,"花花"和"小黑"在搜查过程中,均对嫌疑人房间中的几双高跟鞋做出了示警反应。但办案民警打开鞋跟仔细搜查,并没有发现毒品。

"警犬搜毒,一般找到了东西才算。"面对没有发现毒品的遗憾,徐洋相信自己的警犬示警无误。

可办案民警要的是眼见为实。

后来该案嫌疑人交代,那批高跟鞋的确被他们当作了藏毒运毒的工具,毒品就装在空心的鞋跟里,只是被发现时,毒品已经转移。而"花花"和"小黑"仍然准确捕捉到了毒品残留的气味。

在查缉一辆带毒车辆时,"花花"和"小黑"的示警反应都在前车门的一侧,而整个车里没有搜出一点儿毒品。

在徐洋的坚持下,办案民警半信半疑地撬开了车门,最终在那扇车门的夹层里,查获出了隐藏的毒品。

人会老,犬也一样。

"花花"老了。黑白相间的毛色滞涩无光,脚步不再敏捷,碰到较高的搜索目标跳跃不上去,还不肯放弃,一而再,再而三地跳起摔倒,倔强而坚定,不让它上阵还不甘心,令徐洋泪盈眼眶,心疼不已。

从8个月大跟着徐洋,"花花"至今已工作有十个年头了。毫无选择余地的退役,也在一天天靠近。

"我会给它一个幸福的晚年。"徐洋早就打算好了,等"花花"退役,就接它回家,儿子也喜欢"花花"。

儿子以前经常跟他到基地陪"花花"玩,"花花"见到儿子也像见了亲密的小伙伴一样欢喜雀跃，黏着不放。

在徐洋的心里，"花花"早就成了他的另一个牵肠挂肚的孩子，说啥也不能让它离开自己。

在徐洋的办公室和家里，有不少和"花花"、"小黑"训练或出警时的照片。我们看到的只是它们活泼可爱的一面，无法感受到徐洋带着它们出入各种现场时的机警，以及面对生死考验时的勇敢。

近几年，面对层出不穷的藏毒手法，徐洋在实战中摸索总结，归纳整理不同案例，以此来提高警犬在实际工作中的搜毒水平。

鉴于已是警犬技术高级工程师的徐洋本身所具有的能力与水平，为提升警犬查缉毒品的能力，总队让他承担起了全区缉毒犬的带班培训工作。

为确保培训效果，徐洋从备课、授课，到制订科学合理的训练计划，事事亲力亲为，并结合自己的实践经验，对学员言传身教。

经他培训的学员，很快在缉毒犬使用上开始发挥作用，为全区缉毒工作增添了新的力量和技术手段。

只要基层单位有需求，徐洋从不推脱，总是全力以赴。

二十多年来，从一名警犬基地的兽医，历练成一名警犬训练能手，再到全区警犬缉毒专家，徐洋付出了常人难以想象的艰辛和努力。

而这一切，源于徐洋对警犬事业的无私热爱，源于他对这个职业的崇尚与尊重，源于他对警犬这个无言的战友一心一意的真情付出。

在我结束采访，准备离开警犬基地时，回头看到基地楼门口的墙面上书写着："严格要求，刻苦训练；精益求精，争创佳绩。善谋创新，敢为人先；拼搏攻坚，永不言弃。"

这是警犬基地的工作要求,不也正是徐洋一贯坚持的精神写照吗?

在这短短的几天采访中,我已经深深感受到了徐洋淡泊名利、不计得失的人生情怀,以及对那些无言的战友至深至诚的爱。这超越了一切。

扫描二维码即可观看
相关视频等

富平的"破案能手"

邢根民

刀尖从鼻梁上划过

23岁的杨建龙从陕西省人民警察学校毕业后,在富平县第一大镇庄里当了一名派出所协警,开始了他的从警生涯。那是1999年11月。

第二年6月的一天傍晚,杨建龙在派出所值班,一个女孩慌慌张张跑来报警:"叔,我弟弟的钱在中学门口让人抢了。"

镇中学门口发生学生钱财被抢已不是一两次了,之前杨建龙接过几次报案,但都没能抓住抢劫犯。

想起那些小蟊贼竟然屡屡对学生下手,杨建龙心里不由得冒上一股怒火:这回非要抓住这个小蟊贼不可!

镇中学在派出所西一百多米处,他们很快来到了事发现场。

跑在前面的杨建龙远远看见一小伙子突然向西跑,当即紧追不舍。

就在快要追上时,小伙子见势不妙,趁着天色黑暗突然拐到一条乡间小路上,一头钻进路边的苹果园。

这个苹果园很大,果树枝繁叶茂,一旦嫌疑人钻进去,要想在漆黑的夜晚找到,犹如大海捞针。

乡间小路上一团漆黑，两边是黑压压一大片苹果园。

杨建龙到了果树地边，看到的是一排一人多高密密麻麻的花椒树。他知道，这些花椒树是果农专门防止有人偷苹果而栽植的，不仅栽植得密不透风，而且还会用钢丝横着扎几道防线，花椒树枝上的针刺就像一枚枚钢针一样向四周伸出，相当于一道铁丝网防护墙。

那小伙子肯定熟悉环境，才会找到漏洞钻进去。

杨建龙抓人心切，此时已顾不得花椒树上的尖刺，头一低、身子一躬，双手拨开花椒树枝，一头穿过花椒树丛，忍着双臂、双肩、双腿被刺针扎破的疼痛，循着果园里的响声追去。

当一个黑乎乎的身影出现在眼前时，他毫不犹豫，飞身一跃，将其扑倒在地，只听黑影"哎哟"一声。

杨建龙双手从后面死死抓住其双脚不放。正要起身压住他时，小伙子突然从腰间拔出一把锋利的水果刀，朝他脸上抡来。

黑暗中，杨建龙只感觉眼前一道寒光闪过，还没来得及躲闪，两眼之间就像被黄蜂蜇了一样剧烈疼痛，紧接着鲜血顺着鼻梁唰唰流下，眼前一片模糊。

但是，他仍死死压住小伙子的身子不松劲儿，直至战友赶来将小伙子制伏，他才一头倒在地上，失去了知觉。

当战友把他扶起来后，地面上已经被鲜血染红了一片。

很快，杨建龙被送到了县医院紧急救治。

中年男医生用酒精洗净杨建龙脸上的血污和泥土，看着他鼻梁上一道三公分长、一公分深的血口子，不禁倒吸一口冷气："真险啊！如果刀子再往上抡一毫米，这个警察的右眼就会被戳瞎！"

在缝合伤口时，医生遇到了难题。由于伤口距离眼睛太近，如果实施麻醉手术，极有可能会危及眼睛神经，造成右眼失明。

怎么办？医生陷入犹豫和迟疑之中，他实在拿不准，只好征求伤者家属的意见。

然而，急救室里只有杨建龙自己，没有他一个家属。

"不打麻针，直接缝合！"年轻要强的杨建龙果断做出决定，央求医生实施无醉手术。

伤情危急，不容拖延，医生只好听从。

中年男医生准备好手术器械，穿好手术针线，先安慰一句："手术会很疼的，你要挺住！"说完，就用尖利的银针刺透裂开的伤口，一针一针缝合。

静静的手术室里，那针线穿透伤口的声音在杨建龙耳边嗞嗞作响，仿佛刀尖一次又一次在伤口处游走。

他紧闭双眼，咬紧牙关，忍着剧痛，挺过了针线来回27次的刺穿与缝合。

一个多小时的手术结束了，杨建龙感觉自己仿佛从死亡线上走了一趟。

这是杨建龙从警之后第一次体验到警察职业的危险。

以前在警校学习时，他就知道：警察的名字就叫牺牲，警察的工作就是在刀尖上舞蹈。可当时他并没有理解。经历了这次危险，他对这句话的含义有了深刻的体会。

十八年来，杨建龙的生命旅途中经历了太多太多的险情。他心里清楚，既然选择了警察这份职业，就要时刻做好流血牺牲的准备，任何胆怯与退缩都是没出息的表现。

"街上有人打架，打得血里捞人。"又一个6月的下午，杨建龙接到群众报警。

他一听吓了一跳，连忙和另一民警赶了过去。

出事地点在庄里镇的老街道上。那个老街道比较狭窄，不到四米宽，人口又十分密集，是镇上最繁华的路段。街道两旁有卖西瓜的、卖杏的、卖桃的、卖各种小吃的，摊点布满街道两旁，严重影响了过往车辆的畅通行驶。

冲突是因为一起交通堵塞引起的。原来，两辆小轿车相向而行，在街道繁华段中间车头顶牛，两个驾驶员年轻气盛，互不相让,开始是在车上互相指责,然后就下车相互谩骂,后来就发展到大打出手。

杨建龙和民警赶到现场时,只见那个20来岁的小伙子一手拉扯着对方的衣领,一手用食指指着对方的鼻子说:"就要你让个路,看你小子还牛皮得不行,别以为在你家门口我就害怕你,再不让路老子今天就收拾你!"

对方也是个年轻小伙子,光头上被啤酒瓶子砸了一个伤口,啤酒瓶的碎片还留在他头上和脸上,鲜血顺着太阳穴和脸庞流下,半边脸都被染红了。周围围满了群众,却没人敢拉架,有些胆小的妇女娃娃都吓得躲得老远。

杨建龙一看这阵势,走过去大声呵斥道:"都给我住手!"

然而,此时满脸是血的小伙子低头看到落在胸前的血迹,双眼喷火,牙关紧咬,退到路边一个西瓜摊旁边,右手操起西瓜摊上那把一尺多长的西瓜刀,突然朝外地司机头上砍去。

危急时刻,杨建龙一个箭步冲上去,伸出右臂一挡。他本想夺下小伙子手中的长刀,可小伙子用力过猛,他没有抓住对方持刀的手。只见一道寒光闪过,他的小拇指头就被砍出一道深深的口子,整个小拇指断成两截,一半吊在空中,仅靠一层皮肉连接着,鲜血像泉水一样往外涌出,顿时染红刀口,染红地面。

就这样,杨建龙右手仍死死抓住刀刃不放。

看着眼前的情景,小伙子吓得松了手,脸色煞白。

好险啊,要不是杨建龙那伸手一挡,外地小伙子会被当场砍死。

一场你死我活的血腥场面被制止了,两个打架斗殴的司机也被民警制伏了。

这时,杨建龙才感到小拇指一阵钻心的剧痛。他另一只手紧紧捏紧小拇指,赶紧跑到镇卫生院包扎伤口。

至今,杨建龙的右手小拇指上还留下一道厚厚的疤痕,也不能灵活自如地屈伸。

派出所出了个"破案能手"

"同志们，这次美原镇发生的佛龛被盗案，绝不是小案子。这些天《华商报》和省电视台把这起案子炒得沸沸扬扬，现在已经惊动省公安厅领导，这个案子已经被省厅列为重点督办案件，限我们一个月内破案！"富平县公安局六楼会议室内，新上任的公安局局长宁双喜的讲话铿锵有力。

可二十多天过后，佛龛被盗案毫无进展。

局长宁双喜不禁勃然大怒。

一查，发现主要问题是，案发原始现场遭到破坏，技侦技术受限，被盗文物转移迅速，线索中断。

这时，离省公安厅的督办时限仅仅剩下三天。

怎么办？刑侦、技侦、图侦都派上用场了，主管副局长还亲自督战，坐镇指挥，两个大队人马齐上，案子还是没有多大进展。

难道就这样等着上级公安机关领导督办问责？局长宁双喜急得满头大汗。

"我看杨建龙行，把他调来，案子一定能破！"有人向局领导建议。

"什么？一个派出所所长能破大案？"局领导不敢相信。

"我看行，就他了！"任专案总指挥的分管副局长一拍脑袋，眼前一亮。

电话立即打到留古派出所，局长说："杨建龙，你来上这个案子，坐镇指挥，限你三天，破获此案！"

三天？这可是影响全省的大案难案啊！

杨建龙知道这是个烫手山芋，心里不太愿意接手，可局长发令了，点将点到他头上，接也得接，不接也得接。

这时，全局民警的目光都聚焦到了杨建龙身上。他如同站在舞台的聚光灯下，台下是全县乃至全省同行关注和审视的目光。

杨建龙接过了临时总指挥的头衔，立即召开案情分析会："我认为，这个案子要推倒重来，改变侦破思路。"

话一出口，在座的办案民警都大吃一惊。

杨建龙接着说："我们要撇开一切现代化技术手段，顺着文物流失的路线摸排线索。"

第二天吃过早饭，杨建龙从刑警队和留古派出所抽调了三名民警，在县局召开了一个秘密会议。

会议不到五分钟就散了。三名民警换上便装，各驾驶一辆地方牌照车，悄悄离开了留古派出所。

"报告指挥员，发现重大线索，佛龛有可能被转到铜川！"一名侦查员在古玩市场摸排时，从文物贩子口中套出情况。

"追！"杨建龙立即下令。

办案组兵分三路，连夜行动。

杨建龙亲自带领一组民警赶到一百多公里外的铜川市，在一个匿藏文物的地方，将一名作案嫌疑人抓捕归案。

但是，被盗文物已经又一次被人转移。

子夜时分，静静的小房间里，杨建龙与嫌疑人面对面静坐了一个小时。他双眼死死盯着嫌疑人的面部，表情严肃，默不作声。

两个小时过去了，房间里依然沉默寂静。杨建龙的目光中透射出一种直击灵魂的凛然正气。

三个小时过去了，一切依旧。

犯罪嫌疑人终于耐不住性子了，问："你们抓我到底为啥？"

"你自己心里清楚。"杨建龙直视着他。

"我不知道。"嫌疑人摇摇头，一副无辜的样子。

"好，不知道，那我就提示你一下。"杨建龙给他递了一支香烟，点着后，不紧不慢地说，"说说佛龛的事。"

"啥佛龛？我不知道。跟我没关系。"贼无赃，硬似钢，一点儿不假。

杨建龙慢条斯理地将自己掌握的嫌疑人活动轨迹，仔细叙述了一遍，然后道："你不说，有人会说的，要不要我现在带你去看看那佛龛？"

一听警察已经拿到了赃物，嫌疑人傻了。

只听"扑通"一声，他已跪倒在地："我说，我说……"

他这一说，竟然抖出了三原、泾阳、高陵、铜川等地十七人的盗窃文物团伙。

案件成功地快速侦破。

许多人不禁惊讶道：没想到，派出所里出了个"破案能手"！

不到一年时间，这个"破案能手"被调到刑警大队，在破案中派上了用场。

2014年冬季的一天，杨建龙正忙着侦破全县偷羊案子，办公室电话急促地响起。

话筒里传来派出所民警的声音："杨大队，我们抓获两个偷羊的家伙。"

"好！把人带来。"这些天正为猖獗的偷羊案子焦急的杨建龙顿觉有戏。

两名偷羊嫌疑人被带进审讯室。

"你们的行踪，我们都已经掌握，别指望隐瞒什么。你们自己说说吧，都在哪里偷羊了？"杨建龙十分平静地问道。

可出乎意料，还没等他深挖，嫌疑人就主动交代了："我们在庄里就偷了一次，以前还有十多次在外乡镇。"

两个嫌疑人坦白得十分主动。

杨建龙问啥，他们说啥，甚至没有问的，他们都主动交代了。

如此顺利的讯问，使杨建龙感觉有点儿反常。他马上意识到，凡是有假象的，下面肯定深埋着不可告人的丑恶事件。
　　杨建龙停止了讯问。
　　他认真查询了庄里镇近期发生的治安刑事案件台账，确实只有一起丢羊的报案。这再次印证了嫌疑人交代的事没有问题。
　　但他仍不罢休，又查了一下近期刑警大队的群众报案台账。忽然，他发现就在嫌疑人作案的当天，有群众给派出所报案：家里一个瓜瓜女子不见了。
　　杨建龙马上将偷羊案与这起群众报警案子联系起来。
　　杨建龙开始分别对两名偷羊贼进行讯问。
　　"你交代完了？"
　　"完了。"偷羊贼显得很老实。确实，就连民警没有掌握的偷羊案子他都交代了。
　　"还有。"
　　"真的完了。"
　　"女娃哪儿去了？"杨建龙趁其不备，突然袭击。
　　这下偷羊贼脸色突然煞白，一句话也不说了。
　　杨建龙知道有戏，但没有急于进攻，而是沉默片刻，双眼紧紧盯着偷羊贼，仔细观察他面部表情的细微变化。
　　终于，偷羊贼的心理防线崩溃了，浑身稀软下来："瓜瓜女娃已经被卖了。"
　　"卖到哪里了？"杨建龙追问。
　　"这我就不知道了，只知道那女娃最后坐着泾阳某某的车走了。"
　　杨建龙立即下令，几名民警连夜出击。
　　主犯某某很快被抓获归案。然而，他拒不承认拐卖瓜瓜女，只是说那女娃不灵醒，就把她丢在半路上了。
　　明知他在编谎话，把自己洗了个一干二净，但是除了他说的，再没其他任何证据，杨建龙一时也拿他没办法。

案件一下子陷入僵局。

有民警提出回头再审问第一个嫌犯，也有人提出到主犯某某供述的丢人现场附近找人。还有人打起了退堂鼓："瓜瓜女都丢了几天了，不知被倒卖了几回，咱到哪里去找人？"

杨建龙一声没吭，给自己点着一支香烟，走出房间，在黑暗中来回踱着步。

突然，他对随行几个民警一招手："撤！"

几名民警一头雾水，这显然不是杨建龙的一贯作风。但他们马上又意识到，杨建龙不会那么轻易放弃，这肯定是他的新战术。

几个人跟随杨建龙离开了审讯主犯某某的屋子。

出了门，杨建龙让司机把警车开走，自己和两名民警留下，隐蔽在暗处蹲守。

警车刚开走，屋子里就传来主犯某某打电话的声音："喂，老王，赶快出手，小心警察追来！"

尽管主犯某某压低声音，还是被杨建龙他们听出了大概。

还没等他打完电话，杨建龙和两名民警仿若从天而降，出现在他眼前。

主犯某某刚回过神，杨建龙一手夺过手机，看了一眼通话号码："说，老王是谁？他在哪里？"

主犯某某只好如实供述。

之后，杨建龙又顺着老王提供的线索，带领民警连夜奔赴山西省稷山县，在天亮之前将瓜瓜女解救了出来。

油瓶子倒了等三秒再扶

杨建龙走上县公安局刑警大队大队长岗位是在2011年9月，从此开始了他的刑侦生涯。

在刑警大队的几年里，他学会了一种本领——经营案子。

日常生活中,我们听说过有人经营事业,有人经营家庭,但没听说过有人经营案子,尤其是大案、要案、恶性案件。

什么是经营案子?用杨建龙的话来说,就是"油瓶子倒了先不要急,等三秒再扶"。

2016年12月的一天,杨建龙正在办公室研究案子,门被推开了。

"杨大队,张桥派出所抓了两个偷手机的嫌疑犯,咋处理?"一名刑警队员进来问。

"放了。"杨建龙连眼皮都没抬。

"啥?放了?"办案民警以为自己听错了。

"你只管放,出了问题我担着。"杨建龙显得胸有成竹。

办案民警刚离开,杨建龙就趴在桌子上,埋下头用笔画来画去,开始排兵布阵。

定好战术,杨建龙将办案民警召集起来。

他一边分析案情,一边说:"同志们,破案和打仗一样,有时要斗智斗勇,有时要巧妙周旋,有时要耐心守候。我们常说,警力跟着警情走,要我说,就是破案技术跟着犯罪手段走。犯罪分子的犯罪手段在不停地变化和改进,各种新手段、新花样层出不穷,要战胜他们,我们就要魔高一尺,道高一丈,要走在他们前面,瞄准犯罪新手段,研究创新侦破技术,总结提高技战法。现在我们已经搞清楚,扒窃主要集中在陕西渭南和河南灵宝两地,被盗手机在渭南统一固定回收,再由西安的上线销赃组织统一卖给深圳的翻修团伙。对这起案子,我们的思路是欲擒故纵,放长线钓大鱼!"

两名嫌疑人怎么也没有料到,他们前脚刚走出派出所大门,后脚就踏进了杨建龙布置好的天罗地网阵。

"收网!"2017年4月28日,杨建龙果断下令。

早已严阵以待的五张大网统一收拢,十七名犯罪嫌疑人被抓捕归案,四个跨区域流窜扒窃手机的团伙落网,二百多部手机被缴获并返还失主。

这起由陕西省公安厅督办的跨省扒窃大案宣布告破。

这起案子，只是杨建龙所经营的几十个案子中的一个代表作，显示出他办案时沉着冷静、斗智斗勇、胸有成竹的气魄。

在经营的大量案子中，杨建龙最得意的还是那起高速公路碰瓷案。

2014年3月，刑警大队先后接到三四起外地司机报案：有一伙人在西禹高速碰瓷，敲诈钱财。

第一次碰到这样的案子，杨建龙心里没底。

夜晚，他驾驶便车从富平县入口驶入西禹高速，在西安至韩城段来回巡逻观察。

路面上的一幕幕情景，让他大吃一惊：在这一周时间里，每天晚上都能看到一伙人在这一路段与外地大货车司机发生纠缠，不是拿着棍棒刀子威胁，就是一伙人围攻外地司机，再就是讹诈钱财。有的外地司机为了自身安全和不影响大车生意，只好违心给上一两千元了事；有的司机表现强硬，怕把这伙人惯出毛病，每次走到这里都被敲诈钱财，就据理力争，结果不是大车轮胎被扎破放气，就是被人用棍棒或刀子打伤。报警的只是少数，大部分外地司机被敲诈后，都忍气吞声走了，根本顾不上报警。更可怕的是，这些碰瓷团伙竟然都是富平县本地人，而且就集中在高速路附近的几个村子里。短短三个月，这些碰瓷团伙由起初的三五个人发展壮大到十七人。他们一传十，十传百，队伍还在不断壮大，其中大部分都是无业青年。他们已经把在高速路上碰瓷当成一种发家致富的"产业"。

看来，碰瓷团伙必须打早、打小，绝对不能让这个团伙再壮大！

杨建龙下了决心，要对这帮碰瓷团伙一窝端，绝不留隐患。

怎么打？必须讲究策略。

杨建龙的策略，就是耐心经营案子；先破单个案子，再抓窜犯，最后一网打尽。

深夜，几名刑警队员在杨建龙安排下，开着便车悄悄潜入案发重点村子的路口，对碰瓷团伙人员展开秘密侦查。

渐渐地，一名嫌疑人进入侦查员的视线。

为了不打草惊蛇，杨建龙命令侦查员先不要采取行动，进一步扩大侦查范围，掌握更多的嫌疑人情况。

一周之后的一个深夜，埋伏在高速路出口的侦查员和刑警队员以迅雷不及掩耳之势，干净利索地抓获了一个三人小团伙。

杨建龙指挥民警连夜对三名嫌疑人展开突击讯问，掌握了另一个十七人团伙成员的情况。在治安大队和派出所民警配合下，他们又马不停蹄对十七名嫌疑人展开拉网式抓捕。

很快，这个碰瓷团伙成员被一网打尽，全部抓获归案，这标志着高速路碰瓷案歼灭战全面获胜。

当晚，参战民警开始休息时，杨建龙却仍在灯火通明的办公室来回踱步，心事重重。

他在思考着另一个问题：如果检察院仅仅以敲诈勒索罪向法院起诉，很显然难以起到对这帮碰瓷团伙的威慑和打击效果。要知道，这些高速路碰瓷团伙的作案现场已经从西安延伸到了山东，有的作案时间已达半年之久，非法获利几十万到上百万。如此恶劣的犯罪行为、如此严重的犯罪后果，仅仅以一个敲诈勒索罪量刑是远远不够的。

"以用危险手段危害公共安全罪的罪名起诉！"在翻看了厚厚一本《刑法释义》的条文后，杨建龙经过反复思考，决定向检察院提请以此罪名起诉，彻底杜绝碰瓷案件在这伙人出狱后死灰复燃。

检察院采纳了他的意见，法院对这伙人给予从重从严量刑。

从此，西禹高速碰瓷案再没有复发，高速路终于恢复了往日的平安畅通。

一堆粪便牵出盗羊团伙

富平县是国务院命名的奶山羊之乡,世界著名的中国羊乳之都,陕西"关中奶山羊"优良品种发源地和培育地。

全县奶山羊养殖数最多达到五十五万只,年产羊乳十六万吨。奶山羊养殖是全县一个支柱产业,也成为当地农民生活和致富的重要经济来源。2018年8月,第二届世界奶山羊产业发展大会暨千亿羊乳产业发展高峰论坛在富平县召开,向世人展示了富平奶山羊产业发展的雄厚实力和美好未来。

然而,五年前,富平县的奶山羊被盗案却十分猖獗。特别是2011年到2013年,平均每年发生奶山羊被盗案六百多起,最多一年全县被盗奶山羊达上千只。这个令人痛心的数字背后,是群众被搅得人心惶惶。

为了防范自家的奶山羊被偷,晚上农民把羊赶在自己屋子里,陪着羊一起睡觉。可早上起来,还是有羊被偷走。

一个老汉早上起来到茅房倒便盆,回来就发现院子里的几只羊不见了。

一个老农妇丢羊丢到胆战心惊,干脆晚上睡觉时手里攥着牵羊绳子,没想到早上起来手里只有绳子,羊却没了。

最为猖獗的时候,有个村子每天都有奶山羊被人偷走,一天也不间断。偷羊贼白天开着车在村子里一边转,一边顺手牵羊,晚上则在群众家院墙外打洞偷羊。

……

2011年9月,刑警大队大队长杨建龙听到群众报案描述这些情景,脸上一阵火辣辣的灼烧。

他想,人民群众的财产安全已被威胁到了这种地步,当警察的还有啥脸面对全县的老百姓?为人民服务,为群众排忧解难,维护社会治安稳定,关键要实打实落到具体工作上,让老百姓真真切切看到警察是怎样保护他们的生命财产安全的。

经过半年多调查走访和侦查，2012年6月，由杨建龙指挥，以刑警为主、派出所民警配合、镇村两级干部群众协助的奶山羊被盗案"歼灭战"在全县打响。

深夜，几个黑影鬼鬼祟祟地潜入奶山羊养殖重镇庄里的一个村庄。小轿车没有开灯，远远地停在柏油马路边。

几个黑影开始用斧头和凿子轻轻凿一家村民的院墙。

"咚咚咚！"一块砖被取下。

"咚咚咚！"两块砖被取下。

五分钟之后，一个上窄下宽的人形洞就打开了。一个黑影钻过洞口，用麻袋捂住羊头，抱起一只奶山羊隔着院墙递过去。外面有人接过被捂住头的羊，送往小轿车，迅速将羊压进已打开的后备厢。不到半个小时，后备厢里就被压进七只羊。

得手后，黑影没有马上离开，出于习惯性的心理紧张，跑到村头的苹果园里拉了一泡屎，才随同小轿车一起悄悄离开。

第二天一大早，这家村民吃惊地看到院墙被凿出个洞，心里一惊，知道大事不妙，果然七只羊被人偷了。

接到报警，杨建龙和民警火速赶到村民家，查看了作案现场，却没有发现任何可疑线索。

很显然，盗贼是戴着手套作案的，没留下任何印迹。一夜的西北风刮过，村头公路上也没留下任何痕迹。

一贯细心的杨建龙感到奇怪。民警们则一筹莫展。

杨建龙不甘罢休。他绕着作案现场转了几圈，不断扩大现场范围。

突然，果树地里的一堆大便引起他的注意。细看，这泡屎应该是四五个小时之内留下的。旁边还有一串拉屎人进果园的脚印，脚印的方向正好通向作案现场。

"提取粪便样品，做DNA化验！"杨建龙果断命令。

化验结果出来后，经过比对，偷羊嫌疑人很快浮出水面。

此人被民警带进了刑警大队讯问室。

"说说你们半夜偷羊的事。"杨建龙一上来就给了他个突然袭击。

还没做好心理准备的嫌疑人一下子蒙了,但嘴还很硬:"谁偷羊了?你们可不要冤枉好人!"

"你昨晚是不是在果树地里屙了一泡屎?"杨建龙问。

心里本来就虚的嫌疑人没想到自己屙屎的事警察都能知道,一抬头又看到杨建龙那利剑一般的眼光,心理防线顷刻崩溃,只好如实交代:"我们一共四个人,另三人是泾阳、三原、高陵的。"

然而,另外三个作案人的下落却成了一个谜。就连被抓住的嫌疑人也搞不清他们的下落,只知道作案用的车是从租车场租来的。

"以车找人!"杨建龙有了新思路。

可没有料到,这条新思路很快就遇到了障碍。

晚上,侦查员反馈情况:"经秘密侦查,这伙犯罪分子反侦查能力极强,经常用出租车或租赁的车作案。他们作案时用假牌照,使用不同车型的车,加之作案时间只有十几分钟,现场无痕迹、无物证,要准确锁定嫌疑车辆显然困难重重。"

杨建龙有个犟脾气,认准的路子非要走到头不可。

他决定下笨功夫,从排查嫌疑车辆入手,锁定嫌疑人。

连续一个多月,他每天早早起床,顶着零下十几度的严寒,冒着纷纷扬扬的大雪,上西安,赴咸阳,调查上百家出租车和租车公司,查询上千条可疑线索,最终锁定了嫌疑车和嫌疑人。

接着,紧张的追击嫌疑车的战斗打响了。

深冬的夜晚,杨建龙和民警驾驶警车沿着省道追击一辆嫌疑车。

眼看嫌疑车进入了杨建龙布好的围堵圈,不料丧心病狂的犯罪分子竟不顾前面警车堵截,加大油门儿横冲直撞,六辆设卡警车被撞坏。

杨建龙乘坐的追捕警车,也被嫌疑车左晃右晃别翻在路边。他迅疾从警车里爬出来,继续指挥战斗。

一场生死时速的较量之后,嫌疑车终于在收费站被警车逼停,嫌疑人被民警擒获。

这是盗窃奶山羊的骨干团伙。由此团伙深挖下去,富平警方很快打掉了十三个以三原、泾阳、高陵等地吸毒人员为主、长期流窜于富平县的跨区域盗窃奶山羊犯罪团伙,抓获犯罪嫌疑人七十余人。

就在杨建龙和民警的抓捕"攻坚战"硕果累累时,一件意想不到的事情发生了。

2017年4月,渭南市政法委派一个调查组来到富平,秘密调查一起群众信访事件。

之所以秘密调查,是因为这次调查组是遵照市委书记陆治原的批示而来。

调查何事?富平县委县政府的领导手心里捏了一把汗。

当听到与奶山羊被盗有关的消息后,富平县公安局领导的心一下子提到了嗓子眼儿。

群众信访事件的原件,终于落在了县公安局分管刑侦工作的副局长办公桌上——《关于富平县奶山羊频频被盗的情况反映》。

当这份群众信访件传到刑警大队大队长杨建龙手里时,他先是吓了一跳。

从2017年开始,全县奶山羊被盗的案件已经被打压下去,全县几乎再没有发生过奶山羊被盗案件,怎么突然间冒出了这样一封信访件?

他仔细读完信访件,才恍然大悟:这说的不是几年前的事吗?不说今年,就是去年也没有这种事出现了。

很显然,市领导还不了解富平县近几年打击奶山羊被盗案所取得的成就。

杨建龙紧锁的双眉舒展开来，心里放松了许多："让他们查去吧！如果能查出一起偷羊案子，就算是我工作失职。"

调查组历经一周时间走村串户调查，结果令所有人惊讶不已：2016年之后，富平全县奶山羊被盗案发案数竟突降为零。

所走访的群众几乎是异口同声：公安局早就把偷羊贼打跑了，他们再不担心羊被偷了。

这次调查的另一个效果是：市政法委对富平县公安局打击奶山羊被盗案取得的显著成果给予通报表彰。

事后，一位老农拿着自家地里产的苹果和花椒，专门来到杨建龙办公室。

杨建龙婉言拒绝："侦破偷羊案是我们的本分事，你的心意我领了，东西还是带回去吧！"

老农心里一急，眼泪就流了下来："杨队长，前几年我家一共丢了十三只羊，现在你们破了案，给我追回五六万元的损失，你说我这一点儿苹果和花椒算得了啥？你再不收下，我会伤心的……"

杨建龙无奈，只得破例收下了这份特殊的礼物。

他明白：这是群众的信任，比什么都珍贵。

眼泪只为至亲的人流下

男儿有泪不轻弹。

杨建龙从警十八年来，面对犯罪分子的尖刀刺伤，他没有哭；面对工作的艰辛劳累，他没有掉泪；面对群众的不理解和上级领导的批评，他也没有流过泪；然而，在亲人面前，他却抑制不住冲动的情感而落泪了。

他的每一次流泪，都是一个动人心弦的故事。那泪水里，充满着感恩、愧疚、爱怜和感动。

2013年12月18日，杨建龙终生难忘。这一天，他得知父亲的肺癌已到了晚期，人已在病床上躺了一个多月，生命垂危。他这才请了一天假，从紧张忙碌的刑侦案子中暂时脱身，直奔县医院住院部。

一进病房，杨建龙的鼻子就发酸。

病床上的父亲双眼塌陷，身体消瘦如柴，鼻孔里插着氧气管，呼吸微弱。

听到病房门口有脚步声，父亲感应似的扭过脸，睁开双眼看着好久没有见到的儿子，眼眶湿润了。

"大，我来看你了。"杨建龙"扑通"一声跪倒在病床前，强烈的内疚感让他久久站不起身来。

如此近距离看着父亲清瘦的脸庞和浑浊的双眼，他难过得心如刀绞。

父亲吃力地对儿子点了点头，想伸出那只打着点滴的手摸摸儿子的脸，可还是无力地垂下了。

作为父母亲最疼爱的长子，杨建龙将愧疚和痛苦深深埋在心里。他擦掉眼泪，站起身来，让照顾父亲多日的弟妹先回家休息，自己要好好陪父亲一夜，尽一下做儿子的孝心。

在杨建龙的心中，父亲是家里的天，是全家人的顶梁柱，说啥也不能倒下。自己小的时候，父亲靠着每月九十二元的工资养活了一家五口人。如今，62岁的父亲刚开始可以享儿女的清福，一家人的好日子刚刚开始，他却要走了。

看着病床上虚弱的父亲，杨建龙心情久久不能平静。

父亲对自己的养育之恩、苦心教诲，像放电影一样浮现在他眼前。小时候，父亲像捧着宝贝一样把他和双胞胎弟弟捧在怀里，家里再苦再穷也要让他和弟弟吃好。在父亲的言传身教下，杨建龙8岁就学会了做饭，13岁就能扬场，15岁就跟着大人下地干活儿。后来，他一步步从高中考上省警校，走上了警察岗位。

那一天，杨建龙在父亲的病床前陪了整整一夜，给父亲说了许许多多藏在心底的话。

天亮时，父亲满足地闭上了双眼，永远离开了家人。

父爱如山，母爱似海。

杨建龙清楚地记得，自己刚从警校毕业在庄里派出所干协警那一年，所里一分钱工资都没有给他开，还是师父看他可怜，从自己工资里每月抽出一百元给他。

那时的他才23岁，正是长身体和干事交友的年龄，一百元根本不够他花一个月，他常常口袋里空无一文。有时候连回家的四块多钱车票也买不起，有事了，只好借同事的自行车赶回二十多公里远的家。

有一回，他骑着自行车回到家，看到母亲包的肉馅儿饺子和飘着清香的几样菜，他忍不住一阵狼吞虎咽，一个人吃了三个人的量。

母亲看在眼里，疼在心上。她知道儿子平时在所里忙于工作，吃不好饭，就又回到厨房煮了几个鸡蛋让他带上。

临走时，母亲拉住儿子的手，关切地问："龙娃，你身上没有钱吧？"

"妈，我有钱。"杨建龙故意拍了拍上衣口袋，装模作样给母亲看。

知儿莫如母。母亲心里啥都知道，从身上掏出五十块钱硬塞到儿子手心，说："我娃想吃啥就买着吃，别饿坏身子。"

手里攥着带有母亲体温的五十块钱，一股暖流瞬间传遍他的全身。他眼泪止不住"哗哗"流下，转身推上自行车就走。

那一刻，杨建龙在心中默默发誓，从今往后，自己再苦再难，也绝不花家里一分钱。

2017年5月13日，杨建龙的又一个伤心痛苦的日子。

那天，妻子生产时因难产而大出血，女儿不幸夭折。当他请了假回到家时，看到妻子因精神上受到沉痛打击，一整天几乎都是以泪洗面，一个多月都没有恢复过来，他心里难过极了。

他理解妻子，更感激妻子。他和妻子谈了八年恋爱，结婚前妻子毅然放弃广西一家国企月薪两千多元的工作，回到富平县城挣着每月五百元的工资陪他。

结婚十三年来，妻子跟着他没有享受多少悠闲舒适的生活，而是每天有担不完的心，受不完的惊吓。在妻子生产最需要他的时候，他竟然不在妻子身边，丢下她独自经受大出血的生命危险和女儿夭折的精神痛苦。他为此深感愧疚。

那天，他将身体虚弱的妻子紧紧抱在怀里。妻子靠在他的臂膀上哭了，他也止不住哭出声来。

杨建龙的儿子今年13岁了。虽然父子俩在一起的时间很少，但儿子对他很黏糊。儿子小的时候，只要杨建龙回家，就一定跟他睡一个被窝。这样的亲密习惯，一直到去年儿子上初中才改变。

"爸爸，你一天到晚都干啥呢？一回来就睡着了，从来不陪我说说话。我都长这么大了，你也没陪我逛过一回公园。"上小学的儿子曾这样问他。

"爸爸太忙了，没时间陪你。等爸爸从一线退下来，一定好好陪你，弥补以前对你的欠账。"他跟儿子说。

有一天夜里，他看到床上睡着的儿子，都不敢认，心想才几个月没见，儿子就长这么大了，睡在那里个头儿都快赶上他了。

那时，他心头一热，竟然掉眼泪了。

铮铮铁骨的杨建龙内心深处，不仅藏着对父亲、对母亲、对妻子、对儿子的深深的爱，也充盈着对老百姓的深厚感情。

当他带领刑警大队民警连续四个多月日夜奋战，转战河南、山西、山东等地，行程五千多公里，历尽千辛万苦，先后将二十三名婴儿解救回来，看到一个个骨肉分离的家庭重新团圆的那一刻，他掉泪了。

当他带领民警成功破获一起系列抢劫强奸案，犯罪嫌疑人终于被绳之以法，受害者母亲专门来到刑警大队，一见面就跪在他面前，感谢他为女儿伸张了正义的那一刻，他掉泪了。

当他带领十名民警从西安将一名强奸杀人犯抓获归案，受害者家属在他面前长跪不起，悲伤痛哭的那一刻，他掉泪了。

……

随着一起起刑事案件的破获，杨建龙心里感受到的是越来越重的责任。

他知道，群众利益无小事，老百姓关心的不是公安机关破了多少案子，而是能为自己挽回多少经济损失。案子破了，但群众的损失没有挽回，群众能高兴起来吗？

2015年到2017年，杨建龙和民警在全县奶山羊被盗案的集中侦破行动中，每抓获一个团伙，都要继续追查被盗羊的下落，不见赃物绝不放手，不归还群众丢失的羊，他心里永远不会安宁。

那三年里，他们共为群众挽回经济损失达三百多万元。

后来，杨建龙被评选为全国公安"百佳刑警"。

从北京参加完表彰大会，返回富平的第二天，杨建龙就立即把手下民警召集起来，一起研究近期高发的网络诈骗案和电动车被盗案侦破方案。

他又开始了马不停蹄地续写他的刑警生涯新篇章。

扫描二维码即可观看
相关视频等

猫哥杨喜文

胡 杰

唯一线索断了之后

团在一起的小纸团,是猫哥在一堆杂物中无意间发现的。

展开纸团,拼起几块被撕碎的小纸片,上面有一段文字。看过之后,猫哥心里已经有数了。这起抢劫金店的案子,有戏了。

猫哥本名杨喜文,山西省忻州市公安局忻府分局刑侦大队的头儿。干的是黑猫警长的活儿,手下弟兄们都不叫他杨队,齐刷刷喊他"猫哥"。这里要说的案子,发生在2005年11月5日。当时,猫哥不到39岁,是刑侦大队的副大队长。

这天早上8点40分,新建路恒久金店被人打劫。价值三十多万元的金银首饰被抢,一名女店员头部被砸成重伤。

猫哥赶到现场时,医护人员正要把昏迷的女店员往120车上抬。

案发时,金店还没有开门营业。受害女店员正在把前一天晚上收进保险柜的商品取出来,重新摆放进柜台。此时,店里不知道怎么闯进来一帮歹徒。女店员被钝器击伤头部,倒在了血泊中。柜台里、保险柜里的首饰,悉数失踪。

看到担架上的女店员嘴巴张了两张，稍稍有了一点儿意识，猫哥赶紧把耳朵凑近她的嘴边。

"二土匪！"猫哥听见了这样三个字儿。

此后，直到破案，女店员再也没苏醒过。

当年，忻州街上还没有装监控，破案只能靠传统手段。猫哥掌握的前科人员中，正好就有个"二土匪"。

此人家住西街，是个赌徒。猫哥找到此人。"二土匪"说，先一天晚上又打了个通宵麻将，案发时正在家门口吃早点。"吃的啥？小米稀饭一碗，肉包子三个！"张三李四王二麻子以及包子铺老板娘都证实，确有此事。

在芳野村，猫哥又找到第二个"二土匪"。

这位一张黑脸，尽是横肉，看着挺凶，却并无劣迹。人家在邮政局规规矩矩地当保安，案发时，还正好值班。那天，早上上班的人，好些还跟他点了头呢。

接下来，猫哥和弟兄们满忻州划拉来的三四个"二土匪"，也统统被排除。

眼瞅着，这唯一证人提供的唯一线索，就这么断了。

新建路是条繁华的商业街。案发时，正是上班的早高峰，街上人来人往。嫌疑人行动就是再迅速，能保证出门不碰见人吗？会不会有人上班路过这里，正好看到了什么呢？

顺着这个思路，猫哥开始在现场进行截流访问。

一般来说，每天经过案发现场上班的人，同一时间还会出现在这里，前后误差不会超过十几分钟。选中其中一些人，一个一个调查。

工作进行到第四天，一条新线索浮出水面。

有个中年妇女在新建路一家服装店打工。每天，她都在差不多同一时间经过恒久金店。

案发那天，女人走到这里时发现，她村老靳家的亮亮出现在对面的街道上。亮亮只是个半大小子，十六七岁，人瘦得像麻秆儿。亮亮身边，有俩跟他一般大的年轻人，都染一脑袋黄毛。

"我挺纳闷儿，想问他一大早来这儿干啥。但隔着一条马路，而且，他看到我，把头一扭，像没看见一样。我也就径直走了，也没理他。"

猫哥心说，在街上遇到个熟人，这有什么可大惊小怪的呢？

中年妇女接着说："亮亮手上拎着一只编织袋，看着怪怪的。"

中年妇女是忻口村的，认识猫哥。也是因为这个原因，她才跟他多啰唆了几句。

猫哥从山里调到忻州时，忻府区还是县级市，就称"忻州市"。那会儿，刑警都要包片儿。猫哥的片儿区，就包括城北二十五公里外的忻口村。忻口村，因为忻口战役而闻名。1937年10月，中国军队为了阻止日军长驱直入夺取太原，与日军在这一带进行了一次大会战。在二十一天里，中国人以五倍于日军的代价，换取了日军两万人的伤亡，让日本人第一次深切体会到了中国军人的顽强。不过，就像平型关大捷的发生地在桥儿沟而不在平型关一样，忻口战役的主战场在相邻的原平县南怀化村，也不在忻口村。猫哥也是后来上岁数了才整明白的。

既然亮亮手提编织袋出现在了案发现场附近，猫哥就查了一下亮亮的底细。

原来，这个亮亮虽说年纪不大，却是个吸毒人员。猫哥就决定，马上到忻口村见见这个亮亮。

猫哥登门时，亮亮不在家。在城市周边的村庄里，这样不念书、不种地，又不打工的半大小子，好些都像风里的蒲公英，满世界乱飘着。

提起亮亮，他父亲就是一声叹息。

"他啥时候出门的？几时回来？"猫哥一边跟老靳说着话，一边四处打量。

亮亮住的房间,床上被子都没叠。屋角一堆杂物,里面有个揉皱的小纸团。

猫哥弯腰拾在手上,轻轻地展开。这是一张纸撕成的碎片,拼到一起,是一段很长的话。

"亮亮很可能就是这起案子的犯罪嫌疑人之一。"一出门,猫哥就告诉手下弟兄,先放下手上别的工作,集中精力寻找亮亮。

几天后,亮亮在太原的一个酒吧外面被抓获。

猫哥他们在外头楼梯口守了他一个多小时。抓住他时,当场从他身上搜出大量的金银首饰。那些首饰上"恒久金店"的标签还没撕掉呢。

审下他,也没费太大的事儿。原来,他和另外两个小兄弟都跟着一个"海虹哥"混。海虹二十八九岁,他们仨都还不满18岁。抢金店的案子,就是海虹哥领着他们仨干的。

得知海虹和他妹妹在广州卖过烧烤,猫哥带人赶到那里。在当地警方的配合下,锁定海虹住在中山北一路的一个小区里。抓海虹时,一听警察的忻州方言,起初还试图挣扎的海虹一下就蔫了。从他的住处,同样搜出好多吊牌都没有摘掉的金银首饰。不久,两名跑到温州的嫌疑人也被当地警方抓获。最后,海虹被判了死刑,亮亮等三名嫌疑人被判了死缓。

那么,猫哥在亮亮家捡到的那张纸条,究竟写了什么字儿呢?原来,纸条里有一句话:"等我大干一把,发了财,就孝敬父母!"

孩子孝顺,是好事儿。可是,一个吸毒的小混混,怎么大干一把,还能发财?猫哥心里就有了数:这个小混混不仅有作案时间,还有作案动机。

发热的发动机与褪下的人皮

猫哥当刑警,受两个人的影响。一个是他老爹,另一个是李连杰。

先说李连杰。电影《少林寺》火遍全国的时候,猫哥正上初三。忻州是中国的摔跤之乡,忻州市的体育馆就被命名为"跤乡体育馆",有薄一波的题字为证。忻州人尚武,有些小学的体育课,就是摔跤课。男女老少,不会那么三两招儿,出门都不好意思说自己是忻州人。出门办事,搭话的看门老头儿,没准原先就是个摔跤冠军。猫哥小时候也对摔跤感兴趣,可看过《少林寺》之后,就彻底成了李连杰的粉丝。他开始跟着一位邻居练查拳,还在家里吊起了沙袋,玩起了哑铃。《武林》杂志上介绍过一套"鞭法",猫哥照猫画虎自己动手做了一条麒麟钢鞭,没事儿就跟同学一起切磋套路。

20世纪80年代初,赌博开始在忻州抬头。有些人输了钱,就开始偷鸡摸狗。许多案子一刨根儿,都跟耍钱有关。有一回,猫哥家里正吃晚饭,有人急急忙忙推门,跟猫哥爹报告:东门大桥那边,围了一帮人,赌钱正赌得欢呢。

这还了得!猫哥爹一惊,推开正吃着的饭碗,"呼"地站起来,就往外头走。却想不到,他的后面,还跟了个"尾巴"。怀里揣着那条麒麟钢鞭,猫哥悄悄地跟在他爸后面呢。

这就要说到猫哥爹了。猫哥爹是公安兵出身,相当于现在的武警。当时,猫哥爹是城关派出所的所长。那会儿,忻州城小,城里就这一个派出所。猫哥从小差不多就是在派出所院子里长大的,对公安上的事儿,门儿清。

看老爹一个人出了门,猫哥不放心,怕他吃亏,就跟了上来。

到了东门大桥,猫哥亲眼看见,老爹掏出手枪,一声断喝,那六七个人立马都被震住了。老爹一个人，就把这一串串人都押回了派出所，谁都没敢跑。

猫哥觉得，他爹掏枪断喝的那个瞬间，太神气了。这个瞬间，也为猫哥习武指明了方向。以后，他就得当警察。而且，一定要当专门抓坏人的刑警。

高中毕业，考警校差了几分。来年，猫哥准备再考一次。正补习，他爹带给他一个消息：刚刚成立的五台山分局在招民警。

他爹问他，想不想考？五台山离忻州一百五十公里远。当年，在忻州人眼里，这可够偏远了。

可一听能当警察，猫哥马上来了电："考呀，当然考！"

一试，真就考上了。

那会儿，猫哥爹那儿有个警校生，家在五台山。听说他跟五台山分局的人熟，猫哥就求他替自己说个话，分他去干刑警。警校生真给他办了事儿，猫哥就成了治安股老史的手下。

不是说好了干刑警，怎么去了治安股？那会儿，五台山分局并没有设刑侦股，治安股就分管刑侦。

老史30来岁，干刑事技术出身，严厉、认真。眼一瞪，一帮小年轻没人不怵。老史的规矩多，猫哥他们这帮年轻人不光被子得叠得方方正正，连扫地都得倒着扫；给人倒水，杯子盖必须朝上。

当然，老史搞案子也有一套。一次，有辆日本原装工具车倒车镜被盗，老史怀疑是旁边停着的那辆轿车司机所为。那人嘴硬，坚决不承认。抱着膀子绕着那辆轿车转了两圈，老史让猫哥卸下驾驶座车门内侧的面板。结果，见证奇迹的时刻就到了：倒车镜果然藏在那里面。

跟着老史跑着龙套，一不小心，猫哥就当了一回主角儿。

一天晚上，猫哥正值班，一个卡车司机神色慌张地来报案。刚才，他眼睁睁看着他车被人开跑了。

五台山分局设在台怀镇。街道两边，都是些饭馆、大车店之类。当年，会开大卡车的人，不多。这位司机进饭馆吃饭，车钥匙常常都不拔。这天，正端着碗呼噜噜吃刀削面，司机猛然发现，自己的车在动。等他撂下碗慌忙追出来，车早没影儿了。

没影儿不要紧，方向错不了。台怀镇不大，从台怀街到杨林街，全长也就一公里。街道不宽，容不得卡车当街掉头。老史问了司机车头冲着的方向，带上猫哥他们，发动治安股那辆北京212吉普，朝南一路追去。

追出二十多公里，车灯就照见一辆卡车停在路边。一看车号，正是被盗那辆车。车上没人，钥匙呢？这回，人家可是拔走了。

怎么办？在这儿守着偷车贼回来？这可不行！五台山是高寒地带，山上的民警每月要比山下的同行多拿十几块钱，这叫高寒补贴。夏天，猫哥他们夜里巡逻，都得穿上棉大衣。这会儿，已经11月，即使是有太阳的白天，不戴帽子、不穿棉衣，老百姓根本出不了门。这会儿，猫哥他们虽然脚上蹬的全是羊毛的大头鞋，身上裹着羊毛大衣，但在车外面一站，一会儿就冻得直哆嗦。更何况，四周黑咕隆咚，啥也看不见。

老史说："撤吧，明天一早咱再过来。"

吉普车发动，掉头开了十几米，猫哥突然提醒老史："咱们应该摸摸卡车的发动机，看是不是热的！"

老史一愣，马上喊停车。再返回大卡车跟前，一摸发动机盖子，好家伙，还烫手呢。

"偷车的肯定没走远。外面这么冷，他待不住，只能躲在附近的村子里。"猫哥说出他的后半句，老史连连点头。

五台山里，村庄比较分散。这附近，只有一个村子。村上的治保主任是一个精瘦的中年人，老史认识他。

他去一打听，村里当天晚上真的来过一个生人，住在某某家。这个某某是个小老头儿，家里除了他本人，炕上还躺了一个男人。分开二人，男人自称是某某的亲戚；而某某则说，这人他并不认识，是刚刚敲门来投宿的。山里民风淳朴，遇到落难者，哪怕身无分文，老百姓都会收留。总不能眼睁着人家冻死、饿死在外面吧？

老史在问炕上那人时，猫哥就问那个村民，这个投宿者来他家后，都去过哪些地方。

一听说他去过灶房，猫哥马上打开手电，也进了灶房。手电光束下，他发现，灶口自然形成的灶灰，圆形缺了一小块。

猫哥顺手抄起火钳，在里面一拨拉，一把汽车钥匙就露了出来。

原来，嫌疑人本来就是个卡车司机，出来找工作没找着，走到五台山时，钱已经花得精光。发现那位司机吃饭时没拔车钥匙，就动了偷车的念头。可没想到，跑了没多远，车没油了。他本打算天亮后想办法弄些油来，再把车开走呢。

"这小伙子，绝对是个干刑警的料！"回去以后，老史不光对猫哥大加赞赏，还跟局长、政委都说过这样的话。

前段时间还因为想家躲在被窝里哭过鼻子的猫哥，从此变得自信满满。

两年半之后，猫哥被调回了忻州。那会儿的忻州市是忻县改名而来的县级市，也就是现在的忻府区。当时，忻州市公安局的政委和猫哥父亲是老同事，关系不错。本来，他的意思是让猫哥到派出所锻炼锻炼，表现好了，以后可以提拔个副所长。

父亲一问猫哥，猫哥却坚决要进刑警队。他眼头有点儿高，看不上派出所那些鸡毛小案。

可上班不久，猫哥去出过一个现场，却把他吓得够呛。

忻州人把水洼称为"大井"。田村有个长、宽各五六十米的大井，水最深处，据说得有四五米。一天，大井里浮出一具女尸。是不是命案，得法医看了才能确定。

女尸离岸边不远，队长让猫哥和另一名搞刑事技术的民警动手，把尸体先捞上来。

在这之前，猫哥虽见过死人，但没有接触过。尽管头皮有些发麻，猫哥却不敢退缩，怕让人笑话。尸体是仰面躺着的，早都泡胀了，面目扭曲可怖。后来才知道，这是个有七个月身孕的农妇，因为和丈夫吵架，她一气之下跳井淹死的。

费了好半天劲，猫哥和同事用木棍儿把尸体拨拉到岸边。同事跟他说，咱俩一人一只胳膊，把她拉上来！

猫哥点头答应。哪想到一用劲儿，那女尸胳膊上的皮像衣裳一样，一下子褪到了手腕上。"妈呀！"猫哥惊叫一声，扔下女尸，"噔、噔、噔"退出好几步。

"这有啥好怕的？来，你俩拉胳膊，我拉裤腰带！"队长面沉似水，袖子一挽就上来了。三人合力把尸体拉上来，后面的事儿，就交给法医了。

这天回去，猫哥把他的一双手洗了十几遍。晚上睡觉，一闭上眼，脑子里就全是那具女尸。翻来覆去睡不着，他就想明白了一个道理。原来，当刑警不光要会武功、有智慧，还得有胆量。起码，活人不能让死人吓着吧？

再往后，只要一有命案现场，他都积极主动去；法医解剖尸体时，只要有空，他就去给人家打下手。慢慢地，他积累起的法医知识，在日后破案时就派上了用场。

前几年，一天晚上，小王村东边坟地里发现了一具无头男尸。死者脖子处全是血迹，身上却衣着整齐，没有外伤。从他的衣服口袋里，发现了五张一代身份证；而他衣服的夹层里，还有一万元现金。

猫哥他们勘查现场时，不远处，高速公路上不断有汽车飞驰而过。汽车噪声似乎在提醒办案刑警：这会不会是一起交通事故，有人抛尸于此呢？

猫哥让民警扩大现场，再找。结果，在三十米开外的草丛深处，发现了一个骷髅头。看过骷髅头，又仔细研究了那具男尸之后，猫哥就做出了这样的判断：这是一起命案，有骷髅头上的钝器伤为证。死者身首分离，且头颅变成了骷髅头，应该是动物撕咬所致。他的根据是：男尸的脖腔部位伤痕不整齐，而且，虽然死者衣着完好，但尸体的内脏已经不在了。

抬头就能看到，这块坟地离小王村并不远。猫哥让侦查员每家每户开展调查，必须见到每一个人。

果然，走访中，一个村民说，他家的狗连着好几天嘴上都沾满了血。这是一条土黄色的农家狗，不大。民警找到它时，它的嘴上确实有血迹。

尸源是通过死者身上搜出的一个小通讯本确定的。电话一个一个打过去，有一个人就是死者的姐夫，正满世界找他呢。原来，死者是个老光棍儿，前几天跟村里一个二流子一起来忻州贩白洋，从此失踪。

设法找到那个二流子，案子也就破了。

二流子也是个光棍儿，喜欢耍钱，口袋里一掏，就是一把百元钞票。他自称是贩白洋挣下的钱，就让死者动了心。二流子让死者准备三万元，跟他一起去忻州贩白洋。走到小王村坟地，二流子就掏出备好的斧头，砸碎了死者的脑壳，抢了他用报纸包着的三万元钱。来的时候，死者想多赚点儿，衣裳夹层里还藏了一万元。二流子杀人后心慌，没顾上细搜，就跑了。死者的头颅，确实是被狗咬下来，拖到三十米外的。

至于死者身上的那些身份证，可能是他捡来的。原本，他就是个拾荒的老汉。

"哪儿能犹豫啊！"

现在的猫哥，身材不走样，寸头花白，很有沧桑感。许多人跟他一见面，就会笑着指出，他跟日本影星高仓健特别像。

不光长得像，性格也像。

猫哥话少，给人感觉有些高冷。刚来队上的辅警小姑娘们当面不敢喊他"猫哥"，背后却称他为"男神"。

年轻时候，猫哥就帅。而且，有洁癖。不光身上穿得楞楞整整，皮鞋擦得锃亮，就连办公室也得一尘不染。

可是，一上案子，他就像换了个人。土行孙一样，有个地缝儿，他都能钻。

有一次，猫哥追捕一个逃犯。逃犯跳进了一个地窖里；猫哥二话不说，也跳了下去。这地窖，就连着下水道。最后，猫哥就是在下水道里逮住了那货。

猫哥抽烟，但烟瘾时大时小。在家，有老婆、孩子，他可以一根不抽；可搞案子时，他会一根接一根。压力越大，抽得越凶。

有一年，正月十四，猫哥被领导叫去狠狠地骂了一顿："我们自己的民警，被捅伤了这么久，人都抓不回来，你们是干啥吃的？我限你一个月破案！没这本事，就别在刑警队混了！"猫哥垂首站立，像个犯了错被罚站的小学生。

领导说的是水利派出所那起案子。

忻府区西张乡东曲村有个何姓小伙子，年纪不大，却有蛇蝎心肠。他带几个喽啰，从网上把一帮女子忽悠到吕梁的岚县，收了她们的身份证，逼着她们卖淫。有个姑娘试图翻窗逃跑，从楼上摔下来，伤了脊椎，从此高位截瘫。出了这事儿，惊动了当地警方，闻风逃跑的小何被网上通缉。

得知小何逃回了家，当地派出所两个民警就去逮他。小何看上去瘦瘦小小，民警就有些大意了。其实，这小子从小就练摔跤，上过体校，绝对是个练家子。在他家院子，俩民警已经把他扑倒，这小子却在挣扎中拔出了匕首。结果，一个民警受了轻伤，另一个民警被捅成了血气胸。挣脱民警后，这小子怕门外还有警察，没敢走大门，而是翻墙上了房顶，从五六米高的地方，他居然纵身跳下，顺屋后的庄稼地跑了。

那么，猫哥他们为什么逮不到这个小何呢？原来，这小子虽然不到20岁，却鬼精，一不用手机，二不用身份证。这就让他所到之处，警察连个人毛也不好找。

那些天里，猫哥就在一根接着一根地抽烟，熬夜熬得眼通红。

小何这头没动静，就只能排查他的社会关系，特别是把他父母作为重点关注对象。小何走上这条道，跟他妈从事的职业有关，因为他妈就是个按摩女。因为能挣来钱，在家里，他妈掌握着绝对的话语权。小何只跟他妈有交流，跟他一截木头一样的爹，没啥共同语言。

盯紧小何他妈，就发现，小何跟他妈有过电话联系。

顺着这条线索一直追下去，就从太原追到了晋城，又从晋城追到了开封。最后追踪到的号码，是一部固定电话。一查，是一家回民饭店前台的订餐电话。

那么，小何是吃饭的食客，还是在这儿打工呢？此前，猫哥一直在琢磨，小何如果在开封，他究竟以什么为生。这个电话让猫哥推测，小何是在这里打工。小何没学过厨师，如果他在这儿干，只能当服务员、传菜员或者保安，甚至是打扫卫生的。

去回民饭店时，正赶上中午饭点儿，人多。两个侦查员进去转了一圈儿，没见到小何。

猫哥和一位副大队长商量了一下，决定他俩进去找。这间饭店没包间，所有食客都在大厅。转一圈儿，不见人。二人眼神一交流，直接往后厨走。

这时，就看到一个瘦小的年轻人正在给大厨帮忙配菜。见有人来，年轻人扫了他们一眼。这一对视，就让他们心里有数了。

不是小何，还能是谁呢？虽然没见过面，但小何的身份证照片早都已经刻在他们脑子里了。

但是，此时抓捕，却环境凶险。小何身边，菜墩子上，一把明晃晃的菜刀就扎在那儿；案台上，罩滤、炒瓢、锅铲等，铁家伙有的是。随便抓过一个抢起来，都会让抓捕的难度系数陡增。何况，一个已经伤害过两个民警的家伙，谁敢保证他身上没刀子呢？

猫哥和同事，一前一后。小何看到第一个生人，并没在意；看到第二个人，眼神中已经有了警觉。厨房重地，怎么会同时进来两个陌生人呢？

不容小何做出反应，猫哥二人立即扑过去，把小何摁倒在地。二人四只铁钳，没让小何的手再有动作。背铐扎好后，一搜，这小子果然腰里别着匕首呢。

从在领导那儿挨骂，到最后抓到小何，前后半个月。

后来呢，小何被判了十九年。罪名有"强迫妇女卖淫"、"入室抢劫"和"伤害"等，数罪并罚。

抓小何这一年，案子发得出奇多。刑侦大队四十多个人，恨不得个个都像八爪鱼，多伸出几只手来。民警抓人，晚上居多。嫌疑人一到，留置时限就"哒、哒、哒"进入倒计时，得赶快问笔录。

搞案子时，不管哪个中队，只要有人在熬夜，猫哥都会陪到底，绝不会自己先去眯一会儿，等着别人叫醒他批材料。有时候，他还会让民警去睡一会儿，他负责看人。

那个冬季，仗着一副好身板，猫哥连续熬夜二十多天，凌晨4点之前就没睡过觉。

再回到家，躺在床上，他反而睡不着了。

脑子里过电影，想的仍是那个逃跑十六年的命案逃犯王某。

那时候，王某是个20来岁的小伙子，和他哥哥一起，承包一家国企的门面房，开了个海鲜酒楼。酒楼生意不错，来年，这家国企公司要涨房租。为这事儿，哥儿俩跟公司的副经理反复打交道，最后结下了仇。一天，王某手持一杆猎枪闯入副经理家，一枪撂倒了开门后试图阻止他闯入的副经理老婆。副经理躲在卧室里，紧锁屋门。枪声一响，惊动了左邻右舍。嫌疑人没能踹开卧室的门，听见外面有了动静，赶快跑掉。这一跑，就是十六年。

现在，这起案子已经成了省公安厅督办的命案。猫哥随时得给上级汇报案子的最新进展。

不久前，案子有了些眉目。当年，王某是和当时的女朋友一起逃跑的。在张家口，猫哥见到了那个女人。

"我跟他分手五六年了。他爱赌博，挣不来钱，还铆劲儿输。跟他吵一次，他就打我一次。本来跟他就过得人不人、鬼不鬼的，这日子还有啥盼头呀？我瞅着个机会，坐上长途车就跑了。让他发现，能杀了我！"

猫哥研判过她，女人的话基本属实。那个曾经被怀疑是王某的男子，实际上是女人现在的一个情人。

王某是大同人，猫哥推测，王某躲回大同，完全有可能。

想着想着，困意袭来。猫哥刚要迷糊过去，右腹一阵疼痛。

本来，他以为忍一会儿就会过去，没想到越来越疼，直疼得他汗珠大滴地往下落，"哎哟、哎哟"地呻吟起来。

猫哥媳妇吓坏了，赶紧陪他上医院。她不会开车，深更半夜，猫哥一手捂肚子，一手扶方向盘，硬把车开到医院。可是，CT、心电图、B超都做了，却检查不出什么病。

猫哥一晚上打了四次止痛针，仍疼得嗷嗷叫，像只大虾米一样，痛苦地蜷缩着身体。

直到天亮，猫哥家人纷纷赶来，准备把他往太原送，护士才拿着片子赶来说，查出来了，是胆囊化脓了。

打了一针吗啡之后，猫哥才安静下来。消炎一天，第二天手术。在医院住了十二天，让回家再休息。因为黄胆严重，大夫特别叮嘱猫哥，他得休息半年时间才能恢复。

这个时候，那起让他牵肠挂肚的命案有了突破。嫌疑人王某果然被锁定在大同的一个小区里。

之前，为找王某，猫哥带人去过大同多次。那几年，大同正在大拆大建，王某家的老街道早成了一片废墟。他的家人也不知道搬到了哪里去。就在这节骨眼儿，猫哥病了。

回到家，他家就成了专案指挥部。猫哥常常一边输着液，一边听各路侦查员的汇报。这天，嫌疑人终于被锁定。只等猫哥一声令下，专案民警就动身去抓人。

要出门的时候，猫哥被他媳妇拦下来："你疯了吗？你肚子上还包着纱布，你不知道呀？"医院给猫哥取导流管时，又出了点儿小事故，引起了伤口感染。现在，这个部位就包着纱布。

猫哥下意识摸了一下右腹，笑笑，队上没有谁比他对案子更熟悉了。王某可是个曾经持枪杀人的命案逃犯，性情凶残。抓捕环节，现场情况无法预料。猫哥心说，自己敢不去吗？

"我就坐在车里，又不去抓人，这不跟在家里一样嘛！"猫哥哄住媳妇，赶快下楼，上了等在外面的汽车。

嫌疑人租住的地方，是个老小区，一栋六层楼房的顶层，安有防盗门。抓捕方案，无非两条：强攻或者守候。如果强攻，如何打开防盗门？何况，万一王某手上有枪，他在暗处，民警在明处，太危险。那么守候呢？方案也有两个：一是等王某出门来；二是等和嫌疑人同居的女人出来，让她配合，用钥匙开门。

在外面车里冻了一夜，却不见这一男一女下楼来。

到了中午，楼梯口开始人来人往。下来的人中，有一个穿灰色双排扣毛衣外套的中年男子。此人出门洞前，先左顾右盼一番。

手机里王某的照片，还是他十六年前的黑白证件照。这个人看着像王某，却不敢确定。大家就问，动不动手呢？

猫哥说，先不动。他怕万一抓错了，惊了王某。

大同的老市区，街道不宽，人不少。嫌疑人骑着辆自行车，在前面一扭一扭的。猫哥让司机两次超车过去，大家一起会诊。没错，是他！车里意见一致。

可是，街头抓捕，如果让他有反抗的机会，很可能会误伤行人的。怎么办呢？

猫哥说，先跟着。

跟了十几分钟，就到了大同五中门口。嫌疑人遇到个熟人，扶着自行车，俩人在路边聊上了。

汽车一停，猫哥第一个跳下来。他从嫌疑人的身后包抄过去，猛地拧住他的右手腕。

王某是个身高一米八的壮汉，比猫哥高出半个头。只一愣神，他就扔下自行车，和猫哥展开搏斗。

队友随即赶来，和猫哥一起，将他制伏在地，戴上了手铐。像在开封抓捕小何一样，从他腰间，也搜出了一把匕首。

忙到这会儿，已经大中午，大伙儿才想起早饭都没顾上吃。肚子咕咕叫，找到一家饭馆，准备去吃饭。

猫哥感到内衣是湿的，一摸肚子，手上湿漉漉一片。手从棉衣里拿出来，全是血。

原来，刚才抓人时一用劲儿，伤口被撑开了。

艾滋病危机

对于忻州人来说，艾滋病一直是听说过，没见过。但前两年，艾滋病人在忻州一露头，就让猫哥他们给撞见了。

忻州是座地热资源丰富的城市。这儿的顿村、奇村，都有非常棒的温泉。常有人说，一只生鸡蛋放在泉眼里，三五分钟就能煮熟。忻州人的一个休闲方式，就是去泡温泉。顿村、奇村周边因此有了很多疗养院、度假村和温泉旅馆。

夏季里的一天，顿村派力高温泉度假村的一个小超市夜里遭遇打劫，一对夫妇被抢了一万多元现金。猫哥他们调取现场周边的监控，一直追踪到了小卢野。

一到这儿，猫哥心里踏实了。这里是忻州一个有名的城中村，村民大多把家里改造成小旅店。小卢野家家都装有监控。只要嫌疑人跑进小卢野，准保能找到他们的踪迹。

这回也不例外。因为嫌疑人一伙共有六人，刑侦大队去了十几个侦查员。在小卢野村道里，猫哥他们守到了仨。当街抓捕时，就遭到了激烈的反抗。

民警的行动惊动了另三人，他们打了辆出租车，逃到七公里之外的云中河下车。猫哥他们紧随其后追来，在云中河公园附近又一次展开街头抓捕。搏斗再一次展开，民警和嫌疑人都挂了花。其中一个嫌疑人翻过了两米高的铁丝网，逃掉了。

回来一审查，几个嫌疑人交代，他们来自四川凉山，吸毒。其中三人还说，他们有艾滋病。

多年前，侦破恒久金店被抢案，猫哥他们在广州抓住主要犯罪嫌疑人海虹时，海虹也曾声称，他得了艾滋病。当时，猫哥他们都吓了一大跳。海虹一直在注射毒品，从房子里，就搜出了他用的针管。听广州同行说，这类人就是艾滋病的高危人群。

"不怕、不怕，我们有专门关押艾滋病嫌疑人的地方！"广州同行跟猫哥说时，轻蔑地瞟了海虹一眼。

第二天，猫哥他们仨要押着这家伙坐飞机。万一他试图挣脱，怎么办呢？想来想去，猫哥买了四双橡胶手套，包括海虹，一人一双。坐飞机，一人戴双橡胶手套，太扎眼。于是，外面每人再戴上一双白色的线手套。控制住海虹的手，万一他张嘴咬人怎么办呢？猫哥他们给海虹的嘴暂时用胶带封了起来，外面再戴上个大口罩。

就这样，他们把这家伙押回了太原。一下飞机，同事就拿车把他们接回忻州。送疾控中心一检查，这小子的艾滋病是假的。他不过是为了逃避打击，临时编了这么个瞎话。

这回抓回来的嫌疑人还是想唬人吗？赶快联系疾控中心，对这些人全部进行检查。结果，三个人真的有艾滋病。

以前，大伙儿都觉得艾滋病离自己很遥远。这会儿，一问"度娘"，得知艾滋病染上就没法治，大家就都石化了。

艾滋病的传播途径中，血液传播就是重要的一种。刚才抓捕中，民警们可是都和这几个艾滋病人有过身体接触。大夏天，大家跑得都是一身汗。而且，双方都流了血。自己会不会感染了艾滋病病毒呢？每个人都忐忑不安。

猫哥给领导做了汇报，疾控中心也派人来给受伤的民警们采了血。尽管化验结果显示，没有人感染艾滋病病毒，但并不能消解大家心头的疑虑。

艾滋病有很长的潜伏期。即使现在当下查不出，保不齐以后也没事儿。猫哥之外，刚才参与抓捕的，30来岁的年轻人居多，都是有家有口的人，孩子都还小。自己流血、流汗地工作事小，可是，如果传染给家人，可怎么得了呢？都是家里的顶梁柱，要是自己有个三长两短，家里的老婆、孩子和老人指望谁呢？

有人铁青着脸，一声不吭；有人大声地发着牢骚，骂着娘；一名中队长甚至烧掉了自己刚才抓捕时染了血的衣裳，还拍了视频，发在了刑侦大队的微信群里。年轻刑警们的情绪瞬间被点燃，一时间，刑侦大队谁也无心干工作。抓回的那几名犯罪嫌疑人，就那么搁在留置室，没人愿意去审。尽管谁都知道，讯问是有严格的时间限定的，到时候，嫌疑人拿不下来，就只有放人了。

猫哥把那个中队长叫到办公室，倒了一杯水递到他手上："咱心理素质要加强呢，不能让队上弟兄感到恐慌。你这么情绪化，下回，人家还怎么跟你出生入死？"

猫哥说话时，中队长不看猫哥的眼睛，看的是猫哥的手。猫哥的右手背尽是血道子，血痂是刚刚凝结的。刚才抓捕时，他也受了伤。

中队长视猫哥为自己的师父。从一干上刑警，分析话单、写报捕书，都是猫哥手把手教他的。菜鸟刑警的一个特征，就是心理不过关。比如出于心软，带嫌疑人去体检，会把手铐带在前头。猫哥看到了，会提醒，手铐一定要扎在后头。因为嫌疑人想的和正常人不一样，一有机会，他们就要跑的。等当上中队长后，猫哥马上告诉他，不能当甩手掌柜。业务上必须精通，手下人才会服你。

现在，猫哥就像一面镜子，照出了自己的不成熟。中队长低下了头，觉得脸上烧得慌。

当天晚上，猫哥破例张罗了一个饭局，还专门准备了一套很动感情的开场白。

感谢的话说过之后，猫哥说："干这一行，咱就得面对危险和牺牲。谁让咱是刑警呢？"

这话一说完，就是一片掌声。弟兄们挨个儿过来跟他碰杯："猫哥，这事儿已经翻篇儿了！你放心，肯定不会影响工作的。"

话是这么说，事儿也是这么做。那名逃跑的嫌疑人也有艾滋病，但猫哥手下弟兄还是跑到他大凉山老家，把他捉拿归案。

一个男人的角色

猫哥媳妇姓郝，比他小七岁，跟猫哥谈恋爱时，还不到20。别人介绍的，见面的地方，在小郝父亲的一个朋友家。小郝模样俊，个头儿都快赶上猫哥高了，猫哥一下就动心了；而小郝也一眼就看上了猫哥。

年轻时，猫哥多帅呀。关键是，猫哥身上那刑警才有的阳刚之气，令她不能抗拒。

谈恋爱那会儿，有回小郝过生日，猫哥盛情邀请她到自己家吃饭。那时候，一般人家遇个高兴事儿，还不兴到餐馆聚餐。猫哥父母早早就忙活起来，张罗了一大桌好饭菜。

可临近开席，猫哥接了单位一个电话，一个人跑了。小郝那会儿跟猫哥一家人还不熟，十分拘束地吃完了这顿饭。

后来，她发现，猫哥随时都可能从她身边消失，只要一有案子。等结了婚，怀了孕，孕期检查猫哥就陪她去过一次医院。儿子生下来时，猫哥却相当兴奋："儿子，儿子！我就想要个儿子！"

猫哥的儿子小时候比较调皮。上小学时，路有点儿远，每天早上需要开车送。猫哥和邻居商量好，一人送一天。可是，邻居时间有保证，猫哥却不靠谱。

有一回，轮到猫哥送孩子时，一夜都没合眼的他还正在单位审讯嫌疑人呢。邻居人不错，开上自己的面包车，就去送俩孩子。到了学校门口，车没停稳，猫哥儿子就往下蹿。这一跤摔下去，俩门牙给磕掉了。

猫哥闻讯赶来时，儿子满嘴是血。送到医院，大夫把他已经外露的牙髓取出来给猫哥看："你看，多可惜！成人的牙髓，发黄。年岁越大，越黄！"再看儿子的牙髓，小虫子一样，是透明的。儿子年纪小，口腔还没有定型，装的假牙，戴一戴就不得劲儿。原先，他最喜欢啃骨头、啃猪蹄，现在这些嗜好都无法进行了。直到上到高二，口腔定型了，他才装了烤瓷牙。许多年后，提起儿子的两颗门牙，猫哥都充满愧疚。

当刑警，直接和嫌疑人进行身体接触，受点儿小伤，就像感冒发烧一样正常。何况，猫哥又这么拼。

有一次，夜里去匡村抓一个逃犯。逃犯家院子大，墙高近三米。猫哥跟同事打算顺着围墙顶部走上三四十米，然后直接上逃犯住的二楼。围墙一角有用彩钢搭的猪圈，这样，墙上的砖就不完整了。

深更半夜，猫哥一脚踏空，就从墙上摔了下来，直接休克。

过了几分钟，同事看他醒过来，要送他去医院。猫哥胳膊疼得不能动，就动嘴，让队友别管他，先去抓人。等队友跳进院子，冲上二楼，才发现那天晚上，逃犯根本没在家。

当天晚上，猫哥没敢回家，用紫药水把伤口擦了擦。

第二天，媳妇一见满脸是伤、吊着胳膊的猫哥，吓坏了。问他，猫哥谎没撒好，说是走路不小心摔的。谁能信他？

另一次，夜里设岗盘查，猫哥拦住一个神色慌张的男子。没想到，这人掏出刀子，直接向猫哥面部刺来。猫哥躲了一下，脸部还是被划开一个大口子。逮住这小子，身份一核实，网上抢劫逃犯一名。

猫哥在大同抓人时，胆囊炎伤口挣破那回，也是把人押回忻州后，才去的医院。

本来，他打算悄悄去，可回到单位时发现，他媳妇就守在分局门口。一看他那一身血，媳妇哭得像根冰棍，晒化了的那种。后来，老丈人知道后，专门赶到医院，把猫哥狠狠地骂了一顿。

猫哥那次脸上被刀开口子，对他媳妇的刺激很大。他媳妇一闭上眼，就是他那一脸的血。电视里一看到警察受伤的镜头，她就要崩溃。慢慢地，她开始不出门，不跟人交流，班也上不成，一天天闷在家里，总觉得有人要伤害到她一家人。猫哥不在家，也会怀疑猫哥身边有别的女人。她一天顶多能睡一个小时，眼圈儿发黑，饭也吃不下。原先一百一十多斤的体重，下降到了九十多斤。这种状态持续了一个多月，猫哥不得不放下手头的工作，开始陪她看病。

从忻州看到太原，又从太原看到北京。不算开车跑的路，光是往返北京的火车票，他们就攒了厚厚的一拃。

这时候的猫哥，不得不开始为钱发愁了。

搞起案子，猫哥是条汉子；可要是说到搞钱，他就狗熊了。有人说他，多少挣钱的好机会，都让他白白错过了。

猫哥结婚时，住的是单位的平房。后来，婚后第三年，单位把平房拆了，集资盖楼房。集资房一套三万六千八，可猫哥两口子把家里翻了个遍，只能拿出三千块。猫哥脸皮薄，媳妇让他出去借钱，他转一圈儿两手空空又回来了，跟人根本张不开口。逼得实在没办法，他媳妇只好自己回花果山想办法。最后，猫哥岳父支援了一万八，猫哥父母支援了几千元，姐姐又支援了一些，才算把这套八十平方米的集资房拿下来。后来，直到猫哥媳妇承包了单位的小餐厅，他们俩的经济危机才逐步缓解。

有一段时间，被大城市扫地出门的游戏机，纷纷落脚到了忻州这样的内地三四线城市。开游戏厅的，都愿意找个警察做靠山。遇到个风吹草动，有人给递个话儿，结果就大不一样。

猫哥搞案子，经常上报纸、电视，在忻州当地小有名气。就有人找到猫哥，让他参个干股。他只要点个头，每个月立马有个厚厚的红包可拿。除了游戏厅，还有开桑拿、开歌厅的，也托人找过他。可抓人时胆子贼大的猫哥，这种时候就成了胆小鬼，眼睁睁看着捞外快的机会一次次泡汤。

猫哥胆小，是从小让他爹给吓的。家里四个孩子，就猫哥继承了他爸的职业。他爹对他，也格外用心。

当初，在五台山破第一起案子时，开那辆北京212吉普的小伙子，就是和猫哥一批入警的伙伴。事后，这个小伙子曾经很感慨地跟别人说："我是个司机，都没想到那辆大卡车发动机会不会是热的。人家喜文连驾照都没，怎么就能想到了呢！"其实，那会儿猫哥虽没有驾照，却开过车。知道儿子以后想当警察，猫哥爹就有意栽培他。儿子练武，别的家长顶多不反对，猫哥爹却时不时给他支上两招儿。五台山分局的录取通知一来，猫哥爹就赶紧带他去找驾校的熟人，让他学习开车；还把猫哥带到靶场，让他练习射击。老头儿知道，当警察，这两样技能早晚会用得着。

　　调回城里上班后，一次，猫哥下乡，村干部给他口袋里塞了包好烟。猫哥那会儿还不抽烟，想着拿回家孝敬老爹，就没推辞。

　　可是，回家他把那包烟一拿出来，老头儿就一脸严肃："哪儿来的？"老头儿一看就知道，这么贵的烟，儿子不会买。

　　下面呢？下面就是猫哥灰头土脸地站那儿，听老爷子一顿训。以前，猫哥可是亲眼见过，有人把一口袋香瓜送到家来，被父亲连人带口袋推出门外。

　　老爷子干公安一辈子，可是有原则的："当警察，就不能贪财。否则，腰杆子别想挺得直。"

　　老爷子的话，猫哥一直记着。自己当了头儿，猫哥也像唐僧一样，喜欢跟手下年轻人念叨这两句。

　　后来，猫哥担纲侦破过一起涉黑案件，就跟游戏厅有关。两伙流氓为争夺一家游戏厅的保护费收取权，当街持枪火并。猫哥磊落做人，也就能敞亮办案。半年下来，他们抓了五十多个人，收缴军用步枪，双管、单管猎枪和子弹若干。这案子，是猫哥继金店抢劫案之后，立的第二次个人二等功。

　　说回猫哥媳妇的病上来。在北京确诊，得的是抑郁症。猫哥媳妇感觉自己的脑子像生了锈的机器，转动艰难。在情绪极度低落的状态下，她已经没有能力关心别人。

　　可是，一天，从医院看病出来，她看到树下蹲着的一个熟悉的身影，心头像被针猛扎了一下。

　　正是春暖花开季节，灿烂的阳光把斑驳的树影投射在地上。一个男人双手抱着头，蹲在树影里，看上去疲惫、茫然，像个找不到大人的孩子一样无助。

　　那个在她心中一直很强大的丈夫，怎么变成了这个样子呢！

　　那个时候，忻州到北京的火车票一张一百一十多元，两个人一次往返，就能花掉猫哥媳妇一个月的工资。生病后，不能上班，猫哥媳妇的收入大为减少；而猫哥当时一个月也就千把元。猫哥内弟在北京工作，每次，他们两口子去北京看病，都在人家家里住，这就省去了住店钱。可是，看病、开药的钱，那是没法省的呀。没办法，猫哥脸皮再薄，也得找钱给媳妇看病。为此，他一次次跟朋友开口，前前后后一共借了三四万元。后来，这些钱他几年之后才还清。

有案子脱不开身，猫哥就请小姨子陪着姐姐去北京看病。不管怎样难，给媳妇看病的事儿，他绝对不敢耽搁。

慢慢地，媳妇的病情好转起来。不过，自打生病之后，妻子对他就更加依恋。直到现在，只要猫哥不在身边，猫哥媳妇每隔一阵儿都会给他打个电话。猫哥要是没接上她电话，她会慌得百爪挠心。毕竟，她的药到现在也没有停。

除了加班搞案子，猫哥都会尽量多地待在家里。早晨，锻炼身体回来之后，他会下厨做好早餐，然后才叫醒媳妇。儿子上初中时，猫哥养成了跑步的习惯。儿子大了，不让他送，要自己骑车上学，猫哥就在他后面跑步跟。儿子磕掉门牙后，猫哥生怕儿子再发生什么意外。冬天，路滑，他怕儿子骑车再摔一跤。当然，他也怕有人会伤害儿子。

猫哥曾收到一封寄自某劳改农场的信。拆开一看，信中这样写道：

"尊敬的杨大队长，我是某年某月让你逮进去的谁谁，判了八年，我出去后还不到30岁。我祝你身体健康、升官发财。杨喜文，我不会忘记你，出去后第一个就找你……"

对这号人，猫哥自己不怕，却不得不替家人担忧。所以，为了儿子，哪怕雾霾天，他也照跑不误。他的跑步习惯，就是从那时养成的。

猫哥疼儿子，儿子也爱他。有个什么事儿，需要拿主意，都是找他商量。

猫哥抓人时挣开伤口那回，儿子已经上大学了。假期回来，看了爸爸的伤口后，儿子搂着猫哥大哭了一场。

现在，儿子大学毕业，已经在成都工作。上班后第一次回来探亲，儿子就交给爸爸妈妈一个厚厚的大信封。这钱，都是他平时节省下来的。

猫哥内向、话少，朋友却不少。朋友们对他的评价，是一句忻州土话："能挨接！"就是说，这人能处，可以做朋友。

老徐跟猫哥同岁，原先跟猫哥不认识。二十年前，忻州发了一起抢劫杀害出租车司机的案子。当时，猫哥是刑侦大队的中队长，老徐是忻州市客运管理处的缉查大队长。因为配合公安局破案，老徐跟猫哥认识了。

虽说是个近视眼，但老徐原先最向往的职业，就是刑警。遇到这样的事儿，老徐也算过了一回刑警瘾，工作积极性很高。搞案子，就得熬。一天接着一天，大伙儿都住在专案组，回不了家。

当时正是盛夏，熬到第六天，老徐闻到自己身上的衣裳都馊了，实在受不了，就跟猫哥说，他得回家一趟，换身衣裳，然后好好睡上一觉。

等老徐第二天再回来，猫哥他们把案子破了。

三个嫌疑人，一个不少都逮住了。把老徐悔得，连声"哎呀"！这也让他认识到，他这个业余刑警跟人家专业的差距在哪儿。

这以后，人就熟了。猫哥搞案子，涉及老徐分管的业务，要什么信息，老徐都及时提供，配合默契。

几年后，忻州又发了一起出租车司机被杀的案子。这回，老徐和猫哥一起去大同出差。嫌疑人在一家浴场当保安，抓人时，那家伙一嚷嚷，一群胳膊上、身上露着文身的保安都围了上来。对方人多，又都是些看场子的壮汉，老徐心里就发毛。可是，瞅瞅猫哥，人家毫无惧色。

给嫌疑人戴上手铐，猫哥掏出证件亮明身份，那些保安老老实实地闪出一条路。那一刻,老徐觉得,他从小想当的警察,就应该是猫哥这个样子。

成了朋友后,老徐和猫哥有时会一起喝个小酒。一次去吃饭,老徐发现了一辆登记在案的黑色桑塔纳正在非法营运,车里放着一本出租车专用发票呢。

老徐出示证件,要查扣那辆车。

司机不买他的账:"你又不是交警,我凭啥把驾驶证、行车证给你看?"俩人呛起来,老徐嗓门儿越来越大。

猫哥站在一旁,却扯扯老徐袖子,劝他算了,让人家走。老徐起初不解,后来听了猫哥的解释,他服气了。

猫哥告诉他,他这样执法,明显证据不足。

为啥呢?因为坐车的人并不配合,在老徐和司机交涉时,人家早溜走了。

就这件事儿,老徐给猫哥下了"能挨接"的评语。

刑警情结永不忘

"还有什么要报销的票需要我签字吗?你今天拿过来!"猫哥挨个儿给几位中队长打了电话。

猫哥说,他要离开队上了。这天是2018年11月的一个星期六。中队长们都挺纳闷儿,签字的事儿,就不能等到星期一上了班再说吗?猫哥要出长差吗?

星期一,猫哥和局领导一起出现在会议室。一起来的,还有政工部门领导,以及一位来接替猫哥职务的派出所所长。

得知猫哥要调走,会议室的氛围很沉闷。很多人的眼泪夺眶而出,而有的女同志更是忍不住失声痛哭。

之前,猫哥有很多机会离开刑侦大队,但他舍不得。

20世纪90年代初,猫哥还没结婚的时候,奇村派出所的所长就来挖过他。奇村所是局里的大所,能到奇村当所长的,都是能人。奇村所长眼头高着呢，他能看上的人，当然不能是俗人。

有一年夏天，忻州小偷特别猖獗。领导让猫哥牵头，组建一支便衣反扒队伍。给他的八个人中，四个转业军人，四个警校实习生，都是菜鸟。

说实话，猫哥自己也没干过专业反扒呀。

第一周，猫哥交了白卷，一个贼没逮着。

猫哥急了，从第二周起，天一亮，就带人蹲在最爱发案的早市上。俩小子正用镊子掏人家的口袋，被他们抓了个正着。

这一开张，就收不住了。半年时间，他们刑拘加劳教，一气儿关了三十六个。小偷之外，还抓了个杀人逃犯。

正好赶上过年，市委书记给猫哥的局长打了电话："今年过年，老百姓都反映小偷少了。你们有什么诀窍呀？"局长得意极了，大会小会地说这事儿。

奇村所长当然知道，这活儿是猫哥带人干的。

不光看上猫哥能干，奇村所长还稀罕他的人品："到我这儿来吧，你好好干，当个副所长没一点儿问题！"

可是，猫哥死心眼儿，就是想继续干他的刑警。他不好明确拒绝奇村所长，就给他大队长说了。

大队长一听，有人要挖他的角，当然不干。

猫哥又明确表示，不想走。

于是，大队长就去找局长、政委："不能让喜文下派出所。他走了，活儿谁干？"其实，当时刑侦大队一共有五十多号人呢。

奇村所长还是不死心，又去找猫哥老爸游说。

作为一名老公安，猫哥老爸很清楚，派出所的工作面更宽，也更锻炼人，特别是奇村这样的大所。有了派出所工作的经历，对儿子的进步无疑更有利。

可是，他也清楚，儿子对刑警的工作近乎痴迷。征求儿子意见，猫哥果然态度坚决：不走！

后来，紫岩、庄磨等几个派出所所长也动过挖猫哥的念头。他们有的跟猫哥说，也有的直接去找猫哥的头儿说。猫哥不想走，当然就走不了。

过了好几年，猫哥当上了副大队长，已经被提拔到市局工作的原奇村所长见到猫哥，还惋惜地说："当时让你去奇村，你不去。你要是去了，我一走，你早把所长都干上了！"

刑警干长了，猫哥的短处其实也明显。他的心思都在工作上，做事儿又力求完美，连内勤统计个数字，他都要求不仅要准确，还必须及时。为这些"芝麻绿豆"，他也会板起脸来训人，不讲情面。

一次，一个中队办案不及时，形成上访。而且，由到分局上访，拖到了去市局上访。为这事儿，猫哥跟那个中队长拍了桌子："你脑子里都在想什么呢？"

猫哥训人，嘴里从来不会吐脏字儿。但是，他会瞪着眼珠子，把他安排过的事儿一项项问。

中队长说："我们去了，人不在！"

猫哥就会接着问：你什么时候去的？见谁了？他家的门牌号是多少？

问到最后，中队长已经羞得想找地缝儿钻了。

跟部下如此，跟领导，猫哥也如此。他觉得领导的安排不合理时，会马上表达自己的意见，一点儿弯都不带拐，令领导不爽。

可是，猫哥毕竟是个干事儿的。有好事儿，领导也还是会想到他。

比如，2010年，市里要成立一个治安办，正科级位子，还有二十万元的经费。领导想推荐猫哥去，可一问猫哥，猫哥说，他还是适合干刑侦，治安嘛，恐怕干不了。

一年后，市局从忻府分局分出去一个直属分局。直属分局拿着借调函找到忻府分局政工科，要借猫哥过去。猫哥知道，直属分局刑侦大队大队长位子已经名花有主，就猜人家是要让他去别的业务部门。尽管人家告诉他，这个岗位跟刑侦大队大队长是一个级别，但猫哥还是没去。

2012年，猫哥以副大队长身份，当上了忻府分局刑侦大队的负责人。本来，都以为这个"负责人"很快会转正。可是，一次又一次，分局传说动班子，却只听楼梯响，不见人下来。就这样，猫哥"负责人"当了六年。直到正式离开，也没能修成正果。基层单位，行政级别上吃亏。猫哥刑警干了三十二年，却仍是个科员，连副主任科员都不是。

领导找猫哥谈话，让他离开刑侦大队时，猫哥没有一点儿思想准备。刑警干了这么多年，他满以为自己肯定会在刑侦大队退休的。

猫哥要去的地方，是一个新成立的临时机构。"协助我，管审计和考核。这两项工作，相当重要！"领导话说得十分客气。

猫哥的面皮，比纸还薄。内心百般不情愿，却已经点了头。

临时机构就在刑侦大队楼上一层，算上猫哥，总共俩人。从此，猫哥就成了一个坐办公室的人了。

有刑侦大队的弟兄来办公室看猫哥，见他正认真地研究审计、考核方面的文件规定。他就这么个人，闲不住的。

没人知道，猫哥有足足半个月，天天晚上都在床上"翻烧饼"，睡不着。他不干刑警，只有一个人特别高兴。这人，就是猫哥媳妇。

打离开刑侦大队起，猫哥每天都能陪着媳妇去走路。快走，走得一身毛毛汗。猫哥媳妇感觉，这样减肥效果特别好。从生病以来，她吃的药里就一直有激素，人也因此胖了许多。

离开刑警岗位，猫哥删除了手机上他最钟爱的"九品捕头群"。当选全国公安"百佳刑警"之后，有一回公安部组织他们到广东休养，别人把猫哥拉进了这个群。群里，都是全国各地公安机关的分、县局刑侦大队大队长。遇到案子，需要外地刑警配合,甭管抓人,还是查线索,群里言语一声,大家都会鼎力相助。可是,人家群里有规定,如果你工作调动,离开这个岗位,就得主动退群。尽管百般不舍,但猫哥还是退了这个群。

离开刑侦大队之后,有回市局成立一个电信诈骗案的专案组,又把猫哥抽了去。

猫哥立即满血复活,风风火火地去福建出了一次差。

在厦门,他们抓人,需要当地警方配合。可是,猫哥联系上人家时,正好是个周末。刑侦大队先一天上了个大案子,熬了个通宵,大家刚刚睡下。刑侦大队教导员抱歉地告诉他,队上实在没人了。

猫哥一急,就直接联系跟他同在"九品捕头群"待过的那位大队长。大队长跟猫哥并不认识,可一听猫哥自报家门,就一口答应下来。当天,人家刑侦大队两辆车、六个人全部到位。

抓了人,猫哥想请人家哥儿几个吃顿便饭,人家操着闽南普通话跟他说:"说啥呢,请吃饭也轮不上你们啦。天下刑警是一家嘛!"一句话,差点儿让猫哥当场飚泪。

猫哥新近被拉入的一个群,名叫"刑警情结永不忘"。里面的人,都是些猫哥这样的老刑警。

大家聊的话题,仍然是刑警关心的事儿。一有刑警牺牲负伤,他们就会在群里为这些战友募捐。

这几个月里,猫哥已经解囊多次了。

扫描二维码即可观看
相关视频等

阳泉刑警张亚杰的故事

王二林

最后五小时

阳泉市公安局城区分局刑警大队的楼层内，那个被传唤来的嫌疑人王润祥始终咬定没有杀人。尽管所有的证据都指向他。

民警问多了，他便紧闭嘴唇，一副死猪不怕开水烫的模样。上级公安机关从外边请的测谎专家经过测试，也排除了这家伙杀人的可能性。

这让刑警张亚杰心里好生郁闷。他想，问题出在哪里？

要命的是"一把手"通知他，今天必须放人，因为再过五个小时就到了最后的传唤期限。

张亚杰为此着急上火了。难道这些天和同事们所做的工作都是零？他们传唤错了对象？

不，绝不可能！

这是2007年9月10日发生的一起命案。

阳泉市公安局城区分局辖区水泵厂北深沟居民楼内，一名女子被杀死在自己家中。夜晚六七点的时候，这个居民楼方圆几里家家户户门窗紧闭，风声鹤唳。人们生怕什么时候杀人凶手会突然出现在自己面前。

这期间，张亚杰正和同事们日夜不停地排查走访。尽管案发现场已被人为地清理过，他们还是传唤了那个疑点和矛盾最多的嫌疑人王润祥。

这个男人原来和受害女子同住一个单元，离婚后房子归了老婆和女儿，但有人看到他时不时还过来一趟。

为了不遗漏每一个疑点，民警们四处想办法联系他，但一直苦于找不到人。问其离异的妻子，回答说他在外边跑出租，好久没见过了。

但据民警侧面调查，他的出租车早就卖了。这个女人为什么说假话，她到底要替前夫隐瞒什么？

还有，调查中，一个偏僻小煤场的女老板反映，王润祥曾在她的煤场干过几天活儿，奇怪的是他不要工钱，只求让他住在煤场一个旧屋子，并愿为此付一千元房费。

这让女老板好生不解，说你在我这里打工，住我这里是理所当然的，干吗还要给我出房钱？王润祥解释，和家人闹矛盾了。女老板也就没再多问什么。

就在民警发愁找不到人的时候，一周后，王润祥竟自己出现了。

他脸上带有抓挠过的痕迹，虽说已结痂了，但仍然可以看出是前不久留下的。对此，王润祥支支吾吾……

民警问：发案前你来过小区没有？

他回答：没有。

可有人偏偏能证明案发前和他在小区路上打过招呼。

张亚杰直接去敲开了局长办公室的门。他恳请领导再给他们五个小时，如果还没有结果，再放人也不晚，他想赌一把。

当时局长一脸不高兴。你们审也审了，问也问了，再说，难道测谎仪也会出错？

但是看着张亚杰布满血丝、熬得通红的眼睛，局长的话在舌尖上打了几个滚又咽了回去。他默许了张亚杰的请求，反正只有五个小时了,到时候让你无话可说。

张亚杰一路小跑从局长办公室出来。他必须与时间赛跑。

他紧急召集自己的队友。这群生龙活虎的小伙子,连日来披星戴月搜集证据;原想着案子就要破了,哪承想眼看十几个小时过去了,嫌疑人一句也没交代。本还不那么绝望,最后让那台测谎仪给整了一下,彻底蒙了,一个个唉声叹气,有的甚至打算回去睡上几天。

好不容易把大家叫到一块儿,张亚杰的胳膊下夹着一条烟,拆开后一人怀里掷过去一盒。

"我们要相信自己前期所做的工作。机器是死的,人是活的。某一个环节出现偏差,都会有失误。咱们再坚持五个小时,如果案子还拿不下来,我们也问心无愧了⋯⋯"

都是干刑警的,谁不希望案子能早点儿攻下来?不等张亚杰说完,大家的劲头又被调动起来。

兵分几路再次出发。一方面继续加大对嫌疑人王润祥的审讯力度,不让其心理上有丝毫喘息机会;另一方面则根据嫌疑人王润祥的电话通话记录,再去寻觅新的线索。

受害人是一名40多岁、面容姣好、见人不笑不说话的良家女子。连日来的排查,并没有发现她有什么仇家,更不存在情杀可能。唯一令人不解的,是她生前用过的小灵通没在身上。

据调查:遇害前一个小时,她还用这个小灵通与回收"二手"手机的小姑子通过话,说有个更换过排线的E708三星手机,不知能卖多少钱。

这是一个重大发现。以此可以断定,那个持有E708手机的人,极可能当时就在受害人身边。

这个人会是谁呢?他会不会就是后来的杀人凶手?

派出去的第一组民警很快回来反馈,找到一位案发后和王润祥有过接触的人。

当时民警们还没开口,那个人就自己说了:"你们是不是找我问王润祥的事?"

"王润祥什么事?"民警们没有急于说出案由。

"前两天,王润祥用一部差不多的三星手机,换走了我的诺基亚旧手机。我当时就觉得怪怪的……"说着,那人掏出王润祥换给自己的手机,正是案发前受害人电话里和小姑子说的那部更换过排线的 E708 三星手机。

张亚杰立即兴奋起来,马上带人重新进入审讯室。

呼啦啦一下子从外边涌进五六名警察,而且个个胸有成竹,面露喜色,使得王润祥一下子乱了阵脚,预感到自己的罪行即将败露。

没等张亚杰他们点破所有证据,在最后传唤时间仅剩二十七分钟的时候,这个从进来就一直高喊冤枉的嫌疑人,终于供认了自己杀害邻家妇女的全部犯罪事实。

那天下午 7 点多,王润祥在北深沟坡下的扑克摊上打完牌,沿着大坡往前妻家走。虽说两个人已经离婚了,但因为女儿这条纽带,他时不时还会回留给前妻和女儿的房子。

路上他碰到了同单元六楼的女子。他知道这女人平时回收"二手"手机,虽说两人时不时在楼道里碰面,但他并不知道这女人叫什么。一路走着和她聊天,他说自己有个旧手机,想让她看看能值多少钱。因为赌博,他的身上已经"山穷水尽"了。

女子说可以。

两个人走到小区五号楼与七号楼岔口时,王润祥看到前妻和女儿养的几只鸡在七号楼前觅食,心想前妻也许在那边,就走过去找前妻。

临分手的时候他对女子说,一会儿我拿上手机去你家。

没想到在七号楼前没有看到前妻,他就兀自返回来往楼上走。走到前妻的家门口他并没进去,而是直接上了六楼,去了女子的家。

从外敲了敲门,门从里面打开了,女子闪身让他进了门。

两个人扯了几句闲篇,他得知女子的老公是跑大车的,这几天不在家。

他从身上掏出自己的三星 E708 手机,让女子估价,还说这手机更换过排线。

女子看了看后,告诉他最多值一百元。他觉得价格有点儿低,说自己再考虑考虑就出来了。

下楼的时候,他心里犯起嘀咕,这女人是卖手机的,应该比较有钱,就起了坏心思,但直到走到前妻屋门口都没下定决心。他没有敲前妻的门,而是径直下了楼走出小区。在小区门口时,他还碰到同小区一个老头儿,虽说叫不上名,但知道是同小区的住户,就心不在焉地朝那个人点了点头。到坡下一个小面馆他点了一个小菜、一瓶啤酒、一碗炒面……酒足饭饱之后决心也下了。

第二次回到小区楼上,他敲开女子的家门,说能不能再把手机的价格抬高点儿?

善良的女子没有意识到死亡已经逼近自己,还好心地说:"你等等,我再给你打电话问问……"

当时是晚上 8 点多钟,女子用她的小灵通拨了个电话,电话那头是同样回收旧手机的小姑子。她说,有个三星 E708 换过排线的旧手机,是我邻居的,你看最多能给多少钱?

通完话后,女子明确告诉他:"不行,最多就是一百元。"

王润祥听完,一边往外走,一边口里说那就算了。

女子跟在后面送他出门。此时,王润祥凶相毕露,突然转身双手掐住女子的脖子,把她推向屋子的卧室。

女子一惊,急忙挣扎,右手在他的脸上抓破了几道口子。

王润祥一使劲儿,将妇女摁倒在床上,掐了一会儿,确认再也没有呼吸了,便随手摘下女子脖上挂着的小金佛,又在床头翻出挎包,包里有七百多元钱。因女子抓破他的脸后,有血滴在了女子身上的汗衫上,为了不被人发现,他干脆脱了女子身上的汗衫，将光着上身的尸体拖到北边卧室的地板上。为了不在屋子里留下他的脚印，出了女子家门，他在门口换上女子丈夫放在门外的鞋子，又返身回来，拿起厨房案板上的菜刀，割开妇女的脖子，这样妇女脖子上就没有他的指纹了。想起小时候大人说过，人死后眼睛里会留下最后见过人的影像，他又用菜刀划伤了女子的两只眼。然后，他到卫生间拿了两块毛巾，把自己动过的每一个地方全都擦了一遍。用拖把拖了地板后，他在阳台上抽了支烟，把烟蒂扔到卫生间的抽水马桶里，用水冲走。

一切做得有条不紊。临出门他把那两块用过的带血的毛巾、女人的汗衫、女子打过的小灵通、他自己的那双皮鞋，还有女子家放在桌子上的两串钥匙，找了个塑料袋全都带走……沿途撂的撂，扔的扔，还把小灵通摔碎在马路上，只剩那个小金佛揣在身上。

就在张亚杰一帮警察翻遍小区调查摸排的那几天，他正躲在女人的小煤场养伤呢。他想等脸上的抓痕好一点儿再回去……

阳泉市公安局刑侦支队的领导和城区分局的领导们一听说案子破了，根本不相信这是真的。这个转换也太快了。

没有一刻钟的工夫，大伙儿全都集中到了张亚杰的办公室。当他们听说了侦破过程，连连向张亚杰和所有参战民警表示祝贺。

有人忍不住在分局门口放起了鞭炮。好险啊！差点儿放走一名真正的罪犯。

此时的张亚杰心里说不出是一种什么滋味。没有欣喜，没有激动，有的只是后怕。

如果这最后五小时没有把案子拿下来，他们就会眼看着残害妇女的罪犯从眼皮底下堂而皇之地走掉！他就会残害更多的人……那样他张亚杰和战友们就会变成阳泉人民的罪人！

他忘了连日来所有的辛苦和劳累,包括几个小时之前的委屈。他庆幸自己和战友们最后五个小时的坚持。因为坚持,他们赢得了最后的胜利;因为坚持,嫌疑人终于低下了罪恶的头颅;因为坚持,他们终于给了那位被害女子和她家人以及阳泉人民一个圆满的交代。

说话间,张亚杰看到办公室墙角那一堆吃得空空的方便面桶和凌乱的榨菜皮,突然觉得肚子饿了。

他向前来表示祝贺和慰问的"一把手"说:"局长,你要请我们大家吃一顿好的……"

说这话的时候,张亚杰的眼角滚出了泪珠,不知是甜的还是咸的。

零口供定罪

张亚杰是间接听到这个消息的。

下午4点多的时候,辖区北大街派出所要把一起非法拘禁的案子移交到分局刑侦大队,却让分局一位值班民警给挡了回去。理由是:也许是一般欠账不还、打架斗殴纠纷一类的治安案件,派出所自己看着处理就行了,刑侦大队哪有工夫扯皮这些小案子?

这话让屋外的一位民警听到了,他无意中把这事捅给了时任分局刑侦大队大队长张亚杰。

张亚杰一听有猥亵细节,一下子急眼了,当即从椅子上跳起来:"快!快给北大街派出所打电话,让他们连人带案子,马上移交到刑侦大队来,我要亲自讯问……"

冥冥之中,张亚杰预感到,多年前未破的几起青少年失踪案有了转机。

他找寻破案的线索太久了。他的眼里惊现出奇异的光芒。

那是五年前,辖区一位中年妇女来城区分局刑侦大队报案,她的儿子杨洋（化名）失踪几天了。

她怀疑儿子的失踪，与小区门口摆书摊的男子梁瑛有很大关系。因为儿子不止一次对她说过，自己最近认识了一位高人。此人就是梁瑛。

当时阳泉市内已经发生过类似的男孩失踪案，张亚杰已有了警觉。

他当即派人去传讯那个摆书摊的梁瑛。谁知杨洋母亲此前已经找过梁瑛讨要儿子，等侦查员赶到梁瑛家里，什么都没发现。

事后他们怀疑是杨洋母亲惊动了嫌疑人，一切该转移收拾的早都做完了。这事后来就不了了之了，那个叫杨洋的男娃至今没有下落。

从此，张亚杰的心里便留下了梁瑛那阴郁面孔的印记。

很快，北大街派出所把一名叫杨小岩（化名）的男娃领到了刑侦大队。

男娃哭诉着，将自己被两名男子猥亵的不幸遭遇和盘托出。

张亚杰听了杨小岩说出自己被劫持后的种种被猥亵细节，更加确信要找的恶魔就要现身了。

他迅速将此情况上报给分局领导和阳泉市局刑侦支队。

阳泉市局刑侦支队领导立刻指派市局刑侦三大队和城区分局刑侦大队合力赶赴嫌疑人藏身的地方进行抓捕。

受害人杨小岩看到警察如此重视自己的案子，心里十分激动。他一路小跑，顺着自己逃出来的路线，把民警们领到囚禁自己的那栋单元楼，指着地上摔破的可乐瓶说：

"没错，就是这里！"

民警们很快确定了方位，这里是阳泉市外环路和义居小区。

说话间，从小区外边回来一个男人。杨小岩用手一指："就是那个司机……"

民警们迅速扑上去将其控制，并问出另一个人藏匿的房间，随后冲进去。

两名嫌疑人司机于卓杨和持刀人梁瑛无一逃脱。

但是，接下来的审讯却遇到了前所未有的阻力。

特别是那个持刀人梁瑛，面对张亚杰和民警的讯问，似乎一点儿也不为所动，并不时对审讯的民警发出冷笑："不要枉费心机了！当年你们不也是一样把我给放了吗？我就是在街上叫了个男娃，这不犯法吧？就算限制了他人身自由，你们该怎么办就怎么办吧！"一副百毒不侵、玩世不恭的样子。

记不清是哪一年寒衣节的夜晚，阳泉市郊区一个建筑垃圾场旁边，一位从临汾市吉县坐公交车赶来的老人，在为自己被残害的儿子焚烧冥币化纸送衣。火光忽明忽灭，纸钱纷飞。

"儿子，你妈让我给你送棉衣来了……天凉了，我儿穿厚点儿，在那边要照顾好自己，缺什么就托梦给我和你妈，爹会想办法给你送过来……呜呜……"老人禁不住哀哀地干哭起来。他眼里已经流不出泪来了。

2012年5月，阳泉市人民法院一位主审法官听到来自偏远山区临汾市吉县农民打来的电话，吓得手机一下子滑落地上。

这个轰动全省杀害六名男娃的碎尸案已经进入审判阶段，法院通知被害家属来法院商量刑事附带民事赔偿部分。可被残害孩子的家庭因受不了这个打击，有两户夫妻每天因想儿子相互指责埋怨离了婚，有一家母亲寻了短见，一家父亲患了抑郁症，整天像疯子一样满世界呼喊着儿子的乳名在街头转悠。阳泉法院派出去的人根本无法联系到他们的有效亲人。唯有临汾市吉县一户姓马的父亲有了回复。

但这回复却让这位主审法官胆战心惊。

"不用去阳泉了，我们的孩子没有死，已经回家了……"

"啊——"主审法官心里"咯噔"了一下，头上马上冒出汗来……孩子没有死？已经回家了？难道制造了冤假错案?!

主审法官马上捡起地上的手机，直接打给了阳泉市公安局城区分局分管刑侦的党委委员、刑侦大队大队长张亚杰，询问到底是怎么回事。

电话那头的张亚杰听了，觉得根本不可能。

人命关天，张亚杰立即带人驱车赶到阳泉市法院，拉上主审法官风风火火地赶赴吉县那位受害人家里。

眼前的一切，让他们立刻明白了：

一孔破旧的窑洞，又潮又暗。炕上，是一个瘫痪的妇女。妇女手里攥着一张儿子生前的照片，身边放着一个难闻的尿盆。炕下，站着一个矮小猥琐、老实巴交的男人。屋子里，除了一口盛吃水的大黑缸，再也找不到一件可以叫作财产的东西。

面对找上门来的法官和破获了儿子被害案的警察恩人，那位汉子的眼中滚出了浑浊的泪水。

"不是我们不想去，是没有去阳泉的路费呀……"说着话，他竟然咿呀呀地哭起来。

面对此情此景，张亚杰和那位法官一句话也说不出来。

这些受害者的亲人，此生怕是永远要在这煎熬和泪水中泡着过日子了。他们已经没有了心思和动力去过正常人的生活。

时间再回溯到2008年2月到2012年3月的五年间，阳泉城区、矿区、郊区三个区域连续发生多起男性青少年失踪案。公安机关费尽了千般周折，案件仍是迷雾重重。

那些离奇失踪的男娃究竟怎么了？无缘无故地过上一年半载就会消失一个。

那些失踪孩子的父母并不怎么来公安局催案问案，他们希望自己的孩子或许是去了某一个地方打工，因工作太忙暂时没时间回家。他们不相信也不愿意相信自己的孩子遭到了什么不测。对这些失踪孩子的父母来说，没有消息就是最好的消息。

但作为刑警，张亚杰的心里没有一刻轻松过。

他在不同的地点、不同的场合，不止一次地对手下民警们叨叨说，阳泉的某一个角落，一定藏着一个杀人不眨眼的恶魔。

虽然张亚杰还没有找到证据，但他有直觉，他每天都睁大眼睛、竖起耳朵留心着这方面的消息。

所以，当听到北大街这起案子时，他第一个反应就是，有大鱼撞网了。

审讯劫持杨小岩案期间，他仔细查阅了两个嫌疑人的资料。

嫌疑人梁瑛，男，未婚，无业，1968年8月生，阳泉师范毕业后在矿区平坦街小学任教，曾是于卓杨的班主任。2004年在学校因猥亵儿童被矿区人民法院判处有期徒刑四年，2007年8月刑满释放后在阳泉天桥摆书摊至今。

嫌疑人于卓杨，1984年6月生，阳泉煤专学校毕业后，至今在阳泉市建筑第八分公司上班，有妻子。

两个嫌疑人对劫持杨小岩的犯罪事实都不隐瞒。但是问起别的，什么也没有了。

难道这仅仅只是一起普通的非法拘禁案？

张亚杰打死都说服不了自己。

根据两个嫌疑人对杨小岩作案的手段、特点、动机等各方面分析研究，张亚杰认为：这与过去几起男性青少年失踪案存在着某种关联和相似之处。

尤其是第一犯罪嫌疑人梁瑛的犯罪前科，还有他们这次劫持绑架杨小岩所使用的白色面包车，同2011年9月22日在阳泉市郊区杀人碎尸案的案发现场出现的可疑白色昌河面包车极为相似。

那个失踪男孩是8月17日夜晚在回家途中走失的。一个月后的9月22日，在阳泉市郊区街上村大垴公园发现了男孩被碎尸的躯干、大腿等大部分尸块。在抛尸现场周边不远的监控视频中发现了一辆可疑白色昌河面包车。

当时，张亚杰亲自参加了"9·22"案件的案情分析会。

而今，这辆面包车就出现在了张亚杰面前，且被劫持的对象同样是男娃。这难道只是一种巧合？

这些线索和发现，令张亚杰无法入眠。

为了不出任何差错，张亚杰告诉自己，千万不要贪功冒进，一定要慎之又慎。在多次召开案情分析会后，他果断向分局领导和市局做了汇报。

很快，"3·29"案件专案组迅速成立，由张亚杰负责带领主办民警和侦查员开始了艰难的侦查、审讯、研究取证。

结合串并案情，张亚杰断定，两名嫌疑人极可能有案中案，而且是重大隐案！

他下令所有参战民警，抛开一切干扰，穷尽侦查手段，深挖细查，绝不放过任何蛛丝马迹。

通过市局协调对郊区"9·22"碎尸案回头看，将白色昌河面包车（晋CYY068）作为重中之重进行反复试验比对。经过对车型、颜色、车灯部位、开关门时车灯的闪烁频率等细心观察，发现这些部位和特征同"9·22"案发现场监控视频中的白色面包车细节高度吻合。再经多人多次不厌其烦的察看实验，最终认定，这次查获的面包车与"9·22"案件中使用的车辆是同一辆车。

果不其然，在第三次审讯于卓杨时，当办案民警抛出这些细节，于卓杨一下慌了阵脚，头上冷汗直流。

他很快交代了2011年8月17日伙同梁瑛驾驶晋CYY068白色昌河铃木面包车窜至阳泉市矿区西河路西川一号楼，尾随受害人陈果（化名），并以抢劫为名持刀将其劫持到车上，拉回外环路和义居于卓杨的家中进行多次强行猥亵。后因孩子疼痛呼叫，被梁瑛掐死。经两人肢解碎尸，于9月22日开车掩埋于郊区三泉村旁的公路边、荫营镇街上村大垴公园路旁。手段残忍至极。

临汾市吉县那位老人的儿子马强强（化名），是梁瑛和于卓杨残害的第四名男孩。失踪时他刚满20岁，在阳泉滨河一家婚纱摄影公司打工。同样的劫持手段，同样的变态行径，同样的碎尸抛尸……

在张亚杰和民警们的审讯中，于卓杨一口气交代了三起伙同梁瑛残害男性青少年的犯罪事实，并在民警们的押解下指认了犯罪现场。

审讯梁瑛时，他似乎早就料到同案犯于卓杨会扛不住交代，他的态度没有一点儿变化，不管民警怎么讯问，仍是什么都不说，百般抵赖。

这不由得让张亚杰想到了几年前失踪的杨洋，一定跟他有千丝万缕的联系。

虽然当时对梁瑛进行了长时间的调查，可惜因杨洋母亲寻子心切，打草惊蛇，使得案件侦破功亏一篑。这个杀人恶魔日后又接连残害了数名无辜男娃的生命，并增强了对抗警察的经验，具备了反侦查能力。他在审讯中使出各种伎俩，对审讯民警时而恭维，时而侮辱；时而威胁冷笑，时而谩骂诅咒，一副自私、冷漠、残忍、毫无人性的冷血面孔。

张亚杰一边揣测着梁瑛的犯罪心理，一边通过一次次审讯，不断发现和研究其在供述中的漏洞，更换审讯策略。

通过审讯再次展开搜集证据工作，并把审讯中发现的线索全部提供给刑事技术人员；技术人员经过勘查再把结果反馈回来，相互印证。真难得张亚杰手下的民警个个有勇有谋，十分给力。他们将每一个案件的细节牢牢地固定在卷宗里，刻在脑海中。整个团队从始至终一直专注于如何将此案办成铁案。案件里的每一个环节每一个小细节，他们都仔细琢磨研究，不给日后留下任何疑问。

通过对嫌疑人梁瑛和于卓杨居住的地方、车辆等犯罪现场进行多次深入细致的全面勘查，提取到了大量涉案检材。

经公安部、省公安厅的技术部门检验比对，确认了2009年8月31日失踪的男娃史某升的毛发，出现在化工厂北区的犯罪嫌疑人梁瑛家中；2011年5月31日失踪的白某飞与犯罪嫌疑人梁瑛的混合斑迹,出现在和义居于卓杨家中的方巾上,白某飞的部分尸骨被抛埋在郊区荫营镇街上村大垴公园内;2011年8月17日失踪的陈果的毛发出现在和义居于卓杨家中,为全案侦破提供了充分证据,印证了于卓杨先期供述的真实性。

为了获取更多证据,牢牢套住那个只字不交代的头号嫌疑人梁瑛,张亚杰和战友们往返于省城、北京等地,跨时间跨年度从浩如烟海的数据库中查找出了犯罪嫌疑人梁瑛所使用的手机信息,发现梁瑛被抓获时,所持有手机菜单内所有的内容皆被清空,只有常用电话一栏中显示着一个手机号码。

经查,这个号码机主是受害人白某飞的父亲。而梁瑛与白家人根本不认识,梁瑛的电话通话清单也从未出现过这一号码,由此证明此手机应为受害人白某飞遇害前所用……

正是这些细致的摸排和证据的搜集,让梁瑛那副恶魔的嘴脸一步步浮出水面,其作案手法也暴露无遗。

侦查中,民警还发现同案犯于卓杨也是一名受害者。当年在学校时,他就被梁瑛这个禽兽般的班主任猥亵。毕业后,梁瑛又以有其裸照,如不顺从就向其家人散发进行威胁,拖其下水,多次阻止于卓杨谈对象结婚。于卓杨结婚以后,他数次欲摆脱梁瑛魔爪都没成功,致使后来越陷越深,沦为其帮凶和罪犯。

别看于卓杨跟着梁瑛几次杀人碎尸抛尸,但他性格仍是唯唯诺诺。两个人共同出去寻找作案对象时,他总是磨磨蹭蹭往后躲。也许是胆小,也许是良知未泯,他经常被梁瑛谩骂教训。这一点,后来张亚杰带人去看守所提审他时,也暴露出来了。

他哭着鼻子向张亚杰诉说,在看守所吃不饱,还被别人打。他的脚上穿着一双看守所的那种懒汉鞋,因为脚太大,鞋太小,他的半截脚后跟露在外边。

见此情景,张亚杰便让民警找了几条街,专门买来两双特大号的布鞋送给他,还带了一些吃的喝的……

于卓杨一下子就哽咽了。

他一边吃着，一边流着泪说："叔叔，我还有件事情没向你们交代，我家里还有梁瑛给我的三部手机，就藏在卧室写字台右下侧柜内的毽子盒中……"

原来，于卓杨伙同梁瑛在化工厂梁瑛家中残害了白某飞、杨洋、史某升三个男娃后，梁瑛将三名受害人随身携带的手机交给于卓杨，让其给老家人使用。于卓杨上大专时就有收购"二手"手机的经历，知道涉案手机用不得，同时又担心梁瑛事后反悔找自己索要手机，就多了个心眼儿，将手机藏匿了起来。

这个证据，对张亚杰他们太重要了。

侦查员在于卓杨供述的地点起获了三部手机，经与三名受害人家属提供的手机机身码比对，确认三部手机分别为受害人白某飞、杨洋、史某升失踪时所使用。

所有的案件经过各种证据的相互印证，两名杀人恶魔从2008年到2012年的五年间，先后残害碎尸六名青少年的犯罪事实全都板上钉钉，铁证如山。变态杀人恶魔梁瑛被零口供起诉，并同于卓杨一起被判处死刑，开创了阳泉市城区公安分局零口供定罪判处死刑的先河。

当年那个从魔爪下逃出来的杨小岩，如今早已娶妻生子。当他知道了在他之前有六名男娃被变态恶魔碎尸的悲惨遭遇后，禁不住泪流满面……他庆幸自己从恶魔手中挣回一条命，感激张亚杰和刑警们破获了这起系列残害男娃的惊天大案，否则不知道还会有多少像他一样的男娃要噩梦降临……

给力的亲人团

在张亚杰亲历的所有案件中，侦破"华北大盗"岳文山系列撬盗保险柜案，应该算是他刑警生涯中的一个重要标志。

案子发生在1996年。

这个由刑满释放人员组成的庞大犯罪盗窃集团，有组织、有训练，属智能型犯罪，涉案成员达七十余人，有分有合，先后流窜于山东、山西、天津、内蒙古等地。

主犯岳文山智商极高，诡计多端，善于动脑。当初作案之前，他花钱买回三个极具开锁难度的保险柜用于撬盗实验。各种型号保险柜的钢板硬度以及所要使用的力度他都烂熟于心，那些在别人眼里固若金汤的保险柜在他面前几乎没有阻挡。闲暇时，他还对周易八卦、气功、相学、文学等都有研究。每次出门前，他都要先看天象，卜上一卦，去哪个方向作案？适合不适合出门？他使用的作案工具是自个儿研制的。他又是个冒险自负的人，刚开始作案还戴手套，后来干脆扔了手套，每次作完案，故意将自己的五个手指印摁在保险柜的正门上，出来后领着同伙大摇大摆并排走在街上谈笑风生。碰到巡逻的警察不仅不躲，反而迎上去问路，气焰嚣张之极。狡兔三窟，岳文山藏身地点就有好几处，化名、笔名几十个。

专案组民警费尽万般周折，从天津将他抓回来，没给他任何喘息机会，即刻展开审讯。

这个受过公安机关打击处理并在外流窜多年的原籍内蒙古的"老牌"嫌疑人，有数次在公安机关蒙混过关的经历和反侦查经验。

审讯时，他不是滔滔不绝地瞎说一通，就是沉默不语，斜眼蔑视着民警。

他从心里感到不服气，自己纵横四海，在华北五省作了那么多案子都没被抓，最后竟被阳泉这个小地方的警察给逮了，这简直就是奇耻大辱。面对审讯他的一拨又一拨警察，他根本不屑一顾，偶尔还发出歇斯底里的吼叫。最后连负责审讯组的领导也一筹莫展。

张亚杰在其他民警审讯岳文山的时候，一直在旁边默默观察思索着。

不敢说自己比其他领导和同事高明，但他想试一试，死马当活马医。

最后，领导批准张亚杰去审讯岳文山，并配给了他两名侦查员。

张亚杰记得在抓岳文山的时候，从他家里搜出很多文学方面的书籍，一摞一摞的，其中有很多中外名著。

他试着投其所好，轻描淡写地说："你这个人啊，就是没把精力用在正地方。要是当初不走这条道，专心写小说的话，说不定早就成了一代文豪，最起码，写的小说有五部可以拍成电影、电视剧了……"

岳文山的注意力一下子被牵引过来。他的眼里有了光亮。

"兄弟，你说得太对了，还是你了解我。不瞒你说，我还真有过这个想法……兄弟你叫什么？我看你面带贵气，慈眉善目，将来一定会大富大贵、平步青云……"

他跟张亚杰要了一支烟。

"好吧，士为知己者死，我师父早就说过，我今年难逃厄运。这次他就不同意我出山，结果我没听他的。反正迟早要有这一天，也算咱们有缘，我今天就向你全撂了吧……"

张亚杰没想到自己短短的几句话，竟然使审讯柳暗花明，云开雾散。

"来，兄弟，给我点上，你再给我找张全国地图……"

大盗岳文山把他当成了"知己"，要向他全盘交代了。

张亚杰强压住心里的激动，让一同审讯的民警做好记录。

接下来，岳文山开始显摆自己超强的记忆力。

他指着张亚杰拿过来的中国地图，顺着图把自己或伙同他人参与的所有撬盗保险柜的案子一一眉飞色舞地讲述出来，山东、山西、天津、内蒙古，再转回太原、榆次、长治、临汾、平遥、介休、昔阳、祁县……似乎在讲一桩别人的系列故事，时间、地点，保险柜在什么房间、什么方位，门朝哪边，里面都有什么东西,等等,一清二楚。

后来说累了,他摆摆手对张亚杰说:"兄弟,我累了,今天休息,明天且听下回分解……"

如此撬盗大案,如此头号狂妄嫌疑人,张亚杰却审讯得如此顺利,让所有人都难以置信。这简直就是个奇迹,事后连领导们也都不得不叹服。

不管怎么说,岳文山把自己作过的和知道的别人的犯罪事实全都吐了。

仅他个人参与撬盗作案的就有65起,其中撬盗保险柜60个,抢劫作案一起,盗窃价值总计200万元,同时还交代了民警未掌握的其他犯罪嫌疑人大量犯罪事实共120余起。

这在20世纪90年代,无疑是惊天大案。岳文山他们赶上盗窃被判死刑的"末班车",有八名嫌疑人被判了死刑,是新中国成立以来全省一案判处死刑最多的案子。

这个真实的故事,是张亚杰的师父宋阳泉讲给我的,当初他也参与了这起案子的侦破。提起张亚杰,这位昔日的领导和师父脸上露出骄傲的神情。

我不由得回想起第一天来阳泉采访的时候,心里一点儿着落也没有。我对这个采访对象知之甚少,只掌握几组简单的数字:26年的刑警生涯,参与侦破各类刑事案件7000余起,抓获犯罪嫌疑人2600余名,一个二等功、四个三等功……还有一连串的荣誉称号。这些对我来说似乎都没多大用处。因为我本身也是一名刑警,我太知道刑警的生活了,破案是本职,破大案、破疑难案才是真能耐。

当时我脑子里七七八八想了很多,但一见到张亚杰,我还是吃了一惊:整个一位美男子,看不到刑警身上那种特有的凌厉和威严,白净的面孔,四方脸,大眼睛,身上的便服干净得体。

寒暄间,他办公桌上的电话响了。他正要拿起话筒,门又被推开了，有民警过来要他审批签字。他一边侧头拱肩夹起电话听筒应答着，一边接过文书，眼睛盯着上面的文字，一只手拿起桌上的笔，简直是一心三用……这一点，倒让我看到了熟悉的刑警人的影子……

接下来的几天时间，我走访了他的家人。

张亚杰从来没干过家务活儿。包括父亲后期患抑郁症几次欲自杀身边离不开人的时候，他都没在身边，顶多打个照面就被家人赶走了。因为他想着案子，守在老人身边也心不在焉。老人更多地是长他六岁的姐姐和小他两岁的妻子在照料。

"没领结婚证那会儿，也不见他有多忙。整天像蹲点一样守在我家门口，陪我逛街吃饭，花前月下的……当时感觉这人挺浪漫，工作也清闲，知道疼女人。谁知结婚没两年全颠倒过来了，整天不着家，有时候半月都见不到人影……"妻子似有些埋怨又无奈地说道。

女儿在大学里读书，特意写了一段话，让她妈妈转交给我。

"小时候，我对警察这一身份没有一个清晰的定义，与爸爸也很少交流，我只知道爸爸是一个很少着家的人。我不懂他，他也不懂我；他好像爱我，却又没那么爱我。后来长大了，我才了解到原来爸爸做了那么多事，原来爸爸离危险那么近，原来爸爸拼命维护的正义就在我身边。我开始尝试着了解他的生活习惯。不知道从什么时候开始，我心疼起眼前这个平凡而又不那么平凡的人来，开始担心他的身体会不会因为一次又一次出任务不停奔波而渐渐变得不那么健壮。后来我上了大学，与爸爸的联系就更加少了，只有向家里要钱的时候，才记得我还有个爸爸。爸爸从来不主动给我打电话，从来没有问过我的学习情况……我懂他，似乎又不懂他。我仅是他女儿，他仅是我爸爸……"

张亚杰的妈妈有一次爬楼梯时，腿上的滑膜炎犯了，疼得坐在楼道里掉眼泪。

邻居看到了，急忙掏出手机要给她的家人打电话。

她一下子急眼了，忍着疼痛对邻居喊："要打就打给我闺女，别打给我儿子……"

我的眼睛禁不住湿润了。

这就是张亚杰的家人。

他有着一个多么坚强、多么给力、多么温暖的亲人团，让他可以衣食无忧、心无旁骛地专注于他的刑警事业。

这些在背后默默为他付出的亲人，除了理解、支持、牺牲和付出，没有一个人是他的阻力和羁绊，这才使张亚杰这个刑警人勇往直前，无往而不胜。

2013年春节后两个月，在阳泉市小阳泉、南山路一带，接连发生十几起夜间单身妇女被抢劫的案件。多名妇女被犯罪分子用刀刺成重伤，在社会上引起极大恐慌。时任阳泉市市长做出批示，要求限期破案。张亚杰接到任务后，带领刑侦民警连续七天没回家，成功打掉了这一抢劫团伙，三名犯罪嫌疑人无一漏网。

2014年5月9日，阳泉市发生一起恶性持枪寻衅滋事案，犯罪嫌疑人公然在市区街道开枪伤人，气焰很是嚣张。张亚杰带领民警冒着大雨连续奋战三天三夜，抓获犯罪嫌疑人18名，缴获枪支12支、子弹70余发、冰毒130克，彻底摧毁了这个涉枪涉毒、危害一方的黑恶势力团伙。

2016年6月，阳泉城区连续发生40余起夜间攀爬窗户入室盗窃案，居民的手机、钱财在枕边竟不翼而飞。一时间，阳泉街头人心惶惶，人们夜里睡觉都不敢脱衣服。张亚杰组织专案组连续一个月分析研判，顺线追踪，成功打掉了一个由彝族人组成的犯罪团伙，抓获五名犯罪嫌疑人，破获夜间钻窗入室盗窃案42起。

2017年6月，受害人王某接到冒充军人诈骗电话，被骗20万元。张亚杰亲自指挥，多次往返河南、河北、湖北、湖南、浙江、江西等地深挖细查，成功侦破跨省系列电信诈骗案，抓获三名犯罪嫌疑人，破获系列电信诈骗案 15 起，涉案价值达 150 万元……

张亚杰，一个参与破获了数千起案子的刑警，他的故事，天天在亲人们的担心和支持中不间断地演绎着……

扫描二维码即可观看
相关视频等

"魏捕头"

刘国震

"魏强啊？拼命三郎嘛！"

这是与魏强一同奋战在抓捕一线的战友们挂在嘴边的一句口头禅。

刚过不惑之年的他，已从警二十年，现为河北省邢台市公安局刑警支队副支队长、河北省公安机关特聘中级兼职教官、一级警督。

侦查、蹲守、追捕、审讯……这是他生活的常态。

一年中，他在外出差办案的时间有时长达七八个月。他抓捕的各类犯罪嫌疑人数以千计，参与侦破的各类刑事案件数以万计。不论是穷凶极恶的杀人恶魔，还是持枪拒捕的黑社会老大，在他的面前，最终只能认栽服输。

为此，大伙儿不约而同地送他一个绰号——"魏捕头"。

眼球里的"影像"

魏强侦破的那起杀人案，使许多人由衷地佩服他的睿智。那时他任邢台市刑警支队三大队副大队长。

2008年9月16日，河北省南和县郝桥镇东樊屯村，一名年仅13岁的小学六年级女生小菲，在放学路上被强奸并残杀在玉米地里。

案发现场惨不忍睹，女孩全身赤裸，仰卧在一片倒伏的玉米上，书包被抛在尸体不远处，旁边还扔着一辆黑色"邦德富士达"牌自行车。女孩的头颅被残忍地割下，不知去向……

案发后的那些日子，如果没有家长接送，女孩子们都不敢出门上学。

经现场勘查和调查走访，初步认定这是一起典型的强奸杀人案，排除了仇杀与侵财杀人的可能。但因受害人亲属、亲友多人到玉米地找寻女孩，发现遗体后许多人闻讯前去围观，现场遭到破坏。民警虽确定犯罪嫌疑人就是附近的村民，却没有在案发现场发现有价值的侦破线索。

犯罪分子的凶残激起群众愤怒，也使魏强和参战民警感到极大压力。

公安机关的临时指挥部设在东樊屯村大队部。二十余名专案民警分成五个小组，以东樊屯村及其周边三四个村为范围，对年龄在20岁到60岁之间的男性村民进行仔细排查。

酷暑下，民警挥汗如雨。他们夜以继日，排查了一千余人，嫌犯依然未能浮出水面。

魏强的眼前、耳边，总是萦绕着现场外围群众那愤怒、惊悸的眼神，女孩父母和爷爷奶奶那悲痛欲绝的哭喊。他心如刀绞，茶饭不思。

此案中，歹徒的目的是性侵，满足兽欲，但他为什么要割去女孩的头颅并隐匿呢？这反映了犯罪嫌疑人怎样的心理特征？

沿着这个思路往前思索，魏强顿感豁然开朗。

第二天召开的案情分析会上，一阵七嘴八舌之后，魏强清了清嗓子，发表自己的看法："我小时候，在农村听到过一种传说，就是在杀人案中，被害人的瞳孔里会留下杀人凶手的影像，警察通过勘验死者的眼球，能复原出凶手的头像。"

会场一阵骚动。有人窃窃私语，有人哑然失笑。

魏强接着提高声音:"这当然是荒诞无稽的,但确实有不少人相信,特别是那些没有文化的人。就小菲被强奸杀害一案来说,为什么凶手要割去她的脑袋,还藏起来呢?依我看,就是因为他的愚昧无知,自作聪明地以为这样就可以逃避法律的制裁。所以,我们应调整思路,把学历低、文化浅的人员作为排查的重点。"

魏强的见解,得到大家的赞同。这一工作思路,使专案民警的排查范围大为缩小。

那时,还没有DNA数据库,无法对现场提取的犯罪分子遗留物的DNA进行网上比对。

根据魏强的建议,专案民警对东樊屯村及其周边四个村庄各大家族的重点人员进行DNA提取,与犯罪分子遗留物的DNA进行比对。

很快,确定作案人是白氏家族的成员。

这一下,又使排查范围大为缩小。

接下来,民警与东樊屯村白姓家族的六十余名成员一一见面、约谈,通过抽血,秘密提取烟头、喝水杯子等方式,设法获取这些人的DNA数据。

在白姓家族的成员中,有一个并不怎么引人注目的人,名叫白芮。他上初中时辍学,曾经在武警部队当过两年兵,复员后回村务农;28岁了,还没有娶妻。在前几次排查中,他一直在侦查人员的排查范围内,既没有被排除,也没有被当做重大嫌疑人。因为此人给人的印象老实巴交,稳稳当当。群众和村干部也都反映此人没有劣迹与前科,不是那种惹是生非的人。这使民警很难把他与一个杀人碎尸的恶魔联系起来。

魏强亲自约谈了白芮。

他似乎很随意地与白芮聊天。其间他问到一些关键问题,比如,9月16日那天傍晚你干什么去了?在谁家干活儿?几点吃的晚饭?谁可以证明?

白芮虽然貌似镇静，对这些问题也对答如流，但魏强敏感地发现，他的眼神游离不定，不敢正视自己的目光。

"有人说，坏人杀人后，被害者的眼球里会留下凶手的影像。你听说过吧？"魏强敲山震虎，目光逼视着白芮。

"啊，没，我没有听说过……"白芮脸色苍白，额头上渗出一层细密的汗珠。

至此，魏强已是心中有数。

他放缓了语气："别紧张嘛，我只是随便问问哦！来，抽支烟。"

白芮慌忙接过烟卷，大口地吞云吐雾，以此掩饰内心的慌乱。

谈话结束后，魏强悄悄收起了白芮留下的烟头。

几天后，DNA比对结果出来了：这个貌似老实的白芮就是杀人凶手！

民警立即对白芮采取强制措施。几番交锋后，白芮心理全线崩溃。

10月2日，白芮交代了他强奸杀害小菲的犯罪事实。

"为什么要将小女孩的头割下来？"民警讯问。

"我怕小女孩眼睛里有我的影像。"白芮回答。

突审结果，证明了魏强的判断完全准确。

根据白芮的供述，魏强带领专案民警，在东樊屯村大队部院墙外的厕所化粪池里，打捞出了小菲的头颅与衣物。

随后，民警又直奔白芮家街南的一处废弃的老宅，在院内的一丛乱草中，找到了那把十厘米长的单刃折合匕首。

已经干涸的斑斑血痕，无声地控诉着恶魔的残暴。

"测谎仪"锁定真凶

2004年12月，魏强等四名民警被刑警支队选中，赴深圳参加公安部心理测试培训班。他们在著名心理学家、中国人民公安大学教授武伯欣辅导下,学习犯罪心理测试技术。

犯罪心理测试,涉及心理学、社会学、犯罪学、侦查学等众多科目,对测试技术人员的素质要求非常高。

魏强边学边干,在实战中不断总结提高,很快就熟练掌握了这门新兴的高科技技能,摸索出一套完整的心理测试工作法。

果然,在侦破一起扑朔迷离的强奸杀人案时,魏强大显身手。

2005年6月13日早晨7时许,河北省南宫市段芦头镇某村董雯的婆婆有事去找儿媳,当推开虚掩的大铁门时,立刻被眼前的情景惊呆了:儿媳被剥得一丝不挂,横卧在自家院中。

南宫市公安局迅速抽调五十余名精干民警赶赴现场。

经调查走访和现场勘查,确认死者董雯,女,35岁,在邻村某小学任代课教师。丈夫常年在外地打工,其8岁的儿子在邻村上寄宿小学。婆婆居住在另一院落,平时家中只有董雯一人。死者全身赤裸,头东脚西地仰卧于院内,扒下的衣服被胡乱地扔在尸体旁边。尸检认定,系被人扼压颈部造成窒息死亡,死亡时间应在6月12日晚8时至9时之间。院内放着一盆刚刚洗完还未及晾晒的衣服。这个院落居村东北方向,比较偏僻,院后即是田野。围墙和大院铁门没有攀爬、破坏痕迹,铁门上挂着锁。室内衣柜、物品没有翻动痕迹,钱物无丢失。地板上扔着一根被拽断的灯绳。经综合分析,凶手应是死者熟识的人。

这是一起影响恶劣的疑难命案。南宫市公安局成立了由局长郑海林任指挥长的"6·12"专案组。

专案民警兵分三路,一路访问死者邻居和目击证人,查找直接证据;一路走访死者亲戚朋友,从外围了解有关情况;一路排查全村16岁至60岁的男性村民,以圈定嫌疑人。

排查工作十分艰难。该村共有村民822人,16岁至60岁年龄段具备作案能力的男性就有233人。经过两天细致摸排,初步圈定了有作案时间和动机的六名嫌疑人员。但究竟谁是真凶,难以认定。

为最终锁定犯罪嫌疑人，专案组向邢台市公安局刑警支队请求技术支援——用测谎仪对六名有作案嫌疑者进行心理测试。

6月14日一大早，邢台市公安局刑警支队三大队副大队长孟志刚和中队长魏强携带心理测试仪火速赶往南宫。

通常人们所说的"测谎仪"，实际上就是心理测试仪。"测谎仪"并不是测定被测者是否在说谎，像某些电影中看到的那样，被测试者说真话，仪器亮绿灯；被测试者说谎话，仪器就亮红灯。它的工作原理是测试真实的心理痕迹。

人们经历过的事件，都会在大脑中留下印迹，一些特殊的事件和情景则会留下较为深刻的印迹，乃至令人终生难忘。这种心理痕迹，通过语言唤起以后，人首先会有心理反应。

违法犯罪的经历，通过测试者有针对性的提问被唤起后，被测试者的生物指标，诸如皮肤电位、血压、呼吸乃至脑电波，就会出现异常。

犯罪心理测试，是心理测试专家根据案情，事先拟好题目，向被测试者提问，以形成心理刺激，触发他的心理反应，并用心理测试仪记录下被测试者的心理、生理反应。通过对其生物指标的分析，了解被测试者对所提问题的心理反应，再经过比较来得出结论。这类似人们常说的"察言观色"，只是较之更科学和准确。

当接受测试时，不管被测试者说真话、说假话、不说话，也不管他的面部表情如何，只要事情是他干的，他的相关心理痕迹必定会反映在心理测试仪的图谱上。

要想进行一次成功的心理测试，首先要进行犯罪心理痕迹动态分析描绘，编好测试问题，还要深谙心理访谈技术。

到南宫后，魏强与孟志刚首先认真听取了案情介绍和摸排情况，然后实地查看了现场，并对犯罪心理痕迹进行了动态分析描绘。在此基础上，编拟了心理测试中所需要询问的一系列问题，共计56个题目。

心理测试于6月14日下午开始进行。被测试者是办案民警根据调查摸排情况和死者丈夫提供的情况圈定的六名有作案嫌疑的人。

第一名嫌疑人被带到了测试室。

心理测试装置由传感器、心理测试仪和一台电脑组成。工作人员分别在被测试者的手腕、手指和胸部配带了传感器，随之，电脑屏幕上代表脉搏的蓝色曲线、代表皮肤电位的红色曲线和代表呼吸的绿色曲线立即清晰地显示出来。

测试开始前，魏强首先向被测试者提出了回答问题时的要求，即对所提问题可以回答"是"，也可以回答"不是"；可以回答"知道"，也可以回答"不知道"，还允许保持沉默。

测试提问开始了。

问：你还记得今年6月12日晚上董雯被人杀害的事吗？

答：我不知道。

问：做这事的人，是自己一个人干的吗？

答：不知道。

问：这件事是你干的吗？

答：不是。

问：杀害董雯是12日晚上八九点钟干的吗？

答：不知道。

问：杀害董雯是后半夜干的吗？

答：我不知道。

问：董雯当时反抗了吗？

……

测试中，魏强分别从作案动机、作案时间、作案方式、是否有预谋、几个人作案等角度，就所拟56个问题一一进行了提问。

在问话中，魏强的话音平稳，保持着一致的语流、速度和声调。因为声音忽高忽低容易导致被测人精神紧张，反应过敏，从而影响测试结果的准确性。

经过对六名嫌疑人一一测试，前五人均被排除。即使被警方认为作案嫌疑最大的史某，也只测了十几个问题便被排除。这些人对目标问题没有反应或反应很弱。

只有最后一名42岁的男性嫌疑人聂玉言，对目标问题有明显反应。

为慎重起见，对聂玉言的测试反复进行了五遍，分别由魏强与孟志刚交叉进行。

问：杀害董雯，是有预谋的吗？

答：不知道。

问：杀害董雯，是临时起意吗？

答：我不知道。

问：董雯是用刀捅死的吗？

答：我不知道。

问：董雯是被作案人用手掐死的吗？

答：（沉默）

问：作案人是翻墙逃跑的吗？

答：不知道。

……

魏强注意到，在测试中，聂玉言虽然故作镇静，呼吸也算平稳，但电脑屏幕显示有明显异常。

尤其当问到一些关键问题时，电脑屏幕上代表脉搏的蓝色曲线、代表皮肤电位的红色曲线出现了一个直角，表明聂玉言的脉搏和皮肤电位异常，正应了那句老话：做贼心虚。

关上"测谎仪"，魏强向身旁的刑警使了个眼色："就是他！"

民警遂对聂玉言进行了控制。经深入细致调查走访，发现他具备作案时间和动机，且以前有流氓劣迹，曾奸污和猥亵过妇女。

6月17日晚10时，审讯室内，激烈的心理较量展开了。

晚11时，深感大势已去的聂玉言垂下了罪恶的头颅，交代了其强奸杀人的犯罪事实。

6月12日下午，聂玉言在地里干活儿，淫邪的目光同时也在瞄来瞄去，寻找着"猎物"。傍晚收工时，他看见董雯从邻村上课回来，独自进了家门，即起邪念。当晚8时许，他胡乱地吃了晚饭，一口气饮了两瓶啤酒，借着酒劲儿来到董雯家叫门。

董雯因常年独自一人在家，防范甚严，尤其是晚上，进院即锁大门。

她刚洗完一盆衣服，正准备晾晒，听到叫门的是熟人，便打开大门将聂玉言迎进北屋客厅。

聂玉言闲聊了几句，即按捺不住欲火，猛地抱住董雯欲行不轨。董雯奋力挣脱，大声责骂，冲出屋门呼救。

聂玉言恼羞成怒，追出屋门，揪住董雯头发将其摔倒在地，扑上去用双手死死掐住董雯的脖子，直到她气绝身亡。

厮打中，董雯的手机被抛落在地。为发泄怨愤，聂玉言将董雯全身衣服扒光，肆意凌辱。随后，他蹿入北屋将电灯关掉，因慌乱和用力过猛将灯绳扯断。之后，他将董雯家大门关上，若无其事地去本村他哥哥家看电视去了。

次日，他还装模作样地去死者家里帮助料理丧事。

审讯结束，他对魏强说："我一是后悔，二是服气。你那个测谎仪，真是神了！"

魏强正色道："要想人不知，除非己莫为。没有这玩意儿，你也逃脱不了！"

这是邢台警方投资十余万元引进先进刑侦技术手段侦破的第一起疑难命案。它让人们领略了魏强这个年轻刑警的睿智和刑侦测谎技术的神奇。

当年9月，正是"青纱帐"茂密的季节，又一起骇人听闻的奸杀案震动邢台城乡。

9月2日中午，柏乡县东小京私立小学五年级学生、年仅11岁的女孩楠楠在放学回家路上，被歹徒残杀在路边一片"青纱帐"中。

柏乡县公安局局长刘占峰、政委张志刚等火速率刑警大队、固城店派出所、南马派出所、巡警大队等二十余名民警赶赴案发现场。

经现场勘查，楠楠头北脚南，俯卧于一小片倒卧的玉米地中。脖颈左侧有深度刀伤，地上有一摊血迹，系他杀。死亡时间应在当日12时25分至30分之间。歹徒出手凶狠，孩子的食道、喉管、静脉全被切断，头颅几乎与身体脱离。死者着装整齐，但鞋子脱落，双脚赤裸。现场勘查未发现有价值的痕迹物证。经综合分析，专案民警倾向于歹徒强奸未遂而杀人灭口，凶手应是本地人。

经在附近村庄广泛摸排走访，发现北小京村村民赵愚有较大作案嫌疑。此人33岁，原籍石家庄市无极县，1992年因盗窃被判刑四年，刑满释放后于1997年投奔其改嫁到柏乡县北小京村的生母。赵愚婚后，膝下有两子，其妻于一年前亡故。有群众反映，9月2日中午12时许，赵愚曾在案发现场附近出现过。

下午5时，赵愚被传唤到专案指挥部接受讯问。

四年牢狱生活"历练"，使赵愚成了一个油盐不进的家伙。接受讯问时，他神态自若，回答问题有条不紊，看得出其心理素质超强，且具有一定的反侦查能力。

专案民警依法对赵愚家搜查，未发现可疑物件。赵愚的作案嫌疑既不能排除，又没有足以认定其作案的证据，使此案陷入僵局。

专案指挥部研究决定：向邢台市公安局刑警支队请求技术支援，对嫌疑人进行心理测试。

上午10时，魏强随刑警支队政委张如展、三大队副大队长孟志刚紧急赶赴柏乡。

听取了案情介绍，实地查看了案发现场后，他们认为符合心理测试条件。

于是，魏强立即返回邢台，着手编拟测试问题、调试仪器等准备工作。

下午5时，赵愚被带到邢台市公安局刑警支队心理测试室。

测试工作由孟志刚和魏强主持进行。

测试中，魏强分别从作案动机、时间、方式、作案人数量以及是否有预谋等角度，进行所拟52个问题的提问。

在45分钟的测试提问中，赵愚表面镇静，但测谎仪的显示屏上，显示他有明显的涉案反应。尤其是问到"作案人是想找个女孩玩玩吗？""这案子是一个人干的吗？""是用刀子捅女孩的脖子吗？"等问题时，显示屏上的峰值很高。

这让魏强信心大增。

魏强心里清楚，被害女孩是被歹徒用利刃刺穿了脖颈，鲜血喷溅而出，歹徒身上必然会有大量血迹。此案最重要的证据，一是作案凶器，二是血衣。找不到这两样东西，狡猾的歹徒不会认罪伏法。

魏强步步紧逼，所提问题直抵核心：

"作案者杀人后把刀子带回家了吗？"

"作案者杀人后把刀子丢在玉米地了吗？"

"作案者把血衣烧掉了吗？"

"作案者把血衣藏起来了吗？"……

对这些问题，尽管赵愚或默不作声，或回答不知道，但显示屏清晰地勾勒着他细微的心理波动。

尤其是问到"作案者杀人后把刀子丢在玉米地了吗？""作案者把血衣藏起来了吗？"赵愚额头上渗出一层细密的汗珠，显示屏上的峰值明显攀升。

关上仪器，魏强已是成竹在胸。

他站起身，目光逼视着赵愚："赵愚，你相信科学吗？"

未等赵愚答话，他忽然提高音量，怒喝一声："这事儿，就是你干的！"

他与孟志刚交换了一个眼神，然后对旁边的民警说："把他铐起来！"

从心理测试室到审讯室，只有一墙之隔，几步之遥。

当失魂落魄的赵愚坐到审讯室对面时，魏强发现，汗水湿透了他的衬衫。

较量只用了半小时，赵愚的精神防线已不堪一击。他不得不交代了残杀楠楠的犯罪事实。

根据赵愚的供述，民警在他住室沙发靠背的夹层里，找到了那件沾有血迹的衣服。随后，在玉米地深处的泥层中，找到了那把尖刀。

魏强听现场勘查的民警讲，楠楠死时，眼睛是睁着的。

真凶已伏法，楠楠你可以瞑目了吧？

魏强对天发问，心情依然沉重。

命悬一线寻常事

2007年，魏强受命侦办沙河市孙禄（化名）黑社会性质组织案件。

那些歹徒都是双手沾满鲜血的魔头，且拥有四支猎枪和上百发子弹，气焰极为嚣张。

在一次抓捕行动中，侦查得知，四名犯罪嫌疑人就隐藏在一间民宅里。枪有可能就带在他们身边。

怎么办？

等待，容易贻误战机；强攻，会有生命危险。

危急时刻，魏强当机立断："干！"

他平端手枪，飞起一脚把门踹开，第一个冲了进去，以迅雷不及掩耳之势，把四名目瞪口呆的歹徒一举擒获。

接下来的搜查中，民警发现，四名歹徒的猎枪里都压上了子弹。

"幸好歹徒没来得及端枪，否则后果不堪设想！"过后，每当想起那情景，大家仍然感到后怕。

可魏强对此已全然没有了印象。

"你说的是哪一次？在哪儿？"显然对他来说，在枪林弹雨中抓捕已经是家常便饭。

经过八个多月连续奋战，魏强与专案民警抓获孙禄等犯罪嫌疑人52名，破获案件184起。

多年的办案经验，让魏强有着敏锐的现场感觉。无论多难的案子，只要到了他手上，总能找到突破点。

2010年8月10日，犯罪嫌疑人郭某逃至陕西省咸阳市。魏强带领几名民警赶赴咸阳抓捕。

狗急跳墙的郭某雇佣了多名亡命之徒做保镖，与民警对峙。多名凶神恶煞的彪形大汉将几名民警团团围住，欲做困兽之斗。

眼见对方人多势众，为了防止发生意外，魏强让战友们将郭某先带走，他只身一人留下来与数名保镖展开激烈搏斗。

这次行动中，魏强的膝盖被砸伤，经过两个多月的住院治疗才得以痊愈。但他的膝盖却留下了滑膜炎的病根，直到现在，每逢天气变化，膝盖就会隐隐作痛。

作为一名刑警，与罪犯狭路相逢，确是寻常事。

2014年1月25日，当人们忙着购置年货时，以抢劫、盗窃罪被判处有期徒刑13年的服刑人员张某从邢台监狱脱逃。

魏强当即放弃春节假期，放弃带父母妻儿外出探亲的承诺，奔赴缉捕逃犯的最前线。

他带领专案组先后赶到石家庄、承德、北京、贵州、福州、温州、巴彦淖尔、济南、枣庄、临沂等地，辗转两万多公里，摸排歌厅、洗浴中心100余家，排查出租车近千辆，查看视频资料200小时，调取金融信息和通信资料信息600条。

经过 30 余天艰苦细致的工作，从海量信息中研判出犯罪嫌疑人张某极有可能到枣庄市约见其女友的重大线索。围绕这一线索，经进一步工作，得知张某在枣庄市的藏身区域。

那时，魏强因连日奔波发起了高烧。但他担心夜长梦多，不顾同志们的劝阻，毅然挂着输液瓶子钻进警车，一路赶到嫌犯藏身区域进行摸排。

3月2日零时，在枣庄市警方协助下，魏强带领民警在枣庄市税郭镇一出租房内，将睡梦中的张某一举擒获。

与命案相比，侵财案件的受害人数量多，案件破获同样难度大。尤其是团伙作案，很多作奸犯科之徒均有反侦查能力，给侦破工作增加了难度。

2013年年初，邢台市区连续发生高档轿车被盗案件。最猖獗的时候，一周内有六辆奥迪轿车被盗。

打虎须选好猎手。刑警支队领导指定由魏强挂帅侦办。

可经过对案件进行梳理分析后，未找到犯罪嫌疑人任何线索。

怎么办？

魏强决定另辟蹊径。他分析罪犯的心理特点，划出一些防范薄弱的小区进行蹲守，待"鱼"上钩。

连续十几天蹲守后，1月14日深夜，"鱼"终于咬钩了。

几名歹徒盗窃了一辆奥迪车，正欲离开，发现情况异常，歹徒撞开拦截车辆，疯狂逃窜。

在魏强的周密部署下，民警早已层层布防，几名犯罪嫌疑人被一举擒获。

这一场抓捕，牵出了涉及五省市70余起高档轿车被盗案。

2014年7月14日凌晨2时许，邢台市民刘某等五人驾车行驶至京港澳高速柏乡县段时，遭遇几名男子手持砍刀、棍棒暴力抢劫，车窗玻璃被砸碎，被抢走手机、首饰、现金和银行卡等价值三万余元。

邢台市公安局和刑警支队领导责成副支队长魏强，率领由刑警支队侵财犯罪侦查大队和柏乡县公安局组成的专案组全力以赴破案。

魏强协商高速交警总队邢台支队等相关部门与警种，组成联合巡逻组，每天凌晨零时至4时在高速邢台北至高邑段进行巡逻。

就在专案组紧锣密鼓工作时，7月18日、28日、8月3日、8日，高速公路柏乡、临城、高邑段又接连发生八起抢劫大案。

经对歹徒作案手段、人数等细节分析，专案组初步认定系同一团伙所为，果断决定并案侦查。

20多天后，专案民警锁定了柳某、张某等四名犯罪嫌疑人。

8月13日夜，魏强与柏乡县公安局副局长张志敏指挥30余名专案民警进行收网，一举抓获田某、柳某、张某等七名该抢劫团伙犯罪成员，追回被抢帕萨特轿车一辆。

"金老歪"、"宋氏兄弟"是两个在邢台市盘踞长达十几年之久的黑社会性质犯罪团伙。它们社会关系错综复杂，势力渗入到多个行业领域，导致民警取证工作异常艰难。

魏强与专案组成员克服种种困难，最终查明这两个黑社会性质组织的主要犯罪事实，将200多名犯罪团伙成员悉数抓获。

以张某为首的涉嫌黑恶犯罪集团多年来在邢台市称霸一方，欺压百姓。在邢台市的主要黑恶团伙被打掉后，张某自知罪孽深重，如惊弓之鸟，闻风而逃。公安机关数次抓捕未果。

魏强征尘未洗，马不停蹄。在一年多时间里，他率专案民警辗转多个省市，行程上万公里，追寻张某的蛛丝马迹，最终从海量信息中筛查出其可能的藏身之处。又经一个多月艰难蹲守，最终将其抓获归案。

近年来，魏强带领专案民警共打掉七个重大黑恶团伙，抓获成员254名，查证落实案件392起，查扣涉案车辆69辆，查扣涉案资产4875万余元。这七个黑恶团伙的覆灭，极大震慑了犯罪。

老百姓为此将魏强誉为"妙手神探"。

也有许多人说，魏强破案"若有神助"。

但魏强心里清楚，这个"神"，就是忠于职守、疾恶如仇的精神，就是在每个案件侦破过程中攻坚克难、绝不放弃的精神，就是建立在对人民爱之深、对敌人恨之切的基础上与犯罪分子斗智斗勇取得的宝贵经验。

心中有这尊"大神"，一切魑魅魍魉都无处遁形。

儿子早就从幼儿园毕业了

一位曾多次采访魏强的电视台记者，在文章中写道："在我眼中，魏强是一名普通的刑警，但却是我接触过的最优秀、最聪明、最机智的刑警队长。这一桩桩、一件件的案件叙述出来看似平淡无奇，实则每起案件侦破的背后，都饱含着智慧、勇敢、坚守、艰辛、经验以及日复一日的付出。也许，这才是刑警本色。"

这日复一日艰辛付出的背后，是他对家人的歉疚。

为了让魏强心无旁骛地破案，魏强的儿子出生后，他父母就主动搬过来和他们在一起住了，帮助照看这个小家。

魏强每次外出办案，母亲对他说得最多的一句话就是："小心点儿，注意安全，家里有我们呢！"

当刑警苦，最苦莫过于长期出差在外。对家的思念，对亲人的牵挂，那才是最难挨的心灵煎熬。尤其许多案子属保密性质，对单位、对家人，都不能说去哪里了，只能向主管领导汇报工作进展，几个月回不了家，完全是常态。

魏强儿子小时候，身体一直不太好。多年来，每当儿子生病住院时，陪在孩子身边的，是孩子的妈妈、爷爷和奶奶。

儿子两岁多，讲得最多的一句话就是："爸爸又逃走了！"

有一次，魏强办案回来，正是幼儿园放学时间。他想念儿子，就直奔儿子所在的幼儿园，想给他一个惊喜。

到了儿子所在班级,他找了半天,也看不到儿子的身影,情急之下,他给妻子打了电话。

妻子简直哭笑不得,告诉他:"你的宝贝儿子早就从幼儿园毕业了!"

又有一次,魏强在西安抓捕犯罪嫌疑人,与歹徒搏斗中致右小腿骨折,不得不在家休养了一段时间。

没想到,这段时间,却成了儿子最开心的日子。因为他每天都能看到爸爸了。

痊愈后,魏强回到工作岗位,又开始了日复一日的忙碌。

忽然一天,儿子噘着小嘴对他说:"爸爸,什么时候坏人再把你的腿弄折呀?"

魏强嗔怒道:"儿子,说啥呢你?"

儿子怯生生地小声回答:"这样你才有空陪我玩儿呀!"

听到这话,魏强本想笑一笑,却鼻子一酸,忍不住潸然泪下……

就在采写此文时,笔者得到消息,在近日一次扫黑除恶的抓捕行动中,魏强又一次受伤,被一名丧心病狂的嫌疑人咬伤了胳膊。

"对于刑警而言,明天永远是个未知数,无法预知下一起案件是什么,下一个作奸犯科之徒是谁。惩恶扬善,永远在路上!"魏强如是说。

扫描二维码即可观看
相关视频等

问津除恶

贾文成

"咣当"一声。一把砍刀砸在车窗上,车窗玻璃变成了蜘蛛网。

出事儿的那天,王刚还不是衡水市公安局刑警支队副支队长,是刑警支队三大队的副教导员。

那年是2011年。

我是刑警

那几天,挂在人嘴边的话是,能猫在家里,别待在外头。那是2014年衡水的冬天,寒冷刺骨。

就这天气,王刚出门了,而且离开衡水,到了饶阳。

县城边上,有个挺大的院子,是全国有名的蔬菜集散地。

一辆大卡车开进了菜市场。副驾驶车门打开,跳下一个身材壮实的男人,穿着件油腻的军大衣。

他走近一个卖菜的摊贩,边递烟,边套近乎:老板,最近生意好做吗?

菜贩苦着脸,摇摇头:俺就是一个卖菜的,哪算得上老板。

菜贩说罢,又抬起头,打量了一下眼前这个油渍麻花,又一脸胡楂儿的中年男人,问:你是哪儿的?

他说：俺从德州过来的。

菜贩又问：第一次来饶阳？以前好像没见过你？

他手抄进袖筒儿，抬起军大衣的袖子擦了下鼻涕：俺第一次出来贩菜，啥都不懂，您得帮帮俺。

菜贩努了下嘴：菜价都差不多，关键是要长眼，别惹着那些人。

他顺着菜贩指的方向望过去，几个看上去凶巴巴的人聚在一堆儿抽烟。

他们是干啥的？他问。

菜贩的神情有些神秘：你真不懂？

他又吸溜一下鼻涕，摇摇头：不懂。

菜贩叹了口气：这些人是市场里最惹不起的，说是管理员，其实就是收保护费的。

他笑了一下：那不就是菜霸？是带黑的。

菜贩吓得慌乱地摇头，指着他的胸前：可不敢乱说，心里明白就行。

三天过去了，他终于搞明白，控制菜市场的头儿叫高小毛。

高小毛？他眼前一亮，没错，他找的就是高小毛。也不是单找高小毛，他是想顺着高小毛这条线，找到马二卫。

2011年7月里的一天，细雨蒙蒙。饶阳大桥上，马二卫公然从警察的警车里抢走了高小毛。

那是王刚从警以来最刻骨铭心的一天。

那时，他在押解车队的后卫，前面撞车了，还没等做出反应，轿车玻璃就被马二卫砸成了蜘蛛网。人被抢，车被砸，高小毛被劫，马二卫逃了。

王刚向领导汇报的第一句话就是：出事儿了。

俺那是警告他们。他们说天网恢恢，喊，咱把人抢回来了，车也被咱砸成了蜘蛛网。这成了马二卫炫耀的"战绩"。

不过，马二卫可不是菜霸，他是公安部挂牌督办的饶阳地区盗抢机动车犯罪团伙的头目之一。

一次，交警在公路上例行检查，拦下了马二卫的黑色桑塔纳轿车，请驾驶员出示驾驶证、行驶证。

马二卫把车窗打开一道缝，交警看了一眼就蒙了，递出来的既不是驾驶证，也不是行驶证，是一支黑洞洞的枪口。

马二卫举着枪，驾车冲卡，一溜烟儿地跑了。那时，高小毛也在车上。

高小毛做了菜霸，马二卫又在哪儿呢？高小毛抓还是不抓？

一连串的问题萦绕在王刚的心里。一个刑警指挥员，最重要的一条，就是要做到准确分析，正确预估，当机立断，还要有敢于担当的胆识和魄力。

王刚决定先放一放高小毛，欲擒故纵，以免打草惊蛇。

因为还没查到马二卫藏身何处。

就在这时，出了一件怪事儿。

"你家住哪儿？"

晚上8点接到这么一个陌生而又没头没尾的电话，如果是普通人，心里早就七上八下地打鼓了。没准儿，还会惊出一身冷汗。

王刚的第一反应是恐吓。

就在一个多月前，有黑恶势力给王刚传话，说对付你王刚也很容易，绑了你家闺女。难道黑恶势力恐吓升级，由托人传话到直接通话威胁了？

王刚脑子里想了一下，不露声色地问道：你是谁？

对方没吭声，缓了半天，又问了一句：你家住哪儿？

王刚说：你不报名字，我就挂电话了。

对方又沉默了半天，才说：我是张建平的父亲。

这下王刚立即明白了。张建平是刚刚打掉的一个团伙成员，虽不是主要成员，但也触犯了刑律，被列为犯罪嫌疑人之一被刑拘了。

王刚沉吟了一下，客气地说：您好，我不在家。

张父说：你家灯亮着，咋能不在家？

王刚又是一惊：张叔，我确实不在家，有什么话，您明天到刑警支队去说。

电话"嘟嘟"地挂掉了，王刚一家人吁了一口气。

第二天上午，张建平的父母到刑警支队来了。

张父开口便说：你们把我儿子放了，他不是主犯。

当了多年刑警，办了数不清的案子，以这口气讲话的犯罪嫌疑人家属，还是头一次遇见。

王刚看了一眼张建平父母焦灼的神情和斑白的头发，强迫自己去理解、去换位思考。

他笑了笑，说：不是团伙主要成员，但并不是没有触犯法律。法院是要根据犯罪事实和证据判决的。

接着，他把法律法规掰开了、揉碎了，说了一箩筐。老两口说，我们理解了，也听懂了。

王刚把老两口送出刑警支队大门，并一再叮嘱，路上小心，注意安全，早点儿回家。

但老两口出了刑警支队，没有回家，直奔市公安局纪委督察去了。他们举报王刚的理由是：对待嫌疑人家属态度蛮横。

其实，他们告状的目的，是希望借此把王刚从这个案子上换掉。

王刚心里那个委屈啊。他真差一点儿掉眼泪，可是忍了。

市公安局纪委派来调查的干部正襟危坐，一脸严肃地问：有的人不查是孔繁森，一查就是和珅，你王刚是啥？

王刚说：我是刑警。

不，他是扫黑英雄！不能让英雄倒在扫黑的路上！这是五大队队员们的心声，也是他们发自肺腑的评价。

不仅是王刚，五大队的人，个儿顶个儿都是扫黑除恶的勇士。这是衡水市公安局党委对五大队的评价，也是衡水百姓的评价。金杯银杯，不如老百姓的口碑。一个个黑恶势力团伙的覆灭，使百姓的安全感得到了极大提升，他们能不给警察竖大拇指吗？

衡水市区有条问津街。明末一个知县说，对百姓的疾苦，不能无人问津，故此得名问津街。

问津街有个老邵，是有名的老炮儿，因为涉黑，被五大队抓了。

老邵的弟弟拐了几道弯儿，找了个"关系"，在酒楼摆下酒席，托这个"关系"给老炮儿哥哥平事儿。

"关系"端起酒杯一听，老邵是被五大队抓了，马上放下酒杯，连连摇头：五大队的人，从王刚到队员，都是黑脸老包。

张建平的案子尘埃落定，被法院判了三年。

这天，王刚和队员孙海岩一起去见张建平的父母。

老两口却不给开门，说王刚啊，不是我们不想见你，是没脸见。

王刚笑了，说叔、婶，我是来谢你们的，你们让我理解了嫌疑人家属的心情，懂得了什么是警察基石和群众基础。

等了一个多钟头，老两口就是不开门。

王刚转身要走时，门开了，老两口一脸泪花。

从此之后，五大队就有了一条不成文的规矩：嫌疑人家属来了，一杯茶、一个请、一张笑脸。

警察和百姓连着的就是一条问津街。

调人借灯去深州

2016年4月23日，衡水市公安局看守所。

韩万兴仰起脸，举起戴着手铐的双手，冷笑着向王刚示威：你怎么把我抓进来的，还得怎么把我放了。

这口气也太大了。抓捕逃犯韩万兴，一抓就是五年。这五年,办案的刑警顶着多大的压力,谁能理解其中的甘苦与滋味?

王刚笑了笑,说:娃子,你觉得你还有走出去的机会吗?

娃子是韩万兴的绰号。五年前,韩万兴在深州杀了人。杀人还不算,韩万兴还上演了一场"疯狂的尸体"。

因为开歌厅产生的矛盾,韩万兴恨上了万国喜。韩万兴浑,万国喜也不是省油的灯。两家的歌厅相距不到百米。韩万兴说万国喜抢他的生意,不按规矩出牌。万国喜暗中搅局,矛盾升级。

一天傍晚,韩万兴从出租车上劫持了万国喜,驾车拉到自家院子。一顿暴揍后,万国喜那会儿到底是已经上了奈何桥,还是奄奄一息,已经说不清了,反正是韩万兴带着一个小弟,用编织袋把万国喜裹成粽子埋了。

第二天,韩万兴又叫了于三儿,扛着一支半自动步枪,挖出万国喜的尸体,冲着尸体连开三枪,换了个地方,重新埋了。

开枪的时候,韩万兴还问于三儿:你怕不怕?

于三儿知道韩万兴说啥,忙说:娃子哥,这事儿,俺烂在肚子里了。

韩万兴杀人后逃了。警察抓了于三儿,也抓了那天参与劫持万国喜的同伙。

审到于三儿时,于三儿带着警察去村后的乱坟岗找尸体。挖开埋尸的墓坑,结果,现场除了三枚弹壳,万国喜的尸体不见了。

村民反映,杀死万国喜的那两天,韩万兴反常地在村子里遛了两天藏獒。

难道韩万兴把万国喜的尸体喂了藏獒?

找不到尸体,于三儿等人因证据不足放了。

所以韩万兴敢向王刚挑衅,说的就是万国喜的尸体。他是在向王刚要证据。

可是,万国喜的尸体到底在哪儿?

五年了，韩万兴把那具像谜一样的尸体当成了救命的稻草。

怎么审韩万兴？何凤林召集刑警支队主要骨干连开了六七次会，研究审讯方案和策略。

何凤林用笔敲了敲桌子，看着王刚：黑恶势力都叫你王三堂，说没有你审不开的案子，这回呢？

王刚抓起杯子，喝了一口水，浓黑的眉毛一挑，说：今天晚上，看鹿死谁手吧！

为了这次审讯，王刚做了三件事：一是调人，二是借灯，三是派人去深州。

韩万兴把怎么对付警察的策略在脑子里想了五年。五年下来，该说什么，不该说什么，韩万兴后来说，他把这些道道，在心里过了无数遍，甚至推演了无数遍。

对付韩万兴，如果按一般的经验来审，他会认罪伏法吗？

审讯前，把能想到的困难，把已经掌握的证据再认真地捋几遍。王刚心里清楚，这是一次关于心理的较量。

调人。深州公安局局长、刑警大队大队长坐进了审讯室，配合审讯。作为深州黑恶势力的韩万兴，他能掂量出审讯人员的分量。

借灯。为了营造审讯的氛围，王刚安排孙海岩到市电视台演播室借来一只聚光灯，把审讯室布置得严肃而正规。

最后，又派侦查员到深州待命。根据审讯进展，随时开展工作。

布置妥当，只等着把韩万兴押入审讯室了。

晚上8点，参与审讯的警察，全部换上了一身威严的警服。

韩万兴进来，手铐打开，故作轻松地往审讯椅子后一靠，扫了眼对面的这些警察，嘲弄般地笑道：你们太紧张了，放松点儿。

王刚笑了一下：我们紧张吗？

韩万兴说：你们比我紧张。

王刚说：你别再转移话题了，说吧。

韩万兴只说了两个字：证据。

之后他就两眼盯着顶棚，如徐庶进曹营了。

可王刚不能沉默，得接着往下审。说什么呢？问万国喜的尸体在哪儿？韩万兴跟警察较量的就是这尸体，可是除了尸体，还能如何突破呢？

审到晚上11点的时候，王刚一直在给韩万兴解疙瘩，并随时关注着他的神情，琢磨着突破他心理防线的办法。

韩万兴始终不开口。

在外面徘徊的何凤林递了一张纸条进来，王刚出去了。

何凤林说：依我这么多年的刑侦经验，今晚可能没戏了，要不停了吧？

王刚搓了下手：我感觉韩万兴快吐了，那话就在嗓子眼儿含着。

何凤林凝视着眼前这位战将：真有把握？

王刚笑了笑：亲情打动吧。

正在深州待命的侦查员，接到王刚打来的电话，要他们把韩万兴母亲的视频录好传过来。

韩万兴的母亲和姐姐已经涉嫌包庇窝藏，关键的证据拿到了。

王刚看了眼在门外站了几个小时的何凤林，心疼地说：您回去吧。

何凤林笑了一下：你赶我走？

王刚道：您在，我们有压力。

何凤林无奈：我不是督战，是参谋，好，我走了。

何凤林走了。审讯继续。

王刚看了眼韩万兴说：你这么做，最对不起的是你娘，自己作恶也就罢了，还搭上老母亲。

韩万兴一愣，沉吟片刻：王刚，人都说你正直，要我开口，我有个条件。

王刚大手一摆：你没资格跟法律谈条件。

韩万兴又一愣，感觉很意外。

王刚把手机向孙海岩面前一推。

孙海岩心领神会，拿着手机，把深州传回来的视频给韩万兴看了。

王刚厉声道：韩万兴，你以为你所谓的混江湖，威风八面吗？你看看你娘。

韩万兴的眼泪开始在眼眶里打转，转着转着，"哇"的一声哭了。

王刚看了看参与审讯的警察，大家全都吁了一口气。

凌晨3点，趁热打铁找尸体。

原来，韩万兴带着于三儿第二次转移了尸体后，坐在家里，想了想，还是不踏实，趁着月黑风高，独自一人，又把万国喜的尸体挖出来，第三次埋了。

可是，到了现场，连韩万兴也蒙了。

五年前，韩万兴埋万国喜的时候，是一片荒地。如今变成了一片果园。尸体在哪儿？

王刚告诉侦查员，大家别急，也别吭声，让韩万兴慢慢想。

王刚给韩万兴点了一支烟，站在林子间，启发韩万兴慢慢寻找五年前的记忆。

随后，王刚又找来了村支书，一起根据韩万兴当初的记忆，勘查定位。终于，尸体找到了。

这时，一轮喷薄的朝阳从地平线升起。

回衡水的路上，一个侦查员指着蜘蛛网似的车窗玻璃：王队，把车窗玻璃换了吧。

王刚摆了摆手：啥时候抓到马二卫，我就去换这玻璃。

垃圾道与光头强

饶阳的马二卫一直没有露头。侦查布控，仍在悄然地进行。

这天，衡水某小区，几个身着便装的警察进了院子，到了一幢老式楼房下。据掌握的情报，这幢楼房的六楼，是东北籍黑恶势力的一个窝点。

一名侦查员准备往楼上冲，王刚一把抓住他，示意他到身后去。

王刚拔出枪，沿着楼梯往上走。结果，到了六楼，敲开门，屋里只有一个女人。按照掌握的情报，屋里至少有七个人。

人呢？王刚和侦查员们百思不解，问那个女人。

她摇摇头说，这儿就我一个人。

这不对呀。难道情报有误？

撤吧，王队，兴许是提前知道信儿跑了。侦查员说。

王刚琢磨了一会儿，说，你们留几个人在屋里屋外守着，我下楼看看。

王刚在一楼的门口坐着，十几分钟后，"咚"的一声响，王刚看着笑了。从楼道的垃圾道掉出一个人来。

王刚拎起这个人，铐上手铐。

侦查员看着垃圾道口说，你这是猫抓老鼠。

王刚笑了下说，我这是守株待兔。

侦查员说，王队你真神了。

王刚摆了下手，说，这是老式楼房，我进来的时候就观察过了；别急，垃圾道里还有。

果然，没一会儿，垃圾道口就下起了"饺子"。

一个、两个、三个……七个灰头土脸的家伙，"咚咚咚"地顺着垃圾道，掉落了下来。

王刚说，从六楼一直撑下来，委屈你们了。

一个家伙擦了把脸上的灰土,抱怨道:胳膊都擦破了。

王刚笑着拿起电话,命令道:王星,你们那边可以动了。

一声令下,二十几个团伙成员同时落网。

2017年8月18日晚上11时许,衡水市安平县一家超市快要打烊的时候,女出纳身中数刀,倒在了血泊中。这是震惊安平县的"8·18"大案。

王刚和市公安局刑警赶赴安平,与县公安局刑警共同侦破。

看视频。那个时间段,只有一个女人从财务室出来。这个女人是谁?

再调取周边的视频,显示这个女人进了一个巷子。从步态和体态分析,完全是个女人。

可半个多小时后,从巷子里出来的不是女人,而是穿着T恤的"光头强"。继续往后看,女人始终没有出现。

女人和"光头强"是什么关系?能不能连起来?

王刚一指显示屏:女人就是"光头强","光头强"就是杀人凶手。

通过辨认,"光头强"叫马彪,曾在超市打工,熟悉超市环境,知晓交款时间,具有重大犯罪嫌疑。

8月19日下午4时,一辆白色轿车出现在了问津街。

车里没人,这辆车是不是马彪的呢?

王刚心里打了一下鼓。

此时,马彪正在对面的玩具店,想给儿子买个玩具。杀人抢劫,在安平引起那么大的轰动,尽管做了自认为最巧妙的伪装,但他也做了最坏的打算。

从玩具店出来,他刚一上车,有两个人就靠近了。

马彪立即想到是警察,打着火,嗖地一下窜了。那速度,那机敏的动作,连久经沙场的王刚也惊呆了。

王刚一闪念中的判断是:坏了,这下,马彪成了一枚扔在街上的炸弹,这颗炸弹已经在马路上突突地冒烟了。

马彪因赌欠债，为还债杀人，是个典型的赌徒。赌徒有赌徒的扭曲心理，更何况现在已经变成了亡命之徒，巨大的危险瞬间在问津街的车流和人海中潜滋暗长。

王刚大喊一声，立即堵截。

他牢牢把握着方向盘，提速，紧盯。三台警察的车辆对马彪形成了合围。

侦查员王星坐在王刚的身后，指着车外：马彪完全疯了。

王刚命令：你告诉大家，即便我们牺牲，也不能伤及群众。

孙海岩驾车挡住了马彪，马彪一拐，加大油门儿，冲过高出路面十几公分的隔离带，上了高架桥。

王刚及时跟进，超了马彪的车，挡在了前头。

马彪撞开一辆私家车，加速潜逃。

此时大桥上，车流更大了。

这一刻，王刚的潜意识里，已做好了牺牲的准备，因为马彪在和他搏命。

王刚加大油门儿，全力阻挡白色轿车。不料，马彪竟直接向王刚冲撞过来，试图撞开王刚的车。

王刚只觉得车身一震，车像脱缰的野马，一头撞向了桥墩。王刚的车趴窝了。

凭经验，他判断车轮毂肯定碎了，但对方的车也好不到哪儿去。他赢得了抓捕的时间和主动。

马彪驾着损毁严重的车子，不顾一切地冲下高架桥。

王刚跳下车。恰巧，他的初中同学经过，他顾不得解释，紧急中把同学从驾驶室拽下来，说了句：车被征用了。便驱车继续追击。

那位同学好半天都没回过神来。

马彪最终在十字路口被堵截落网。

这次围捕，公安局的微信群定格了两张照片，一张是马彪被按倒时，显得有些夸张变形的面孔，一张是王刚那台损毁的汽车。

第二天，在派出所做民警的妻子曹丽娟，在微信群里看到了自家那台"迈腾"轿车的惨状，马上拨通了王刚的手机，以不容商量的口气道：王刚，你给我回来。

王刚说：我正忙着，车送修理厂了，肯定能修好。

我说的不是车，你必须先回家来，让我看一眼，然后你再走。

丽娟，我真回不去。

再忙，你也得让我看一眼。我要看到你的人，看你是不是还好好的。

王刚的手哆嗦了一下，说：行，我回去。

王刚没回家，因曹丽娟临时被抽到派出所加班，他去了派出所。

见到曹丽娟，王刚辩解道：看到了吧，我好好的。

看到王刚的那一刻，曹丽娟顾不得所里还有其他战友，再也忍不住了，温柔的拳头砸在了他的肩头。

没有梁子

王刚毕业于省司法学校，和妻子曹丽娟是同学，两人一同进了公安局。曹丽娟个子高挑，身材纤细，显得文静。社区的大爷大妈提起曹丽娟，都说小曹，那是个好户籍警。

王刚闺女初中快毕业的时候，正是五大队扫黑除恶如火如荼的高峰期。

黑恶势力对王刚恨得牙根儿痒痒。团伙头子姚某托人传话，马二卫也曾威胁，绑了王刚的女儿，看他还跟咱作对。

王刚安慰曹丽娟，黑恶势力不敢对咱闺女咋样，也就威胁恐吓一下，咱要真被他吓住，那就别干警察了。

曹丽娟仍然不敢掉以轻心。

她嘱咐女儿：你不能自己离开学校，等着妈妈接你。

女儿望着妈妈，睁大了眼睛：我是初中生了。

曹丽娟说：那也是孩子。

女儿说：你和我爸都是警察，我不怕。

曹丽娟看了眼天真的女儿，轻声道：我担心。

她给女儿立了个必接的规矩，女儿倒也听话，就在学校门口等着妈妈来接。可她也是个警察，派出所的工作，千头万绪，忙起来，没个准点儿。女儿有时在校门口一站，就是个把小时。

王刚也心疼女儿，就对曹丽娟说，别接了，还是让女儿自己回家吧。

曹丽娟说，我要不是警察，不知道你有多危险，也就没那么担心了。黑恶势力虽然不敢明目张胆，可真要下了狠手，后悔就晚了。

王刚笑了下：我们所做的一切，都是正义的。

曹丽娟说：现实要比想象的复杂。

他当然明白她说的意思。

就在王刚一家受到威胁恐吓的时候，马二卫的藏身之地被锁定了。

怎么锁定的？

有段时间，王刚腰疼得厉害，最后坚持不住了，到北京去做了个检查。一检查，大夫建议做手术。

王刚问，得住几天医院？

大夫说，五六天差不多。

其实，王刚住了三天就出院了。因为，在北京的医院，病房里来了一位不速之客。此人很早就与王刚相识，但并不熟。

那人来了，倒也爽快，开门见山地说，放马二卫一码，你们的梁子结了吧。

王刚说，我和马二卫没有梁子。

那人先是一愣，后来笑了，说王刚你不给我面子。

王刚说，我是警察，和马二卫没有私人恩怨，哪来的梁子？

那人说，马二卫对派人砸你车窗玻璃很后悔，怎么补偿，你开个价。

王刚说，他四年前，可不是只砸了我的车窗玻璃，是明目张胆地从警察手里抢人，他不是冲我王刚来的，是挑战国家的法律。

那人一听，也不再往下说了。

可是他走了没两分钟，又折了回来，站在王刚的病床前，说你放马二卫一码吧，他狠着呢。

王刚沉吟片刻，没有表态。

那人一看，乐呵呵地走了。

于是，马二卫觉得王刚是害怕了他的"威名"，警报解除，悄悄地潜回了饶阳。

突然终止行动

跟着刚哥干！这是五大队刑警的口头禅。

五大队不是一般的刑警大队，是扫黑大队。除了时任大队长王刚，全部是清一色的年轻人。他们有的来自巡特警，有的从派出所调来。当初为了选人，市局搞了一个公开遴选，考试考核，能进五大队，每个人差不多都要过五关斩六将。经过严格筛选，组建了这支衡水市公安局最精锐的扫黑力量。

五大队，全称是衡水市公安局刑警支队五大队，成立于2013年3月25日。这个日子，像是具有某种仪式感的符号，烙印般地刻进了五大队队员的心里。而衡水的老百姓从此知道了，市公安局有个令黑恶势力闻风丧胆的扫黑大队。

五大队成立的时候，距衡水市副市长、公安局局长程蔚青上任不到七十天。成立一支扫黑专业队，是他的开局之笔。

选谁做五大队队长？程副市长盯着老刑侦、副局长何凤林问道。

何凤林说：王刚。

程蔚青问：理由？

何凤林说：简单、正直。

程蔚青追问道：简单是什么意思？

何凤林说：简单，就是社会关系简单。除了工作，王刚在外面没什么复杂的交际，扫黑队队长，自己不硬气，怎么打？

程蔚青笑了一下：是的，扫黑队队长自己的腰板首先得直，没有一身正气，别说扫黑，做警察都不合格。

于是，在三大队做教导员的王刚，调任新成立的五大队任大队长。

队伍刚成立，大家憋着一股劲儿，都想出成绩，想立战功。但王刚心里清楚，练兵是这支队伍面对的首要任务。

怎么带好队伍？只有一条，干中练，干中学。此外，五大队还有一个习惯，或者可以说是规矩，就是每天晚上8点的碰头例会。

王刚说，这个会，至少有两个好处：一是交流工作，集思广益，排解难题。二是避免外出应酬，保护了队员。

他们打的第一仗，是铲除霸占玉米芯市场的黑恶团伙。

王刚带队摸排，获取证据。

原来，玉米芯是做木糖醇的重要原料。黑恶势力霸占着市场，故意压低价格，直接伤害农民的利益。卖玉米芯的农民对这伙人恨之入骨，可又敢怒不敢言。

王刚来了，到市场上一转，心里有底了。

怎么让受害人开口？首先得拿到证据。

王刚带着两个队员，租了一间民房。民房没有被褥，也没有空调。二十天，他们就在木板床上躺着。那几天赶上降温，王刚出去，到市场上买了一个电暖气，是最便宜的那种，摆在卧室和客厅中间。就这样，一个电暖气，三个干板床，秘密地侦查了二十多天。

证据有了，王刚跟领导汇报，决定收网。

王刚的收网原则是，主要团伙成员必须一网打尽，同时到案，否则一旦走漏风声，逃掉几个主要成员，这案子就麻烦了。

听说要收网了，队员们一个个摩拳擦掌，十分兴奋，毕竟这是五大队建队以来第一次出征。

分好了抓捕组，征调了分局一部分警力协同作战。战前动员，让每个参战民警热血沸腾。

抓捕地点离衡水市区三十公里，各小组秘密地开拔到了指定位置。

就在将要行动时，王刚突然叫停了。

怎么回事儿？

市局指挥部也觉得意外，追问王刚：怎么突然终止了行动？

王刚说：1、2、3号主要嫌疑人手机全部关机。

指挥部那边的领导一听，也愣住了，毫不讳言地问：你怀疑这支队伍？

王刚说：我不怀疑，但这不正常，必须取消行动。

指挥部那边问：延误了战机，谁承担责任？

王刚说：我在第一线，我来承担。

回到队里，队员们都有些沮丧。

有的队员干脆问：王大队，为啥终止行动了？

王刚说：没底。如果走漏了风声，对方有了准备，咱面对的不是普通的刑事犯罪，是黑恶势力。

队员说：俺们当初报名竞选五大队的时候，就知道这是扫黑队。

王刚笑了下，说：勇气可嘉，可我不能让你们冒险。

队员问：那你啥时候会信任我们呢？

王刚答：我把命交给你们，你们把命交给我的时候。

在场的队员都很意外：这话怎么说呢？

后来证实，那天三个主要团伙成员全部关机，是意外的巧合。一个是没电了，一个是在地下室赌博没信号，还有一个是睡觉把手机关了。

十天后，再次行动，十六个黑恶团伙成员悉数落网。

经过淬炼，队伍的默契有了。

几年来，王刚果然不负众望，带着五大队披荆斩棘，打出了声威。

马二卫的末日

马二卫潜回了饶阳，市局决定：收网。

这天是2014年11月22日。为了这一天，王刚等了四年。

市公安局租用了两辆厢式货车。

出发前，王刚检查队员的装备。一查，他火了：孙振华，你的防弹衣呢？

孙振华两手一摊：发到我这里没了。

时间不等人，马上要登车出发，该追究谁的责任，也只有等回来再说了。

王刚脱下自己的防弹衣，命令孙振华穿上。

孙振华问：刚哥，你咋办？

王刚拍着孙振华的胳膊，笑了下说：我是刚哥。

站在黑黢黢的车厢里，摇晃和颠簸间，猛然，王刚有了一丝生死离别的酸楚。

他有些后悔，走的时候，该给曹丽娟，给女儿，或者给老妈妈留几句话，写个字条什么的，留在办公室，万一挂了，就算遗言了。

他甚至在车上琢磨着，该写点儿啥呢？

就写：我走了，有可能回不来了。又一想，这么写也不对。

唉，王刚想叹口气，可是身边挨着的就是王星和孙海岩，还有孙振华,还有看不清面孔的年轻特警,这一叹气,别把士气给泄了。

结果,他硬是把这口气给憋在心底了。

王星似乎察觉到了什么,一把抓住了王刚的胳膊,用力地拽着。

王刚问:你害怕吗?

王星轻声说:有点儿。

孙海岩听到了,说:马二卫是个亡命徒。

王刚说:冲锋的时候,还是老规矩。

货车摇晃了一下。

王刚说:快到饶阳了。

王星和孙海岩一听,都沉默了。按老规矩,就是王刚打头阵。

车内,特警队员的冲锋枪在黑暗中触碰到了车厢壁板,发出清脆的金属撞击声。

今夜没有月亮,格外寂静。晚上10点,粮库四周,人影绰绰。

见到先期监控守候在粮库的饶阳县公安局刑警队队长,王刚压低声音问:确定马二卫在里面?

刑警队队长一指:你听,马二卫的大"猛禽"发动机突突响着。

马二卫虽抱着侥幸潜伏回了饶阳,但已如惊弓之鸟。他每天睡觉,一夜换仨地方,最近干脆吃住在车上,且发动机从不熄火,随时准备逃跑。他还花十万元在"猛禽"皮卡车上加装了前后安全杠,提升汽车的冲撞力。

王刚透过大门,看了眼院子里的皮卡车:他把"猛禽"当装甲车了。

刑警队队长说:那可不。

王刚向身后招了招手:准备行动。

为了防止丧心病狂的马二卫驾车突围，两辆厢式货车横在了粮库南北两个大门口，前后出口都被堵死。

按照这样的部署，马二卫插翅难逃。

但如果仅仅这样去判断马二卫就错了，近五十名特警，早把粮库四周围了起来。

睡在房子里的马二卫，听到汽车马达声，一骨碌爬了起来，连衣服都没来得及穿，只穿着一条小内裤，冲到了皮卡车上。

王刚冲进粮库院子，喊道：马二卫，你被包围了，放下武器，立即下车。

"乓"的一声。

马二卫没有答话，先开了一枪。也许是慌张，也许是手枪的性能太差，子弹打偏了。

接着，"猛禽"皮卡一阵轰鸣，照着一堵墙冲撞了上去。

墙外是围捕的特警。

这时，墙垛和汽车，都能给墙外猝不及防的特警造成伤害。

可王刚已没有了判断的机会。

王刚举枪射击。

"轰"的一声，墙被撞开了一道豁口。

坏了，这回又让马二卫逃了。马二卫花大价钱加装的安全杠，为的就是这一冲，在墙垛倒塌的那一瞬间，他似乎成功了。

王刚的心一揪，不顾一切地往前冲。

"猛禽"皮卡的车轮在墙垛上"轰轰"地空转。

马二卫跳下车。

"开枪！"王刚命令。

"哒哒哒"，微型冲锋枪的子弹飞向了马二卫。

马二卫倒在地上。

王刚冲过去，用警用手电筒一照，笑了，冲着特警竖了下大拇指。子弹击中的部位，在马二卫的腿上。

马二卫躺在地上，手里抓着一支驳壳枪。

缴枪，上铐。

马二卫看了眼王刚，抬起手指了指"猛禽"皮卡车说：我不服。

王刚瞪了马二卫一眼，说：老天爷都对你怒了。

粮库的一间仓房里，瑟瑟发抖的高小毛也落网了。

悬案十五年

十五年过去了，景县李各庄农户家的血腥味，仍然冲击着王刚的心灵。土炕上，30多岁的女主人和9岁的孩子被杀，血流得到处都是。

王刚和法医、刑技人员等进入现场。没想到见过那么多惨烈现场的女法医竟当场哭了。

王刚忍了忍，没忍住，泪珠子不断地从脸上滚下。

原来就在技术人员拍照固定现场时，被子一掀，一个3岁左右、光屁股的小男孩，突然站了起来。

大家先是一愣，接着是意外惊喜，随后就哭了。

这个蒙在被子里的孩子，幸运地活了下来。

王刚走出现场。警戒线外，老乡们聚在外面。景县是王刚的家乡，家乡父老的眼神，让他意识到身上的责任。

胡子花白的老村支书挤过人群，到了警戒线边，一伸手抓住了王刚的胳膊。

老村支书哆嗦着手问：谁做的伤天害理的事儿？

王刚说：我们正在查。

老支书又问：这案子破得了吗？

王刚答：争取早日破案。

老支书紧紧握着王刚的手说：等抓到凶手，我老汉要亲眼看看他长啥模样，咋就这狠呢。

十五年过去了，那个幸运地活下来的小男孩也长高长大了，老支书还健在吗?李各庄乡亲们的眼神,老支书颤抖的手,深深印在了王刚心里。

有一段时间,王刚喜欢上了一首歌。他平常对音乐并不敏感,喜欢的也不多,可那次在电视上听到这首歌,立即就喜欢上了,歌的名字叫《警察的承诺》:

> 自从你把信任交给我
> 我的心中就有了一份承诺
> 用阳光装饰你的家
> 你的温暖是我的寄托
> 承诺是苦
> 承诺是乐
> 警察的承诺是血与火

2014年夏天,时任刑警支队副支队长葛涛要去景县挂职副局长。支队的战友们在楼下为他送行,葛涛格外注意了一下,没有看到王刚,直到上了汽车,也没看到他人影。

汽车穿过问津街,行驶到了城外。衡水湖上,波光粼粼,微风习习,银鱼潜底。

突然,一辆汽车超过葛涛的车,在前面停了下来。车上下来的正是王刚。

王刚走向葛涛:队上人多,所以我在这儿给你送行。葛头儿,到了景县,你把那个案子关注起来。

葛涛看了眼王刚:你是说李各庄?

王刚点点头:十五年了,一想起那个从被窝里站起来的孩子,想起老支书那只颤抖的手,我这心里就像压着一块石头。

葛涛指着路边指向景县的路牌,颇有深意地说:就从路牌开始吧。

王刚一直目送着葛涛的车消失在了路牌的那边。

几个月后，王刚接到了葛涛的电话。

葛涛说：那个案子破了。

王刚兴奋地从椅子上蹦了起来：太好了，老葛，你真行。

葛涛口气有些沉重：你听我说，犯罪嫌疑人在监狱里服刑，人我们已经从监狱提回来了，可有个问题，犯罪嫌疑人到现在也不开口，咱不能零口供移交检察院，所以，你得带两人过来增援。

王刚急切地应道：我准备一下，马上到。

到达景县时，天已经擦黑。

葛涛说，晚饭准备好了，吃了饭再了解情况。

王刚坚决地摇头，饭不吃了，现在就开工。

葛涛理解他的心情，便说，那就把饭带到会议室，边说边吃。

王刚没想到，这次审讯，比审韩万兴那次还难。

审到半夜，葛涛说，停了吧，咱不怕累，但犯罪嫌疑人的权利还得保证。

第二天再审，还是不交代。

到了晚上，犯罪嫌疑人被带走了，王刚嘴上起了火泡。

葛涛泡了杯菊花茶，递给王刚：别急，他在监狱待了四年，眼看着要刑满释放了，结果被咱根据现场的 DNA 比对出来了，他想用抗拒抓住救命的稻草。

王刚看了眼对面那把空空的审讯椅，说：我可能急躁了。

两天后，抽丝剥茧，一条条早就刻在王刚心里的证据，把犯罪嫌疑人逼到了墙角。他没有继续狡辩抵赖的退路了。

做完笔录，犯罪嫌疑人被押回监室。

王刚一拳砸在了桌子上：就为了两千元，杀了两条人命。

三天后，押着犯罪嫌疑人到李各庄指认现场。

警戒线外，王刚寻找着老支书的影子，想让老支书看看，这杀人恶魔长得啥样。

十分遗憾，王刚没能看到老支书的影子。

你真是王刚俺就敢说

2018年，全国范围的扫黑除恶如疾风骤雨，把衡水市公安局的扫黑行动推向了高潮。3月，衡水市公安局直接指挥，一举侦破震惊全国的冀州秦某杀警案，黑恶势力团伙成员被一网打尽，扫黑行动初战告捷。

接着，衡水市公安局在微信公众号发布消息：冀州1号专案、3号专案告破。

那冀州2号专案呢？人们议论纷纷。

李某华是一个40多岁的女人。她和小弟在酒馆吃饭时，一个马仔忐忑地问：华姐，冀州2号，会不会是咱？

李某华故作霸气地摇摇头：咱够不上2号，最多也就是个4号、5号啥的。

话虽这么说，李某华很快遣散了团伙成员，收敛霸气锋芒，蛰伏了起来。

已任刑警支队副支队长的王刚，带着侦查员秘密地到了冀州。

这天，一家酒馆进来两个人。他们叫来了酒馆老板。

酒馆老板道：李某华这个人，怎么说呢？不喝酒，她是冀州的；喝了酒，冀州就是她的。

王刚说：你能不能说得具体点儿？

酒馆老板下意识地扫了眼四周的顾客，连忙摇头。

侦查员张亚凯插话：你别害怕，我们是市公安局五大队的。

酒馆老板一怔：就是那个扫黑大队？听说你们队长是王刚。

张亚凯指了下王刚：他就是王队。

酒馆老板一愣，然后便认真地打量了一下王刚，苦笑了下说：你要真是王刚，俺就敢说了。

我这个酒馆，就是让华姐祸害得没办法。

一次，几个顾客吃饭，有个小青年，在前面那个厂子打工，她非说人家看她，就打人家。人家是外县来打工的，不知道她就是华姐，还了下手。华姐的马仔自己用酒瓶割破了手，结果要了人家小青年一万八千块。你说谁还敢来这儿吃饭？

这还不算，她代理了东北的一个啤酒，冀州人不认那个牌子，只认青岛啤酒。她来了就专点那个牌子。俺说没有。她就打电话叫来她的马仔小段，当着俺的面儿打小段的耳光。俺知道，这是演苦肉计给俺看。俺一看，赶紧要了几箱子那个牌子的啤酒。可要来也卖不动，顾客不认，你说咋办？

这还没完。从这以后，她到别的酒馆吃饭，也是这一套，专点东北那个啤酒。没有，就威胁，就打骂。

我还听说，华姐还霸占着砂石料市场，横着呢。

王刚听完，说：你把这些酒馆的老板拉个名单，我们一家家去落实。

酒馆老板盯着王刚：你们是真的要动华姐吗？

王刚说：这几年，你不信我王刚，也该相信五大队。

酒馆老板眼神中的顾虑一点点地如潮水般退去了。

一个月后，李某华在家中落网，时间是凌晨1时。

为什么这么晚才抓到？

为了让李某华团伙成员全部落网。证据确凿，决定抓捕的这天，王刚将抓捕地点选定在了她家中，目的是将影响缩小到最小范围。

可是从傍晚6时开始跟踪，李某华先是美容店，后是酒馆；酒馆出来，又去了歌厅；歌厅完事儿，还不过瘾，在烧烤店又逗留了一个多小时。

而王刚他们，则饥肠辘辘地盯了半夜。

李某华的案子还在审结中，东北籍杨立辉黑恶团伙的犯罪事实和证据又已掌握。

杨立辉盘踞衡水多年,离开的马仔和新入伙的小弟换了几茬。有的回了老家,有的南下广东。

那些日子,除了日常办案,王刚每天必做的功课,就是与杨立辉谈话,给杨立辉解疙瘩,像挤牙膏一样把杨立辉的罪恶挤干。

刑警王刚和他的五大队,是衡水老百姓心中的传奇英雄,他们肩负着扫黑除恶的重任,聚合起中国刑警无坚不摧的正义力量,问津除恶,勇往直前。

扫描二维码即可观看
相关视频等

追痕者

王志云

55岁的高级工程师冯朝庆干了三十四年警察，获得过不下二十次各种荣誉称号和表彰奖励，其中等级最高的是"全国先进工作者"，时间是2015年4月；离今天最近的是全国公安"百佳刑警"，时间是2017年9月。

冯朝庆的警衔是二级警督，职级是二级主管，担任过的最高职务，是洛阳市公安局刑侦支队技术大队痕检室主任。

不过后来他辞职了，理由是年龄大了，要给年轻同志机会。可是大家都看得到，他在勘查现场时那股子劲头儿，好多年轻人都比不了。

当年的警校同学如今有的已经穿上了白衬，有时在局里开会遇上，冯朝庆都会乐呵呵地打招呼，开几句玩笑。

有人就说：老冯啊，你咋就没个追求呢？

说这话的一般都是关系比较近的人，所以冯朝庆的回答也不客气：屁话！你咋个知道我没追求？

其实这些年，冯朝庆一刻也没停下过追求的脚步。只是他的目标与大多数人所向往的东西不一样，他眼里更多的是案件现场的痕迹。确切地说，他追求的是案件现场痕迹背后的真相。

冯朝庆，是一名追痕者。

血痕

　　血痕，从二林家正屋门口一直延伸到东边的土路上，足足有三十五米。

　　第一个看见这些血痕的，是同村的一个村民，然后他就好奇地沿着血痕一路到了二林家门口，然后就透过破碎的门玻璃看见了死在堂屋的二林媳妇。

　　二林的媳妇叫春兰。当时春兰的脑袋已经成了血葫芦，根本看不出样貌。但是乡里乡亲的，他还是从身材、衣服认了出来，然后他就受了惊吓，不过好在惊吓之余还没忘了报警，于是警察就来了。

　　在接受警察询问时，这位报案人已经说不出一句整话了，一再向政府保证以后再也不好奇了。

　　冯朝庆是第二批赶去现场的。

　　因为当天不是他的班。但第一批现场勘查人员到达后发现现场太大了，技术力量不够，所以就请求增援，于是冯朝庆他们就麻溜儿地从家回到单位，又麻溜儿地收拾东西赶往一百五十公里外的洛阳市栾川县大青沟乡新南村羊蹄沟组的命案现场。

　　地如其名，现场就位于大青沟边上的一条小山沟里。村组不大，几十户人家沿着地势随意地零散在沟中，每户人家都隔着那么几十上百米的样子，二林家就在沟里靠后边的地方。

　　冯朝庆他们的到来，让原本已经完成了一部分的现场勘查速度加快了不少。赶在太阳下山前，勘查结果就已经出来了。

　　案情分析会上，冯朝庆还原了案件经过。案子是昨天晚上发生的，凶手趁夜色来到二林家门口。当时二林和孩子都去县城了，家里只有春兰一人。凶手用二林家常年放在屋门口的斧子砸碎了门玻璃进入室内，受惊的春兰从屋中夺路而逃，却在三十五米外的土路上被凶手追上砸倒，然后一路拖回到堂屋中，继续用斧子砍砸,直到确认春兰死透了才罢手。之后,凶手用水冲洗了斧子,并藏到西屋的面缸里,然后洗了手,又把洗手用的塑料脸盆摔碎,这才关好门,逃离现场。

之后,冯朝庆给出了对此案的判断:此案以杀人为目的,凶手的范围很小,离不开这个村。

这时,不同意见出来了。根据侦查员现场走访结果,二林家比较富裕,据说之前曾经被人偷过两次。那么这一次是不是也是入室盗窃,因为被春兰发现,凶手怕事情败露才杀人灭口呢?

冯朝庆眉毛一扬,根据尸检结果,死者的头上被人砍砸了二十多下,特别是在外面路上已经把人砸倒后,还要拖回堂屋继续砸,摆明了就是要置人死地。如果是小偷,在被发现后完全可以趁着夜色逃走,而不必非要杀人。并且,家中并没有翻动痕迹,柜子里的 2700 元钱也一分不少。

那你怎么知道凶手就是这个村子的人呢?

二林家离沟口不近,这沟里坑坑坎坎那么多,沟外人进来大白天走路都得留神;到了晚上,不熟悉道路的话,走不了多远就得掉坑里。同时,知道当晚只有死者一人在家的,也最有可能是同村人。

冯朝庆一番话,说得指挥部一帮领导频频点头。行,就先在这个村子里排查!

然后,老冯拿出了三份东西。一份是从被摔碎的塑料脸盆上提取的血指纹,两份是分别从门前台阶和碎玻璃上提取的残缺鞋印。

他指出,最重要的一点,根据对指纹大小和纹线密度分析,凶手年龄偏小,而鞋印的压痕和大小也可以做出同样的论断。所以,凶手年龄范围应该在 15 岁左右。

所有人都愣住了。

15 岁?一个 15 岁的孩子能够用这么凶残的手法杀死一个成

年女人？还能在杀人后从容处理现场？这孩子得具备什么样的心智？至于说指纹和鞋印，本来就是残缺的，你怎么就这么肯定地做出判断？

当然，这些话都是大家心里想的，并没有谁会说出来，只是各人的脸上都浮出了或多或少的古怪表情。

可惜的是，冯朝庆却并没有注意到任何一个人的脸色。一般在案件现场，他除了看痕迹，其他的基本都不去理会。

而大家也不知道，其实冯朝庆根据痕迹判断凶手的年龄应该在13岁左右。但是他也觉得如果这样说出来，未免会有些令人难以置信，这才增加了两岁。反正在排查时一左一右的，应该也会包括13岁的。

该做的事情做完了，冯朝庆打道回府。

临上车，他对送出来的分局刑警队队长说，放心，这案子好破，最多五天，就能抓住凶手。

借您吉言！还没从15岁那个梗中走出来的刑警队队长挤出了一个不太像笑的笑容。

回来之后，冯朝庆就把这案子放在了脑后。不是他不认真负责，而是他所在的市局刑事技术大队，负责的是全市范围内的大要案件的技术工作。洛阳市有多大？方圆一万五千平方公里，那案子得有多少？所以在他心里，刑事技术该给的支持都给到了，剩下的就是侦查方面的事了，他不可能每一个案子都跟到底。

到第七天的时候，支队长打来电话：老冯啊，你再去趟大青沟吧。

咋了？

案子还没破。

我把范围划得那么清楚，案子没破是他们的事了。我这正忙着呢。

老冯啊，冯工，你是老同志，又是专家，您就多费费心，再去看看行不行?

支队长的低声下气让老冯很受用。他终于点头,行,我去看看。

再到大青沟的时候,出门来接的,换成了县公安局的局长。

当时河南公安"命案必破"的口号喊得最响,每年一结账。到年底时各地市命案侦破率最低的公安局,主要领导要被追责。这栾川县一年到头都没发过命案,眼瞅着年底结账的日子就要到了,偏偏死了个春兰。如果这个案子破不了,那未破命案率就是百分之百,铁铁的垫底儿,到时候咋个追责,谁也不好说啊。

县公安局局长亲人一样拉着冯朝庆的手:冯工啊,我们可是盼星星盼月亮总算把您盼来了,这案子就指望您了。

老冯冷着个脸:咋就指望我了呢?我就是个搞技术的。

局长讪笑,却不知道说啥好。

刑警队队长仗着跟冯朝庆熟,赶紧拿玩笑话给领导解围:你说五天破,这都七天了还没破,不找你找谁?

是你笨!冯朝庆翻了个白眼,径自走进屋里坐下。排查结果呢,我看看。

有人赶紧捧上一大摞东西,跟他家有矛盾的都查了,全排除了。全村的指纹都取了,一共五百多个。只有两个相似的,我们拿不准,这不请您来把关嘛。

冯朝庆拿过指纹,稍一比对就扔在一边:不是!

那您看这几个特征,还是能对上的。一边的分局技术员赶紧解释。

血指印本来就可能出现假特征,你们比出来的正好都赶上了。

说着,冯朝庆就开始翻看那些提取的指纹印,很快就发现了问题:你们把排查范围定在18岁到60岁?我不是告诉你们15岁左右吗?准确地说,是13岁左右!

啊！啊！局长和刑警队队长一脸尴尬。

他们哪敢告诉冯朝庆那天他走后，指挥部就把排查范围定在了18岁到60岁。因为没人相信15岁的孩子会是这个案子的凶手。如今这个冯工又说是13岁，这谁敢信呢？

不用说了，赶紧的，去提全村15岁以下孩子的指纹，我就在这儿等着。

这回没人提出意见了，工作立刻布置下去。

沟里没有学校，孩子们都在乡里县里的几个学校上学住校，要逐个专门到每个学校去取指纹。

等在这里的冯朝庆自然也不会闲着，出于对工作的负责，他还是把已经提取的指纹比对了一遍。

冯朝庆比对的速度很快，让陪在一边的小技术员直瞪眼，这啥速度啊，快赶上看小人书了。

到了下午，自然是一个也没对上。

不过这时已经有离得近的学生指纹提取回来了。

冯朝庆稳坐桌前，来一个看一个，看一个否一个，否得大家的心里越来越凉。

天擦黑的时候，又一份指纹送来了，这是今天的第九份了。

冯朝庆拿起指纹，看了一眼，放下，闭目，然后又拿起，又放下，最后把桌子一拍：就是他！

所有人都站了起来，脸上全是抑制不住的惊喜。

指纹的主人叫小喜，是二林的哥哥大林的儿子，也就是二林的亲侄子，今年13岁零6个月。

您确……有人显然想确认一下，可话没说完，就被局长一眼瞪了回去。

刚刚送来指纹的侦查员立即返回小喜所在的学校。不久电话打来，小喜在回来的车上就全撂了。

原来，在小喜12岁那年，大林、二林两家因为宅基地问题闹了矛盾，亲兄弟打得不可开交。最后好像大林吃了亏，就一直闷闷不乐，没多久就因病去世。

而在小喜看来，他爹就是被二叔一家气死的，所以生出了为父报仇的念头。可二叔一个大老爷们儿，他打不过；堂妹从小跟他感情不错，他也不忍心；就把目标定在了二婶春兰身上。

这一年多以来，他一直在找机会。直到案发当晚，他知道二叔和堂妹去了县上，这才趁夜色到了二叔家，把二婶杀死。

要说这小子的心理素质还真不是一般地好，杀完人后若无其事地回到家中，第二天又若无其事地去上学。

而他所供述的全部作案过程，与冯朝庆分析的一丝不差。

局长一拍大腿：喝酒！上好酒！我请客！

大伙儿鼓掌，好多人的眼眶都湿了。

冯朝庆却说，我不喝白酒，我喝啤酒。

刑警队队长拍着他肩膀，那可是好酒啊。

冯朝庆嘴一撇，我喝不惯。

酒桌上，县公安局局长拿着满满一大杯白酒跟冯朝庆的啤酒碰杯，然后一口干了，抹了一把脸：冯工啊，你真是了不起啊。

那你咋还不信我呢？要不案子早就破了。

冯朝庆喝干了啤酒，认真地说。

齿痕

齿痕并不清晰，在被冯朝庆发现之前，它已经与小芳的尸体一起在雨中裸露了一夜。

小芳是水泥厂医院的护士，年方二八，长得清秀可人，性格也好，便惹得厂里厂外的一帮子小青年没事就往医院跑，赶也赶不走。就有人说，这样早晚得整出事来。

结果，真的出事了。

冯朝庆他们赶到水泥厂医院门口的菜地时，下了一夜的小雨已经变成了中雨，踩着泥泞的畦垄往里走了十几米，就看到了小芳。小芳躺在菜地中间的一小块水泥地上，头上被水泥砸得凹陷进去，周围的积水呈暗红色，几近赤裸的身体则被雨水冲刷得有些发白。

冯朝庆感到非常愤怒。这种情绪在他每一次出现场，特别是命案现场时都会涌起。他觉得人的生命是宝贵的，每一个生命其实都关系着许多人的幸福，而那种残忍地夺去别人生命的行为是不可容忍的。今天，少女那倒在积水中柔弱无助的身体则让这种情绪加剧了。

是谁这么残忍地让一朵正在盛开的花朵凋零在雨中？

他一定要找出这个凶手。这是他的责任，也是他的誓愿。

冯朝庆和他的同事们在现场一点点地搜索着，寻找着任何一点可能的痕迹。

所有人都没有穿雨衣，因为雨衣可能会影响视线和动作。唯一的一把伞遮在小芳身体上方，为了法医检验方便，也为了让死者最后再少受一些风雨的摧残。

现场勘查整整用了四个小时，范围从中心现场不断向外扩大，再向内收缩。雨水将每一个人淋得湿透，却仍然是一无所获。

案发时间应该在昨晚，但那一整夜的雨却将一切都冲刷没了，足迹、指纹、物证，小芳的身体上也提不到任何检材。

警戒线外，挤满了兴致勃勃的看客，打着伞，抻长脖子，一边看落汤鸡一样的警察在菜地里忙活，一边相互交流着心得体会。

冯朝庆抬起头，抹了一把脸上的雨水，瞅了一眼周围的看客，走到尸体附近，打算再勘一遍。水泥地相对平整、坚硬，或许会有新的发现。

这时，他发现了那处齿痕。所谓齿痕，其实就是牙印，就像很多人小时候在手腕上咬出块"手表"那样的痕迹。

齿痕位于小芳左乳靠下的地方，呈圆形，相对完整，只是受到人死亡后身体变化和雨水冲刷等各种因素的影响有些变形、模糊。

一般在命案现场，尸体上的工作属于法医，尸体之外的东西才属于冯朝庆他们痕检的范围。

但在周围没有任何痕迹物证的时候，这个齿痕让他倍感重要。

提了吗？冯朝庆问法医。

正在忙活的法医抬起头：啥？

这儿。冯朝庆指指那处齿痕。

还没。

那我提了？

那正好，您受累吧。

冯朝庆细心地将齿痕用相机拍摄下来，而这个齿痕，也成了此案中唯一提取到的痕迹。

在冯朝庆他们紧锣密鼓忙活勘查现场的时候，负责调查走访的侦查员也没闲着。医院里人员流动性大，小芳认识的人也多，工作量确实不小，但经验丰富的侦查员们很快从大量的信息中找出了一条重要线索。

案发前一天下午，有五个年轻人曾经来找过小芳。小芳跟他们一起出去后，就再没回来，直到第二天早上在菜地里发现被杀害。

五个人很快一个不少地被找到带回专案组，这让侦查员们既感到高兴又有些小失望。如果其中有那么一两个找不着，不管是跑了还是躲起来了，这案子就离破掉不远了；如今五个人都没事儿人一样老实在家待着，事情便有些棘手了。

果然，一番问询下来，五个人都不承认与小芳的死有关。而且他们的说法也几乎一样，当天下午他们一起跟小芳吃了晚饭，又逛了会儿街，然后小芳就回医院宿舍了，他们几个则是各自回家睡觉。

几番询问下来，一无所获，所有人都没了精神。

传唤是有时间限制的，如果到时拿不出证据来，就只能放人。那么所有的侦查工作都要重新来过，辛苦不辛苦先放一边儿，关键是什么时候能破案就不好说了。

这个案子发生的时间比较早，那年头监控探头还没有现在这么普及，所以除了现场痕迹物证外，再无其他可以依赖的东西，可偏偏现场却是这样一种情况。

市局分管刑侦的副局长再次把技术人员都召集到一起。中间的桌子上，放着那份唯一的齿痕，乍看上去，确实像块"手表"。

能确定嫌疑人基本范围吗？副局长问。

熟人。冯朝庆答。

副局长没有问理由，一是时间紧张，二是多年的案子搞下来，他相信冯朝庆的判断。

这个能做一下吗？副局长指着那份齿痕，望着法医。

没有条件，做不了。法医摇头。

我来试试吧。冯朝庆插言。

副局长的眼睛亮了。

当时全省都没有过用齿痕鉴定的先例，但是他相信冯朝庆能做到。

回到办公室，冯朝庆把齿痕图片输入电脑，用图像处理软件反复试验，调色、提高对比度、锐化边缘、补充轮廓……两个多小时后，终于得到了相对清晰的牙印图像，而一口符合这个齿痕的牙齿也出现在了他的脑子里。

传唤时限还没到，侦查员还在做着最后的努力，五个嫌疑人仍在分别接受询问。

冯朝庆逐个进入五间屋子，让每个人都张开嘴，查看齿型。在看到第三个时，他心里便有了底，不过为了保险，还是把五个人都看了过来，然后带着一脸的自信，加点儿小小的得意，回到专案指挥部。

冯工，怎么样？副局长看冯朝庆的表情就知道有门儿。

冯朝庆却没搭茬儿，而是看向其他人：给我找个苹果。

副局长愣了，不过马上就回过神来，看着同样发愣的其他人：赶紧赶紧，去找个苹果，没有的话就去街上买。

这时分局的女政委站了起来：梨，行吗？

行。

女政委从包里掏出一个梨递过来。这是出门时老公特意给她塞包里的，说是怕她搞案子忙活上火。

冯朝庆接过梨也不说话，扭头就回了关押第三个人的那间屋，举起梨说：咬一口，别咬下来。

那小子脸立刻白了，腿也开始打战。

他心里自然明白这是为了什么。

其实刚才冯朝庆来看牙时，他就慌了，只是强忍着才撑下来，如今却是再也撑不住了。

咬！冯朝庆一声喝。

那小子没办法，只能张嘴在梨上咬了一下。

冯朝庆拿着梨回到指挥部，然后跟那个齿痕图像摆在一起：就是他！

其他人也都凑过来，七嘴八舌地赞同：没错，没错，完全一样，傻子都能看出来。

冯朝庆一脸黑线。

副局长看着冯朝庆，兴奋得不行：能出鉴定不？

冯朝庆拿起梨：这个不行，要去做石膏模，出牙痕，最后才能出正式鉴定。

知道，我又不傻。副局长也是一脸黑线。

大伙儿到食堂坐下，晚饭还没上桌，电话就过来了，那小子已经撂了。

对此，冯朝庆并不意外。其实在刚才咬梨时，那小子就已经崩溃了，顽抗不了多久。

原来，这小子一直特喜欢小芳，可惜小芳对他却没啥兴趣。那天晚上大家分手后，他偷偷尾随小芳到了医院门外，把小芳拉到菜地里，要求跟小芳谈恋爱。

小芳不同意，自然也不会给他好脸色。结果这小子狠劲儿上来了，一下子就把小芳掐晕了，然后扒下衣服准备强暴，其间在小芳的左乳上咬了一口。

可是由于当时雨下得太密，水泥地又硬，他最终没能成功。欲要逃走时，又想起小芳醒来可能会告发他，于是一不做二不休，拿起一块水泥砸向了小芳的头……

杀了人后，他也想过要跑，可是又一想这黑天雨地的，周围也没人看到，并且下雨也会冲掉自己留下的痕迹，所以就横了心赌一把。就算警察找到他后，他也是咬死不承认，觉得这样警察就没办法了。却没想到，他碰上了一个会"看牙"的警察。

回到局里时，迎面正好碰上局长。

局长高兴地拍着冯朝庆的肩膀：冯工，了不起啊，听说你用个苹果就把案子破了？

是梨。

冯朝庆认真地说。

伪痕

第一眼看到那块痕迹时，冯朝庆就知道，自己遇到了一枚伪痕。

按照一篇专业论文提出的观点，伪痕迹，是指作案人为隐瞒案件事实真相而采取的故意凭空捏造、故意掩饰、故意改变行为方式和习惯等虚假行为和手段所形成的现场犯罪痕迹。伪痕在很多案件现场都会出现，一般都是出于有一定反侦查能力的犯罪嫌疑人之手。多数时候，刑事技术人员面对伪痕都是无能为力，只能望痕兴叹。

案发地点是洛阳市廛河区的一个烩面馆。这家的面味道不错，价钱也不贵，所以每天顾客盈门。不过那天早上很多从这里经过的人却发现，面馆门口拉起了警戒线，不少警察进进出出，好像是出了什么事。一打听才知道，里面死了人。

死的是面馆看夜的金老汉，59岁，独自一人从乡下老家到洛阳打工，每天晚上都睡在店里。

当天早上，饭馆的厨师和一个女服务员来上班，发现店门虚掩，进去一看，金老汉已经死在了每天睡觉的钢丝床上。

接到单位电话时，冯朝庆还没来得及吃早点，当时也顾不上了，带了东西直奔现场。

经初步勘查，金老汉是在睡梦中被人用菜刀砍颈，一刀毙命，之后凶手又砍了三四刀，几乎把脑袋都砍下来了。死者放在床上的衣物有明显的翻动痕迹，随身现金和手机都不见了，吧台里存放的一些零钱也被拿走了。

从钱物丢失情况来看，应该是图财，可从杀人手法来看，又像是专门要命来的。

到底是哪一种？又是什么人干的呢？流窜作案还是熟人所为？

熟人！冯朝庆把大家领到店门前，门上有插销。据服务员反映，金老汉每天晚上睡觉前，都会把店门从里面插上，而要进入店里也只有这一个通道。现在插销没有被破坏的痕迹，也就是说，凶手是叫门入内的。而如果不是熟人，金老汉是不会开门的。另外，尸检显示，金老汉在被杀死时没有任何挣扎反抗，应该是在睡梦中被害的。在有另外一个人在场的情况下，他还能睡着，那么这个人一定是他的熟人。

范围定下来了，侦查员们开始工作。

当大家都走了以后，冯朝庆就冲着金老汉的床前那片被拖布拖过的地面犯起了寻思。

地是凶手拖的，拖去了血迹，也拖去了所有的足迹，这使得现场勘查工作遇到了难题。

除了这块地方之外，店里其他地方遍布了大量的足迹，重重叠叠，却是无法证明任何东西，因为那些都是每天来来往往的顾客和服务员的，属于正常行动所留，不能认定哪个有嫌疑。另外，从被翻动过的衣服、吧台等地方也同样没有提取到可疑指纹。

看了许久，冯朝庆不甘心，拿着手灯蹲了下来。然后，他就看见了那枚痕迹。

痕迹很浅，压在拖布拖过的花纹上。

冯朝庆仔细辨别着，分析着，心里有了主张。

正好一个同事凑了过来，看啥东西呢？

这里，你看，应该是个鞋印。

看不出花纹呢？

伪装过的。

咋伪装的？

冯朝庆起身，找到两个塑料袋，套在同事脚上，又让他踩了水，在店里的地面上走了一趟，然后两个人又蹲下来，仔细地观察。

像不？

像！

也就是说，那个痕迹是套着塑料袋的脚踩在刚拖过的还湿着的地面上形成的？

没错！

地是杀人之后拖的，在上面留下经过伪装的足迹，一定就是凶手的。

可问题是，就算知道是凶手所留，那经过伪装的，又是残缺的、根本看不出花纹的伪痕，又能起什么作用呢？

在冯朝庆他们遇到难题时，排查工作也走进了死胡同。

面馆门前的监控探头本来就不多，还坏了不少，仅存的几个清晰度也极差，所以从视频上基本一无所获。

根据冯朝庆给出的范围，排查重点放在了饭店服务员身上。

侦查显示，案发当晚10点左右，一男两女三名服务员最晚离开面馆。之后两名女服务员在网吧上了一宿的网，网吧老板予以了证实，于是那名男服务员就成了重点嫌疑人。

男服务员叫小白，16岁，老家在乡下，来面馆的时间并不长。面对警方的问询，他并没有任何异常。据他说，当晚他从面馆出来后就回家了。问他在家干什么了，他说洗衣服。侦查员前往他的住处询问房东，也证实了他的说法。

正当警方要将这个嫌疑对象排除时，一个侦查员却意外地在小白的鞋底发现一块血迹，本来已经凉了的心又兴奋起来。

鞋底的血是怎么回事？

前两天流鼻血，不小心弄上的。小白依旧冷静。

鼻血？侦查员冷笑着拿走了鞋，送去检验。最后结果出来了，血确实是小白自己的。

另外，通过对面馆周围人的走访得知，金老汉平时为人热情、朴实，根本没有与人发生过矛盾。专程赶往金老汉乡下老家的一路人马也传回消息，金老汉这些年一直都在城里打工，老家也没有利害关系人。

大伙儿的心再一次凉了。

负责专案指挥的分局领导带着拔凉拔凉的心再次回来找冯朝庆。

这时，他已经在那块伪痕边蹲了一个多小时，手中的勘查灯不停地变换着颜色和角度，仔细寻找着几乎看不到的花纹。其他做勘查的同事都绕着他走，没人敢上去打扰。

分局领导也不敢去说话了，只能站在一边，看着这个老技术员的一举一动。

冯朝庆瘦小的身影蹲在那里,却让人有一种特别厚实的感觉。

有了!不知过了多久,冯朝庆的一声低呼吸引了所有人的注意力。

看着围上来的同事,冯朝庆举起手中的勘查灯,切换成白光,垂直照在那块伪痕上,然后让大伙儿蹲下,从上面看下去,果然隐隐有圆形的鞋底花纹显现。

怪我了,以前看鞋印,都是用侧光,因为垂直照射会反光,思维就这么被定住了。可这个伪痕,偏偏就要用白光垂直照才能看出来。看,就这么简单!冯朝庆不好意思地说。

然后他就想起身,可试了几次,不仅没站起来,反而差点儿坐到地上。

冯朝庆的颈椎和腰椎都有毛病,是常年低着头在案件现场勘查落下的病根。本来就不能长时间蹲坐,这回一口气蹲了两三个小时,正常人都受不了,冯朝庆能站得起来才怪。

几个人赶紧把冯朝庆搀起来,让他到一边休息,然后张罗着拿设备把这个鞋纹提取下来。

等大家忙活了一阵后发现,刚缓过劲儿来的冯朝庆又拿着勘查灯,弯下腰在其他地方的地面上照着。

冯工,这个都显现出来了,你还找啥?歇会儿吧,你那老腰。

冯朝庆也不答话,继续着自己的寻找。最终他在一张摆满了暖水瓶的桌子前站定。这些暖水瓶是给来吃饭的客人准备的。

他又蹲下了。分局领导知道准是又有新发现,也赶紧走过去。

咋了冯工?发现啥了?

冯朝庆用灯照着桌前的地面,两个鞋印清晰可见。

我刚刚把面馆的地面全看了一遍,那个伪痕显现出的足迹在大堂里到处都是，说明这个人经常在这里出现；而他的足迹最多的就是在这里，而且是平行站立，应该是取水时的姿势。一般客人都不会自己来取水，所以，这个足迹的主人就是面馆的服务员，而且从特征来看，是个男的。

分局领导刚热起来的心又凉了。之前已经调查得很清楚，面馆只有一个男服务员，就是小白。

一会儿凉一会儿热的，这哪是搞案子，分明是要得心脏病的节奏啊。

分局领导想了想，还是决定实话实说：只有一个男服务员，不过已经被我们排除了。

排除了？你们咋干的活儿？就是他！

可……

可什么可？把他的鞋给我拿来。

分局领导不说话了，到一边去打电话。

旁边的同事凑过来，小声说：冯工，您说话就不能客气点儿？人家虽然是分局的，可大小也是个领导啊。

冯朝庆脖子一梗，眼睛一立，同事立马闭上嘴，溜一边儿去了。

小白的鞋取来了，人也重新被控制起来。

冯朝庆拿着鞋仔仔细细地比对完，肯定地说：没错，现场那块伪痕就是这个人留的。

讯问重新开始。小白一如既往地镇静，陈述也跟之前没什么两样，问了一天，没有任何突破。

分局领导无奈之下只得给冯朝庆打电话。他有点儿憷头见这位冯工。

还没拿下来？明确告诉你了，现场就是这个人做的，你们再拿不下来，以后就不要搞案子了。

电话那头的分局领导只能苦笑，并庆幸自己聪明，要不又得被当面数落。

他把讯问情况说了，同时也提出，残缺的足迹是不能作为法庭证据的，所以办案人员问起来，也没多少底气。

洗衣服？他洗的衣服在哪里？拿来我看看。

那边就又带着小白到家里找。

结果拿来了几件，冯朝庆看了一眼就说，这不是这几天才洗过的。

侦查员的眼睛直了。以前就听说过这位冯工神，没想到真那么神。

回去再问小白，小白却一口咬定没别的衣服了。

这时，围绕小白行踪对面馆服务员的询问得到了一条重要线索。有人看到小白在案发后的第二天，把一包东西托一位正好要回家的老乡带回老家去了。

刑警立即赶到小白老家，从其家中搜出了那包东西——几件衣服，上面还有没洗净的血迹。

很快，检验结果出来了，血迹属于金老汉。

面对血衣，小白的小黑脸一下子变得特白，然后就说了实话。

原来，小白自从老家来面馆打工后，就一直想买一部手机。可是工资太少，付了房租加上平时花销，根本凑不够买手机的钱。前几天他看见看夜的金老汉换了部新手机，心里就惦记上了。

案发当晚，他和另外两个服务员10点多离店后，小白在回家路上又想起金老汉和他的手机，终究还是没能按捺住心中的渴望，就一个人回到饭店。

当时金老汉已经睡下，门从里面插上了。小白敲开了门，说自己没带钥匙，要在面馆里睡一宿。金老汉也没多想，还特地帮小白把椅子拼在一起，然后很快就又睡熟了。

小白躺在椅子上，等着金老汉打起了呼噜，就起身用塑料袋套在双手双脚上，到厨房拿了一把菜刀，冲着金老汉的脖子就砍了下去。可怜的金老汉就在睡梦中被小白这个小白眼狼给砍死了。

杀完人后,小白拿了金老汉的手机和放在吧台里的零钱,然后用拖布把血迹拖了一遍,这才掩上面馆的门回了家中,并开始洗沾了血迹的衣服,正好被房东看见,还夸这孩子真勤快。

由于整个作案时间并不算太长,所以在初期排查时,从时间上就被他躲过去了。另一方面也是因为小白的年龄,人们不太相信一个才16岁的孩子能作出如此惊天大案,所以主观上也有了先入为主的思想,才让他滑了过去。

案发后,小白看见来了那么多警察,心里也有点儿发虚,却又不敢跑。一来是不知道往哪里跑,二来是他也明白一跑警察肯定就知道是他干的了。所以他只是托一个正好回家的老乡把血衣带回去。其实他也想过扔掉烧掉,可想来想去还是舍不得。然后他又把抢来的手机和钱都埋在住的地方门口的一个树坑里,想等着风声过去再说,却没想到最终还是没能逃过冯朝庆的眼睛。

尘埃落定,分局领导客气地向冯朝庆表示关心:冯工,腰还疼不?

疼。

冯朝庆认真地说。

指痕

带血的指痕是从一辆捷达出租车上提取的,一共两枚。

当时这辆车就停在洛阳市高新区国家电网门前的便道上,司机却不在车上。

刚开始时没人注意,后来附近的一位保安觉得有些不对,就凑近了去看,结果发现车后保险杠上有血,顿感不妙,马上报了警。

来的先是派出所的民警，打开后备箱，出租司机血肉模糊的尸体赫然出现。民警不再乱动，电话直接打给了刑侦支队。

这种案子冯朝庆自然是没跑的。上面提的口号是"命案必破"，冯朝庆则是"命案必到"，干技术这十几年，他看过的尸体也有大几百了。

一般来说，出租车上的痕迹物证特别不好提。因为每天上车下车的人太多，指纹和足迹不少，却无法确定是属于正常的乘客还是案件当事人。

不过这对于冯朝庆来说，却不是什么难事。他围着出租车转了两圈，根本没往车里钻，就直接盯上了后备箱盖。

经过技术处理，两枚潜血指纹显现出来并被提取，那是往后备箱里放尸体时留下的，也是这起案件提取到的唯一有价值的痕迹物证。

咋样？冯朝庆勘查完毕后，负责现场指挥的高新分局分局长过来问。

这案子能破。冯朝庆扬了扬手中的相机，指纹完整、清晰，条件很好。

分局长的眼睛亮了。

可冯朝庆接下来的话又给他浇了瓢凉水：不过要做好思想准备，破案可能需要一段时间。因为这是流窜作案，此时的嫌疑人应该已经离开洛阳了。

既然是流窜作案，就说明肯定不会只作这一起，这就有可能在公安机关留有案底和指纹，但不一定是在洛阳。而且这也肯定不会是最后一起，所以早晚会被抓到，然后就可以跟我们的指纹对上。

那为啥就肯定是流窜呢？

冯朝庆环顾了一下四周，才说：作案者对这里并不熟悉，他们看到这里晚上没什么人，觉得这里偏僻，所以才将车丢在这里，却不知这里其实并不偏，并且这国家电网门前还有监控。

分局长看到了摄像头，眼睛又亮了。

监控视频中果然有发现。

案发当晚，那辆出租车从市内方向驶来，直接停在了便道上，四个年轻人从车上下来，匆匆消失在夜色中。

但是，由于天黑，视频中无法看清四个人的相貌，只能看出大致的体态特征。

现场没有太多的痕迹物证了，在将指痕与本地数据库比对无果后，冯朝庆便开始按照视频中四个人消失的方向扩大搜索范围，追寻其他痕迹。

就在警方紧锣密鼓地展开侦破的同时，网络上却炸开了锅。在这个信息爆炸的时代，这样一桩发生在大街上的命案传播速度是相当快的，很多当地论坛都发了这条消息，还配了各种图片、说明，包括猜测，甚至谣言。而在网民回复中，异口同声地要求警方尽快破案。

现在晚上都不敢出去拉活儿了。不止一个出租车司机这样说。

各种各样的网络舆论铺天盖地向警方压来。有些人感到了压力，冯朝庆却没有受到丝毫影响。在他看来，一桩案子不管是万人瞩目还是不被人知，他都必须要尽百分之百的努力去工作，去侦破，因为这是他的责任，因为他是一个警察。

也正是因为这种心态，他才能始终以一种平常平静的状态去完成自己的工作，要是活儿还没干心先慌了，脑子里总想着要是干不成的话会如何如何，那活儿就没法干了。

于是，一如既往安心工作的冯朝庆在扩大搜索范围后终于有了新的收获。在离抛车现场六七百米的一个垃圾筒中发现了几件沾了血的衣服，经检验，正是出租车司机的血迹。

几件血衣中有一套运动服，是一种大家都不知道的牌子。

刑警立即展开调查，发现这种运动服出自山西的一个小服装厂。这家小厂有大理想，专门设计了商标品牌，但是不知什么原因，干了不久就倒闭了。而之前生产出的不多的运动服主要是销往山西的太原、忻州、吕梁等地。

有刑警来找冯朝庆要指纹，说要带到山西去比对。出于种种原因，全国各地的公安指纹库还都没有联网，所以如果想比对只能到当地去。

冯朝庆想了一下，给刑侦支队支队长打了电话：我也跟着一起去山西吧。

支队长有些奇怪，以前你都是看完现场就不管了，这次是咋了？

我在洛阳待得闷了，想出去散散心不行啊？

行行行，您老去，我们还求之不得呢，那指纹要让别人比我们还真不放心。

于是，冯朝庆带着那两枚指痕开始了他的山西之旅。

其实他的想法还真就跟支队长一样，不放心别人。当然啦，全国各地的刑事技术都有专家，水平也都不一般，但这个潜血指纹在产生时就有变形，也有一些假特征，只有亲手提取的人才知道其中一些特别要注意的问题，搁别人弄，先不说责任心问题，就是稍微有点儿不注意都会产生错误结果。

人说山西好风光，五台山、晋祠、绵山、云冈石窟、乔家大院……七八天的山西之旅，这些著名景点冯朝庆同志是一个都没沾上边儿。每到一地，都要跟当地公安对接协调，其他人去排查，冯朝庆则是进入数据库比对。这里没有，再到下一个地市，说好的散散心，变成了比在单位还要忙碌的奔波，累倒无所谓，但一次次的失望却真是让人心里不舒服。

带着十分难受的失望，一行人垂头丧气地回到了洛阳。其实作为刑警，都有着极强的心理承受能力。如果案子破不了就心灰意冷，那早就没法儿干这个活儿了。只是这次的情况有点儿特殊，当他们在外地没日没夜地奔波时，网上的舆论还在持续发酵，网民的跟帖也越来越不客气，于是警察不出意外地再次成了"白吃饱"的代名词。这种待遇并不是只有冯朝庆他们能"享受"到,全国无论什么地方的警察,只要有影响大的案子没破,都会被扣上这顶帽子。大多数人,只注重结果,而不会去考虑背后的其他因素。所以这次洛阳刑警远赴山西,也是憋着劲儿想把案子破了,给警察长长脸,可惜却未能如愿以偿。

失望而归的并不止这一路,根据其他的线索,还有几个工作组也先后分赴北京、上海、江苏、福建等地开展工作,却也是一样没有进展。

当然,并不是所有的工作都一无所获。工作伊始,专案领导就根据冯朝庆做出的流窜作案的判断,专门派出一路人马,围绕洛阳的几个火车站开展侦查,但是由于工作量太大而警力又不足,工作进展比较缓慢。终于,经过大规模的走访调查,被害出租车司机的手机在洛阳火车站附近一家手机店里被发现。

据老板说,是案发当晚有人卖给他的。这也印证了几名凶手在案发当晚就已经逃离洛阳的推论。不过警方也因此获取了其中两名嫌疑人比较清晰的图像,之后以此为依据,从火车站的监控视频中开始了大范围的搜索。

洛阳火车站日均客流量高达数万,而在不确定日期和时刻的情况下,这样的搜索用一个大家都知道的词,就是大海捞针,但刑警最终还是把这根针捞了出来。

会议室里,所有的人都眉头紧锁,听红肿着双眼的刑警队队长介绍情况,桌上放着的是案发前一天四名嫌疑人在洛阳火车站出站时的视频截图,比较清晰。从体态特征上看与案发现场的视频记录相吻合,其中一个人身上的运动服正是促成冯朝庆山西之行的罪魁祸首。

通过对几个人的出站时间进行分析,最终确定了其来洛阳市时乘坐的车次。其实这也算不上一个好消息,因为该次列车是从河北省方向过来的,在到达洛阳之前,还停靠了河北、河南两省的十几个车站。

那么，这几个人是从哪里上的车？

局长看着眼前的地图，上面用红笔标出了该次列车的运行路线，最后落在了邯郸站。这里是列车在进入河南之前停靠河北省的最后一站。

先从这里开始，如果没有的话就继续往前，就不信查不着。

支队长给冯朝庆打电话：冯工啊，山西那趟够累的吧，缓过来了吗？

冯朝庆难得开了个玩笑：你是不是想让我去学别人走道儿？

您都知道啦？

东西都收拾好啦，啥时走？

那就现在！

六个多小时后，冯朝庆带着宝贝一样的两枚指纹到了邯郸市公安局。在把指纹样本交给市局刑警技术大队后，冯朝庆被叫到会议室介绍情况，等他再回到技术大队，结果已经出来了：没有！

冯朝庆站在电脑前，总觉得哪里不对劲儿。

之前在山西的比对，他都是和当地技术员一起完成输入、比对，这次都是人家自己完成的。

他看着输入的图像，越看越别扭。

对了，问题在这里！冯朝庆指着指纹图像，对技术员说，把这个图像往左边稍微转两度。

因为凶手留下指痕时就有变形，提取时因为角度关系也有一些偏差，需要在输入时做调整，人家不了解情况，就直接输入比对了，这对于从细微处寻求共同点的指纹比对来说，当然也就失之毫厘谬之千里了。

技术员看了冯朝庆一眼，最后还是按他的要求把图像角度调了一下，然后点下了确认键。片刻之后，一长串比对结果按相似度从高到低显示在屏幕上。

就是他！冯朝庆指着显示结果的第一个。

一般来说，在电脑比对之后，还要经过人工细致比对才能确定，而冯朝庆这么快就确定，还真是少见。

技术员却不知道，这个指纹已经深深印在冯朝庆的脑子里了。有一次他甚至跟人打赌能把指纹画出来。

在技术员还在发愣的时候，冯朝庆已经等不及就直接自己动手在电脑中调出了该指纹的人员信息。

指痕的主人姓董，邯郸市磁县人。带队的副支队长立刻率一彪人马赶到磁县，在当地警方配合下展开秘密调查。用之前的视频截图辨认，姓董的就是那四名嫌疑人之一，而其他三名嫌疑人也都是这个村里的。更让人惊喜的是，这四个家伙此时都在村里。

接到消息的市局副局长和高新分局局长一起赶到了磁县部署抓捕行动。

当晚6点，姓董的和一个姓杜的首先被抓获。次日凌晨1点半，另外两个家伙也同时落网。

抢出租车的抓到了！不知是有意还是无意，也不知是从哪个渠道传出去的，反正第二天一早，四名劫杀出租车司机的凶手落网的消息就在洛阳传开了。

特别是出租车司机们，都知道了这个消息。而此时，押解嫌疑人的队伍也才刚刚从邯郸出发返回洛阳。

当冯朝庆他们的车队驶出高速洛阳收费站时，被眼前的一幕吓了一跳。以市局局长为首的局领导和一群捧着鲜花的同事们正笑容满面地等在路边。而他们的身后，是数不清有多少辆的出租车，整齐地排在路边，司机们都站在车旁，使劲儿地鼓掌。

冯朝庆也收到一束鲜花。

多年来都习惯于在幕后闷声干活儿的他，还是第一次受到这样的待遇，却是有些不太习惯。

感觉咋样？身旁的副支队长悄悄用胳膊肘碰碰他。

一会儿我搭你车回家吧,坐出租车太贵。

冯朝庆认真地说。

鞋痕

乱七八糟的脚印从四面八方汇聚到前进大桥下面的河堤上,然后又向四面八方散去。人们都是来看信球儿的,因为信球儿被人杀死了。

信球儿是个流浪汉,不是本地人。反正不知从什么时候开始,他就操着一口谁也听不懂的方言在宜阳县城出现了。白天四处捡垃圾,晚上就睡在前进大桥下面的河堤上,他用捡来的垃圾那么一围,中间再铺上捡来的被褥,就成了个能睡觉的窝。

信球儿脑子有毛病,却不招人烦,平时见人都躲着走,咋会让人杀了呢?

大家伙儿围着信球儿满脑袋是血的尸体热闹地议论着,直到接警后赶来的警察把他们轰到警戒线之外,依然不舍得离去,好奇地看着一群提着各种箱子、穿着马甲的警察开始围着信球儿的尸体忙活。

这群人中,打头的就是冯朝庆。刚才还没下车时,他就看见民警在往外面轰看热闹的,便一声苦笑:这现场,热闹了。

果不其然,当他走到信球儿尸体旁边时,入目的便是地上各色各样的足迹。他粗略一看,至少二十多种,这其中肯定是有凶手的,但哪个是呢?

信球儿是躺在地上盖着被子时让人用砖头砸死的,尸体周围有好几块带血的砖头。冯朝庆安排人把砖头都提取了之后,就开始研究那些足迹。

眼看着冯朝庆对着那些足迹量量画画,然后又在本子上做标记,周围的人都知道他在试图找出属于凶手的足迹,却很少有人能想象出他怎样才能做到。

所以,最后当冯朝庆拿着一个足迹样本说,这就是凶手留下的,所有人眼中都流露出对知识的渴求。

现场足迹有很多,位置也各不相同,但这个足迹出现的几个位置,是看热闹的人绝对不会去的。比如这里、这里,还有这里。

另外,如果是普通看热闹的人,留下的足迹是正常的深浅,但如果是拣砖头用力往下砸,那么体现在足迹上,就是不一样的特征了。比如这一枚,能看出来是前脚掌着力,说明他在用往前往下的力……

可以看出,成功地分辨出嫌疑人的足迹,让冯朝庆心情不错,所以讲解得也特别细致,只是讲到后面,有些偏向专业性了,让听众们有些懵懂。

忽然,一位刑侦大队大队长提出一个问题,只有这一种足迹有嫌疑吗?

是啊。

可现场有好几块带血的砖头啊,怎么看着像多人作案呢?

我分析,一是可能凶手没有把砖头拿在手里砸,而是往下扔,因为死者是躺着的;二是可能凶手脑子有问题,或者,两种都有。

案情分析会后,冯朝庆又补充了几句:说句痕迹之外的话,我觉得凶手与死者应该属于同一个群体,因为这样一个脑子有问题的流浪汉,不大可能与普通人发生矛盾,能与他产生冲突的,也只有同一类人。

与死者同一个群体,当然也是流浪汉了。在宜阳县城,有很多这样的流浪汉,生活在一个个不为人知的角落;并且,大多数都是脑子有些问题的。或者有的刚开始时没有,但流浪时间久了,遭受的各种身体上、精神上的打击多了,想不神经都难。

按照冯朝庆提供的足迹样本,刑警们开始了大规模的排查。不过排查对象,并没有只局限于流浪汉这个群体。冯朝庆毕竟只是个刑事技术人员,而不是决策者,对于案件的侦破方向,领导还是有综合考虑的。

就在侦查员们紧张忙碌的时候，冯朝庆也依然在研究提取的那个足迹样本，并努力从中更加准确地分析出凶手的身高、体重、年龄等特征。

这当然不是一件容易的事，除了要有丰富的经验积累外，还要参照现场的环境等各种因素。所以第二天，冯朝庆带着几个分析中需要印证的问题，重新回到了现场。

现场依旧被封锁着，并且派有专人看守。

可是，当冯朝庆下到河堤上，还没来得及去印证自己的问题，却有了意外的发现：一串昨天还没有的脚印进入了现场，并且在离发现信球儿尸体不远的地方撒了一泡尿。而这串脚印，与他认定的凶手足迹完全一致。

不借助任何设备，能够如此简单迅速地认定两个足迹同一，听起来可能有些让人难以置信。可对于冯朝庆这样的"老痕迹"来说，却可以说是一种最基本的技能。更何况，从昨天到今天，这个足迹一直就在他的脑子里，就像当初那枚杀害出租车司机的嫌疑人的指纹一样。

所以他看了一眼，就认定，昨天晚上凶手又回到了现场。

杀完人之后，在警察依旧封锁的时候又回到案发现场，还撒了一泡尿，这是一波什么样的操作？

闻讯赶来的刑警队队长有些迷糊，不过冯朝庆却是胸有成竹：这个人脑子有问题。

昨晚负责看守现场的是两名协勤。他们当然也没有守在桥下，而是坐在桥上的车里。在他们看来，这种看守其实只是走个形式。其实这也无可厚非，因为几乎在所有人的认知中，都没有人会在这个大冬天的夜里跑到那阴冷无人的大桥下面去，更何况那里刚刚死了人，还拉着警戒线。

当两名协勤被找来时，脸色都有些不自然，不过最后还是说了实话。

昨天晚上，他们确实发现一个人从河堤下上来，不过什么时候下去的，就不知道了。他们便下了车远远地喝问，干啥的。那人也回了句，憋尿哩。

虽然是天黑，又有段距离，没看清那人的长相，但依稀可以看出是个流浪汉。两个人便也没多想，又回了车上。

就是他！冯朝庆说。

全县城的警察都出动了，干其他活儿的几路人马也都回来了。所有人分片儿包干，一起拿着那个足迹样本在街上找流浪汉，看鞋底对花纹。

要说平时在街上，也没少看见过流浪汉，可一旦真的用心去找，却是费了老劲了。好不容易找着一个，一对花纹还不是。

会不会他杀了人之后，把鞋扔了？

一个年轻刑警提出自己的疑问。

冯朝庆听到了，嘴一撇，话都懒得说。

边上的大队长却一脚踹在那小子屁股上，流浪汉弄双鞋容易吗？你当是你个败家的东西，一天换两双的臭美。

小刑警不敢再说，带着屁股上的鞋印和手里的鞋印又出发了。

到第三天的时候，大队长一脸兴奋地拿着一双鞋来到冯朝庆面前：冯工，那个流浪汉找到了，鞋底的花纹与现场提取的完全一致，并且脑子也有问题，说话憨憨的。局长让把鞋拿过来给您看一下。

冯朝庆接过鞋，仔细地看了半天，最后却把鞋一扔：不是这人！

大队长急了：咋就不是了？流浪汉，人傻，这都是您说的啊。

看着急赤白脸的大队长，冯朝庆却没有发火。

这么多年搞案子，他也深知这些刑警队员的辛苦，无论白天黑夜、五冬六夏，见天儿地在外面跑，实在是不容易。

所以他又拿起了鞋，详细地讲解道：每个人的脚型不同，走路的姿势不同，作用到鞋上，一段时间后就会形成不同的痕迹。现场那个足迹，主要压力面在左边，说明他走路时重心偏左；而这双鞋，体现的压力面在右边，说明走路时重心偏右，所以根本不是一个人。还有这里、这里，与凶手的行走习惯也有明显差异。

听完大队长的汇报，局长也没说啥，只是挥挥手，示意继续找。他相信冯朝庆的判断。

又过了两天，那个挨了大队长一脚的小刑警和同伴一起在县城的街心公园里看到一个流浪汉，走路晃晃荡荡的。

小刑警上前扶住他，让他翻起鞋底。一看，那个早已印在他脑子里的花纹，赫然出现在眼前：没错，就是他！

这个判断，同样在冯朝庆那里得到了证实。

一旁提心吊胆的大队长终于松了一口气：案子破了。

这个流浪汉叫呆娃儿，脑子确实也不太灵光，但比起信球儿来说好了不少。不过他却有个爱喝酒的毛病，每天捡破烂儿卖的钱，多半都换酒喝了。而一旦喝多了，他的脑子就连信球儿都不如了。

被抓住的时候，他正处于半梦半醒之间。面对警方的讯问，话自然也说不利索了，急了的时候竟然冒出一嘴外地方言。

有人听出来那是四川话，才知道这个平时也会说洛阳话的家伙，原来不是本地人。

最后折腾了好久，直到呆娃儿的酒醒得差不多了，才弄清了案子的原委。

这个呆娃儿住得其实离信球儿不远，算是隔河相望的邻居。信球儿住在洛河南边的桥下，呆娃儿则住在洛河北边的一个街角。

案发那天上午，信球儿过了前进大桥到洛河北岸捡破烂儿，无意中走到呆娃儿的"家"里，看到地上有床破烂的棉被，就随手捡回了自己"家"。

下午呆娃儿回来一看,被子没了,就问周围人。人家告诉他,被河北边桥下的信球儿拿走了。呆娃儿就火了,心说天儿越来越冷了,你把老子的被子拿走了,成心想冻死我啊。

不过,非常生气的呆娃儿并没有马上去找信球儿,因为他的酒瘾上来了,便去先换了酒一通喝。喝完之后,他才晃晃荡荡地去找信球儿算账。

当呆娃儿在桥下找到信球儿时,天已经黑了。忙了一天的信球儿则是早早地盖着被子躺下准备睡觉了。呆娃儿认出最上面的一床被子就是他的,于是指着信球儿就是一通大骂,当然用的是四川方言。

信球儿正要睡着时被人吵醒,虽然听不懂对方在说什么,但也明白是在骂自己,当然不甘示弱地回骂,用的自然是谁也听不懂的方言。

于是,一场驴唇不对马嘴的争吵就越来越激烈,而这期间信球儿因为天儿冷也一直没有起身。这让呆娃儿更加愤怒,气急之下就拣起地上的砖头甩手砸向信球儿的脑袋。

砖头不小,呆娃儿力气也大,一下子信球儿就没了声响。呆娃儿却仍是不解恨,继续拣起地上的砖头砸,直到觉得气消了,才晃晃荡荡地爬上堤岸,过桥回了"家",却忘了拿回自己的棉被。

第二天早上,酒醒之后的呆娃儿只记得昨晚好像打了一架,却想不起更多的细节,所以继续自己日常的"工作"。直到晚上又喝了酒之后,才想起跟信球儿的事,就琢磨着要把自己的被子拿回来,便又去了现场。到那儿一看,被子没了,信球儿也没了,他心想这小子莫不是被打怕了,带着被子跑了?

心里发恨,但他撒了一泡尿之后,就回去了。至于被看现场的人看到并盘问的事,他已经记不清了。

两个境况同样悲惨的流浪汉,就因为一床破烂的棉被而遭遇了更加悲惨的命运。这让冯朝庆心里很不舒服，并且思考了好几天。

在后来刑侦大队大队长带着那个挨了一脚的小刑警一起来取案件的痕迹鉴定书时，他也提起了这个话题。

总有些事情让人不舒服，可我们干警察的，还是先干好自己的工作吧。如果大家都干好自己的事，一切都会越来越好的。

冯朝庆认真地说。

冯朝庆的办公室不大，也就七八平方米的样子，一桌一床一柜，就没个下脚的地方了。

当年成了全国劳模后，领导给他建了个劳模办公室。地方挺大，不过后来队里上了一套新的照相设备，没地方摆，冯朝庆就把劳模办公室让出来了。

按他的话说，搞痕迹，还是要靠脑子，用不着太大的地方。

办公室里的柜子也不大，满满当当放的都是专业书。有时候做检验，遇到吃不准的地方，就算是高级工程师也要翻书，便要去柜子里找。找着找着，就会碰巧翻出那么几本荣誉证书。这时，冯朝庆便会暂时忘了要找的资料，拿着荣誉证书认真地端详，脸上也会有别人难得见到的笑漾出来。

如果这个时候，恰巧有阳光从窗子射进来，你就会发现，他的目光格外明亮。

扫描二维码即可观看
相关视频等

绿洲与荒漠

米 可

我叫张宁，同事喊我外号叫科学家，这也是我第一个网名。

如果可以时间回转，让我穿越回到高中时代，我会先把自己的网名改得时髦点儿，告诫那个沉溺于586电脑和DOS系统的小男孩：快高考了，你该好好看书了！

说起来不怕笑话，时至今日，我还经常午夜惊醒，汗涔涔地问我老婆：我的高考练习册哪儿去了？我老婆对此早已习惯，嘟囔一句：张宁同学，你又穿越了？

平复下心情，稳定下血压，我才意识到，找不到的不是高考练习册，而是破案的线索。

是的，我是一名刑警，一名全国公安"百佳刑警"。但光鲜都是给别人看的，深埋内心的，还是高考考场上的那个后进生。

好歹不要命地看了一个月的书，侥幸考上了郑州人民警察学校后，我又把学校那一套抛在脑后，用各种时兴的软件去折腾我的那台大屁股奔腾电脑。

时间过得快，一晃眼又到了毕业季，我很倒霉催得赶上第一年警校生不包分配。要不参加统一的公务员社会招考当警察，要不直接去工地当保安。也不是说当保安不能对社会做贡献，只是我的爷爷是军人，上过战场打过仗；我的父亲是警察，抓过坏人破过大案；我也不能太掉价是吧？

于是，又一场艰苦卓绝的突击复习应考。老天待我不薄，一分险胜，我以末位入围。

这种60分万岁的感觉，是我老婆理解不了的。毕竟她可是总分第一。只是公务员招考不看过程，只看结果。我们俩一同被分到了焦作市公安局刑侦支队。她是内勤，我是预审。

从预审到情报信息

恰巧，我的父亲也是一名老预审，还是专家级的。这本是一出父子传承的佳话，但在他那里，我看到的不是经验和宝藏，而是压力。

我父亲取得的成就，实在是让我高山仰止。于是，我就动了其他脑筋。如果真是翻越不了父亲的山峰，那我能不能另辟蹊径，从边上绕过去呢？

记得有一次，我参与一个盗窃摩托车团伙的审讯，连着在审讯室里熬了两个白天一个黑夜。待到第二个午夜，笔下的那些字都变成了蓝色的蝌蚪，在我的眼前甩着尾巴，就要从卷宗纸上游走。我对身边的老爷子摆摆手：我要出去透口气。

进到院子里，清冽的夜风吹散了眼前的幻影。凝望着高远的夜穹，我突然有了某种天启般的顿悟。

那一晚上，我下定了决心：我要借助高科技飞到天上去。

于是，在预审岗位上干了两年后，我申请调换了岗位。

那段时间，支队领导要对全市刑侦数据汇总分析。说起来你或许不信，千禧年年初，由于没有统一的信息上报平台，全市一天乃至一周到底发了多少案件，案件是什么类别，打击破案又是什么情况，别说刑警支队领导，就是局长大人都不能及时地获取信息。

中午吃饭的时候，我和父亲说：我的工作换了。

老爷子哼了一声。

我又说：我调到情报信息部门。

老爷子又哼了一声。

我让他失望了吗？我不知道。老爷子干了一辈子预审，从不喜形于色，他可不会让我猜中他对我调换工作的态度。

从事情报信息工作后，我本想着施展一下特长，用自学的Access和Oracle等编程软件搭建一个平台，把每一起刑事案件都录入平台的数据库内，实现办案民警对已录入案件的检索和相似案件的串并。

想着还挺好的，是吧？

可真正开工后，才发现理想是一个口子，现实却是一个黑洞。

单就街面抢包案件来论：包是什么颜色的？是什么材质？是单肩包、双肩包还是手提包？一系列的子选项都要设计。

而每一起案件都要从案情、现场、赃物、受害人、嫌疑人等各个方面进行细化、细化、再细化，相对应地，系统也就要从根到干再到枝叶，不断去再生长和再繁盛。

平台开发那年，正好赶上"非典"。我索性就把自己隔离进了机房。

每天面对前面一排排散着热气的服务器，又背靠着吹着冷气的柜式空调，在冰火两重的夹击下，我忘却了时间，且一度以为领导也把我给忘了。

领导还真没忘了我。支队长让我去见见光，配合侦办一起敲诈勒索案。

嫌疑人是一路通过不同的IC卡电话和受害人联系的，每次打电话的位置都在变。

老师父看我蓬头垢面的，一副卧底相，就让我到嫌疑人可能出现的那几座IC卡电话亭去摸排蹲守。

老师父说：小伙子，要有耐心！

我是有耐心，但是我不想拖延时间，更何况空气中没准儿还有"非典"病毒呢。所以得靠我手中的秘密武器来速战速决。

在开发刑侦综合信息系统时，我跑遍了全市 IC 卡电话亭，一部部地给办公室打电话，因此搜集了全市 IC 卡座机的号码和位置。

我让案件内勤把嫌疑人拨打的 IC 卡电话号码提供给我，因此也就绘出了嫌疑人的活动轨迹，并预判了他下一个可能出现的 IC 卡电话亭。

在那个预判的电话亭边上没等多久，一个穿花衬衫的男人就贼头贼脑地出现了，他握着话筒开始说话。

我走到他的身边，支棱起耳朵：花衬衫正在向受害人家属催钱呢。

花衬衫挂了电话，回头看到了我。

我冲他笑笑：跟我走吧！

这个案件，极大地增强了支队领导对数据信息重要性的认识。在他们的支持下，2003 年夏天，刑侦综合信息系统开发完成。

本以为大功告成，没想到新的问题又来了。

原来大家对于系统都很陌生，一起案件录入至少要半小时。遇到上了年纪的老民警，用"一指禅"来敲键盘，那更要一个多小时。因此，为了图省事，很多案件录入是怎么简单怎么来。偷了一辆自行车，也不写是弯梁还是横梁，也弄不清是 26 还是 28，信息质量很差，很难服务实战。

到各个县区培训了一圈，系统还是玩不转。实在没辙了，我只能来当那个恶人。

我开始对刑侦情报信息开展质量检查：每一天、每一起刑事案件，每一个选项的填报内容，我都去查，然后发布整改通报，甚至是批评通报，因此也得罪了不少人。

我一度认为，自己是焦作刑侦系统最不受待见的那个。

回到家，我问我爸，问我老婆，有没有背地里说我坏话。

他们都只是摇头不回答。

一度，我也质疑自己，非要搞得这么令人讨厌干吗？

但一个人沉下心来，我还是坚信，刑侦综合信息系统里的那些数据，一定能在实战中发挥巨大作用。

就这样，和系统、和同事们死磕了一年多，机会来了。

那是一起系列飞车抢夺金耳环的案件。呼地一下，脖颈一凉，半块耳朵便随着耳环到了抢匪的手里，只剩下血肉模糊的一片。全市女同志们那段时间吓得出门都不敢戴首饰。

我从刑侦综合系统里调出全部飞车抢夺案件进行串并，梳理其中的共同点：摩托车、五羊牌、弯梁；两人、黄头发、本地口音、20岁左右；辖区各菜市周边、早8点到10点作案……正是这些系统录入的特征，为嫌疑人刻画缩小了范围。

大家很快便通过有针对性的蹲守，将两名犯罪嫌疑人抓了个现行。

这起案件的破获，起到了示范效应。基层刑警队同事打电话来，不再是抱怨，而是请求我在案件串并上多提供帮助。

回家吃饭时，我和老爷子说了通过串并信息破案的事。

老爷子嗯了一声，没多表态。从哼到嗯，是个好迹象。

平日里，我和父亲并不多说案件的事情。毕竟时代变化太快了，刑侦的那些手段也是日新月异，就像我父亲一度引以为傲的预审"三十六计"，我是一个也没学会；而我为开发软件所写的那些代码，对于他来说也无异于天书。

唯一能把我和他牵在一起的，便是那些没有破获的陈年旧案。

1992年，两个青海人到焦作中州机械厂买体校训练用的小口径步枪，枪买好后，雇了三个司机把枪运回当地。没承想，三个司机半路杀人越货，带着那批枪逃之夭夭。

我父亲和战友们连续抓了其中两个，枪也全部追了回来，只剩下一个姓孙的逃犯，如石沉大海般没了影。直到老爷子退休,他都没有归案。

我父亲嘴上没说,但我知道,这是他刑警生涯的一声叹息。

到了 2010 年,各类人员和案件系统越来越成熟后,我捡起了这个积案。

通过数据碰撞,还真把人的下落给摸了出来,然后和战友一起赶赴开封,把这个逃了快二十年的命案逃犯给抓了回来。

又一次回家吃饭,我装作无意间地说出了刚抓回来的这个命案逃犯的名字。

老爷子一愣,叹口气:跑了这么多年了!老爷子心里的那口气给叹舒坦了。

于是我相信,他对我离开预审,选择情报信息这条路子算是给予了认可。

从 2003 年的刑侦综合信息系统,到 2008 年打击刑事犯罪综合系统,再到 2013 年全省一体化警综系统,一直到 2015 年全国刑侦专业应用平台,我都主持或直接参与了系统的开发工作。

同事们说我是刑侦里最懂情报信息的,又是情报信息里最懂刑侦的,把我说得像是脚踩两条船似的。但我知道,他们是夸我呢。

而当全国刑警都在这些系统上侦查办案时,我又开始蠢蠢欲动,想到新的岗位去试一试身手。

举头一丈有视频

我在视频侦查大队的工作,要从一个卖水果的老王说起。

老王不是本地人,他租住在城中村一个带院的小楼内。一楼是他的房间和放水果的仓库。女房东则住在二楼。也不知怎的,突然一个夏日夜晚,老王发了疯,闯到二楼的女房东房间,把人先奸后杀,然后消失不见了。

一个星期后,有邻居大姐来串门,还没进院,鼻子里满满的全是恶臭。大姐进到一楼库房，虽然看到冒着酸味的腐烂水果，但嗅到的明明是臭鸡蛋的味道。就在这时，大姐脑袋一湿，什么东西滴在了她的额头上。她伸手一摸，指尖上黏着的是红黑色的液体。大姐愣了一下，哇的一声，跑出院子开始狂呕。

警察来了，从女房东的床箱内，发现了被捆绑着、淌着脓液的尸体。而仓皇出逃的老王则成了头号嫌疑人。

但是问题来了，老王叫什么名字？从哪里来？又去了哪里？没有人知道。

仅有相邻的水果摊贩揣测：老王的口音大概属于豫东南那一片。

老王经济条件一般，如果逃亡，首选火车出行。

支队领导也注意到售票窗口装有视频监控。可当时火车站视频监控系统刚建好，还没交付使用，工作人员连监控的主机放哪儿都不知道，有没有录像还真是两说。

办案民警联系到施工方，施工方打开机房，看着一排排没有屏幕的主机犯了傻——着实没用过啊！

但这难不倒我啊，我可是在机房和系统死磕了好几年。

我摸索了不到半小时，便将主机里的全部视频信息拷进了移动硬盘。一共 120 个 G。然后关起门来连夜看，重点针对法医推测的女房东死亡时间往后看。

看到后半夜时，一个贼头贼脑的身影让我一激灵。

我赶忙组织见过老王的摊贩进行辨认。

没错，就是他！

由此，我确定了老王购票的目的地是商丘市。

我和战友们直接杀到商丘火车站，从出站口的视频捕捉到了老王的身影，一路追踪到了长途客运站，又从那里的视频里看到老王登上了一班开往鹿邑县的长途车。我们又马不停蹄赶到鹿邑县，然后到镇，再到村。

虽然只是一些碎片化的视频剪影，但正是这些剪影，把老王的逃亡范围越缩越小，并最终在当地派出所配合下，把这个卖水果的老王逮了回来。

这个案件，是焦作视频追踪破获的第一案。

领导尝到甜头了，就派我到长沙跟班学习视频侦查技战法。

一周后，学成归来，前脚刚下车，支队领导便问我：吃了没？

我以为他要到饭店给我接风。

没想到，却被他拉到一个废品收购点——另一起命案现场！

死者是一个收废品的老头儿。脑袋生生被裁纸刀割掉了一半，耷拉在肩膀上，鲜血喷溅得到处都是，甚是恐怖。衣柜、抽屉有被翻动迹象，少量现金被盗。门锁和窗户却完好无损。

从现场脚印判定作案人员为一人。有指纹，但没有比中前科人员。周边有群众听到一声尖叫，却窝在被窝里没起来。

就这么多信息。

虽然跟班学习时，我就有点儿头昏脑涨，全身还不舒服，但案情紧急，我只得擤着鼻涕，调取了周边监控。

死者的废品收购点位于视频盲区，不能看到人员出入情况。我扩大搜索范围，在案发午夜，也就是那声尖叫发出前的二十分钟，我看到了一个模糊的身影，如一个鬼一样，从视频的远端拐过墙角，朝着废品收购点的方向，逐渐消失在了夜色中。

是那个"鬼"吗？他和死者有关联吗？他又会去哪里呢？

我扩大该处监控的搜索时间。在案发前一天的中午，同样在墙角处，我看到一个少年拎着麻袋跟在老头儿身后，向废品收购点的方向走去。

那个少年是谁？他会是那个"鬼"吗？

我注意到，少年穿着当地的校服裤子。裤筒侧面有一条白色裤缝。而那个"鬼"穿着的裤子侧面也有一条发光的线。我找到了同款校服，让同事在夜里穿着做了个实验。果然，白天里的裤缝在夜光下起了反光的效果。

是他！

确定这个"鬼"有重大作案嫌疑后，我开始回溯他的轨迹。

很快，我追到了一家网吧。

可调取了网吧内监控后，我目瞪口呆了。

原来在案发前，正有一拨学生在网吧上网，每个人都穿着那种带反光裤缝的校服。

我在心中暗想：难道老天是在和我玩一局"找不同"的游戏吗？

我开始沉下心来，对每一个嫌疑人进行背景分析，然后梳理出一个可疑目标：独自行动、上网欠费、有小偷小摸习性。

我调取了他离开网吧的时间，然后比对他出现在废品收购点的时间，算出了他走到现场的时间：两分钟！

八百多米的距离走了两分钟？不可能！

难道不是他？或者是哪里出了问题？

那个时候，我的感冒已经严重到全身打晃的程度。

但我还是强撑着检查了每一条线索，终于发现在调取网吧视频时居然没有和北京时间校准：网吧的监控比北京时间整整快了九分钟。也就是说，嫌疑人实际到达现场用了十一分钟。

同事们根据网吧登记的嫌疑人信息，很快将凶手抓捕归案。

我则被直接送进了医院。又一次，我被隔离了。

那是在 2010 年，全世界刚学会一个单词的缩写——H1N1，翻译成中文，就是甲型流感。虽然没有"非典"那么凶险，但严重时也是能要人命的。更要命的是，没两天，我老婆居然也被送进病房，和我一起隔离起来了。

我嘴上说着：还是老婆亲，有难都和我一起当。但我心里那个难受啊。关上灯，背过身，我咬着枕头边，眼泪在眼眶里打着转。

老婆倒是安慰我：举头三尺有神明，老天以特有的方式眷顾我们，让我们能有多一点的时间相聚。放心吧，我们都会没事的。

如今,我对老婆的那句话做了扩展:举头三尺有神明,举头一丈有视频。

是的,人作恶,不仅天在看,那些视频侦查的刑警们也都在看。

合成作战

2016年,我的新使命来了——合成作战!

什么叫合成作战?就是把最尖端的技术、最优秀的人才集中起来办公。在当时,合成作战还是个新课题,就像咱国家在探索组装大飞机一样。我相信,只要能把个人的能力都发挥好,把每个软硬件都磨合好,就能起到1+1远大于2的效果。

就在此时,辖区突然发生一起入室盗窃案。损失的价值不算大,五万元。

通过视频对作案车辆丰田皇冠的跟踪,我找到了这伙贼最后消失的区域——J省Y市。

我的心跳开始加速。因为我知道,老对手再次现身了!

时间往回拨两年,2013年。辖区内一个小区同样在白天发生系列入室盗窃案。一伙贼开着宝马进入小区,一人望风,三人盗窃。分头行动,不到半小时就连偷五家。正要收手,被巡逻的民警拦下,刚要盘查,这伙贼居然开车冲撞警车,夺路而逃。市局即刻组织人员追捕,无奈对方开的是宝马车,性能优越,一溜烟儿就没影了。当年我还在视频侦查大队工作,从视频一路追踪,眼见着宝马车下了高速,进入省道,又拐进县道,最后消失在J省Y市的某个地方。

再审视现在的这起案件,实在有太多的相同点:Y市籍、白天作案、团伙行窃、技术开锁、租用豪车、套牌上路、高速和普通公路频繁切换……我以这些关键词进行搜索,在全国范围内串并了不少此类案件，有的地区损失惨重。

我明白，盯上这伙贼的，肯定不只我们焦作刑侦一家。要想拔得头筹，还必须行动迅速。

我和弟兄们迅速赶赴江西宜春，准备在当地开展排查工作。

宜春当地的刑侦战友告诉我们：这伙贼属于家族式盗窃，技术只在师徒间传授，且经常请有入室盗窃犯罪的前科人员，甚至是律师来讲解业务和法律知识。徒弟出师前，必须经过师父的考核，包括开锁技术、寻找赃物技巧、反侦查手段以及对抗审讯策略。

就拿开锁技术来说，一把普通的防盗门锁必须在十秒内打开。时间超一秒都算不合格。

这伙人原先只在江、浙、沪地区盗窃，通过多年和警方的较量，积累了大量实战经验，现在转而开始在全国流窜。

正在我们为对方的介绍感慨不止时，一队同样抄着河南口音的警察进来了。

我在旁边不作声，只听他们自我介绍是G市警方，也是为了这个盗窃团伙而来。

Y市的兄弟乐了，说：巧了，这是焦作警方，都是一个地方来的，可以联起手来破案。

G市专案组的头儿一愣，才慢慢伸出手，我也假情假意地握了握。但双方的眼神却在明白无误地说：合作？那是不可能的，只有舀到碗里的才是菜。

按照当地警方提供的信息，我们开始对Y市租车行进行暗中走访。

我们相信，由于此次盗窃团伙使用的车辆为丰田锐志，总体市场的保有率不高，应该很容易查得到。

跑了几家后，一个小插曲发生了。

我发现有辆雪佛兰一直跟踪我们。不远不近，却始终甩不掉。也不怪，我们的河南牌照的确很扎眼。

我就让弟兄们偷偷搭出租车继续走访，而我则继续开着车带那辆雪佛兰兜圈圈。等到弟兄们查清出租锐志车的车行后，我才把车停到路边，下车进到一家小吃店点了碗面，磨洋工般地细嚼慢咽。

一直到不耐烦的雪佛兰车主下车来查探，被我调拨回来的弟兄们抓了个正着，在其后备箱里还搜出来几十张假牌照。

我们连人带车送到了当地刑警支队。

一查，这小子不仅没有案底，当地刑侦对他也不掌握。他们分析，这是当地盗窃团伙放出的眼线，目的就是搜集都有哪些地区的警方来查案子。好家伙，我们倒是被别人给盯上了！

不过，这只是个插曲，我们可不能被这个小喽啰给带跑偏了。锐志车才是重点。

我来到那家租车行，把锐志车照片调出来，与案发视频监控截图进行比对。保险标签张贴的位置、雨眉安装的形状、牌照框的金属镶边，这一切都能对得上。

没错，就它了！

租车行老板把租车人的身份证和驾驶证复印件拿出来时，我并没抱太大希望，嫌疑人是肯定不会用真实身份登记租车的。

果不其然，系统一查，全套的假身份。

我寄希望的，是车辆的 GPS 信息。按理说，为了保证车辆安全，租车行都会在车上安装实时定位装置。

但当老板从后台登录定位系统后，大家才发现，该辆车的定位，从一周前就已是离线状态。也就是说，嫌疑人租过车后，第一时间把车辆的定位装置给拆了。

确定不了嫌疑人，落地不了嫌疑车。按理说，这条线索应该就算断了。

但我总觉得这种价位的车，应该有双重保险才是。

回到住处后，我对皇冠车的硬件配置进行了彻底研究。这一查，还真发现了端倪。原来这种车型，本身还有个内置定位装置。而数据的信息全部存储在深圳的一家科技公司。

好，飞深圳。

我们找到了那家科技公司的技术员，一个胖乎乎的小伙子，对破案非常感兴趣。小胖子告诉我，这种内置的定位装置每天只在19点发送一次位置信息，比新闻联播还要准时。

我要小胖子查一下先前几日的车辆轨迹。

小胖子登录系统后，便看到：保定、石家庄、晋中……一天一个城市。

正查着，系统突然提示有其他人登录。

小胖子抬头望向他们主任办公室，说：领导好像上线了，把我给挤下来了。

我顺着小胖子的目光望去，心中涌起一番他乡遇债主的感觉——G市专案组的那几个刑警也正在那儿查着呢。

小胖子人不错，就是有些贪吃。身边的垃圾桶里是各种各样的零食包装。

我到超市给小胖子买了两大包零食，嘱咐他一定要及时把最新的位置信息通报给我，然后就带着弟兄们回到飞机场。

但是下一步去哪儿呢？一时间大家也没了主意。

我打开手机地图，把盗窃团伙近几日的位置信息做了标记，然后让大家一起推断。结果大家都认为，盗窃团伙今晚极有可能会落脚在郑州。

好，飞郑州！

落地时是晚上，新闻联播刚开始放前奏，小胖子就把定位信息发了过来。嫌疑车辆果然在郑州。

我们立即赶到车辆可能出现的地方进行搜寻。找了一个多小时没见影。

难道嫌疑人已经开车走了？

正犹豫着，一个小兄弟打来电话。原来他憋了泡尿，正想找个背阴的巷子解决时，一低头，那辆锐志车就在他脚边上。

人员迅速收拢,朝嫌疑车辆围了上去。巷子不宽,车里没人。

我刚调集两辆车,堵在嫌疑车辆的前后,G市牌照的车辆就一头一个,把整个巷子都给封锁了。看来G市警方也得到了嫌疑车辆的位置信息。

按常理说,这种局面下,我们和G市警方都要守株待兔,只等嫌疑人出现。但之前我说过,我可不是那种喜欢蹲守的人,我更偏爱主动出击。

我在现场留了两个人,其他人各自突围,然后到附近的一家桑拿浴会合。

是的,桑拿浴!

这伙贼外出盗窃,从来不住宾馆,只选择那种不需要身份证登记的桑拿浴过夜。

我找到桑拿浴经理,一个东北大汉,说明来意后,东北大汉非常配合。

他帮我调取了当晚进入桑拿浴的视频。快进了不到一个小时,我按下了暂停键。四个小伙子走到了前台,取了衣柜的钥匙。

我请东北大汉把那四个人存在大堂的鞋子取来。鞋面、鞋底都拍了照,第一时间发回到焦作刑侦技术部门。

很快,技术民警就做了反馈:其中三人在作案现场留下的脚印和这三双鞋鞋底的花纹吻合。

没错,就是他们了。

我当场就把四双鞋子给收缴了。手下的小弟兄有些疑惑。

我告诉他们:这可是证据啊!万一人被G市警方抓了,他们还得向咱们讨要鞋子不是?

虽然嘴上开着玩笑,但我的脑子却在飞速地转。毕竟只是知道衣柜号码,嫌疑人究竟在哪儿还不清楚。

更何况,锐志车边留守的弟兄已经告诉我:G市警方也朝桑拿浴方向来了。

我让弟兄们全部换上桑拿浴的马褂裤头,再把头发全部打湿,然后分头到桑拿浴里确定四名嫌疑人的位置。

很快,三个小组就反馈信息:两个嫌疑人在按摩,一个嫌疑人在汗蒸。而最后那个嫌疑人,正像一条死鱼一样,躺在案板上由师傅给他搓澡。

开始抓捕!

我来到搓澡师傅身边,亮了警官证。

师傅知趣地闪到一边。

嫌疑人翻身,刚冒出一句 Y 市方言,我们就把他反手给上了手铐。

其他三组的行动也很顺利。此时,G 市警方已经进入桑拿浴的大堂。从前门走,同行相见,难免有些尴尬。

我就让东北大汉领着我们从员工通道撤退。刚从后门出来,就看见焦作赶来增援的警车已经停在了外面。

把人分别押上四辆警车后,我对东北大汉表示了感谢,顺便请他再帮我办一件事:代我向 G 市的同行们道个歉,并把我的姓名和电话转交给他们,让他们给我打电话,我来请他们喝酒。

猫鼠游戏

把嫌疑人送走后,我的心情轻松下来。这一路 Y 市、深圳、郑州的,好不容易喘口气,带几个大老爷们儿浪漫浪漫,逛一逛省城的夜景。

看到路边有星巴克咖啡店,我就招呼着大家进去尝尝鲜。小城市人,还真没喝过那玩意儿。结果咖啡还没喝进嘴,我就两眼一黑,晕了过去。

后面的事情,还是背我去医院的小郑告诉我的。

他的体重一百二十斤，我的体重一百八十斤，但他硬生生地把我背进了医院的急救室。一番检查下来，心血管和脑血管都没爆掉，但高压220，低压160，只能慢慢往下降。

医生告诉我，什么都不要想，就在那儿好好躺着。

但即便是面对急诊室雪一样的白墙，我还是不能为自己的思绪踩刹车。想刹也刹不住啊！

我开始想我这十九年的刑侦工作。从搭建刑侦综合系统，到试水视频侦查，再到参与合成作战。每一次进入一个新领域，我都像一个闯进荒漠的独行侠，拼了命地折腾，希望能为这个新领域折腾出一片绿洲。

现在不管怎么说，我也算一个老警了，也开始带徒弟，也开始指挥行动了。

我拉着那帮小弟兄们，一起走进了无人涉足的荒漠。

慢慢地，行走在荒原上的已经不止我一个人，而是一群人，而且每个人手里都操着家伙，连狮子看着都会躲得远远的。我们组队往绿洲进发，如果能到达目的地最好，如果没有，我们就坐地生根，让自己成为那片绿洲。

想到这里，我的思绪终于缓缓降下了速度，而心里还真就像绿洲一样，开始泛起了绿色……

从郑州回来，我开始注重对队伍的训练，注重对80后、90后刑警能力的培养。

只要工作不忙，下班吃过晚饭后，我就戴上一顶帽子，开始出去溜达。

逛公园，进商场，看会儿大妈们跳广场舞，然后搭出租或骑单车，"流窜"到某个居民小区，脱掉帽子，换一件外套，再偷偷从某一个侧门出来，像一个贼一样，注意掩饰自己的行踪。

然后，我让合成作战室的小伙子们通过视频侦查，来绘出我这一个小时的活动轨迹。

这是一出很有趣的猫鼠游戏。

小伙子们起初平均要耗费七个小时,才能把我的活动轨迹全部画出来。

但慢慢地,他们开始提速。

当然,我也不甘示弱。我设计新的"潜逃"路线,买新的帽子和外套,甚至找体型和我相近的同事玩暗度陈仓。

但那群小伙子们总是能以越来越短的时间锁定我的行踪。最新纪录时效比,已经达到了1∶4。

我很开心,因为我知道,这缩短的三个小时,就是宝贵的破案时间。

除了技能训练,我还鼓励大家加强体育锻炼。身体是革命的本钱。我开始跑步,体重已经从先前的一百八十斤降到了现在的一百六十斤。而在郑州背着我去医院的小郑则在拼命练臂力。大概是上次背我去医院给他留下了心理阴影。

当然焦作还有一绝,那便是太极拳。咱们合成作战室几乎每人都能完整地打上一套。太极拳是一个需要极高专注力的运动。只有专注,才能放松,才会不至于轻易犯错误。

这和侦查破案是一个道理,环环相扣,精确地做好每一步侦查工作,进而发现案件的答案。

慢慢地,合成作战室的小伙子们能独当一面了。

去年发了一起命案,凶手扔掉全部通信工具和身份证件,一路只靠步行、搭便车的方式开始逃亡生涯。小郑带了一组人开始沿途追踪,从郑州到信阳,再到广西柳州,然后是广东珠海,又向内地折返。和凶手一样,小郑这一组人在外面飘了几个月。当最终在武汉一处建筑工地将嫌疑人抓获归案时,我相信,这一切的艰辛,都已经融为了小郑他们破案成功的喜悦的一部分。

如今,焦作市的刑事发案率逐年降低,恶性案件更是不及十年前的十分之一。我们合成作战室的成员,明显有了一种虽然环境越来越舒适,内心却越来越饥饿的感觉。

耳畔传来《橄榄树》的旋律，我知道，当这片绿洲已经初具规模时，我也到了即将踏足新的荒漠的时候了。但这次不会是我一个人踽踽前行，我将和我的刑警兄弟们一道奋勇向前，只为心中那一抹绿色。

扫描二维码即可观看
相关视频等

反诈者

郝振铧

每当康飞想起1986年8月那个夜晚,他都忍不住陷入巨大的悲痛、恐惧和绝望之中——父亲康纪官,时任重庆市公安局刑警大队四队组长,在执行任务返回途中遭遇车祸,不幸牺牲。

直到十五年后,康飞穿上警服,走上父亲生前所在岗位,他才彻底走出心底阴霾,逐渐成长为共和国最优秀的刑警之一。

丰都捉"鬼"

身高一米八,体重六十公斤,兼系国家二级篮球运动员、三级百米运动员、三级跳高运动员,毕业于重庆警察学院,康飞这样的身体素质,放眼当时的重庆市公安局,算得上出类拔萃,绝对是干刑警外勤的好料。

但无论他怎么请求,甚至软磨硬泡,都被总队领导死死按在四支队内勤岗位上,一按就是三年。

叔,给个机会吧。私下里,康飞可怜巴巴地向总队长请战。每天发那么多案子,随便给一个就行。

少来,当好你的内勤。总队长板起面孔,样子蛮骇人的。小屁娃,啷个那么多想法!

就给一个耍耍嘛。康飞坚持。

滚！总队长动气了，指着门冲康飞吼：听到没得？老子喊你滚！

康飞一甩头冲出门外。

内勤工作的确很重要，却不是康飞想要的。他心目中的警察，一直是童年记忆中爸爸的样子——腰杆上挎着大"五四"，骑着"轰轰"作响的三轮摩托，在大街小巷风驰电掣追捕罪犯；稍大后，则是爸爸留下的武侠、探案小说中岳飞、狄仁杰那样的盖世英雄和智勇神探。

要不给他个案子试试？一天，趁总队长高兴，一位康飞"派来的救兵"说和道。这娃儿聪明得很，身上还有他老汉儿（爸爸）的韧劲。

娃儿是不错，这三年磨炼得也可以，可是康纪官就这么一支血脉……总队长犹豫了好一会儿。要不给他个案子试试？破了算他运气好，破不了也断了他的念想，老老实实给我干一辈子内勤。

其实康飞哪里知道，总队领导之所以咬牙坚决不让他搞案件，除了父亲的原因，还有母亲的两"不准"请求：不准开车，不准做外勤。

案子很快自己找上门来。

丰都县龙河镇人小伟，大学毕业后没找到合适工作，这天在街上闲逛时，接到一个陌生电话：你是阿强吗？

不好意思，你打错了。小伟客气地说。

电话刚撂下，对方的电话又打了进来：阿强，刚才给你打电话，一个傻蛋接的，他还说不好意思，哈哈。

神经病。小伟气愤地挂断电话。

如此反复几次，搞得小伟火冒三丈又无可奈何。他索性把手机关闭。

一个小时后，小伟开机，电话再次响起。这次是在外地工厂做工的爸爸打来的。

小伟，你怎么才开机？现在在哪个医院？伤到哪里了？爸爸焦急地一连串问。

什么伤到哪里？小伟被问得莫名其妙。我好好的呢。

啊！刚才医院医生来电话，说你出车祸，正在医院抢救，需要五万元住院押金。你电话打不通，医院那边催得急，我和你妈妈好不容易凑够了钱，刚刚打到医院账户里。

许是冥冥中注定，报警电话打到康飞的座机上。

小伟声泪俱下地陈述着案情经过，最后他说，警察叔叔，求求您一定帮我们把钱找回来啊。为了我上大学，爸爸在外打工很久都没回来过，妈妈在县城到处打零工。这些被骗的钱，大部分都是跟工友借的……

听着小伟的哭诉，康飞禁不住想起了自己的母亲。

母亲的心早已随父亲一起离去，而之所以还活在世上，就只为了把康家唯一的血脉抚养大。不满30岁、依然年轻漂亮的母亲，拒绝了一个又一个追求者，因为担心别人会对失怙的儿子不好。母亲在重庆市丹尼尔服装厂做工，主动要求加班加点，为的是多挣一点儿生活费。可是祸不单行，一场大火把厂子烧没了，失业的母亲只好到服装店打工，收入依然只够养家糊口。如果不是有父亲的抚恤金，很难支撑康飞完成学业。那些年，康飞没见母亲穿过一件新衣服。

这些骗子真该千刀万剐！康飞义愤填膺。他拿起报案材料，再次敲响总队长办公室的门。

既然案件撞到你怀里，那你就搞吧。总队长听了康飞的再次请战，破天荒同意了。我可警告你，千万多加小心，撞到怀里的可不都是温柔。

于是，康飞与另一名侦查员小谭立即开始侦查丰都这起电信诈骗案。

那时，无论如何康飞也不会想到，这起看似普通的案件，经过不断深挖，竟然使他们一举侦破了由公安部督办的电信系列诈骗案,被中央电视台12套法制栏目评为当年十大经典案例之一,也为他十二年后成长为重庆市专门反电信诈骗犯罪领域的领军人物进行了一次实战"大练兵"。

自2000年以来,重庆警方曾陆续接到山东、黑龙江、广东等地警方的协查通报,请求协查以交通事故为由实施系列诈骗案件的有关情况。这些受骗者中,少则被骗几千元,多则数万元,其中有新疆学生家长被骗十五万元。大部分受害人家中本已十分困难,受骗后更欠下巨额债务,使学生及家长蒙受着经济和心理双重打击。

三年多内勤业务,加上对电脑的熟练运用,让康飞具备了对各种纷繁复杂信息的分析梳理能力。

为寻找破案线索,他首先对多年来累积的同类协查通报、群众报案等上万条信息进行检索,以及从湖北、广东、四川等十四省市公安机关刑侦部门提取证据材料分析对比,认定这伙诈骗犯通过网上查找被骗人员(主要为在校生、处于求职阶段的毕业生)电话号码及家庭情况等资料,假冒公安民警、学校老师、医生等身份,与其父母打电话,谎称其在外地求学、工作时出车祸,需紧急抢救,要求其父母将治疗费打入指定银行卡,从而实施诈骗活动。

与此同时,电信诈骗犯罪嫌疑人活动范围渐渐浮出水面——丰都。

电信诈骗案,没有传统概念上的发案现场、作案工具,嫌疑人与受害人没有直接接触,且受害人具有随机性,所以该类案件存在隐蔽性强、取证难、被害人报案不及时及破案成本高等特点,给侦破工作带来极大难度。

丰都是历史文化名城,地处三峡库区腹地,距离重庆市区170余公里,又称鬼城。

又是一个8月天,康飞和搭档小谭登上开往丰都的长途客车,正式开启打"鬼"模式。

车辆在崎岖的山路上颠簸，火辣辣的太阳炙烤着车皮，车厢内没有空调，温度已经爆表，其间充斥着烟味、汗味，及不时响起的呕吐声音。

康飞耷拉着脑壳，蜷缩在最后一排靠窗座位上，衣服早已被汗水湿透，连续的呕吐让他难受不已。

坐在旁边的小谭，边给他拍背边说：见过晕车的，这么大反应还真是头一次见，看来鬼城着实不好闯啊。

这条路，也是通往父亲老家忠县的路。在片段般的童年记忆中，他惬意地躺在身着警服的父亲怀里，两只小手把玩着警服上的扣子、徽章，长途客车每颠簸一下，都引得他"咯咯"地笑。父亲1950年出生在忠县农村，18岁去云南当兵，19岁加入党组织，21岁成为公安民警——所以当年仅20岁、意气风发的康飞初到刑警队时，一些父亲曾经的老同事感慨不已，当年的纪官回来喽。父亲喜欢摄影，家中至今保留着一些他当年拍摄的黑白照片。这些照片，除了几张工作照、风景照，绝大部分都是康飞和妈妈的生活照，却极少有父亲的——他永远是站在镜头后面的那个人。直到现在，康飞在看照片时，还会忍不住去翻看那些照片的背面。

摸排工作没有想象中的顺利。

在龙河镇几个村寨，常常看见两个年轻男娃冒着酷暑走街串户。他们既不收购农产品，也不卖货，却老是打听谁家遭遇了"杀猪客"——即当地人所称骗子。村民们纷纷摇头，唯恐避之不及。

这些村寨，地处偏僻，贫穷落后，但民风淳朴。近几年，大批年轻人开始去南方沿海省份闯荡，村中多是老人和留守儿童，对外人有较强的防范意识。

康飞和小谭不畏辛劳的走访，终于得到一个人——某岩村村支书杨臣发的回应。

某岩村四周大山环抱，距离丰都县城近三小时车程，是龙河镇最贫困村之一，村民人均年收入仅千元左右。许多青壮年小学都没毕业就出门去打工。全村一共2700人，其中青壮年占了三分之一，几乎都在外打工。

去年4月份，一村民找到杨臣发打证明，说要去信用社贷款，说是在外打工的儿子遇到车祸，要三千元钱救命。

杨臣发怀疑有诈，立即帮着联系，后证实的确是一个骗局。

缺口已经打开，康飞继续深挖。

终于，四组村民孔令习提供的另外一起诈骗未遂案件线索，揭开了始终蒙在"杀猪客"脸上的盖头。

去年6月，孔令习和小舅子在浙江打工，家里岳父突然接到电话，说小舅子遭遇车祸，叫马上寄九千块钱去。

岳父立即与孔令习联系，方知是骗局。

就在次日，岳父接到在外打工的侄子电话，询问是否有人打来电话诈骗。当得知叔叔没有受骗后，才长舒一口气。

后来侄子告诉他，是附近某坡村一个熟人在"开玩笑"。

孔令习不相信，追问下才清楚是"杀猪客"内讧，诈骗到"自己人"家属头上。

正是侄子的善意电话，暴露出"杀猪客"的真实身份，也证实了康飞的最初判断。

2004年12月26日上午，刑警总队四支队实施斩首行动，突袭位于重庆渝中区的中山宾馆，一举将正在打电话实施诈骗的隆洪木、熊伦、谷晓钢、岑伟当场抓获，缴获笔记本电脑两台、移动电话七部、银行卡八张。四名嫌疑人中的隆洪木、熊伦，正是该特大电信诈骗团伙的一号、二号头目。

隆洪木，33岁，龙河镇某岩村四组村民，初中一年级时因为打架被开除，17岁离家出门打工，曾误入传销组织。隆洪木操有一口流利普通话，且头脑聪明，很快学会了洗脑和电信诈骗手段，拉出熊伦等人开始"单飞"。

为了麻痹家人和村里人，他谎称自己在福州一家鞋厂当保安,并把穿着保安制服的照片寄回家给父母看,还给父亲一套保安制服,故意让他穿着在村里走动,以此证明自己确实"混得不错"。

本村和附近村寨的一些年轻人,开始相信隆洪木,纷纷前来投靠他"挣大钱",最终加入到"杀猪帮"大军里。

短短几年,团伙成员呈滚雪球式发展,仅某岩、某坡两村,就有上百名村民先后加入或裹挟入伙。其中,又有数个"摸出门道"的团伙成员"单飞",重新组建新帮。这些"杀猪帮"相互勾连,有分有合,四处犯案。

一幢建筑,有一扇窗户被打破,如果不及时修理好,隔不久,就会有更多的窗户被人破坏,这是犯罪学中的破窗效应理论。即环境中的不良现象如果被放任存在,会诱使人们仿效,甚至变本加厉。近年来各地出现的毒品村、传销乡,以及类似于该案中的电信诈骗村,都是以这种方式漫延开来。

由此,康飞摸索出"打快、快打"两条反诈思路,并在以后的工作实践中得到运用和验证。

为了不暴露身份,"杀猪客"基本断绝和家里联系;即便偶尔回去也是偷偷摸摸,神出鬼没,且极少给家里寄钱。一旦诈骗得手,赃款很快被用于吸食毒品、嫖娼、赌博,待挥霍一空后,其再寻找下一个侵害目标。

27岁的熊伦,与隆洪木同为某岩村人,父母均身体不好,家中一贫如洗。而他在诈得赃款后,常邀团伙成员到迪吧"嗨药",一晚花销就达上万元,或者召妓嫖娼,完事后甩给每个小姐至少两千元。

熊伦被抓后,父母听说此事,满腔怒火:这龟儿子,从没有给家里寄过一分钱,我们只当他死外头了。

有的团伙成员为能骗到钱财,在犯罪后期竟然吃起"窝边草",甚至连自己亲属都不放过。

首犯隆洪木,更是把这种丧心病狂发挥到极致。

落网前，隆洪木拎着笔记本电脑，带着队伍"转战"全国各地，六年未回家，甚至过家门而不入。其间，他除了给父亲寄回一套用于"演戏"的保安服，再未给家里寄过任何钱物。妻子不堪忍受他的绝情，把两个儿子寄养在隆洪木父母家后，离家出走，至今下落不明。

2003年6月，有人告诉其母赵丽华，说看到隆洪木在某坡村打牌赌博，一晚输掉三千多元。赵丽华不信，打电话询问，隆洪木解释说确实回来过，但半路上被熟人强行拉去打牌，钱输光了又不好意思回家，于是返回福州。

一个月后，突然有人找到赵丽华收欠款，说是隆洪木打牌借的三千元钱。她打电话问儿子，隆洪木承认确有其事，叫她先垫上，说年底就寄钱来还，并许诺要在丰都县城买楼房，到时接她去享福。

赵丽华把圈里的猪全部卖掉，替儿子还清赌债，然后一心盼着儿子接她到县城享福。这年年底，赵丽华终于等来消息——隆洪木因涉嫌电信诈骗被重庆市公安局抓获。

赵丽华说，此前曾传说村里有些年轻人在外做"杀猪客"，没想到儿子也卷入其中，且是首犯。更无法让她接受的是，宝贝儿子居然连自己都当成"猪儿"来"杀"。

"12·26"案件初战告捷，为继续扩大成果，公安部向全国发布协查通报，对分散在全国各地的30余名丰都籍电信诈骗团伙成员逐一抓捕，核破案件86起，涉案金额400余万元。"杀猪帮"被彻底摧毁后，全国同类案件发案率陡然下降，整个重庆市在次年仅发案三起，为历史最低年份。

在丰都等地摸爬滚打的三个月，让康飞真正体会到侦破案件的辛苦，尤其还要面对来自母亲的一次次"审问"。

他能理解，父亲的离去对她打击实在太大，她不想唯一的幺儿再冒任何风险，即使他平时在单位加个班，母亲都要枯坐至他回家，才肯安心去睡。

这次长时间异地作战，康飞搬出"封闭式大拉练"的招法来搪塞母亲，自以为得计。可当他回到家时，三个月没见的母亲，满脸憔悴，眼睛红肿。显然他的谎言并没有奏效。

好好干，做出一番成绩来才对得起你死去的老汉儿。这是母亲在他入警第一天说过的话，至今铭刻在他心里。天下母亲，又有哪个不希望自己的孩子出类拔萃、成就一番事业？

无疑，"12·26"案件的成功侦破，是康飞迈向优秀刑警之路的起点，也让母亲第一次看见儿子的勇敢、智慧和成熟，更是警察儿子向警察爸爸最好的献祭。

反诈一哥

老汉儿，什么是勇敢？

勇敢就是敢于接受挑战，一往无前。

因为抢玩具，4岁的飞飞把同一个大院孟叔叔家6岁的小哥哥揍了，将其眉毛处打掉一块皮。父亲狠狠打了他一顿手板，但还是兑现承诺，周末领他去西郊动物园玩碰碰车，吃冰激凌。他却不知，父亲暗地里不但掏了医药费，还请孟叔叔喝酒，好一顿赔礼道歉。

老汉儿，怎么成为神探？

神探就是要能人所不能，不断超越。

父亲的座驾——湘江720警用三轮摩托车停在大院里，几个同事正在听他讲解驾驶知识、常见故障修理。坐在驾驶座位的5岁的飞飞，趁大人们不注意，启动摩托车，一拧油门儿开出大院，后面跟着一帮警察边喊边追……

南岸区金山路19号，是一栋临街旧居民楼，在鳞次栉比的高楼大厦中显得有些寒酸。该楼一、二层是商服，被刑侦总队租赁下来，作为反诈中心临时办公场所。

正对门口大厅墙上，有一个以英文字母"F"与"Z"组合而成的图案，如一道迅疾的闪电，又如一只警惕的眼睛——那是市公安局党委委员、刑侦总队总队长吴立勋亲手设计的反诈中心标识。二楼大厅，几十名民警紧盯着各自眼前的电脑屏，气氛静谧，却又不时被响起的报警音乐声打断。大厅外围办公室，是36家银行、电信运营商等驻点单位。其中一间挂着材料室门牌的办公室，墙角地上堆积着一人多高的《反诈骗宣传手册》，一个红漆书柜贴墙而立，一张小办公桌上摆着一台大屏电脑显示器，埋首其后的，是一位体型庞大、带着黑框深度近视眼镜的男警——该中心"操盘手"、负责人康飞。他正不停地刷着电脑页面，歪斜着的大脑壳和肩膀之间还夹着一部正在通话中的手机。

进入21世纪，电信网络诈骗犯罪伴随金融、通信业快速发展，成为社会突出问题。犯罪分子借助手机、固定电话、网络等通信工具和现代网银技术，大肆实施非接触式诈骗活动，给百姓造成极大损失，甚至倾家荡产，家破人亡。

2015年6月，国务院批准建立由23个部门和单位组成的打击治理电信网络新型违法犯罪工作部际联席会议制度，以加强对全国打击治理工作的组织领导和统筹协调。10月9日，国务院打击治理电信网络新型违法犯罪工作部际联席会议第一次会议在北京召开。自此，一场声势浩大的反诈骗严打行动，在全国各地公安机关迅速展开。

重庆是中国西南地区融贯东西、汇通南北的综合交通枢纽，长江自西向东横贯境内，简称渝或巴，既以江城、雾都、桥都著称，又以山城、火炉扬名，是抗战时期国民政府陪都、历史文化名城。1997年升级为直辖市后，重庆整体综合实力提升至全国省份前列。尤其近几年来，重庆紧紧抓住"一带一路"等国家战略机遇，经济发展进入快车道，成为当今令世人瞩目的网红"魔都"，电信诈骗等新型涉众犯罪也随之大量滋生。

2015年11月，重庆相应建立由市公安局等24个单位组成的市级联席会议制度。12月24日，市级联席会议召开第一次会议，决定由刑侦总队牵头多家单位建立重庆市反诈骗中心。

由谁担任筹备组负责人？

局领导，包括总队领导、人事部门颇费了些脑筋。

过去十年间，康飞曾几换工作部门，抽调搞专案，一直战斗在打击违法犯罪第一线，直接或参与侦破了无数大要案，侦查经验丰富，思想日臻成熟，尤其精通网络技术。2013年年底，他被调入诈骗案件侦查大队，任正科级侦查员。

当康飞作为人选之一被提出后，得到大部分领导认可。但也有质疑声音，认为如此全市上下瞩目的重要部门和岗位，是不是要考虑派一位有长期领导工作经验的处级以上干部？康飞毕竟没有部门"一把手"经历，职级低，年龄小，难以服众，平时穿着太随便，还爱打游戏，看起来就是一个贪玩的大男孩嘛。

质疑的问题很客观，而且确实存在。

康飞对穿着很不讲究，常常是一身"嘻哈"服。因为着装问题，他没少挨总队领导"剋"。而他的电玩经历，恐怕比他求学、从警经历还要丰富，最早可以追溯至童年。

飞飞，十元够不够？妈妈问。

这是上高中时，康飞中午、晚上的饭伙钱。

够啦，谢谢妈妈。

康飞中午喝了一瓶汽水，晚上又喝了一瓶汽水，然后拿着余下的八元进了网吧。他脑子很灵，曾获得过奥数五市联赛二等奖。

他基本是每款新游戏的第一代玩家，12岁打《Zmud—风云2》，19岁打《传奇》，21岁打《mu》；他是"大侠好累"，是"功夫熊猫"，是"沙巴克神"；他在美服带团，组织上百人打联众游戏，建立起一个个城堡、帝国。23岁那年，康飞遇到最痴迷的一款游戏——《魔兽世界》，他似乎从中找到了自己的影子。

书柜顶层,摆放着全国公安"百佳刑警"、"巴渝刑侦先锋"奖杯,厚厚一摞红皮证书,妻子曾洁和女儿绮绮的照片,以及一把刻着"侦破苏湘渝系列持枪抢劫杀人案纪念"的水晶手枪——这是康飞参加"8·10"专案获得的纪念杯。在"8·10"专案中,正是通过康飞之手,把上万条信息逐一梳理,去粗取精,去伪存真,最后将150余条有价值的线索提供给专案组领导指挥、布控警力参考使用。他还利用自己情报技术专长,用计算机模拟出罪犯周克华的行动轨迹,事后证明与实际情况基本相符。也是在此工作期间,他的情报综合分析、驾驭计算机和善于创新能力,以及肯于吃苦、甘于奉献、勇于担当的可贵品质,得到时任专案组领导吴立勋、陈迅(现任刑侦总队副总队长,主管反诈中心工作)等人赏识。

组织最后把信任的目光投向了康飞,确定让他作为筹建反诈中心负责人。

中心筹备初期,康飞只有六个"兵"。兵力不足,会严重影响战斗力,他硬着头皮找总队领导"补血"。人有了,还得置办两件趁手的"大杀器",他又厚着脸皮找总队领导伸手要钱。

好多?吴总没听清,或者是故意。大点儿声嘛,啷个像受气的耙耳朵,哼哼唧唧。

康飞伸出一个巴掌,把声音提高八度:五百万!

好嘛,就给你五百万。吴总从没有过的爽快,转而又发出警告:要是打了水漂,看老子怎么用板板打你屁股。

天下武功,无功不破,唯快不破。

侦破丰都系列电信诈骗案时,康飞就敏锐感觉到,案件破了,但钱没了,那些受害者的损失还是难以挽回来。

在康飞的带领和推动下,研发团队经过十个月攻坚,两大系统终于呱呱坠地。与此同时,银行、电信运营商等30余家部门陆续进驻中心,与公安部门合署办公,结成反诈骗联盟,全面打通止付、冻结绿色通道，形成快速止付机制，即打快——第一时间冻结被骗资金。

正是这段时期，刚接到大学录取通知书的两名女孩，山东临沂徐某某、广东揭阳蔡某，分别被电信诈骗九千余元学费，导致两人伤心欲绝、先后离世，引发全民对电信诈骗恶行的声讨。

2016年8月15日，在万众期待中，重庆市反诈骗系统一期工程上网调试，凝聚无数人心血的"两系统一机制"开始高效运转。此举标志着反诈中心正式成立，宣告重庆市打击电信诈骗犯罪工作进入新纪元。

这一天，是父亲30周年祭日前一天。

这一夜，康飞彻夜未眠。

去，父亲发出严厉的指令，拿竹板来。

飞飞眼里溢满泪水。还要打宝宝嗦？

必须打。父亲毫无商量余地，"多"字写啷个多遍，咋个还写错？

那我算数题还都做对了呢。飞飞委屈地辩解。

一码是一码，对了要奖，错了要罚。

2017年年底，刑侦局、刑侦总队两级大考。康飞忐忑不安，他带领下的反诈中心能交出一份令人满意的答卷吗？

这一年，中心共处置电诈警情六千余起，核破电诈案件三万余起，抓获犯罪嫌疑人两千余名，冻结资金3.1亿元。

反诈中心从无到有、由弱到强，成为重庆市打击违法犯罪的一张响当当王牌，走在了全国同行前列。公安部、市公安局多次给予嘉奖、表扬，中央电视台、《人民日报》等主流媒体，广泛报道重庆市反诈骗中心取得的成就。

作为中心负责人，康飞这位曾经赫赫有名的渝中半岛游戏玩家，已经破蛹化蝶，成为守护一方平安的反诈斗士。

为此，康飞付出了常人难以想象的努力和代价。浓茶、咖啡、烟，让他持续保持着亢奋状态。废寝忘食的钻研，通宵达旦的鏖战，严重透支了他的健康。

很长一段时间，他每天只在黎明时才能入睡，且只睡两小时就醒，几乎分秒不差。开始康飞还挺美，以为自己又开发出一项潜能。后来有医生朋友告诉他，这是病，是强迫症的一种，得治。

高高瘦瘦、明眸皓齿的帅小伙不见了，取而代之的，是一位体重超过220斤、双眼五百度近视、华发早生的中年油腻大叔。

飞飞，你又胖了一圈。一段时间没见，曾洁总会发出这样的感慨。别把自己搞得太累，注意劳逸结合噻。

俩人是光腚娃，青梅竹马，康飞经常向朋友炫耀。

大学毕业后，曾洁去深圳发展，生意做得风生水起。在康飞的软磨硬泡下，2010年10月10日，曾洁放弃生意回来与他成婚；两年后，宝贝女儿绮绮前来报到。

呵呵，怪兽太多喽。康飞故意用轻松的语气，打得好过瘾嘛。

这样你会累死的。曾洁心疼地嗔怪。

我们生而为战，犹如树叶自会飘落。康飞引用游戏里的一句台词，自以为很诗意。

绮绮刚刚5岁，难道你想让她早早没了老汉儿？

……

跨国追击

萨拉迈尼之剑，又称魔法精灵之剑。这武器原来是两把：沙拉托尔（暗影撕裂者）和埃雷梅尼（暗影掠夺者），由上古之战时期一对双胞胎战士所有。机缘巧合，瓦里安在战斗中发现此剑可以一分为二，也可以合二为一，根据需要自由转换，威力大增。

在康飞看来，中心两大反诈系统，就是萨拉迈尼之剑，既可各自为战，又可合成作战；而反骗诈联盟，更是万众一心，众志成城，成为庇佑被侵害群众、阻断伸向群众魔掌的强大盾牌。

2017年11月7日14时11分，反诈中心报警音乐声响起：市民罗某称被电信诈骗八千元。

11分45秒，反诈系统自动生成《应急处置情况说明》，随后止付、冻结系列处理措施同步启动，卡内资金安然无恙。

接到电诈报警后的五分钟，是紧急止付和快速冻结的最佳时间，被称为"黄金五分钟"。"钱在账户里，就有机会。"

与此同时，嫌疑人网上作案的轨迹和犯罪证据被锁定，一个电信诈骗团伙就此走向覆灭。

康飞记得，侦破第一起丰都电信诈骗案，前期摸排嫌疑人就花费三个月时间。如果放到今天，恐怕立刻就能锁定。在"两系统一机制"的强大威力下，侦破案件数、止付款数、追缴赃款数大幅飙升，电诈发案呈明显下降趋势，重庆本土犯罪空间被大大压缩。

2018年新年伊始，武隆22岁女孩王月开始上网搜索——新年新气象，她大学毕业后一直没找到合适工作，想趁着新年的喜庆，通过网络贷款，开家网店，这样既不耽误继续找工作，又可以有点儿小收入，减轻家里的负担。

某网贷公司地址弹出页面。这家网贷王月听人说起过，信誉不错，放款快，利息也不高，还有针对大学生创业的优惠政策。

打开链接，又弹出一个QQ对话框。简短交流后，按对方要求，王月须支付两万元手续费和保证金。基于对该网贷的信任和急于贷款，王月没多想，很快凑齐款项通过网银支付过去。

几个小时后，王月感觉不太放心，再次登录该地址，发现已经无法登录，这才醒悟自己遭遇了钓鱼网站。

接待王月的是反诈中心案件判研组组长魏昆力。小魏是康飞重庆警院小几届的师弟，在"3·19"案件侦破过程中，他的工作能力得到康飞认可。中心成立后，康飞把他抽调过来。在康飞言传身教下，小魏很快进入角色，他不再喊康飞大师兄，名正言顺地叫起师父。

被骗款项已被嫌疑人取走，钓鱼网站无法登录，王月唯一能提供的，就是一个已经把她拉黑的QQ号。

中心通过反制系统，发现钓鱼网站绑定的是一串疑似手机号码的数字，登录人数多达六万，受骗金额超过七千万元。通过进一步工作，又发现数个可疑的QQ群。

六万人，七千万元，这绝不是个小数字。康飞在听取案件初查情况后，认定这是条"大鱼"，于是层层上报。

副市长、公安局局长邓恢林，总队长吴立勋高度重视，将该案确定为2018年开年第一大案——"1·3"专案，任命副总队长陈迅为专案组组长，由康飞担任前线指挥，抽调案发地武隆区刑警支队副支队长徐鑫、民警陈刚、渝北区刑警大队大队长刘建伟及魏昆力组成专案前线组，全力开展案件深挖、侦破工作，很快锁定犯罪嫌疑人黄晴。

我要出个门，顺利的话十天八天就能回来。正月初八这天，徐鑫向妻子"请假"。专案组派遣他带领两名兄弟，先期赴龙岩开展摸排工作。

刚过完节就出差，那么急做啥子？妻子明显不满。

我们上班了，骗子也该开工了嘛。

工作的事我不管，生日那天能不能赶回来？

徐鑫生日是3月17日，这几年担任副支队长职务，不是出差在外地，就是一忙给忘到脑壳后。但细心的妻子都给他记着，要的是一个仪式感，也借机把一大家子人喊到一起聚聚。

天天掰着手指头盼呢。还有二十天，肯定能回来。徐鑫露出一副乖样：吼吼，老婆大人有礼物嗦？

在福建龙岩永定区高丕镇一家超市附近，黄晴从居民楼里走出来，在路边公共汽车站点停下，与等在站点的两名男子低声交谈。与此同时，又有一批批人从居民楼里陆续走出来，聚集在站点附近。停在不远处车里的徐鑫三人，密切监视着这群人，一个个数着——共计一百二十余人，均为年轻男女。这是骗子窝啊！

这时，十二台面包车、轿车驶过来，把这群人全部接上，浩浩荡荡向郊外驶去。

行驶至一岔路口时，一直保持距离跟踪的徐鑫发现车队突然消失。为防止暴露，徐鑫等人暂时撤回宾馆，把监控到的新情况向康飞汇报。此时，专案组已经集结八十人抓捕队伍，准备乘次日班机赶到龙岩。

零点刚过，徐鑫三人再次返回白天跟丢车队的位置，拐入岔路口。行驶一段时间后，发现这条路是通往一座废弃石灰厂的。

趁着夜色，三人一处处搜寻，终于在一座二层楼房前的草丛里，发现有被多辆车碾压过的新鲜痕迹。楼房像个碉堡，窗户很小，且安装在二楼。民警们绕着楼房走了两圈，居然没找到入口门。他们又回到草丛处仔细摸索，这才发现一个被草丛掩盖起来的"狗洞"。

楼房里空空如也，地上散落着一些对讲机、卡套等物品。一架高高的梯子，架在一扇窗户下面——分明是个观察哨。

不好。见此情景，徐鑫心里暗暗叫苦，看来这些人很可能得到风声跑路啦。

你什么意思？打了这么久电话也不接。电话里传来妻子的吼声。

煮熟的鸭子飞了，大队人马正乘飞机赶来，窝在宾馆的徐鑫心里正烦躁得要命。他立刻火了：打个锤子电话，老子正在办案，没得空接。

好嘛，好嘛，办你的案子吧。你龟儿子有本事别回来！电话啪的一声挂断。

几分钟后，他收到妻子信息：老公，生日快乐！

尽管在龙岩扑空，但通过武隆警方和反诈中心前期工作，基本厘清了该诈骗团伙的组织机构和骨干成员。

一号头目，即在QQ群里两个女人为之争风吃醋、"正处于事业上升期"的王宝龙，因诈骗嫌疑正被湖北警方上网追逃。骨干成员包括：黄晴，团伙下设的七大组组长之一，主要负责在四川、重庆片区招人并实施诈骗，即王月被骗案件的主要犯罪嫌疑人；"小妖"梅媚，王宝龙情妇，负责团伙财务管理；单长兴，王宝龙司机兼保镖，以及单长兴哥哥单长隆、技术维护黄友等人。

其实早在3月8日，王宝龙迫于国内打击电信诈骗风声太紧，带着六十万现金，与单长兴等几名骨干，驾驶两辆车从龙岩一路窜至云南，又从红河州河口县偷渡至越南老街省老街市。

老街省地处越南北部，省会老街市与河口县隔红河相望，是越南通往中国大西南的重要门户和通商口岸。19世纪70年代，民族英雄刘永福领导"黑旗军"曾以此为根据地，联合越南军民坚持抗法达七年之久，后人为纪念其赫赫战功和中越两国人民的战斗情谊，在老街市捐资兴建刘公庙以奉祀。

王宝龙当然不是为祭拜刘公而来，他早就相中老街这个地方。这里距离国内最近，有七八个通商口岸，每天过境数万人，还有近二百公里、一脚就能跨过去的边境线，便于他和他的"大部队"出入；尤为重要的是，这里还能享受到国内4G网络的全覆盖。

安顿好后，王宝龙马上让黄晴把在龙岩的上百人队伍拉过来，稍事休息，即轻车熟路投入"工作"。

不容有失。康飞带领专案五人组立即赶到河口县，住进郊外一家小旅馆。旅馆是木楼结构，尽管破旧，交通不便，但这里距离王宝龙栖身的老街市"sapaly"酒店最近，相距不足一公里。旅馆楼下有一条小河沟，即是中越两国界河，搭个木梯就能过去。

但要跨过这条小河沟，却绝非易事。康飞通过总队领导，与云南刑侦总队取得联系，想通过中越双方警务合作方式，对王宝龙等人实施抓捕。

此时，一条消息让抓捕计划胎死腹中——老街省公安部门一名高层收取了王宝龙的重金贿赂。

强攻不行，只能智取。康飞与红河州边防支队取得联系，以王宝龙等人"涉嫌偷越边境"的名义，照会越方边防部门实施抓捕。

碰巧的是，边防支队刘政委是江津人。

老乡嘛，自然就更好要啦。康飞兴趣盎然，主动要求乔装成边防人员，过境与越南方面会晤、谈判。可是整个边防支队找不到一套适合康飞穿的服装，以他的体重，在部队至少要将军级别，即使能找到一套将军服，他也过于嫩了点儿。

大敌当前，康飞只好作罢，只是心里至今仍为失去一次难得的过一把"将军瘾"的机会而遗憾。

谈判有了结果：最多可以引渡六人，名单由中方提供。

专案组立刻列出王宝龙、单长兴、黄晴、梅媚等六人名单，通过边防转交给越方。

如果六名主犯到位，"1·3"案件即可告破。

康飞长出一口气。这些天的辛苦总算没白费，剩下的，就是静候佳音。

王宝龙，85后，龙岩人，相貌英俊，已经结婚生子。他17岁出道，短短几年便拉起这么庞大的队伍。其过人之处，在于对队伍的严格管理。来越南后，他把整个宾馆包租下来，三令五申禁止员工外出，一切吃喝拉撒睡都在宾馆内解决。

队伍大了，确实不好带。都是年轻人，背井离乡，孤身在外，总有寂寞难耐的时候。其中两位小伙便坏了王宝龙定下的规矩，跑去红灯区体验了一把异国女人的风情。结果此举引来当地派出所公安，进入宾馆里检查、搜人，顺便带走十一名技术骨干，并处罚款三百万元人民币。

正在这档口，越南边防部门也过来抓人，也许是得知派出所刚敲过一笔重金，也许是康飞开具的六人名单压根儿没带，竟然也是随便抓了六个人了事。

消息第一时间通过红河州边防支队反馈到专案组，不禁令众人大失所望。

河口县有小山城之称，康飞住的木楼旅店周围，山川秀美，风光旖旎，但他根本无心欣赏。

从家中出来已经一个月，五个大男人大部分时间憋屈在房间里，只能通过手机、电脑与外界取得联系。

康飞曾听母亲讲过父亲当兵时的一次"艳遇"。父亲曾作为警卫班班长，随师首长进入四川边远少数民族地区，进行国家政策宣传。20出头的父亲，朝气蓬勃，身上既有农村人的质朴，又有两年多部队生活历练而生的英气，擅长摩托车驾驶、摄影、射击，深得师首长赏识和喜爱。在族长家，父亲遭遇了"温柔的陷阱"。师首长落座后，他也觅得一个小板凳坐下来。孰料，这个毫无二致的小板凳，竟是族长女儿用来招婿的"道具"。厅堂里顿时响起"远方的客人请你留下来"的歌声——族长女儿和她的闺密们，手捧米酒，甩着及腰长发，跳着整齐的"一顺边"舞，把一脸困惑的父亲团团围住。

那你老汉儿留下来了吗？陈刚迫不及待地问。这娃儿体格好，是李小龙的嫡传弟子，全国截拳道冠军，也是专案前线五人组中年龄最小、精力最旺盛的，还没结婚。

白天在宾馆里实施监控，又须防备对面反监控，他们只有在天黑后才能出来，找家路边店，叫上一道当地特色大盆鸡，喝点儿米酒，解解馋，透透气。

瓜娃子，康老英雄要是留下来，哪还有咱们康队？38岁的刘建伟拍了一下陈刚脑壳，没结婚，啥子也不晓得，就是个嫩雏儿。

气氛有点儿活跃起来，大家又干了一杯米酒。

这天是4月18日，白天的不利消息像石头一样压在每一个人心口。康飞只能使出浑身解数，尽量说些轻松搞笑的话题，以提振大家低落的情绪。

那次父亲被留在寨子一个月，用辛苦的劳动换回了族人的谅解。随后，在族长女儿依依不舍的送别中，父亲离开寨子，在大山里徒步一个多月，终于归队。

在河口期间，康飞常常在夜深人静时，站在木楼顶层露台，沐风浴雨，仰望星空。他想起曾洁，想她从母亲那里接过来的"唠唠叨叨"；想起绮绮，想每次回到家里被女儿逮到，把他的大肚皮当成滑梯，能愉快地玩上一个小时；想起母亲，想她做的地道川菜，味道巴适得很；想起父亲，那个比现在的自己还年轻的生命里最重要的男人，像流星一样划过他人生最初时光。

就在专案组陷入迷茫之际，老乡刘政委打来电话，确认在移交的六人中，有一个年轻女人——黄晴。

房间里，正在苦苦寻求良策的男人们兴奋不已。黄晴太关键了，她不但是始作俑者，而且掌握着王宝龙犯罪团伙的核心秘密。通过她或许就能找到破解僵局之道。

一阵凑趣的欢快音乐声响起，是魏琨力妻子拉拉打来电话。

小魏不接，他想让歌声多飞一会儿。

你龟儿子有本事就别接。徐鑫没头没脑甩出一句，他这是在故意激小魏。

徐鑫和拉拉一天生日。那天，他在龙岩被黄晴放了鸽子，心情郁闷，误把妻子的好心当成驴肝肺。而魏琨力那天同样不给力，竟然也生生把拉拉的生日忘在脑壳后，在单位忙活到很晚才回家，免不了被"家法伺候"。

不接就不接。小魏中招了。

拉拉随即又发来视频请求。

坐在床边光着膀子穿着大花裤衩的康飞看不下去了，说，赶紧接，别听老徐扯靶子，他这是羡慕妒忌恨。

做啥子呢？老公。拉拉温柔地问。

开会噻。小魏赶紧回答，生怕拉拉说出什么亲昵的话，让四个正支棱耳朵的男人听去。

这么晚了还要开会？

真的在开。小魏信誓旦旦：案子要透亮了，用不了几天就能回去……

透亮个屁！拉拉勃然大怒，打断小魏的话，你龟儿子房间里有女人，喊她出来说话！

屋里五个大男人都被雷到了，面面相觑。

小红拖鞋是哪个妖精的？拉拉不依不饶地追问，还有一截光脚杆，好风骚哟！

小魏这才低头看见，他的康师父露着毛茸茸的大腿，脚指头上正挑着一只红拖鞋在摇晃，另一只刚好就甩在镜头里。

黄晴果然有料。

根据她提供的情况，康飞果断采取"断金"措施，从国内掐断王宝龙等人所有的金脉。王宝龙在越南期间，先后被各路势力敲诈勒索去五百万元，租赁宾馆、人吃马喂又是一笔巨大开销，金脉一被断，日子越发难过。

一直没拿到工钱的上百名雇用人员，得到王宝龙资金链已经断裂的风声后，立即引发躁动，纷纷离开宾馆回国。

4月19日至21日，重庆警方在云南警方大力支持下，在边防站、边检站、高速路口设立三道防线，张网以待，拿着户口本、通缉令等有效身份证明，把一百多名陆续从越南回国的团伙成员一一"请"上四辆大客包车，混迹其中的就有王宝龙老婆及妹妹。

狡兔三窟的王宝龙，依然不甘心失败，他已提前数天派遣单长兴去了缅甸，重金租赁下缅甸军方一处军营二层楼（共三层，一层、三层均为驻军兵营），准备等他带领梅媚、单长隆、苟于贵等骨干，自越南磨丁港取道老挝，然后至缅甸与单长兴汇合，以图东山再起，大干一场。

此时的王宝龙，已是囊中羞涩，无法支付高额的偷渡费用。

思量再三，只能铤而走险。他选择先偷渡回国，再经昆明、德洪去往缅甸。

4月21日，王宝龙安排苟于贵白天偷渡入境。22日凌晨2点，梅媚偷渡入境。

康飞在侦得这一情况后，立即指派包括四位专案组成员在内的十名警力，分成两组，赶赴昆明，对梅媚、苟于贵进行查控。他则继续留守河口，进行全线指挥、调度。

王宝龙等人为规避侦查，一直使用的是国外聊天软件，并提前约定好暗语：数字1代表问话"到了没有"，2代表回答"快了"，3代表事情败露"跑"。

他见前两位已经安然无事，闯关成功，自己才带领最后两人于晚间10点开始偷渡。

这些租车花销，均是财务主管梅媚通过手机支付的，先后三笔，其中两笔两千元，一笔四千元，共计花费八千元。按常规推算，河口至昆明一辆车租金为两千元，也就是一共租用了四辆车。

康飞掰着手指分析，前两次费用用来支付苟于贵、梅媚用车，那么剩下一笔就是为王宝龙支付的租车费用——他租了两辆车。

三个人两辆车？王宝龙已基本弹尽粮绝，仓皇逃窜，这时还要摆摆大老板的派头？

23点50分，一辆红河州牌照的出租车驶入昆明市的一个小收费站,停车、缴费、抬杆,然后顺利通过。两分钟后,又一辆红河州牌照的出租车驶入收费站。

漂亮的收费小妹面带微笑,从窗口接过司机递过来的收费卡。

五名持枪警察突然出现,牢牢控制住这辆出租车。

报告康队,参与抓捕的武隆刑警邱林难掩激动心情,声音带着颤抖,王宝龙归位。

2018年,重庆市反诈骗中心再接再厉,处置电诈警情7300余起,核破电诈案件5万余起,抓获犯罪嫌疑人2800余名,冻结资金5.19亿元,止付资金1.89亿元。猜猜我是谁、冒充公检法、钓鱼网站等类电诈案件得到有效遏制。部督"1·3"特大网络贷款诈骗案件入选十大典型案例,让康飞在公安部做反电信诈骗经验介绍。

在公安部领奖、介绍经验期间,康飞接到四姨信息:你妈妈刚刚昏了一会儿。随着年纪渐大,母亲身体越来越差,这几年因为各种疾病折磨,已经是第五次昏迷。

退出气氛热烈而隆重的会场,康飞正要回电话,母亲的短信先发了过来:

飞飞,妈妈只是最近休息不好,没大碍。好好干工作,妈妈没有怨言,妈妈永远以你们两爷子为荣!

扫描二维码即可观看
相关视频等

黄金的舞蹈

班雪纷

蓝天白云下的关岭县城，安静、祥和。

关岭，又名关索岭。因是三国古战场及关羽的儿子关索曾在此驻兵而得名。这里拥有地球上最美的裂缝——花江大峡谷，有中国第一高桥——坝陵河大桥，有国家级农业旅游示范点——木城河乡村旅游区。

非凡之地，必有俊杰。

如今，这片古老的土地上，正演绎着一系列与赵晶晶有关的令人惊叹的故事。

她被商调去市局

世间不寻常的人和事，都会有不寻常的开局。

赵晶晶，初次出现在关岭县公安局新警名册上时，备注一栏有特别注明：法医。

分管刑侦的郭锦平副局长，之前就是局里的法医。

这天，乡下刚巧有个案子，正好可以试试这个刚来报到的小姑娘是否合适做这份工作。

不要怪郭锦平副局长狠心。在公安队伍，一直都有这样的说法：女民警当男民警用，男民警当牲口用。既然她选择了法医这个岗位，是骡子是马，必须拉出来遛遛。

下车后要走一截崎岖的小路。

赵晶晶小跑着，尽力跟上大家。

今天，报到的第一天，她是被直接从入警前的政治理论培训课堂上喊来的。

一具尸体横在村口的麦田里。正是寒冬腊月，冷风呼啸着刮过田坝。全村男女老少都裹着大棉衣挤在村口，空气中透着凛冽。

法医曾书铁走在赵晶晶后面。

鸡肠子似的田埂，赵晶晶好几次踩滑，差点儿跌到田里。

她即将成为他的搭档。法医工作有多苦，曾书铁心里明白。这么一个柔弱的女孩子，能胜任吗？他甚至有些想不明白，女孩子干什么法医？

此时，赵晶晶的心里却在想：这尸体跟解剖室里的教具，究竟会有什么不同？

赵晶晶跟着曾书铁来到尸体旁边。

麦田一片凌乱。死者是一名60来岁的妇女，身体僵硬，面容恐怖。曾书铁是一名经验丰富的法医，他一边查看尸表，一边给赵晶晶讲解。小姑娘一会儿看看尸表，一会儿看看师父，表情严肃认真。

返回县局时，曾书铁特地坐到郭锦平副局长的车上。

路上，他们之间有了这样的对话：

郭局，这回招对人了。没想到新来的赵晶晶胆子真大，一点儿都不害怕死人，对法医工作还挺有兴趣。

我也观察到了。她还主动和你一起翻尸体。你好好带她，多教她一些东西。

一路上，那具尸体的影子一直在赵晶晶眼前缭绕，挥之不去。

新警培训中心教室，一起培训的新同事围着赵晶晶，大家的好奇心爆棚：人死了？怎么死的？尸检时你在场？尸体是不是很狰狞可怕……

赵晶晶笑着打断大家：我在大学学的就是临床医学，早就见过尸体。不过，解剖课堂上的尸体跟现场的尸体还是不一样。死者是服毒自杀，死前应该有过痛苦挣扎。面部有些扭曲变形，也就是你们所说的"狰狞"，但并不"可怕"。

过程一旦开始，就不会停止。上天似乎有意继续考验小法医赵晶晶的胆量。

第二天，一个镇上发生了一起双尸案。案件惊动了市局。

县市局分两个勘验组，赵晶晶被安排在市局刘法医这个组，负责对其中一具尸体的检测。

这是一具男尸。尸体仰面倒在路边，五官已被砍得变形，浑身上下鲜血淋漓，空气中充斥着浓烈的血腥味。

刘法医看着身边的小助手，心想：做法医工作这么多年，第一次带女法医到凶案现场。这么惨烈，小姑娘会不会被吓晕？

没想到赵晶晶三步并作两步走到尸体旁，开口就问：师父，我们要先做什么？

语气平稳，波澜不惊。再看她的表情，平静自然，毫无惧色，似乎面前躺下的不是狰狞的尸体，而是一截树木，或一块石头。

刘法医心想：这不是一个简单的女孩。

在刘法医的指挥下，赵晶晶和另一位民警把男尸抬起，放到旁边铺好的一张胶布上。然后蹲下身，认真做记录，不时仔细查看尸体的一些症状。

现场勘验结束，刘法医来找郭锦平副局长：赵晶晶不错，派她到市局去学习，由我带一段时间，她会成为一名出色的法医。到时候郭局您得请我喝酒。

郭副局长哈哈大笑。刘法医的想法竟然跟自己不谋而合。

玉不琢不成器。郭副局长拍了一下刘法医的肩膀：那就说好了，我把她送到市局学习半年，带好了我请你喝茅台。

再后来，刘法医不愿意喝茅台了。他要把赵晶晶调到市局去。

他说：她天生就是做法医的料，胆大心细，思维广阔，逻辑性强，心思缜密。在案发现场，她感觉敏锐，总能找到突破点。这种灵感对于法医尤其重要。还有更重要的一点：她热爱法医工作。

伯乐知良马，慧眼识真金。刘法医爱才心切，专门去找领导反映。市局几次发来商调函，县局不舍得放人，赵晶晶本人也舍不得离开，此事便就此搁下。

市局依然不甘心，对赵晶晶说：市局的大门永远向你打开，随时欢迎你来。

害你们的人抓到了

春节，向来是中国的节中之节。小县城的年节氛围尤为浓重。2009年2月1日，农历正月初七，走亲访友，吃喝玩乐，人们依然沉浸在新年的热闹中。

傍晚，纳建村附近一个花椒种植基地的房子里，一对母女遭到抢劫和杀伤。

赵晶晶和同事们赶到案发现场，昏迷的母女俩已被送到医院急救。

房间里被翻得乱七八糟，墙壁、地上血迹四溢，两截指头被砍断，血淋淋滚落在地上，那是受害母亲的手指。有老乡说：可怜那个还不到5岁的女孩，脸上被砍了一刀，刀口直接从额头拉到嘴角。

锋利的刀刃仿佛砍在赵晶晶身上。她的心一下疼痛起来。

现场初步勘查完成后，赵晶晶连夜赶去县医院。

受害者袁某是一名年轻的母亲。除了遭受抢劫和杀伤外，还有没有受到其他侵害？

赵晶晶提出了自己的想法。

县医院急救室灯火通明。受害的母女俩还处于昏迷状态。心跳记录仪时而微弱，时而急促，危险随时可能发生。

赵晶晶提出对袁某做妇检。

在准备提取生物物证时，发现受害者正处于月经期。

医院的妇科医生提出疑问：案发已经几个小时，月经流淌，是否还能提取到有价值的物证？

赵晶晶心里也没有把握。但她态度却很坚定：必须取！我来取。

无影灯下，她的动作很轻微，不忍心再弄疼这位伤者。她又很仔细，尽可能提取认为有价值的生物标本。同时，还安排人员采集了受害者丈夫的血样。

回到县城已经是午夜。曾书铁说：我们一起到实验室去。

赵晶晶问：你知道我要去实验室？

曾书铁答：今晚这个检测不做，你能睡着？

几年的共事，彼此之间早已形成默契与理解。难怪同事们都称他们为"黄金搭档"。

时间一分一秒过去。

公安局大楼刑侦实验室的灯一直亮着。

从受害者身上提取的物证检测结果为阳性。

这样的结果既沉重，又欣慰。

曾书铁捕捉到，赵晶晶一直紧锁的眉头，增加了坚定的神色。

此时，已是2月2日凌晨5点。小县城还在沉睡中。远处星星点点闪烁的红光，是居民们悬挂的新年灯笼，温暖而祥和。

早晨7点，赵晶晶和一名同事出门了。

早春，天亮得比较晚。天空朦胧一片。县城冷冷清清，路上渺无人迹。

赵晶晶现在是要赶到贵州省公安厅物证检测中心，请求对案发现场所搜集到的重要物证做进一步检测。

开车的同事问：晶姐又一夜没睡？

赵晶晶笑笑：我在车上睡。等到贵阳，也就睡得差不多了。

省公安厅物证检测中心的技术员跟赵晶晶比较熟悉。看着她的送检物，直接就说：晶姐，其他物证不说，这经期提取物能不能检测出结果，可不敢保证。

试试嘛，要比平时更认真才行。赵晶晶边说，边再次盯着提取物，心里暗自祈祷：转机出现啊！早一天查出穷凶极恶的犯罪嫌疑人，还受害人以公道。

2月3日，对于赵晶晶来说，是一个特殊的日子。

一大早，她洗漱完毕，对母亲说：我去单位看看。

母亲问：你不是已经请假了吗，怎么还去？

前天的案子还有些事需要处理，我去去就回。

知女莫若母。母亲提醒她：去吧，早点儿回来。

母女被侵害案的省厅检测结果还未出来。赵晶晶努力回想现场勘查时是否有遗漏之处，脑子里反复推演案件的发生过程。

办公桌上的电话铃打乱了她的思绪：花江镇发现一具无名女尸。

她背起工具箱立即出门。

忙到中午，母亲打来电话：晶晶，客人全都在等你回来吃饭呢。

妈，我还在现场，回不来，你招呼客人，不要等我。

一起出现场的同事们谁也不知道，这一天，是赵晶晶和男朋友订婚的日子。

晶晶家里，母亲忙得不亦乐乎。

关岭是布依族苗族自治县，少数民族地区礼节多，儿女订婚，算得上一件大事。亲家第一次登门，双方亲戚第一次见面，各种礼数都要周到，才符合待客之仪，不然会被世人嘲笑。

男朋友黄维早就知道赵晶晶工作忙碌，很多次约会都是陪她在实验室加班。可是，他父母以及一同来的亲戚都不理解。什么工作这样重要？是不是女孩子不乐意，才故意不来见面？

赵妈妈性格爽朗，是热情好客之人，这下也难免有些尴尬。她一边招呼客人吃饭，一边竖起耳朵听门外动静，期盼着女儿赶快回来。

订婚宴持续到下午，主角一直未出现。

傍晚，赵晶晶终于回来。家里客人都已走空。母亲一个人在收拾残局。

妈，对不起，我实在回不来。

不说了，妈能理解。忙一天了，快歇歇。黄维的爸妈可能会有点儿小误会。

我找机会跟他们解释。

2月4日，省厅物证检测中心传来消息：从受害人袁某身上提取的生物物证中，检测出一名男子的DNA数据。通过比对，该数据排除是其丈夫的可能。

侦查民警似乎看到了曙光。大家明白：数据的指向就是犯罪嫌疑人。

期待的目光集中在赵晶晶和曾书铁身上。

一组又一组相关可疑人员的DNA数据被送进实验室。赵晶晶丝毫不敢懈怠，反反复复做，一次又一次比对。

像一枚钉子，赵晶晶把自己钉在了实验室里。

秋寒彻骨。她在实验室一站就是几个小时，甚至十来个小时。

比对，排除；再比对，再排除……

所有采集上来的 DNA 样本，最终全部被排除，无一例比对成功。

失落，沮丧。可任何负面情绪都毫无用处。数据比对是科学，靠的是严谨，需要铁一般的证据。

除了检测到的 DNA 数据，案件现场再无别的有利证据。

案件进入了死胡同。

走出实验室，她却走不出那对受伤害母女的悲惨记忆。这样的结果，赵晶晶接受不了。没法跟受害人交代，没法跟自己交代。

母女伤害案成了一个结，牢牢扎在她的心上。每每碰触到，都会产生尖锐的痛感，令她无比自责。

从此，在每一起出勘现场，她都会格外仔细，认真搜集物证。工作闲暇之余，她就把这个 DNA 数据拿出来，一次又一次在全省、全国 DNA 数据库中进行比对。

成万上亿的数据，在屏幕上快速闪动。几个小时下来，她两眼辣痛，迎风泪流。

大海捞针，凭的是一腔执着。

四年过去了，当初一起参加侦破此案的民警，有的调离，有的退休，有的甚至已经离世，只有赵晶晶没有放弃，依然期待着奇迹发生。

2013 年元月 8 日，赵晶晶跟往常一样忙完手上的工作，又习惯性地拿出那组数据，在网上进行比对。

就在这一刻，奇迹发生了。

手中的 DNA 数据，与全国数据库中的一组数据比对成功。

抑制住内心的狂喜，她告诫自己：慎重，再慎重。之后她又反复比对，认真核查。

就是他！

赵晶晶连跑带跳地冲进技术中队，大声喊道：找到了，找到了，我终于找到了！

她反常的表现把大家吓了一跳。赵晶晶平时多稳重啊,她这是怎么了?

同事们打趣道:找到金矿了?

有的说:找到新男朋友了?

赵晶晶喘了口气,降低了嗓门儿,面色十分严肃:2009年纳建村入室抢劫、强奸、杀人的犯罪嫌疑人DNA比中了。

柳暗花明。大家都被这个好消息惊呆了。静默了几秒钟,紧接着爆发出一阵欢呼声和掌声。

大家都知道,为了这组数据,赵晶晶锲而不舍地坚持了整整四年。

潜逃了四年多的犯罪嫌疑人被抓捕归案。在强有力的证据面前,他不得不认罪伏法。

这一天,赵晶晶到受害人家里进行案件回访。

女孩安静地坐在老式木躺椅上,脸上和脖子上有两道清晰的疤痕。当年受惊吓后,她变得木讷,不愿说话。当有人靠近时,她会出现强烈的紧张和戒备。

女孩的母亲同样怕见生人。她时常表现出紧张畏惧,神情恍惚。

这些年,赵晶晶没少来看望她们。每次看到她们的模样,她就心如刀绞。

今天赵晶晶是带着好消息来的。当她刚说完害你们的人抓到了。

小女孩突然从椅子上站起,开口问:抓到了?是哪个?

母亲走过来,将女孩紧紧搂在怀里,两行泪水夺眶而出。

再到现场看看

小县城的生活安闲舒适,风轻云淡。然而,一旦发生恶性案件,立即便会满城骚动。

2014年5月，关岭县海拔较低的板贵乡已进入炎热季节。

可让一农户家焦急上火的，不是室外高达三十五摄氏度的气温，而是16岁的女儿上山放牛，整整三天，还未回家。

周边的山头、荒地全部找过，都没有发现女孩的踪影。

烈日似火，气浪灼热。一座怪石嶙峋、布满荆棘的山上，一阵恶臭引起了人们的注意。顺着臭味来到两块岩石夹缝间，掀开一堆干枯的茅草，一具已经腐烂变形的尸体出现在眼前。凭着死者身上所穿的衣服和饰品，他们认出这就是自己家的女儿，当场晕倒在地。

陪同找人的村民拨打了报警电话。

可怕的消息像长了翅膀，周围村寨的人们一齐涌向案发现场，远远站在警戒线外，议论纷纷。胆小的女人开始转身下山，不敢再看现场的惨状。

赵晶晶和师父曾书铁赶来了。

她和师父径直走近尸体。

气候炎热，尸体已经膨胀变形，面目全非，就是所谓的"巨人观"。普通人即使胆子再大，也不敢再看第二眼。

师父，要不你负责外围？

考虑到死者的性别，赵晶晶主动提出由自己做尸体初检。

她小心翻动着死者的衣物，认真勘查，生怕错过某个疑点。

为了提取地面少量的几滴血迹，她甚至趴在地上，像寻宝一样，小心翼翼，生怕一眨眼，那几滴已被太阳烤得淡了颜色的血迹就会消失。

尸体表面已经腐烂，稍一碰触就流液。恶臭难忍，尸身发出的气浪刺激得她两眼辛辣。

那天的太阳似乎忘记落山，一直在头顶燃烧。围观的群众受不了，早已消散回家。

从上午到下午，就在烈日下，赵晶晶围着尸体，整整工作了八个小时。

将现场物证进行细心筛查和整理后,赵晶晶连夜将物证送到省公安厅检测中心。

检验人员告诉她:在这样高腐尸体上提取到的生物物证,意义不大,做出结果的可能性微乎其微。

这话给了赵晶晶当头一棒。千辛万苦提取的物证,怎么就做不出结果?

她央求检验员:无论如何请帮忙做一做。

只是提醒你有个思想准备,肯定要帮你们做。

检测结果要二十四小时才能出来。

赵晶晶不敢耽误时间,又赶回关岭。

一路上,她都在想:尸检时自己是否遗漏了什么?还有什么是自己没想到的?

昨天到达现场后的场景,又在她脑子里一幕一幕反复重现。

检查死者下身时,裤裆里有一小截蒿枝杆。

裤子一定不是受害者自己穿上去的。

凶手对受害者性侵后是不是又对她动了什么手脚?

遭侵害时女孩是不是有过挣扎、抓扯?

……

车快到县城时,赵晶晶跟开车的同事说:直接去板贵,再到现场看看。

那座山头早已经没有人影。尸体已经抬下山,但恐惧却比大山更沉重,紧紧压在群众心上。

见赵晶晶和同事又要上山,村口的大娘说:姑娘,你胆子咋这么大?发生这事,那些男人都说,以后不敢一个人上山了。

赵晶晶安慰道:不害怕,大娘,这是我们的工作。

大娘接着说:可怜的小姑娘死得太惨了,哪个天杀的这么狠心啊?

大娘哭诉的话语,在赵晶晶听来,就是一份激励和鞭策。

不将凶手绳之以法,何以告慰那尚未成年的魂灵?又如何面对头上的警徽?

山上茅草纵深,野刺横行。案发地的茅草已经被踩平。

赵晶晶要求大家再仔细翻看。昨天人多,现场会不会遗漏了什么?

野茅草叶的边缘带着锋利的锯齿。赵晶晶的两手早已被划伤,但依然在仔细翻找。

突然,一条细长的白色布带出现在草丛下,被压平的茅草刚好把它遮盖得严严实实。

这是当地人习惯用的裤带。

她小心翼翼地将它装进物证袋。

几个小时后,她又再一次来到受害者家。

受害者已经装棺入殓。房屋上空笼罩着阴云。

在赵晶晶的说服下,亲属同意开棺。

她又认真检查了一遍尸体。

她拿起死者的小手,认真观察,连指甲缝也不放过。

在征得家属同意后,她开始小心翼翼剪下受害者的手指甲。一个一个地剪,一个一个地收入物证袋内。

围观者一头雾水,不知道这个漂漂亮亮、胆大心细的女法医要做什么。

人群中有人说:这个女法医很厉害的。

再厉害还能让死人又活过来?

听说她曾经让死人说过话。

那这次看她的了。

尽管议论声很小,赵晶晶和同事们还是都听得清清楚楚。

她再一次捏紧了手中的物证袋。

贵州省公安厅物证检测中心,检测员看到赵晶晶跨进大门,连忙说:实在对不起,昨天你们送来的高腐尸体上的提取物,没有做出有价值的数据。

这个结果似乎在预料之中。

赵晶晶把新提取的物证袋递给检测员：请再帮我们做做这个。

　　检测员这才知道，赵晶晶他们又返回现场，重新提取了物证。

　　检测员深受感动：就冲着你们对破案的这股执着劲儿，我们连夜加班也要帮你们做出来。

　　同样的执着，同样的信念。

　　又一次紧张、焦急的等待。

　　第二天一大早，检测员兴奋地喊来赵晶晶，当场宣布了一个重大消息：送来的白布带上，检测出死者的体液和一名男性的精液混合物，由此做出了该男子的 DNA 数据；从死者左手食指指甲内壁提取物中，又做出了同一男子的 DNA 数据。

　　检测结果印证了赵晶晶的猜测。

　　智慧的灵光从不会泯灭，它总会在有心人面前闪现。

　　这组 DNA 数据，被放到网上进行全面比对。

　　一个叫吴任新的男人进入侦查员视线。他曾犯有强奸前科。

　　民警找到他时，他身穿一件长衫，炎热夏季，封领扣竟扣得严严实实。侦查民警让其打开扣子，其脖子上显出几道细细的抓痕。他说是和朋友嬉闹时被抓伤的。

　　对于强奸杀人的事，他矢口否认。

　　"没有真凭实据，不会请你到刑侦队来。你看看这份 DNA 检测报告。"

　　赵晶晶的声音不大，但充满了威严。

　　没想到吴任新听到 DNA 这几个音，自己首先就垮了下来，情不自禁地嚷道：咋又栽在 DNA 上！

　　原来，几年前，吴任新强奸同村一女子，当时受害者并未报警，后发现有了身孕，而其丈夫已经做了结扎手术。受害者说出实情后，吴任新百般抵赖，死不承认。他以为事隔几个月，神仙也不可能再找到他作恶的证据。没想到办案民警采取了亲缘鉴定的办法，从受害人引产下来的胎儿身上提取物证，最终将他绳之以法。

吴任新出狱后，不思悔改，潜伏在山上，直到16岁女孩上山放牛那天，他又伸出了罪恶的双手。将女孩奸杀后，他随手扯下裤带擦拭身体。有了前车之鉴，他懂得要销毁证据，竟然从山下提了水上去，冲洗女孩的下身，然后帮她穿上裤子，之后移尸到石缝间，盖上茅草。下山后他又跳进河中把自己浸泡了许久，衣物也搓洗干净，认为万无一失，才返回家中。后来发现裤带丢失，他曾上山找过，但匆忙中并未找到，因担心被人发现，再不敢上山。

再狡猾的猎物也逃不过好猎手。

吴任新被执行枪决那天，受害者家属紧紧握着赵晶晶的手：这回姑娘能安心地闭上眼睛了。

如果那案子能办成铁案

板贵女孩被杀案刚侦破完结，民警正想喘口气，指挥中心又传来指令：320国道旁发现一具男尸，请立即出警。

有尸体的现场，自然少不了赵晶晶。

死者鲁志俊是附近村民，尸体就在国道旁，那儿还有一棵枇杷树。

初检下来，死者头部有重物击打留下的明显痕迹。

查明死者身份后，师父曾书铁跟赵晶晶说起了一桩几年前的案件。

1997年，邻村一个七八岁的徐姓女孩被人奸杀。公安机关立案侦查，排查下来是鲁志俊所为。鲁志俊被抓捕带走时，曾跪在受害女孩父亲徐玉金面前，说对不起他。案件移送到法院时，却因主要证据不足，鲁志俊只被判刑七年。

判决书下来，徐玉金一家表示不服。他曾放话：一旦鲁志俊被放出来，就要杀了他。

上个月，鲁志俊刚刑满释放回家。

听到这里，赵晶晶的想法跟曾书铁完全一致：到徐玉金家去看看。

徐玉金是镇上的巡防队队长，口碑很好。

徐玉金的弟弟看到警察朝自己哥哥家去，就说：你们怀疑我家是正常的，我家和鲁志俊家本来就有仇，不要说是我哥恨他入骨，就是我在路上遇到他，都想把他整死。

看到赵晶晶一行进家来，徐玉金平静地打招呼，请大家坐。

他家打扫得干干净净，门前挂着一排洗干净的衣服。院里的鸡，圈里的猪、牛各居其位。

这是一户跟普通人家没有什么区别的本分家庭。

一同来的新民警还不知道几年前的那个案件。因此，他们不理解曾书铁和赵晶晶来此何意。

墙边摆有一排鞋子，十多双的样子。赵晶晶一双一双提起来看，全都刚洗过。当她提起其中一双黑色皮凉鞋时，总感觉有点儿不对头。

按照常规，很少有人会洗皮凉鞋。

心里有疑惑，她检查得更仔细。

在鞋面皮料交错处，她发现了一滴比针尖大不了多少的血迹。

它实在太小了，就在缝隙处，不靠近认真看，根本看不出来。刚才先查看过的民警就没发现它。

血迹被提取送到实验室。

数量太少，赵晶晶做得很小心，这可是一点儿都不能浪费。

结果出来了，这针尖大的血迹，就是死者鲁志俊的。

徐玉金被请到刑侦队。他没有表现出一点儿慌乱，只是一言不发，沉默了许久。

后来，他主动跟办案民警提出请求，要给家里的老婆打个电话。

电话接通后,徐玉金只说了一句:我给姑娘报仇了。

赵晶晶心里特别不是滋味,丝毫没有破案后的喜悦。

徐玉金不是坏人,他是一名合格的巡防队队长,得到了群众的认可;他还是一个好父亲,每天到儿子开的辣椒粉厂去帮忙。

赵晶晶想,如果1997年发生的案件能办成铁案,就不会引发后面的这一场悲剧。可当时的办案条件受限,只能无奈兴叹。

此案带给赵晶晶深深的感触与思考。

之后的出勤中,她更加谨慎仔细,不敢有半点儿疏漏。

因为她知道,刑事侦查的每一步,都事关真相,关乎人命。甚至每一个微小的细节,都有可能引发意想不到的蝴蝶效应。

爱传话的熟人

仁者不忧,智者不惑。订婚仪式上的缺憾,并未影响赵晶晶和黄维的感情。

黄维的父母本就通情达理,准媳妇工作忙,他们心痛都来不及,哪里还忍心责怪她?

赵晶晶婚后那段时间,就住在夫家。

有一天,婆婆在下班回家的路上,听说自己家楼下有人被杀,慌忙往家赶。对于死人,人们总有忌讳;对于凶杀,更是心有余悸。

再可怕的现场,都不乏爱看热闹之人。婆婆还没走到楼前,远远就看到单元楼下围着很多人。

看她走过来,一个邻居连忙跟她说:我看到你家媳妇在里面。

婆婆往死人现场看,刚好看到赵晶晶就蹲在尸体旁边,正在测量尸体的创口。

当天黄维下班刚回到家,就遭到母亲的责问:晶晶在公安局到底是干什么工作?你们都给我说在办案,我今天看到她在摸死人。

黄维耐心给母亲解释。

工作需要、有意义,这些大道理老人不懂,也不理解。但一个年轻女孩整天跟死人打交道,总是让人心里不顺畅。

有一段时间,婆婆总是在儿子黄维面前嘀咕,要他说服赵晶晶换工作。

黄维问母亲到底怎么回事。

原来,有人遇到刑侦队正在出命案现场,腐烂得只剩白骨的尸体就摆在路上。这人好奇,就站在旁边看。民警查看了好半天,把尸体横在一条凳子上,拿出一把锯子,在头骨上咔嚓咔嚓地锯起来。让路人惊诧的是,锯骨头的竟然是个女警。

有好事者告诉路人,这个女警叫赵晶晶,是老黄家的儿媳妇。

这事传到了公公婆婆耳里。传话的人还说:你家赵晶晶经常干这种锯死人骨头、砍死人手脚的事。

两老听了,更是被吓得不轻。

赵晶晶知道后,找时间专门和公公婆婆做了一次摆谈,讲了好几个由法医提供证据侦破案件的案例。

老人是明事理的,何况,除了赵晶晶的工作岗位让他们不太满意外,这个儿媳妇样样都合他们的意。

真是败也萧何,成也萧何。后来改变公公婆婆观念,打破他们心底成见的,同样又是爱传话的熟人。

2013年,城郊发生一起凶杀案,妻子将丈夫杀死后,到公安局投案自首。

赵晶晶在对该妇女进行人身检查时,发现该女身上布满伤痕;继而对她进行全面检查,发现她全身软组织多处受伤,还有旧伤。

原来该妇女长期遭受家暴,丈夫每次都往死里打她。最终因积怨太重,她便杀了丈夫。

看着眼前50来岁,身形娇小,面容悲戚,被折磨得不成人样的妇女,赵晶晶的心被刺痛了。

作为女性,她深知,但凡能够有一份平静安稳的生活,柔弱的女子何至于会提刀杀人?

赵晶晶做了一份伤情鉴定书,如实将该妇女的身体受伤状况记录下来。

最终,这名妇女只被判了三年刑期。

这名妇女的姐姐,正是赵晶晶婆婆家的邻居。邻居专门上门感谢,赵晶晶出差不在家,便对公公婆婆猛夸:多亏了你们家晶晶,人好心善!不然,我妹遭罪一辈子,最终还得搭上命。这下好了,三年刑满出来,她还有几十年的好日子过。

邻居很会说话:有晶晶这样的媳妇,真是你们的福气哦!她做的是替人申冤的事,是修功德的好事!

这一夸,让公公婆婆心花怒放,之前的顾虑烟消云散。

后来,婆婆和公公反倒成了赵晶晶工作上的坚定支持者。

老人包揽了所有的家务事,就连洗碗、洗衣服这些活儿都不让她干。

公公说:做法医就要保持手的敏感度,不要让洗洁精、洗衣粉等破坏了它。

孩子哭闹时,婆婆会把孩子带到自己的房间,让晶晶安心休息,不要影响明天上班。

而说到工作上给予赵晶晶最大支持的人,无疑是她的妈妈。

师父曾书铁说:要问赵晶晶军功章的一半给哪个,那就是她妈妈。要按我说,全部给她妈妈都不为过。

2006年,赵晶晶从贵阳医学院毕业。那一年,关岭县公安局面向社会公开招一名法医,要求学临床的,刚好是她的专业。

原本省军区44医院已经同意接收她,只需去签份合同就可上班。

但母亲希望女儿回关岭。话虽没有明说,可自家的小棉袄,随时都要见着摸着,心里才踏实。

母亲是做思想工作的高手,不显山不露水:来公安局做法医多好啊,整个关岭县,一年就死一两个人,我看那些女娃娃家,就在办公室整理点儿资料,轻松得很。

事实恰恰相反。晶晶顺利考进公安局后,母亲才知道:法医的工作生活无界限,白天夜晚不分明。

赵妈妈快人快语:她一天忙得前脚跟后脚的,半夜三四点,有电话来,就要出现场。每次我都要起来送她,等同事接上她,才放心。后来有了两个孩子,一个交给她公公婆婆带,一个交给我带。晶晶完全没时间管孩子,现在孩子亲我,不亲她。

说到妈妈,赵晶晶的话多起来:

2010年6月8日,赵晶晶在花江镇出勘一无名女尸现场。照例是烈日、腐尸、恶臭、血迹、创口。她的工作躲不过这些关键词。

忙碌一天,早已是饥肠辘辘。想着妈妈已经准备好的饭菜,她飞奔回家。

家门紧锁。家里空无一人。灶台上冷冷清清,无半点儿烟火。

打通电话,才得知妈妈突发疾病在医院输液。她火速赶到医院。偌大的病房,只有妈妈孤零零躺在病床上。

见她进来,妈妈说:你怎么来了?叫你在家休息等我,我这里马上好,回去给你做饭。

母女连心。晶晶的泪水瞬间涌出眼眶。

在单位,同事们都叫她女汉子,说她累不垮、打不倒。可是,在妈妈面前,她永远都是受宠爱的小公主。

见她这样子,妈妈连忙说:坐下休息,忙一天了。

挨着床头坐下,她拿起妈妈的手摩挲着。自己总是早出晚归的,好久都没陪妈妈了。

那天,赵晶晶是被妈妈喊醒的。

她竟然靠着妈妈的手,睡着了。

一天,赵晶晶下班回来有点儿晚,走到门口,把包递给妈妈,随口说:今天锯头骨时碰到了点儿小麻烦,好不容易才搞定。

妈妈见她在大门外脱鞋子,问怎么回事。

晶晶答:鞋子里进了好多骨头粉末,抖一下。

妈妈说:你进来洗手吃饭,我来帮你抖。

别人都有些忌讳我的工作,只有我妈觉得很正常。晶晶庆幸妈妈不计较这些。

死亡,在多数人心里,带有邪巫力量。特别是那些遭凶杀、暴病或天灾而死的,更是被认为晦气、不吉利。

晶晶有个姨妈,虽然不排斥晶晶的工作,但每次晶晶回家来,姨妈都要喊:先去洗手,再来吃东西。

遇上晶晶嘴馋,先拿东西吃,姨妈就会打她的手:洗手,你那手一天就摸脏东西。

只有妈妈随时随地以她为骄傲。

2017年,赵晶晶当选为党的十九大代表,赴北京开会。消息传来,关岭一片欢腾。小县城里走出了党代表,这可是史无前例,无上荣光。

赵妈妈更是乐得合不拢嘴。

遇到有人说什么死人不吉利这样的话题时,她就会反驳:那是迷信思想,我家大女儿在公安局上班,做法医,天天跟死人打交道,还当上了党代表!

自豪之情,溢于言表。

她心底的一个小秘密

每次出完现场，赵晶晶都要亲自将工具清洗干净。

那次对一具高腐尸体勘查结束，在清洗器械时，一把锋利的刀划破她的手掌，顿时血流如注。她迅速处理伤口，简单包扎。

刚做尸检的死者生前吸毒，是否为艾滋病病毒携带者尚未明确。

赵晶晶没有吱声，不想让亲人和同事担忧。一段时间后，她只身到省医院做了一次身体检查，确定没事后，才悄然松了一口气。

悄悄到医院做检查，这已经不是第一次了。

常年跟尸体打交道，加上实验室里的一些化学药品，对她的身体造成一定伤害。

因此，结婚几年了，赵晶晶一直没敢要孩子。

丈夫黄维理解妻子，尊重妻子。可是，家里的老人们有自己的想法：家家儿孙绕膝，我们也要享天伦之乐。

原本不想让家人担心，但有的事不明说不行。

2010年，赵晶晶又一次面临抉择。是继续留在公安局做法医，还是顺从家人的意愿，到已经安排好的轻松部门报到？

她陷入深深思索，度过了一个不眠之夜。

她不是轻易作出决定的人。

大学毕业，参加公务员招考，得知被公安局录取后，趁通知没下，她先到刑侦队去串门。名为去玩，实际是暗中考察。

一去，她就被这个团队所征服。大队都是年轻民警，朝气、阳光、活泼、机敏。更打动她的，是每个人身上所散发出来的正能量，强烈的责任感和使命感。

这是她一直期待加入的团队，是她所希望拥有的气场。

每一次出警，不管多险的山路，队友们始终在她身边。

他们说：晶姐，上不去，我们背你；下不了，我们扛着你。看到你，我们才踏实。

师父曾书铁说：有你在，我们就能创造奇迹。

师弟罗正才说：姐，我要跟你学习更多的东西。

一边是，案件现场，受害者合不上的眼，家属撕心裂肺的哭喊。案件侦破后，群众的赞许，家属的感激，自己的欣慰。

另一边是，母亲的辛劳，老人的期盼，丈夫的包容，没完没了的白天夜晚……

思绪如同潮水，翻卷回旋。看不见的浪花汹涌不息，时而潜藏，时而跃出水面。

赵晶晶，为了心中的信仰，她再一次郑重地对家人宣布：我决定继续留在警队！

她的话一出口，能想象得到家人的失望。然而，公公、婆婆、丈夫都尊重了她的决定。和睦的家庭没有因此蒙上阴影。

自古苍天庇好人。

2016年，赵晶晶生下了一对龙凤胎。

产假刚满，将孩子交给家里的老人，她又奔走在田间地头、山村野岭。

我第一眼看到赵晶晶，便感觉她长得真美。尽管常年在恶劣的环境下工作，依然肤色白净，面容姣好。她爱笑，开口说话前先露微笑。那灿烂的笑容，令人想到晶亮的纯金，或是绽放的百合。

兰心蕙质自天成。穿便装走在大街上，她可能被人认为是教师、文艺工作者、会计、律师。总之，没人会联想到法医。

茶几上有本相册，她穿着漂亮的连衣裙，身材高挑，亭亭玉立，俊雅如莲。

赵妈妈却说：还是穿警服最好看。

藏蓝色的警服，成了妈妈心目中最美的时装。

我问：面对尸体的时候，有没有害怕过？

她稍作停顿，回答：有过一次。

那是一个深秋的傍晚，曾书铁、赵晶晶一起到殡仪馆去做尸检。

死者死于凶杀，要开三腔，即颅腔、胸腔、腹腔。停尸房的冰棺里堆着不少无名尸体。房间很窄，冰棺和解剖台占据了房间的大部分空间。

尸检顺利完成后，赵晶晶照例清洗工具。水池就在小窗户下面。小窗户有条裂缝，之前用白纸糊过。冷风从缝隙中吹进来，发出"呜呜"的声音。

她心里一惊，扭过头去，身后就是刚刚解剖的尸体，没有任何遮盖。尸体垂下的头颅，距离她的腿不到三十厘米。

房间里暗影瞳瞳，空无一人。

呜咽的风声越来越急，凄厉吓人。她心里第一次感觉到害怕。

但她坚持把器械清洗完毕。绕过尸体走出房门，看到曾书铁他们在门口抽烟，她才松了口气。

这成了她心底的一个小秘密。在同事心目中，她从未有过惧怕。

赵晶晶说到这里，露出一个微笑，略微有些腼腆。在她脸上，我仿佛看到一种深闺少女才有的娇怯。

2012年，赵晶晶隔三差五出现在关兴公路上，往往是气候恶劣，或夜半三更之时。

一个雷雨天，赵晶晶又来到关兴路上。跟她一起出现场的是交警队一民警和一协勤，共三个人。

一辆轿车撞到路边护栏，驾车人当场丧命，尸体横在路基上。

雷电交加，大雨如注。开始是协勤帮赵晶晶撑雨伞，赵晶晶做尸检，民警负责拍照。

死者是大块头，生前体重不低于二百斤。赵晶晶搬不动尸体，无法做背部勘查。她一边检查，一边对协勤说：你去照相，让他来帮我翻尸体。

没有人回答，也不见有动静。她扭头一看，那个不到20岁的小协勤早就被吓跑了，雨伞扔在地上。

没办法，赵晶晶只得用全身力气去翻动尸体，完成了尸检。

那一次，她手腕被扭伤，又在雨水里浸泡一个多小时，导致急性肺炎发作。

提到这事，赵晶晶深有感触：做法医也是一件力气活儿，扛、抬、拖、翻，都需要力气。

交警队副大队长万定军提到赵晶晶，赞不绝口：

每次到事故现场，她从来不把自己当女人看。用关岭话说，下得烂。再惨烈的事故现场，她都会站上前，来了就干活儿，一丝不苟。

有一年大年初二，一个案件需要到贵阳景云山殡仪馆做尸检。都说正月忌头，腊月忌尾。大过年的，谁愿意去碰死人？没想到她接到电话就出门了，丝毫没有犹豫。

那天下大雪，路上有凝冻，几乎没车跑。我们的车几次打滑，一路都提心吊胆。

完成任务回到关岭，已是深夜。赵晶晶依旧没有半句怨言。

我离开关岭县公安局时，已是黄昏。

夕阳将大楼对面苍翠的山顶抹上一层殷红，天空的湛蓝添加了金黄、粉绿、淡紫，绚烂缤纷。

赵晶晶、曾书铁、罗正才三人还在工作。格子间的办公桌上，堆放着很多资料，整齐、有序。

金色的光线中，看着满屋的资料和紧张忙碌的身影，我突然想起曼德尔施塔姆的诗句：

伟大的责任心堪比黄金。

赵晶晶站起身和我握手道别。

她说：又有案子，我们都得加班，就不送你了。希望此行，你能理解我们法医。

我回答：理解，且崇敬！

走出公安局大楼，我看见整个县城的楼宇在秋阳下斑斓起伏，绵亘闪亮，一如黄金的舞蹈。

扫描二维码即可观看
相关视频等

湘西刑警贾春宏

申瑞瑾

没有揭不开的谜底

已经在派出所干了四年的贾春宏,如愿正式调入龙山县公安局刑警大队。那是2000年年初。

为了当刑警,他连所长都不干了。

他在刑警大队一干就是八年。从借调,到副大队长,再到教导员,他先后参与或主办侦破了四百余起重特大刑案。

湘西北边陲的龙山县,雄踞云贵高原东端,深居武陵山腹地。龙山史称"湘鄂川之孔道",是一座名副其实的湘西边城。土家族、苗族等十六个少数民族占了全县总人口的71%。

2004年5月10日,刚立夏几日的民安镇分外沉闷。几声响雷炸过,暴雨顷刻间便将镇子里外洗刷了一番。

时任副大队长的贾春宏当天值晚班。20点30分,值班室的电话响了:民安镇沿河巷南门桥附近的居民姚某在屋前水沟处理垃圾时,发现一具被捆绑的尸体。

沿河巷在县城的南边,是老居民区,人口密集,水沟纵横交织。

贾春宏带着技术员、侦查员及老法医等七八个人冒着暴雨,驱车从最北边的公安局赶到现场。

水沟里两只对裹着的白色蛇皮袋,用棕绳绕了很多圈,还打着几个死结。法医打开蛇皮袋,恶臭扑鼻而来。

女尸已经高度腐烂,面目全非。

贾春宏既是副大队长,也是痕检技术员。面对尸体,他和法医一起仔细勘查着。

女尸着冬装,衣服里有一把钥匙,扣在一个钥匙扣上,口袋里有一个避孕套,身上有文身。

这应该是个租屋居住的马子客(卖淫女)。至少被抛尸三个月以上了。

专案组随之成立,从刑警大队、民安派出所抽调四十名精干力量参与侦破。

从现场勘查来看,抛尸现场应为第二现场,嫌疑人熟悉周边情况,要么独住,要么平常家里没什么人。

贾春宏将专案组一分为五,各司其职:查尸源,查周边做文身的师傅,查发廊、宾馆……

他必须尽快找到抛尸地点。

水沟是封闭的,都有盖板。凶手是在哪儿抛尸的呢?

当晚雨太大,连夜排查的刑警没找到任何线索。

次日一早,贾春宏亲自出马,带着技术员沿发现尸体的水沟细细往上找。距发现尸体的地方一百多米处,即湘运166车队围墙外头,大约五六十公分宽的水沟上缺块盖板。

会不会这里就是抛尸地点?

整个水沟七八百米长,他和技术员来回走了几趟。

幸好尸体没被冲到果利河(南门河)里去。要不然,划的排查范围得更大,抛尸现场更加难找。

将女尸身上的钥匙配了四十把。登记走访时,顺便去套一套,看哪个出租屋的门锁能被套开。

贾春宏不信邪。他是一个喜欢猜谜的人。他认为没有揭不开的谜底。

龙山搜遍了。女尸姓甚名谁？哪里人？没谁清楚。

那咱们带着寻尸启示去来凤张贴。

史称"川湖肘腋、滇黔咽喉"的来凤，是湖北的西大门，县府驻地在翔凤镇。一条碧波流翠的酉水，隔开了这一龙一凤。这是两座靠得最近的中国县城。

过了大桥，第一站，先去翔凤派出所。

社区老户籍接过寻尸启示，突然想起了什么。这个人蛮像我老婆麻将馆里的一个常客。

见到他的老婆，也说像。

到底像谁？

她姓李，好像是重庆武隆人。不过春节后再没见到她。

有她的联系方式吗？

我找找……有，存着她的手机号码。

这边立即派人去查李某的相关信息，那边马上派法医赶往武隆，提取其父母的血样。

就这样，一个外号梁老幺的人，被贾春宏锁定了。

其实，第一批摸排范围里，就有梁老幺。梁老幺，本名梁某林，龙山县166车队下岗职工。案发后几天，他蹊跷地失踪了。熟人都以为他外出打工了。

此人有重大嫌疑。

这时，一个不太确定的信息传来，梁老幺有可能去了江苏连云港。

远在黄海边的连云港，与湘西龙山有千里之遥。光从龙山到吉首，开车都得几个小时，虽有快速火车自吉首至郑州，但从郑州到连云港，只有慢车。

次日凌晨2点，贾春宏一行风尘仆仆地出现在郑州火车站。他在给领导打电话：坐慢车摇到连云港，只怕梁老幺又挪地方了。

领导很果断：事不宜迟，打出租车。

次日一早，贾春宏一行踩着上班的时间点出现在连云港市公安局。

连云港警方出手协助，查出梁老幺曾常出入××小区。

贾春宏打了一辆的士，到小区里兜一圈，发现小区的情况复杂，如果在门口蹲守，可能会打草惊蛇。

贾春宏想到临时租房，一是便于隐蔽，二是能够摸清情况，观察动静。为此，贾春宏特意买了一个望远镜，大家二十四小时轮流值守。

可是，一周过去了，没有发现梁老幺的踪影。他原来用的手机也停机了。估计梁老幺已经打一枪换地方了。只能撤离。

"梁老幺可能在广东揭阳的惠来县。"三十天后，一个大好消息传来。

贾春宏马上办好手续，带队赶赴惠来县东南部的"小香港"——神泉镇。

神泉港，是闻名遐迩的对外通商港口，是国家一级渔港，出海捕鱼的人很多。

贾春宏一行刚到镇上，梁老幺的新号码又停了机。

在海边小镇，要找一个流动人口并非易事。

贾春宏跟当地边防派出所碰了头。他和队友蹲守了下来，扮成游客每天在镇上人多处晃荡，以期待能够发现目标。一晃七天。

七天后，边防派出所一位副所长刚休完假归队，听说了龙山这个案子，马上找到贾春宏，主动请缨。他说，我刚好认得一个龙山佬，我去打探打探，看他认不认得梁老幺。

贾春宏将梁老幺的照片拿了出来，并提示说，嫌疑人有一米八几，很显眼的。

副所长反复看了几次，便去出租屋找他认识的龙山佬了。

我们在附近的海边等你。一有消息，你就发短信给我。贾春宏没忘记交代联络方式。

说来也巧,副所长才赶到龙山佬家里,目标梁老幺就像电影里演的一般真的出现了。

连副所长都觉得匪夷所思。

梁老幺果真跟龙山佬有来往。人一出门,老乡傍老乡是人之常情。

那天,梁老幺又是去老乡那儿蹭早餐的。后来才了解,那阵子他天天在龙山佬家蹭饭吃。

副所长一看,果然是大高个儿。他掂量了一下,自己只一米六几的小个子,千万别惊动梁老幺。

他生出一计,故意当面大声跟龙山佬寒暄:我们派出所的都在旁边,正在抓吸毒的。

以为是例行公事,梁老幺放松了警惕。

副所长马上躲到一旁发短信给贾春宏。

没几分钟,小小的一间出租屋已被贾春宏四人围住。在等早饭吃的梁老幺还没回过神,就被冰凉的手铐铐住了。

"我们是龙山公安局的!"熟悉的龙山口音,认识的警察。

梁老幺脸色登时大变。

将梁老幺留置在边防派出所,贾春宏带人去其出租屋搜查。随后带上梁老幺坐大巴到广州,再连夜上了从广州回吉首的火车。

临行前,贾春宏曾吩咐大家不要和梁老幺说话。这是一场心理素质的比拼。

不出所料,梁老幺憋不住了:我知道你们抓我什么事,我杀人了。本来我要跟渔船偷渡去澳大利亚的,这几天刮台风,没去成。

他之所以频繁出入老乡家,也是在求老乡帮忙上渔船。

贾春宏心一惊:天时地利人和,法网恢恢啊!

回到龙山。三次突审,梁老幺每次都是不同的说法。

起初他说杀害李某是因为她想借口他家里有少许"白粉"而逼迫他共同贩毒,他怕被举报,情急之下杀害了她。

贾春宏一琢磨,这个梁老幺肯定讲了假话。

7月11日晚10点,第四次"过堂",时任大队长向金坤和贾春宏联手审讯:

你先前交代,她拿毒品来威胁你,你以前吸食毒品,差点儿送了命,花了巨大代价才戒掉毒瘾,你对毒品也相当痛恨。你的住处怎会有毒品呢?

听这么一说,梁老幺心里突然暖和了一下。他确实几年没沾毒品了。他不想再自欺欺人,终于承认:我前面讲的全是假的。

贾春宏心里有底了。你为什么要杀死她呢?

就是要搞她的钱。

梁老幺个子高,因为篮球特长,1991年被特招到166车队当合同工。他在老家有妻有子,但夫妻关系紧张,妻子连他城里的住处都从没来过。后来,篮球专业派不上用场,他又一度染上毒瘾,五年合同期一满,就被车队解聘了。但他习惯了城里的生活,不愿回乡务农,便一直住在车队候车室三楼的一间单身宿舍。他成天无所事事,游手好闲。因为会开车,他偶尔帮外头的货车司机代代班。一好友曾介绍他到锅炉厂当业务推销员,因收入不稳定,他没干太久便作罢。他又有嫖娼恶习,经济拮据的他,不得不想方设法搞钱。

2004年1月,在某发廊他与被害人李某相识。二人无非就是嫖客与妓女的关系,他甚至不知李某真实姓名,李某也骗他说自己是湖北人。见李某平日出手阔绰,他便起了弄钱的心思。2月3日(正月十三)夜,他将被害人约至家中。他已铁了心要搞她的钱。可她哪舍得拿卖身钱给他呢?一来二去,他恼羞成怒,一不做二不休,用绳子将李某勒死,劫走她身上仅有的三百元现金及一对放在钱包里的金耳环。因害怕被发现,他将其手机及其他物品抛至南门河里，尸体于次日夜抛入围墙外的下水道。

贾春宏问梁老幺，就为了这点儿钱，要了别人的命，值吗？

一表人才的梁老幺顿时流下了悔恨的泪水：平时被钱坑狠了，以为她当马子客的钱来得容易。

世上哪有后悔药吃，贪念使人变成魔鬼啊。贾春宏想。

敲诈钱财的连环爆炸案

与龙山相邻的湖北省宣恩县李家河乡民爆物品管理服务站值班员，于2005年8月14日凌晨被杀死在值班室内。仓库内七十二公斤炸药、三百发雷管、二百五十米导火索被抢走。

案发当天，宣恩请求龙山警方协助。时任刑警队教导员的贾春宏在副局长的带领下赶往李家河派出所参加案情碰头会。

正逢湖北恩施州庆期间，该案被列为公安部督办案。

案情碰头会分析认为，嫌疑人就在龙山、来凤一带。

回龙山后，贾春宏立刻着手安排人去摸查。

案子尚在艰难侦破，不料10月8日凌晨5时40分，一声巨响从龙山县城最繁华的长沙路传来。县城规模最大、生意最好的吉利摩配店发生了爆炸。

贾春宏是在睡梦中接到队里电话的。

一听说摩配店发生爆炸，他翻身起来就往队里赶。一路上他没忘了通知技术员、侦查员立即集合，速赴爆炸现场。

现场在扑火时被严重破坏，一片狼藉。

贾春宏从外围开始，不疾不徐地勘查着。他找到炸坑，提取残渣，用筛子筛，花了整整一天时间。最终他确认，爆炸引爆装置是在电扇的遥控器里。

是爆炸引起燃烧，而非燃烧引起爆炸。

店主张某超夫妇从不在店里过夜，选择在凌晨起爆，显然不是为了夺人性命，而是为了恐吓或其他目的。

从作案手段来说，嫌疑人是懂得一定爆破知识的，但如此胆大妄为，不计后果，估计有前科。

案发时，现场周围均未发现可疑人员和物品，可排除临时起意的可能，应为事先投放爆炸设置进行的引爆。

贾春宏有条有理，一一道来。于是有针对性的调查随即展开。

首先在进入来凤县城的三岔路口，查到了与现场发现的一模一样的定时装置。可惜店里人来人往，店主记不住哪些人来买过。

吉利摩配店老板张某超更是无奈。

贾春宏一了解，这才知道，2002年他的店就已经被炸过一次。

两次爆炸案之间有没有联系？

贾春宏他们正在分析研究，当天上午，湖北省来凤县城一家摩配店又被炸得一塌糊涂。

同一天，相邻两县发生同样的炸摩配店事件。

贾春宏的心里好像打开了一扇窗子。

然而，张某超提供的另一个情况，好像又要把这扇窗子关上：爆炸前十几天，他曾接到两次恐吓电话，是一名男子用不标准的普通话说的，本地口音，要他准备八千元现金，否则有"好戏"在后头。

打电话的是本地口音，那么，到底是纯粹的敲诈勒索，还是同行竞争不择手段呢？

几番分析，贾春宏坚持了自己最初的判断。

三十名民警迅速集结，兵分三路，深入龙山与来凤县城的一百多家摩配店排查，并将所有从业人员进行登记造册。

10月23日，龙山县城另外一家摩配店报称，他们也接到了恐吓电话。

贾春宏边排查,边琢磨,这无疑是一伙人所为。谁会一而再、再而三地顶风作案呢?

10月28日上午10点钟,例行排查,贾春宏和两个同事来到来凤一中旁的"杨三"摩配店。

冷清的摩配店里,电视机开着,只有画面,不开声音。他们人都进店了,店主杨某江仍自顾自看着电视。这太不像生意人的正常状态了。

贾春宏清了清嗓子:我们是龙山公安局的,店里最近生意怎样?

杨某江这才不得已转过身来。可他的眼神有意回避着他们仨,神情紧张,颇为鬼祟。

简单的盘查之后,贾春宏没有打草惊蛇,带人离开了。

围绕杨某江的调查迅速展开。很快发现,他与一个叫许某文的人联系频繁。

两天后,贾春宏又监控到许某文的行踪。一大早,专案组四人与来凤刑警队教导员两人,来到许某文的来凤老家堵人。

刚开车上去,就碰到骑着摩托车下来的许某文。

抓捕很顺利。但审讯就不顺利了。

许某文曾因盗窃耕牛被龙山县处理过,态度是出了名的顽固。同案犯都交代了,他却死活都不交代。

许某文说,自己保外就医十年把,没做什么犯法的事。

贾春宏盯着他的眼睛:你真没做过犯法的事?我们不掌握情况,会随意抓你吗?

许某文慌忙改口:我不敢说,怕杨老三杀我。

杨老三是谁?

杨老三就是杨某江。

杨某江已经交代了你是坐过牢的。贾春宏特意使了反间计。

几番较量,许某文终于扛不住了,交代了自己参与爆炸的罪行。

他还告诉贾春宏：下一个炸弹已经做好，就在刚刚从"杨三"摩配店拖来的那辆摩托车上。

贾春宏倒吸一口冷气。

当地公安局没有专业的拆炸弹专家，从省厅请专家过来要九个小时。来不及了，怎么办？

只有连夜封锁长沙路，疏散群众。

贾春宏带领民警现场连夜试着拆除。

小心拆开摩托车右侧盖后，发现发动机上安装着一个装有炸药的塑料罐，由三红三黄六根铜线连接着电瓶及遥控器。联想到马路上信号灯是红灯停绿灯过，红色一般代表危险，黄线应该安全。

判断没有失误，炸弹被成功拆除。

杨某江当晚被另一组民警抓获，满口喊冤。

刚审完许某文的贾春宏赶了过来。

他决定对杨某江采取迂回策略。起初他只提龙山"10·8"爆炸案，只字不提宣恩"8·14"案。

杨某江支支吾吾，避重就轻。

你别再耍小聪明了。贾春宏暗示其同伙许某文已被抓。

杨某江这时已明白再抵抗完全是徒劳，哀叹道：我输了，彻底输了……龙山城里的吉利摩配店是我炸的。

用什么炸的？

我自己做的一个用摩托车遥控器控制的炸药包炸的。

炸药哪里来的？

李家河炸药库抢的。

他干脆开始竹筒倒豆子。1992年他因盗窃罪被判刑五年，1997年刑满释放；与许某文是狱友。10月8日爆炸案是他俩所为，本意只是杀鸡给猴看，敲诈钱财。8月14日的抢劫杀人案和2001年4月6日梁某摩配店爆炸案、来凤三环摩配店也是此目的。2002年国庆节前后，他邀约许某文用汽油烧了来凤县某集镇向某摩配店。他准备作案工具,由许某文实施,致使向某一家三口人死亡。向某是他徒弟,他认为其不仁不义,当然,更是为了敲诈钱财……

几天后,一行人来到来凤县新峡乡青山村半山腰一个山洞前。走在前面的是贾春宏。

嫌疑人交代,"8·14"案所剩的爆炸物品就藏在这里。

洞壁陡峭,只能用绳子牵着,一个个吊进洞里,极其惊险。但都顾不上了,贾春宏和队友冒着生命危险将两个黑色塑料桶装着的爆炸物品从山洞里搬了出来。

跨越两省,涉及龙山、来凤、宣恩、恩施与咸丰五县市的连环爆炸案自此顺利告破。

龙山警方将嫌疑人、物品悉数交给宣恩警方。

接着,贾春宏又默默地投入了下一场战役。

缉枪英雄威震湘西

贾春宏被借调至州公安局刑侦支队是2006年年初,为了应对越来越严重的涉枪涉恶案件。

有好友提醒他:那帮家伙都是拿着枪的亡命之徒,你可要小心点儿。

他回答:穿着这身警服,还能让那些土贼土枪吓住了?

其实,贾春宏所面对的,并不是土贼;他们手里拿的,也不是土枪。

湘、鄂、渝、黔四省交界的湘西,曾一度沦为黑恶势力的后花园。而湘西采矿业的迅速发展,则催生了黑枪泛滥。

为争夺利益,矿主买枪护矿,争夺地盘。有一矿主甚至花近百万买枪。

2006年1月10日16点左右,吉首市交警队门口,黄某武与和其有过纠纷的石某不期而遇,立马召来五名马仔端着五支枪赶到现场。

马仔高某一下车，当着交警的面，拿出五连发的滑膛枪，对围观群众扫了几枪。

三名在一旁看热闹的吃瓜看客受伤。枪声在街上传出很远。

市局刑警大队接案后，发现黄某武等人多次涉嫌非法持枪故意伤害，有重大涉黑涉恶之嫌，立即向州扫黑除恶专项斗争办公室汇报。州里相关领导专程听取汇报，指示刑侦支队牵头成立专案组。

刚借调过来的贾春宏临危授命。

尽管刚从龙山过来，但贾春宏到底在龙山刑警队摸爬滚打那么多年，平时做事有条不紊，又爱向外地同行取经，面对崭新的涉黑枪案，他一点儿不怯场，反倒觉得是新的挑战。他就爱挑战。

贾春宏刚过而立之年，正血气方刚，又有着与生俱来的冷静缜密。他天天带着同事摸排黄某武团伙。

先是掌握了三个嫌疑人的情况。

不急，慢慢梳理，要像平常一有空就打理家里的兰花一样。

一个多月后，他终于把黄某武团伙情况摸清了。好家伙，还不到两年时间，涉及的枪案竟达十三起，受害人二十五个。

黄某武才20几岁，湖南衡阳籍的外乡人，何以在短短几年里成了吉首街头最著名的混混头子？

他父母在吉首做生意，家里不缺钱，他无须工作。于是他就成天带着十一个当地年轻人混江湖。江湖上人称"武哥"。

一时间，不管到哪儿，这个团伙都格外猖狂，在吉首牛气冲天。

贾春宏清理着黄某武的桩桩黑历史，倒吸了一口气：这么年轻，竟如此胆大包天。

2004年12月，雅溪鑫煌酒店旁。因开赌场，外号鸭子的向某与罗某产生矛盾，后者请来了"武哥"一伙。"武哥"拿着五连发的长梭筒，同伙手持猎枪、仿六四枪，将向某等四人打伤。

2005年3月，州公安局旁的银盾宾馆大厅。因开赌场，吴某得罪了田某，田某搬来"武哥"一伙。明知在公安局大门口，他们照样肆无忌惮，拔枪出来将吴某头部砸伤。

……

黄某武给团伙成员租房，发放零用钱，吃住在一起。

好多老板都请"武哥"看矿，说是一年会给上大几百万。

该团伙枪多。一般是霰弹枪，里面装砂子，杀伤力极大。他们年纪轻轻，却懂得规避风险，残暴到使受害人截肢，却不至于死人。

贾春宏就见过为此截肢的两个受害人。他们都不肯讲出是被谁伤害，怕被报复。

充分掌握了该团伙的犯罪事实后，警方开始收网。

2006年4月，春日吉首下午的阳光仍灿如山花。黄某武团伙成员高某出没在吉首大学门口。

贾春宏带着三个刑警从后面包抄。快接近时，警惕性极高的高某发现了异常，撒腿就往南跑，边跑边掏出一把仿六四枪，扭头对着贾春宏几个就射击起来。

贾春宏举枪猛追，刑警们紧随其后。

追了四五百米，高某又开了两枪后，枪卡了壳。

贾春宏拿枪抵住高某，四人合力将他制伏。

接着是花垣追逃，两位刑警徒手去抓。嫌疑人瞬间掏出枪，朝后开了两枪后逃走了。不久，该嫌疑人出现在广东番禺。

贾春宏奉命去抓。摸排两天，找到了嫌疑人的住处。

那天，小个子嫌疑人正在打桌球，没留意贾春宏从后面抱摔。嫌疑人一下子被翻了过来。

不料，力气大的嫌疑人一下子从贾春宏怀里挣脱，伸手正欲掏枪，贾春宏却比他还快，枪口顶在他的脑门儿上。

湘西处处是大山，每次抓人都颇费心力。

黄某武团伙中几个嫌疑人跑到古丈县乡下老家躲起来了。以为山高林密，警方奈他不何。

贾春宏追到古丈，仿佛从天而降，将之抓获。

另两个嫌疑人则躲到吉首乡下老家。老家在水库边，车开不进去。晚上呢，黑灯瞎火，也没法抓。

贾春宏看了看周遭地形，有了主意：不从前面的水路走，干脆从山后面翻山到他家去，才不会打草惊蛇。

要爬一二十里山路，才能翻过那座山。也只能舍近求远了。

大山里的刑警，跋山涉水、风餐露宿是常态，都吃得起这个苦。

贾春宏几个从后山偷袭到了嫌疑人家里。狡兔般的嫌疑人只得束手就擒。

将黄某武涉黑团伙一网打尽时，共缴获了十几支枪。

自此，缉枪英雄贾春宏，威名震撼了湘西。

这一仗，让老百姓看到了希望，从混乱的治安到平安和谐生活的希望。人们开始积极向警方提供涉枪线索。

2008年3月31日，一封群众举报信摆在了州公安局领导面前：吉首市的杨某军、杨某现等人有贩卖枪支的嫌疑。

"3·31"专案组迅速成立。这回是公安部督办。

贾春宏被抽至专案组负责抓捕行动组。湘西州"剿枪战役"的大幕由此拉开。

接着，贾春宏两赴广东茂名行动技术支队交控案件；向省刑警总队、省行动技术总队领导做专门汇报；深入茂名、铜仁和秀山等地，全方位开展外围秘密调查。

千丝万缕的"地下网络"组织浮出水面。湘西的枪支，主要来自粤黔。

以谢某坚、田某海和梁某强为首的多个犯罪团伙，互织成制贩枪支"地下网络"。

一次次秘密跟踪贩枪嫌疑人后，开始了一次次抓捕。

那天，贾春宏先派一名刑警悄悄关掉嫌疑人住处的电闸，他领着其他人在门外死盯房门。

确定嫌疑人向某在屋内，他们破门而入。

电闸再次被打开。

你们是什么人，凭什么抓我？

公安局的！枪藏在哪儿？

我没有枪。

贾春宏即刻示意其他人到房内仔细搜寻。片刻工夫，从洗衣机里搜出一把自制的霰弹枪。

就这样，贾春宏带着他的同事们，愣是花了一年多时间，像扫雷一样，将制贩枪支的"地下网络"清除得干干净净。"3·31"案成功告破，被公安部称为"全国第二大黑枪基地"的贵州松桃黑枪产业土崩瓦解。

刚办完"3·31"案，贾春宏又转战花垣的两起涉枪涉黑案。

花垣县铅矿与锰矿效益好，有人打了洞、出了矿，别人眼红，就请人从旁边打洞，横切面打过来，极容易产生纠纷。每个开矿的老板都持枪，一旦发生纠纷，矿山就会发生枪战。

邓某斌、刘某良是两个涉枪涉黑的矿老板。

谈起他们，贾春宏的语气里带有遗憾。

刘某良的属下制造了2009年4月4日一死三伤的持枪杀人案。省厅由此牵头成立"4·4"专案组。

刘某良是典型的为争夺矿山利益而犯法的大老板。28岁不到他就成了万信公司的老板，资产当时已经上亿。人一有钱就开始膨胀，加之法治观念淡薄，他认为在花垣自己没有办不成的事。

他养了一帮两牢释放人员。看中谁家的矿洞，他就要强买。最终他成了涉黑团伙的头子。

而邓某斌在花垣本是仁义大哥，家财万贯，口碑良好，也因为矿洞利益纷争，卷入涉黑涉枪案件。

这个专案，前前后后艰苦摸排了一年多，于 2010 年 10 月 22 日结案，最后缴获枪支十八把。

"3·31"案破案前，自治州每年涉枪案百余起，占省里 70% 以上；破案后，每年涉枪案降为个位数，同比发案率下降 90% 多。

贾春宏因此荣立个人一等功。湘西恢复了以往的宁静。

一起特殊的盗窃案

贾春宏在任州局刑侦支队大队长的时候，遇上了一起特殊的盗窃案。那是 2014 年 4 月。

沱江北岸的喜鹊坡顶有一处宅院，名叫玉氏山房。

贾春宏再次踏进玉氏山房的时候，门口的狼狗狂吠起来，保安赶紧将狗拴到狗窝里去。

盗贼夜里进来的时候，狗丝毫没有察觉？是否监守自盗？

第一次丢画，玉氏山房的家人虽说报了案，因现场查勘不到丝毫痕迹，案子一直没破，该家人似乎也没太在意。

拾级而上，是回廊门楼及白塔。天井连接主屋，亦通厨房餐厅，庭院角角落落被草木点缀，鸟语花香，一派盎然春意。东边摆着大画桌，南边为会客休闲厅，北面壁是湘西风景壁画。院子四周都安着摄像头，每天二十四小时有专人负责安保，还养着几条狼狗。

戒备如此森严，盗贼插翅难进呀。

再次细细打量玉氏山房，贾春宏不由得回想起第一次来的情景。

那回，90 岁高龄的大画家在家。3 月上旬，为筹措修建美术馆的资金，大画家专程回到凤凰，在玉氏山房埋首完成两幅巨型画作——荷花图。家里客人络绎不绝。

4月8日清晨，住二楼的大画家刚走到一楼画室门口，就愣住了——画室晾着的两幅小画不见了。那是头晚给北京客人画的，因未干，未及带走。同时丢失的，还有画案上的青花瓷印泥盒。

他觉得奇怪：我那印泥盒又不是古董，为何也被偷了？

这盗贼恐怕不懂艺术，不然怎会将个普通的青花瓷印泥盒当作古董偷了去？

普通游客，若非事先做功课，大都只流连于古城内的青石板路、沱江边的古城墙；或经过跳岩或虹桥，从南岸跨到北岸；抑或去沱江泛舟，晚间去跳岩上放放河灯……极少有人将远眺到的恢弘楼阁与大画家联系到一起。

这起盗窃案的始作俑者一定是个有心人。

两幅四十平尺的画，一幅红梅，一幅白梅，原本悬挂在一楼客厅正墙左右，现在却赫然不见了！

大画家的侄子介绍说，这是"大伯专门珍藏在玉氏山房的最爱"。

两起盗画案，明显是同一人所为。

可是安保如此森严的别墅，怎会接二连三地丢画？盗贼的胆子够肥啊！

刚聘请保安时，老画家便给保安一人赠画一幅，其画时值五十万一平尺；再给每人预支两百万工资，希望他俩死心塌地替自己看家。

现场任何攀爬痕迹没有，保安脱不了嫌疑。

贾春宏把保安带到一间小屋子：昨夜狼狗叫了没？

叫了呀，但等我们起来看，什么人都没有看到。

第一次呢？

第一次也叫个不停。当时怕影响老人家休息，就把狗牵进狗窝了！这次丢画，回想起第一次狗叫，才想到是有人进来。

不是保安，会是谁呢？大家都狐疑了。

肯定是哪里没有检查到位。

贾春宏再次踱进庭院。

非常隐蔽的一处攀爬痕迹露馅儿了：原来，从靠山边的一处上来，竟可避开所有的摄像头。

紧接着，在未及院墙处发现一把螺丝刀，从上面提取了指纹。这是贾春宏的老本行。

一番比对下来，嫌疑人被锁定：田某，凤凰人，十几岁就在外盗窃。坐牢多次，屡犯。

此时，田某已携着女友去上海了。

事不宜迟，贾春宏带着一位刑警和几位民警，循迹赶至上海某小宾馆，将正做着发财梦的田某抓获。

连夜突审，田某拒不交代。房间里也搜不到赃物。

马上带回凤凰。狡猾的田某终究招架不住贾春宏的攻心绝招。第三天，案子审开。

原来，田某将四幅画悉数藏匿于其在江西上饶的出租屋。他赶往上海，是想去古玩市场打探青花瓷印泥盒的价值，顺便问问画能放哪儿出手。

多年未回乡的田某，这次带女友回乡挂青。可能离乡太久，女友又第一次来凤凰，他便带着她四处溜达。

在沱江边，他无意间望见沱江对岸的喜鹊坡上，有一座带亭子的豪华庭院十分靓丽。当时他就想，肯定是一户有钱人家。

惯偷哪忍得住啊。他当即盘算开了，晚上就去偷一把。这一切，他连女友都瞒着。

大画家住在别墅的二楼，门锁着。田某进不去，就转到一楼。画案上的青花瓷印泥盒引起了他的注意。他喜滋滋地拿起"古董"，还顺走墙上两幅刚画好的画。回去上网一搜，才晓得偷的是大画家的家。

这个甜头让他夜不能寐。玉氏山房还有更大的画，他还要去偷。

田某精心准备着再次出手。

作案头晚,他特意住在麻阳,次日坐车回凤凰。快到凤凰时,下车,翻山,轻车熟路地潜入玉氏山房。

做惯了贼的田某,反侦查能力特强。他穿着鞋,将另一双鞋放在墙外。作案时,还给鞋套上袜,自己戴上手套,致使现场提不到任何痕迹。

若非贾春宏火眼金睛,案子啥时破,还真的难说。

画被完好无损地追了回来。几幅画到北京估价,价值1.08亿元。

大画家的侄子接受采访时曾表示:大伯不愿意正面回应这些被偷作品的市值,只是说很贵。因为它们的价值,应该由专门的评估公司和专家作出。而且,画作的市值价,关系到犯罪嫌疑人最终的刑期,这可能也是大伯不愿意涉及画作价值的一个原因……

他向湘西警方表达了诚挚敬意:"非常感谢警方在这么短的时间里就破了案,而且人赃俱获……"

法盲冲动引发的命案

"田正富"正在如往常般蹲在厨房吃饭。

忽然冲进三名陌生男子,以迅雷不及掩耳之势将之摁倒在地。他拼命挣扎间,头顶传来熟悉的龙山口音:不要动!龙山公安局的!

此一幕,发生在2015年4月28日的湖北荆州纪南镇。那天天气异常闷热。

"田正富",正是当时已潜逃近十五年的命案逃犯肖某峰。

贾春宏负责带队抓捕。一起由自治州挂牌督办的命案积案成功告破。

事情还得从贾春宏刚调入龙山刑警大队说起。

时间是 2000 年 6 月 19 日傍晚。大队突然接到报案,水田坝乡下比村出人命了。

贾春宏几个奉命立马驱车赶往下比村。现场惨不忍睹。

大白天,热得流油。肖某意和同居女友黎某与同村的肖某峰又起了冲突。这回,还是因为农田灌溉用水。肖某意又放走了肖某峰农田里的灌溉用水。

村委会、当地乡政府和派出所为此事调解过多次,都没效果。

村民当时劝开了他们。哪知到了傍晚出现了杀人事件!

围观的村民议论纷纷。夜色将村子罩得严严实实,肖某峰早已不知去向。他是狩猎高手,常在山里转悠,肯定潜入大山了。

贾春宏仔细观察了下比村的环境:典型的湘西小山村,人烟稀少,四周环山。

肖某峰到底是逃到山里,还是逃到山外去了呢?

蹲守肖某峰沿河而下的必经之处——茄坨河石拱桥。

贾春宏接令,即握着连夜派发的冲锋枪,独自坚守在茄坨河畔。

每天,乡政府的联络员送来两餐饭。也只有送饭那个空当儿,贾春宏得以开口说说话。联络员替班,他就跑到茄坨河里洗个澡,再打两个小时盹儿。

下比村,周围都是高山大界,夏夜仍有凉意。为保证体力与精力,贾春宏每次都请联络员多送些肥腻的腊肉。

其他刑警,两人一组,分头在白天满山找。

湘西的原始次森林多,带着火枪匆匆逃进山的肖某峰,此时在哪里呢?

三天三夜,肖某峰未现身。看来他不会走水路了。

贾春宏接令撤离。

有人见过肖某峰在其亲戚家现过身。贾春宏与同事的第二个任务，是蹲守肖某峰亲戚家的牛栏。

牛栏离住房十来米远，两层，上层放稻草用。牛栏里低矮潮湿，臭气逼人，没法坐与站。俩人只得成天趴在上层。

一趴就是两天。蚊叮虫咬都得忍着。

撤离后，身上的牛屎味久久不散。多年后回想起，贾春宏似乎还闻得到。

案发后不久，肖家人突然举家外迁。

肖某峰在逃。他多次被列为省州督逃犯。

每一个接手该案的民警，都反复阅卷，都想查找出蛛丝马迹。

但肖某峰与他的家人，仿佛已人间蒸发。

肖某峰的出逃，成了贾春宏心里的一块千斤巨石。

十多年来，他始终惦记着这个命案积案。

有村民反映，几年前，其妻李某曾偷偷回家，说是办理土地承包手续，也留下了电话。可一走，电话就停用了。她与肖某峰没离婚，也没见另找，独自抚养子女……

看样子李某的生活境况不差。那她的经济来源呢？

肖某峰一定在暗中贴补家人。他与她一定还有联系。

2011年公安部开展"清网行动"。

民警上门对肖某峰的其他亲人宣讲政策，捎话，劝其投案自首。同时多管齐下找寻，但还是没有结果。

李某刻意与外界断了来往。

听说肖家子女曾在萧山、东莞一带出现过，可还是找不到。

2015年，轰轰烈烈的"雷霆行动"展开。

肖某峰的抓捕工作再次被提上日程。

已是副支队长的贾春宏亲自挂帅侦办此案。他想起了茹坨河畔和牛栏屋的蹲守。

一条重要线索出现：肖某峰的落脚点，在江汉平原的荆州纪南镇一砖厂里。

立刻赶赴荆州。

贾春宏与民警乔装打扮后,去砖厂附近踩点。湖北警方及时介入,大家坐在一起推敲商定抓捕方案。

肖某峰所处的砖厂没有围墙,四周都是油菜地。一旦打草惊蛇,抓捕工作将功亏一篑。

肖某峰开砖机,上工时间为半夜12点至早上8点,不利于抓捕。他又极少外出,想在巷口拦截捕获,也不太可能。

最佳时机,是趁他吃晚餐时。

贾春宏一行三人,由当地社区民警带着,佯装考察附近的鸭棚,不动声色地慢慢靠近肖某峰的宿舍。

此时的肖某峰,正蹲在厨房大口吃饭呢。

经审讯得知,被劝架回家后的肖某峰,越想越气,挨到傍晚,竟摸出一杆打猎的火枪偷跑出家门。也是合该有事,他在桥头碰到了肖某意,便端起火枪往对方头部开了枪。

黎某闻声出来,还没看清怎么回事,肖某峰早已抽出备好的砍刀,对着她一顿猛砍。此时,肖某峰已杀红了眼,转身,又对着肖某意的颈部一顿狂砍。

眼瞅着两人倒地身亡,他便趁着夜色,匆匆躲进茫茫大山,背着那杆火枪。

"一些山里人读书少,法盲,性格鲁莽冲动,是当年命案频发的原因之一。"贾春宏语气沉重地说道。

作为土生土长的湘西土家汉子,他太熟悉湘西人的脾气了。

其实,贾春宏也是领导与同事眼里的"暴脾气"。这跟他外表的斯文很不匹配。

他解释道,自己做事较真儿,性子急。

说这话的时候,他露出了羞怯的笑容。

可他妻子则觉得,他在家脾气并不火爆,可能只是在工作上吧。

但他从不将工作上的事情说给她听,她也从不过问。这似乎也是很多刑警的习惯,他们都不愿家人替自己担心。

他喜欢收拾屋子,打扫卫生。只要有一点点空,他就会去接晚自习下课的孩子;或者,去附近的兰花市场转悠,寻找他心爱的兰花。

他喜欢养一种本地建兰"边城贡素",八月份开素心白花;还有一种大山里的蕙兰,本地人称芭茅兰,春天会生发很多花箭,兰香馥郁。

我觉得他外表像芭茅兰,内心则像边城贡素。他有着山里人的简单、朴实、坚韧。

他却觉得兰花像极了自己的职业。

扫描二维码即可观看
相关视频等

钦州刑警曹斌

农秀红

旧州投毒杀人案

钦州市公安局刑侦支队合成作战室里,曹斌支队长常年熬夜的脸色略显疲累。

面对我的采访,他竟这样开场:这些年,令我最难以忘怀的,不是破案的艰辛,而是刑侦传统工作中那些缺失,以及无可挽回的失误。

传统刑侦办案怎么适应依法治国?怎么适应以法庭诉讼证据为中心的审讯?

曹斌先讲述了他从警生涯中最遗憾的一案。

2003年7月5日,灵山县旧州镇上井村委会坪岭村,村民方某全、方妻潘某清、女儿方某妹莫名身亡,留下五个未成年孩子,年龄最小的只有10岁。

法医尸检鉴定证实:三人系进食含有毒鼠强的食物后中毒死亡。

我当时是副支队长,负责现场勘查与侦破。一周后将犯罪嫌疑人方国桂抓获。

侦查查明：方国桂一直因为其坡地被放荆棘阻拦等，对邻居方某全怀恨在心，伺机报复。他趁方某全家厨房不上锁且无人之机，将毒鼠药泼洒在饭桌菜上，致使方某全及其妻女三人死亡。

犯罪事实有书证、证人证言、犯罪嫌疑人供述及辩解、勘验结果、鉴定结论等证据证实，按程序依法移送起诉。

最后，法院一审认定方国桂犯下故意杀人罪，判处其无期徒刑，剥夺政治权利终身；二审却判其无罪，把人放了。

案子破了，受害者家属只高兴了一时。之后，受害者家属便不断上访。被抓的嫌疑人也不断讨说法，要求国家赔偿。对死者没有一个交代，对生者没有一个结果。

我无奈地表示，自己只能尊重法律。

你问我，人是不是他杀的？我觉得他是犯罪嫌疑人啊。但依法治国要证据。二审判决是客观、公正、合法的。判他无罪对吗？对！按现行法律，他就是无罪。

取证具有不可逆转性。传统刑侦的现场勘查不客观、不科学，导致案件无可挽回的证据流失。作为参与破案的人，你说我能不遗憾吗？

当时认为已做得很完美，但案件判后，再从证据角度回溯，确实工作存在失误。我们未做到全面获取现场物证。原因有三：一是没有理念，二是不懂方法，三是设备跟不上。任何一起投毒案件，你要清楚毒物来源、毒物包装物、投毒的动机。

我们当时组织技术人员，反反复复看现场十天。前后十天呵，难道我们不想看细吗？

现场厨房外的排水沟，长长一截，十来米。为找到中毒物，我们单是勘查排水沟及采样就搞了一周，才验出了毒物成分。

后来犯罪嫌疑人供述是赶集时买的毒鼠药，用白纸包着揣回来，之后就洒到人家的饭桌菜上了。那白纸也在排水沟中冲走了。

说实在的，一张白纸，我们确实没注意。再去找，找不到了。

先说作案动机。还有其他人与被害者有矛盾，既然不止一人与被害者有矛盾，为什么只认定他一个人有矛盾而起杀心？

再说证人证言影响证据认定。指控的证人是在被公安机关行政拘留期间做的证言，称看见嫌疑人从厨房里走出来，这个证据被认为采信度不高。

而投毒的毒药，你说是液体毒鼠强，但嫌疑人供述买了粉状的毒鼠强，这个证据链没有连起来。

所以综合认为事实不清、证据不足，作出这样一个无罪判决。它不是不构成犯罪的绝对无罪的判决。

为什么我耿耿于怀？死了三个人啊，本来已认定杀人，最后却作无罪判决。

开始我也不理解。就像你问这案子是不是他做的。是他，但我们回过头，却没证据，也不能恢复当时的现场了。

责任自然在于破案的人。是我们取证的时候不够细致，才导致其翻供时毫无办法。归根结底，是传统刑侦不能适应司法制度的要求了。

再好的犁，你赶头牛，一天也耕不了一百亩地。

这个遗憾，让我明白了现场的重要性，明白了证据收集的诉讼核心地位。

传统刑侦在发案后的"三板斧"是：看现场、去走访、开大会。接着就破案了。

而现代刑侦，要有高效协调的指挥系统、要有大数据侦查手段、要有规范的证据收集和诉讼制度，还要有错案冤案必纠的考评办法。

传统刑侦，是结合苏联保卫工作经验建立起来的一套刑事案件侦查方法。发案后，有人看现场，之后大家研究现场，破案。看现场的人只看现场，搞侦查的人只搞侦查，侦查员不了解现场，搞出来的案件能客观真实？为追求口供，会出现刑讯逼供，急功近利、变相的非法证据采集。

非法证据排除规则出台，以法庭审判为中心的诉讼，要求勘查和检验必须分开。如果刑侦人不去改变，莫异于重蹈覆辙。就像 2003 年那起案子，破了案有什么用？

从"微察"到"智能云审讯系统"

曹斌记得刚到刑侦支队时，刑事技术能依靠的设备少而简陋，而且人员也不稳定。曾有人笑他：你辛苦十年搞信息化，你带出的一批人也在搞信息化，有些人搞一下就不搞了，但你还在搞。

曹斌回答：坐的不知道站的腰痛。因为我站着，我知道腰怎么痛，我明白我为什么这么做。

公安科技信息化能力就是警力。以创新为动力，提高公安科技信息能力，才可能解决警力少的问题。

在部队时，曹斌是通讯专业。1987 年分回县级钦州市公安局刑侦队，他历任钦南分局刑警大队副大队长，钦城刑警大队大队长，刑侦支队二大队教导员、大队长，刑侦支队副支队长、政委，2009 年 8 月任支队长；参与破获刑事案件 6000 多起，打击处理犯罪嫌疑人 3000 多人，打掉各类犯罪团伙 500 多个，追缴涉案财物一大批，破译死亡密码无数。

曹斌认定，大刑侦信息化格局必须要"面向全警、面向基层、面向应用、面向实战"。钦州公安民警 2000 余人，警力数居全区倒数第二，全市刑侦民警 193 人中仅有刑事技术民警 68 人。全市年均立刑事案件 9000 起，由于刑事技术力量不足，难以应对量大面广的现场勘查，导致十类案件以外的侵财等"小案"现场勘查率低、质量不高。而恰恰是这类侵财等"小案"约占总案的 80%。

专职技术员少，基层派出所兼职技术员身兼多职，对"小案"的现场勘查往往是蜻蜓点水、走马观花，现场勘查率、提取率低，无法形成后期对侦破"小案"的有力支持。

怎么办？

2015年，他创新研发了快速采集处警信息的系统，实现侵财等"小案"现场必勘。后通过升级，该系统实现了"侦勘合一、勘鉴分离"的功效。尝到甜头的曹斌还打算明年做云警，集合之前的功能，向移动端转移。

曹斌坦言，研发应用"微察"系统是被逼出来的。

2015年，他带领公安局信息技术精英团队，落实公安部"一长四必"现场勘查，创新研发快速采集处警信息和"小案"现场勘查信息的"微察"系统。

该系统不断升级完善，成为全警勘查简易案件现场、采集基础信息以及日常警务活动的信息化应用工具，刑事案件现场勘查率达100%。

"微察"系统获2015年度公安部科技创新奖，2016年公安部创新项目银奖，被公安部列为2017年全国重点推广项目。

这之后，曹斌继续创新现代刑侦理念，带领团队不断加大刑侦改革力度，在研发"微察"系统后将其功能进行升级，2017年获广西壮族自治区公安厅科技创新大赛二等奖。

该平台实现侦查人员与现场勘查人员合二为一，现场勘查和检验鉴定一分为二，变革处警、勘查、侦查、鉴定的传统模式，顺应司法改革，破解多发性侵财案件侦查难题，真正实现"侦勘合一、勘鉴分离"的目的，解决小案现场勘查人员与案件侦查人员的无缝结合，全面提升公安机关打击破案的整体战斗力，真正意义实现更多地"破小案"，更准地"办好案"，更好地"控发案"。

"破案是我的天职。案子破了，罪犯受到惩罚，被害人得到安慰，我们也心安理得了。在我心里，也就把这件事放下了。"

1992年入党、有着二十七年党龄的曹斌说。

褚某荣涉黑团伙案

扫黑除恶,离开党委政府寸步难行。

光天化日之下,公路上一辆客车被一伙蒙面人拦截并打砸。时间是2016年9月18日。大白天的,谁能拦截打砸一辆客车?没有势力?你相信吗?

曹斌带人开始查。从这个案件抓了十几人,全部以寻衅滋事个案处理。

外界传,曹斌把治安案件定为刑事案件,是公报私仇。某领导电话打过来:曹斌,你要讲实话。

我跟你认识二十多年了,我是那种人吗?

听说被烧车的是你老表?

那你派人来调查呀?是我什么老表?我连人都不认识。

这两年来,曹斌一直坚持拿事实、证据说话,不断向党委政府报告。

曹斌大义凛然:说我公报私仇,我无所谓;说要制造车祸伤害我的家人,要搞掉我,我也无所谓。我做一天警察就尽职尽责去做。我不做的时候,我相信别人来做,也同样不会容忍违法犯罪。

最终这起案件,人民法院以故意毁坏财物罪判处该团伙成员十八人有期徒刑,判决书认定幕后组织者为主犯。

在扫黑除恶这个看不见硝烟的战场上,曹斌毫不畏惧,敢于碰硬,绝不退缩。

对浙江籍房地产商陈某来说,2011年上半年简直不堪回首。

1月24日凌晨,陈某驾车回家。入车库时,他见一辆丰田大霸王商务车正挡着道呢,就下车去理论。没等他反应过来,车上下来一伙人将他劫上车。

陈某就这样被褚某荣等多名男子非法拘禁了。这伙人声称有人出钱要杀他,他们可以帮摆平。

作为来钦州的外地人,陈某只想求财,不想发生任何意外。于是他一次次出钱买平安。连续三次遭非法拘禁,他共计被勒索人民币1350万元。

可没想到这伙人竟又绑架他的副总威胁他。他除了报案,别无选择。

这一天,是2011年6月23日。钦州市政府领导和市公安局高度重视,成立专案组。

曹斌支队长是副组长,随即带领民警开展调查取证。

他开始详细询问报案者。

陈某痛苦地回忆起那令人战栗的往事。

那个黑色凌晨,在商务车上,一个声音警告他,有人出700万元人民币要他的命,让他老实点儿。后他被挟持到一桑拿楼。进房间才得以打开头罩。

他第一次见到清瘦斯文的褚某荣。褚某荣指着旁边马仔翟某说,这位就是出钱要杀你的人的手下。

陈某想不出自己跟谁有仇。

不料褚某荣却说喝茶。

两人边喝茶边聊,陈某竟然与褚父还蛮熟。褚某荣当即表示愿意帮他。

褚拿出一把枪,命令翟躺在陈某当时坐的那张床上,突然快速地用被子将其头部盖住,当着陈某的面用枪朝其头部连开两枪。

随着枪响,那人"啊"的一声惨叫,挣扎几下就不动了。

褚某荣亲自开车送陈某回家。他说既然出手帮陈某解决麻烦,枪杀了对方手下,以后陈某的安全由他来保障。由于近段时间经济困难,要借款525万元人民币。

陈某被迫同意,当天中午11时许,叫人转525万元入褚的指定账户。

2月17日,褚某荣到陈某办公室,以朋友投标需要押金为由,要借200万元。

陈某当天便转了账。

褚某荣为蒙骗陈某,几天后归还220万元,其中20万元说是利息。

又过了一段时间,褚某荣找到陈某,称因为帮助陈某"枪杀"翟某,自己被公安机关抓获,通过公安厅的朋友花了一大笔钱疏通关系才得以释放出来。以此再次向陈某敲诈勒索295万元人民币。

陈某被迫如数转账。

之后,褚以各种理由向陈某借钱,但陈某避而不见,却不料自己又被人抓了。

抓他的人问:知道我是谁吗?上回我被打两枪,幸亏打偏了,要不然我就死掉了。

原来就是那天被打之人,他居然没死!陈某再次被人戴上头罩劫持。因极度受惊吓,他大便失禁。

陈某当然不知道,当时人家用的是发令枪,事先安排的装死。

然后那人手机响了,一接通他就表现出非常害怕的样子,说行行行没问题,你不要杀他们。赶紧把手机递给了陈某。

是褚某荣!褚某荣对陈某说,你放心,我也听说他没死,预见到会对你不利,已经把他家人控制了。他敢动你一根毫毛,我就把他老婆父母全部杀掉。放心,待会儿他们会送你出去。你安全到家,我再放他家人。

给你压压惊。过一日,褚某荣给陈某送去两条香港烟,1000多元一条。还说自己每年都要花几百万,公安的治安啊什么都要打点,不然混不来。

之后，褚某荣又以各种理由敲诈勒索。陈某因担心自己人身安全，被迫听命，170万元、70万元、36万元……一笔笔款项进入了褚某荣指定的银行账户。

4月18日早上，褚某荣来到陈某的办公室还车钥匙，叫陈某送他回公司。陈某送褚某荣到公司后，褚某荣持一支改装的装有钢珠弹的发令枪当着陈某的面将办公室一电脑显示屏打穿，以借钱为名又敲诈勒索陈某530万元……

陈某俨然成了褚某荣的提款机，他不得不躲起来。

没想到褚某荣又实施绑架……

这个褚某荣，曹斌早就认得的。

此人自小混迹社会。2001年6月，其因涉嫌盗窃汽车被钦州市公安局钦城刑侦大队抓获，因情节轻微不予起诉；2008年6月，在钦州市文峰南路开设钦州市亿宝寄卖行，经营旧货寄卖；2009年10月，褚某荣将亿宝寄卖行迁至钦州市石岭路，任"亿宝投资有限公司"董事长，以投资为名向社会公众吸收资金，进行高利放贷，非法获利；2010年9月21日，因涉嫌开设赌场罪被钦州市公安局钦南分局抓获并刑事拘留，后被取保候审。

经勘查、走访、调查，基本摸清这伙人的主要骨干成员，立即对其身份、社会关系、交通工具、通信工具以及之前的涉案资料，进行系统的分析研判，确认这伙人的经常活动地点。

进一步调查取证中，曹斌带领专案组从报案人所提及的褚某荣的基本情况、关系人、经济状况、日常行踪等方面入手，对他及其同伙全面调查，并对褚某荣等人行踪跟踪取证，基本查清情况。

最意外的，莫过于发现这伙人正在对另一老板林某敲诈勒索，涉案金额已达700多万元。

案发于6月28日。

为预防光天化日之下抓人遭到小区保安阻拦，褚某荣携带假军官证，车辆挂着桂O-8字号车牌，装着警灯，安排马仔带上警棍及手铐，统一穿警用T恤。挟持林某时，林某挣扎反抗，结果被击打腹部，戴上手铐，衣服罩头。

将人挟持回公司后，褚某荣叫马仔解开手铐，跟林某喝茶。他说，不是我想抓你，人家想杀你，给我出了1500万。

褚某荣出示了从公安局那里打印出来的户籍证明，问这个人是不是你，并说你家里有什么人我都掌握。

又聊，没想到林某与褚老爸是老朋友。

褚某荣拍林某照片过去，问是不是这个人。对方回复是。

褚某荣说这人跟我老爸有交情，能否放过他。对方说不行。老板已交代，也已派人下去了。

褚某荣直接在电话里告诉对方，说出几百万给你，你就不必再要他命了。感觉对方还要说，褚某荣"生气"了，你这样我们兄弟都没得做。他很"愤怒"地挂掉电话。

讹诈林某时，褚某荣命人将"老板派来的两人"推进卫生间"解决"。按事先安排，马仔A一听到枪响后即倒地装死，马仔B假装求饶，把林某吓得便溺。

褚某荣叫其冲洗，把他半推半扶到房间，安慰说大不了跟他大干一场，先送你回去。同时交代马仔把那个手雷一起带过去。后其挟持林某到自己办公室，林某被迫转账……

民警找到被害人林某。

林某惊呆了："你们怎么知道啊？"

当然，他很快便把惨痛的遭遇倒了出来。

掌握充分证据后，6月29日晚，市公安局局长周斌坐镇刑侦支队三楼会议室专案临时指挥部发出抓捕命令。

曹斌组织刑侦支队民警，与技侦等部门协同作战，先后在亿宝投资、亿宝寄卖行、捷佳咖啡、盛世皇朝等场所抓获涉嫌敲诈勒索的褚某荣等十二名犯罪嫌疑人。

怎么审？

曹斌召集专案组成员逐一解读黑社会性质组织犯罪必须有的四个特征：是否有组织者、固定成员；是否通过不正当手段获取经济利益；是否用暴力威胁等手段多次为非作歹；是否在某个区域有一定的势力范围，对社会造成恶劣影响。

他细致到叫民警找到租房的租客，了解是否对其有影响。专案组一一落实。

怎么认定威逼的情节？曹斌通过受害人大小便失禁作出了判断。

犯罪嫌疑人避重就轻，说是老板主动给钱。

曹斌说，肯定不是主动给的，枪一响，屎尿都到裤子里了。精神恐吓就是一种暴力手段。

褚某荣具有反审讯经验。民警问话，他不吭声，还挑衅道："打我啊，最好打我，打死我！"

曹斌开始问话，他知道褚某荣的底细，褚某荣不得不应答。但他否认与敲诈勒索有关系。

曹斌不急。审讯是双方的心理战。抓回的人，曹斌都去审问，及时掌握进展。

他提出，选择骨干成员作为突破口，通过突破他人，以查证的事实专门制订对褚某荣的审讯方案。

褚某荣第二天承认，为非法获取巨额钱财，选定陈某和林某为作案对象，假装为他们摆平事，并当面制造随意杀人假象，对其心理进行控制，致其多次被敲诈勒索而不敢报案。

亿宝投资有限公司就是一个幌子。

2008年7月至2011年6月间，褚某荣以投资为名筹集资金约1355万元，采取单利、利滚利等计息方式，按每期（十天一期）或每月2%至15%不等的利息放高利贷。查处亿宝投资有限公司扣押的财务流水账显示，2009年10月21日至2010年9月4日，共向100多人放高利贷，非法获利2293105元。

褚某荣开赌、追债、敲诈勒索，以经营公司来掩饰，其犯罪手段相对隐蔽。褚某荣老爸原在财政局，后来下马的地委书记是他叔。

公安机关调查取证时，大部分受害的欠债人因惧怕打击报复而不敢做证。后经反反复复做工作，才愿意举证。

被害人林某在询问笔录中陈述：听到褚某荣开枪杀人，我的想法是，他们这么随便就杀人了，不管多少钱我都出了，保命要紧。

他自述道：当时在办公室思虑万千，如果报警，怕他真带有手雷来可能出现严重伤亡，且电话被监听，怎么可能报警？再者父母、兄弟、妻子、儿女的情况也不清楚，他们是否被劫持？是否处在危险当中？……还是先付钱度过危险时段再说。

审讯中提到，褚某荣叫马仔带手雷去老板办公室，叫老板转账。

曹斌问：你怎么拿到钱的？

褚某荣说是自己走了后才转的。

曹斌马上追问：你确定是这个时间？

他让人记录下来，马上核实。证据确凿，板上钉钉，一环扣一环。

6月30日，褚某荣被刑拘。8月5日，钦南区检察院对其批捕。

其间，犯罪嫌疑人亲属也想尽各种办法阻挠和干扰曹斌办案。有托熟人、亲戚来"打招呼"的，有请求他放一马的，有答应事成之后重金答谢的，更有把电话打到他家里进行威胁的。来自各方面的压力从未动摇曹斌扫黑除恶的决心。

为办成铁案，曹斌带领专案组迎难而上，制订缜密的工作方案，审讯、取证、追赃、材料综合、案件审核把关等工作有条不紊迅速展开。他组织民警多次赴南宁、广东、湖南等地调查取证，取证涉及人员200多人、材料1000多份。破案后追缴赃款300多万元，缴获涉案汽车五辆，非法枪支、子弹以及手铐、伪造警服等作案工具一批。

曹斌说：此案最糟糕的是，把褚某荣关到哪里，哪里就有民警违纪被抓。他以金钱开路，把个别民警拖下水。

褚某荣进钦州市看守所后，还在网络上赌博。他一直在说很快他就会出去。确实很快，关到看守所后他就趁着外出看病跑了。

当时，经所长同意，副所长和一民警带他去看牙。之后，褚某荣提出回趟家。副所长自己没去，让民警跟他去。结果民警在楼下陪褚母聊天，褚某荣上楼与妻子待了一个多小时。后褚某荣又说要会女友，叫民警帮开房。民警便用自己的身份证为其提供方便。褚某荣还嫌弃该酒店档次低，要换地方。

曹斌知道褚某荣脱逃已是当晚9点。他组织研判确定其落脚点后，率领民警直扑中青酒店。

踹门进去，褚某荣刚要起来，曹斌一脚踩到床上：走喂！能走吗？

哎哟，我知道不能走的。我出来透透气，就睡在这里等你们啊。褚某荣大言不惭。

在市公安局党委会上，曹斌要求严办，不然这个案子还怎么搞？

褚某荣的逃脱，不是透气放风，而是妨碍司法公正。纪委随之介入，为确保案件顺利侦查，防止主要犯罪嫌疑人再次脱逃串供，褚某荣被押到南宁羁押。之后三名违纪民警被判刑。

进入诉讼阶段。曹斌详细审阅案卷，与检察院、法院沟通交流，多次向区公安厅"打黑办"和刑侦总队汇报。以褚某荣为首的犯罪团伙被移送检察机关起诉。最终，该案定性为涉黑案件判决。

一审判决书长达113页。29卷案卷，叠起来有一米多高。褚某荣涉黑团伙的覆灭，是正义最终战胜了邪恶。

成功侦破此案的曹斌，荣立个人一等功。

总有一天水落石出

钦州港 2003 年刚开发。

接到有人被杀的报案后,曹斌即率员赶赴现场。

在一条偏僻的公路上,一辆摩托车倒在路边,水田中有一个土堆,土堆中露出人体上肢,周边有血迹。

曹斌组织民警立足中心现场,勘验、收集物证。除收集到被害人血迹,还提取到摩托车头盔外沿零散的脱落量较少的血迹。

摩托车头盔的血迹经 DNA 检验及甄别,排除是死者的血迹。经分析,极可能是嫌疑人受伤后遗留在现场的。从而推断是被害人反抗,致嫌疑人受伤,血迹脱落。本地人作案的可能性大。

可由于侦查人员排查不细,加上技术条件有限,虽对发现的嫌疑对象采集了生物检材,但都未能比中。

曹斌感到有些遗憾,但没有放弃。

他认为这只是时间上的问题。现场有物证,案件总有一天会水落石出。

直到 2017 年,他仍不忘要求支队民警对未破案件进行梳理比对。

那天,在对违法犯罪人员进行生物采样检验中,技术民警比对后,惊喜地报告:是十四年前的案子。

以前最早做的数据位点较少,只有九个。对这仅有的九个位点,慎重地研究、分析,认为已达到识别要求——比中的人在本地,又是钦州港人,应该是重大嫌疑对象。

如何把作案人挖出来?

到底作案人数是一个还是两个?

曹斌指令以此证据为切入点,排查此人基本情况。

通过梳理此人当时周围朋友亲戚等各种人际关系，同时对现在此人的情况分析研判，看是否符合作案特征。

之前的材料、笔录、照片都拿出来了。当时访查了解到的，包括嫌疑人所处那一带的环境、房屋位置、路线构成、现场位置，全部重新绘图恢复。民警以原来的资料重新回到现场，复原现场情况，又重新一家家做详细排查，回访村民。

现场复原分析认为，除嫌疑人，还有另一人作案的可能性。

曹斌果断定调：既然这个现场比较支持两人以上，符合两人作案特征，那我们能否找到另一个人？这对案件下一步的审讯、侦查，证据的力度、证据链的形成应该更有力。

回访嫌疑人前妻。

现场曾有人提到，当晚发案时听到一声"十三佬"的喊声，喊的人说自己在找人。

嫌疑人前妻说，还真有一个叫"十三佬"的，住在跟她家隔两块田的对面。

又问："十三佬"现在什么年纪？

答：30岁左右。

往回推算，"十三佬"当时十五六岁，符合另一对象的可能性。

访查"十三佬"。

但不正面接触，而是找其女友通知他，说公安找他有事，让他到钦州港分局去一趟。

工作中发现："十三佬"突然打电话给一号对象。

这个情况非常重要。

"十三佬"来到钦州港分局。民警虽感觉到他有问题，却没说什么，让他回去了。

专案人员缜密研判分析，他是犯罪嫌疑人之一的可能性非常大。

曹斌拍板定夺：实施抓捕。

庞一号对象在码头附近。庞二号对象在开大货车拉泥。

同时行动,两嫌疑人相继落网。

下午6点抓回,晚上9点多就认了。供述如下:

2003年12月30日下午,庞某青因欠人赌债,急需找钱还,便和庞某游商议去钦州港偷抢。庞某游答应了。

出发时,庞某青从家中携带柴刀和弹簧刀各一把,弹簧刀给了庞某游,他自己携带柴刀。

30日傍晚,两人在钦州港找不到目标盗窃,便在市场路口随机上了一辆搭客摩托车,让司机搭到钦州港中间坑村。

当摩托车司机搭乘两人到中间坑村禾堂路边停下时,庞某青突然用随身携带的柴刀照着摩托车司机肩颈部砍了一刀。庞某游在庞某青与摩托车司机发生打斗时,因害怕跑走了。摩托车司机拿起摩托车头盔砸庞某青。庞某青被砸伤左手,手背流血,拿着柴刀向司机乱砍。司机被砍数刀后往路边田地方向跑,庞某青持刀在后面追。司机跑了一段路便倒在田间。庞某青一查看,发现其已死亡,便用田里泥块将尸体掩埋,后将摩托车抢走,驾驶到半路,因害怕被人发现而将车丢弃路边逃跑……

那摩托车司机的老婆身体不好,不能工作;小孩没人管也没钱读书,大孩子初中跑去广东打工,几年间染了尘肺病,一直病歪歪地躺在床上……

曹斌谈到此案,心里感到十分难受。

为抢一辆摩托车,一条人命没了,一个家垮掉了。

幸亏那一枪偏上了

采访中,我问曹斌是否遭遇过死亡威胁。

曹斌说:有。但都过去了,也不觉得有什么。

因为好奇,我专门去法院查阅了那个枪杀案卷宗。

那是1994年2月13日,钦州镇城西姓黄的居民电话报称:

有一男人持枪闯入城西仙鹤路一巷刘春辉家开枪行凶，打死打伤人了。

民警迅疾出警，奔赴城西。

紧接着，市物资局保卫科科长又报称：住本镇的刘振福持一支军用手枪，闯入市物资局退休干部刘璋兴家行凶。凶手逃离现场，去向不明。

根据报案情况判断，城西凶杀案也应是刘振福所为。

那天是大年三十。还没吃年夜饭呢，曹斌即赶到现场。

他看到那里有五四式手枪的弹壳。

凶手非法持有枪支，竟然开枪把老婆、岳母等人给杀了。现已逃离现场。

曹斌带队搞这个案子。那时没有现在的技术，就是靠走访。

通过走访发现了凶手逃匿的线索，查明其藏身的落脚点——钦州镇南区二路41号。

凌晨3点，曹斌与队友执行抓捕任务。

嫌疑人躲在三楼阁楼里。

民警把那栋楼封住。阁楼是顶层小房，楼道很窄，门也比正常门小而矮。这就受限制了，一下子没办法上去很多人。

曹斌悄悄上了楼梯，逐步向前。

他一脚踹开门。枪声响了！

踹门时，曹斌已呈跪姿进击之势。子弹从他头上方飞过。

迅即反应自己没事，他马上跳将而起。几乎是神奇般地，他一只手已经把犯罪嫌疑人的脖子死死地掐住，另一只手则死死握住其手上的枪。这时，战友们已冲了上来，犯罪嫌疑人被制伏。

凌晨三四点钟，开始审讯。

不管问什么，犯罪嫌疑人都承认。毕竟身上有血，又缴到了枪。

那天很冷，曹斌回到队里坐下再起来的时候，发现刚才坐的位置已是一窝子的水。

那时候,他才觉得有些后怕:幸亏那一枪偏上了,否则,门口就那么大,能躲去哪儿?

为此,曹斌得了个三等功。

"2010·11·3"大寺镇杀人碎尸案,现场环境恶劣,尸源不明,案发现场非第一现场,重重困难,让破案陷入僵局。

这时,一张假身份证引起了曹斌的注意。

曹斌以此为突破口,结合现场勘查很快查明尸源。寻访、摸排、研判、伏击、审讯、追踪。逃窜多地的犯罪嫌疑人最终在凭祥被抓获。

犯罪嫌疑人以为杀了来路不明的女人,到外地躲躲就没事了,没想到这么快就被抓了。

他当然更想不到,为了突破案件僵局,曹斌没日没夜地连续工作了八天。

由于过度疲劳,曹斌的心脏旧疾复发,全身直冒虚汗、脸色苍白。同事们都劝他赶紧去治疗。

可他却拿出随身携带的药说:没事,我吃片药,休息会儿就好了。

没过一会儿,他又投入到紧张的工作中……

扫描二维码即可观看
相关视频等

时空战警丁皓

莫冀生

在广东潮州,有一个时空战警,他能穿越时空缉拿凶手。

在潮州这个地方,不管是新案重案,还是陈年旧案;不管是流窜作案,还是逃犯路过,只要惊动了他,他就会布下天罗地网,将凶手缉拿归案。

这些年,他鉴别、抓获的逃犯、流窜犯有上千人,命案犯就有二十几人。

这个时空战警,就是潮州刑警支队六大队大队长丁皓,他是百姓心中的传奇人物。

虚拟世界让真相重现

有一宗案件,一直牵动着潮州全体民警的心。

十七年来,每年的命案积案分析会上,此案都被列在首位。三任局长、三代刑警时刻关心着此案的侦破情况,退休后还不忘了解此案的进展。

那是2000年9月7日晚发生的一宗袭警案。当晚在消夜大排档有聚众斗殴,接到报警后,民警余旭浩出警赶到现场,第一时间制止了正在进行的众人打架行为。在将双方分开后观察伤情时,民警余旭浩突然被案犯吕传雄用随身携带的半边剪刀袭击，被刺中右下腹，导致大动脉出血，英勇牺牲。

这个案子的嫌疑人吕传雄是本地人，案发当晚即仓皇而逃。这一逃，就是十七年。这么长的时间，他没有回乡，也没有和任何亲友联系过，玩起了人间蒸发，任你挖地三尺，也无影无踪。

在这十七年的漫长岁月中，丁皓参加过好多次该案的研讨会。作为刑警情报技术的精英，他理所当然地承担起追逃的重担。

说起这个案件以前的侦破情况，丁皓依然显得脸色沉重。

一直以来，丁皓借助各种科技手段，试图跨越天涯海角，在茫茫人海中将吕传雄缉拿归案，早日平复潮州警队心中的痛，但又谈何容易。

早在1999年，他就自己编程设计了一个自动比对抓捕系统，它能够帮助丁皓及时获取逃犯线索。1999年至2009年的十年间，他抓获的在逃犯有几百人。

每次接到报警信息时，丁皓的脑海都会闪出一个念头，那个袭警凶手吕传雄落网了？

在技术不断发展的同时，丁皓也不断地使用新武器，在虚拟世界寻找战机。这么多年来，丁皓作了无数次尝试，但都无功而返。

然而丁皓从来都没有失去斗志。他相信，一定会有办法抓到这个凶手，让牺牲的战友警魂安息。

随着时间的推移，丁皓的刑侦经验愈发丰富，他的信念也愈发坚定。

2018年，当最新科技的几个应用系统升级后，时空战警丁皓有了更强大的新武器，战斗力直线提升。他第一时间运用这些最新的系统，在茫茫人海中找到了疑点。

"这个疑点，是在2011年发生在海丰县的一宗治安案件中发现的。该案案发场所也是消夜大排档。事主林中成在吃夜宵时，与邻桌的施伟宾发生冲突，被后者用半边剪刀刺伤右下腹部后，送医院治疗。"丁皓的眼中闪着睿智的光芒。

他接着解释道，"这宗治安案件，虽然当时已处理了，施伟宾被治安拘留十五天，但是，我在众多比对的人群里选出这个人，怀疑点有两个：一、相同的案发环境——消夜大排档；二、相同的作案工具——半边剪刀。"

这个发现让丁皓一下子兴奋起来。

一般来说，谁吃夜宵会带凶器？就算携带，多数案犯都会带刀，带半边剪刀的极为罕见。施伟宾和吕传雄两者都使用这个罕见的作案工具，而且两人的长相也很相似，应该八九不离十。

丁皓立即联系海丰县公安局确认作案工具。没错，就是半边剪刀。

兴奋的丁皓马不停蹄，进入了网络虚拟世界，穿越时光进入施伟宾和吕传雄的过往岁月，追踪再追踪，分辨再分辨。

这两个都使用半边剪刀当作案工具的嫌疑人，是同一个人吗？

在时光穿越中，丁皓不断追溯着这两个人的岁月足迹，发现两人虽然年龄相仿，长得也有点儿像，但明显不是同一个人；足迹也完全不同。

吕传雄的足迹，在逃跑后就销声匿迹，半途中止了。而施伟宾一直在揭西县活动，其足迹是有连续性的，后期则出现并列分叉，即在揭西县和海丰县同时出现。

丁皓基本确定，施伟宾是正常社会人，而吕传雄则是冒用了他的身份。

那么，这个冒牌的"施伟宾"现在又藏在哪里呢？

随着二代身份证的推行，冒牌货"施伟宾"以前使用的一代假身份证早已经无法使用。这几年，真的施伟宾还在揭西老家，而冒牌货"施伟宾"则没有任何踪迹了。难道线索又断了吗？

"不，一定还有办法。"遇到困难时，丁皓经常这样激励自己。

很快，丁皓就想到了解决办法。

丁皓发现，在那宗治安案件中，一起吃夜宵的，还有冒牌货"施伟宾"的同居女友陈某。虽然已时过六年，这个30多岁的陈某至今仍未结婚，一人租住在海丰县可塘镇的出租屋内。

丁皓推测，既然案犯吕传雄用的是假冒"施伟宾"的身份，当然无法登记结婚，两人很有可能还是同居关系，冒牌货"施伟宾"应该就在女友的出租屋里住。

根据丁皓的情报分析，刑警追捕组立即前往海丰县，在当地警方配合下，找到了陈某的出租屋，却发现屋内没人。

房东说，租住的夫妻两人在附近的一个小工厂上班。

于是，追捕组迅速前往，将藏匿于海丰县可塘镇新兴路一家珠宝加工小作坊内的吕传雄抓捕归案。

经审讯，果然如丁皓当初判断的一样。

吕传雄在逃亡期间，认识了揭西县的施伟宾。他觉得他们两个人年龄相仿，长得也有点儿像，就想了个妙招，用自己的照片让人做了个假的一代身份证，假冒"施伟宾"的身份在海丰县的一个小镇工厂打工。这个假身份证用了十多年，一直没有被发现。他还以为，如果自己小心一些，没有发生意外，就可以平平安安地在这里躲过法律的制裁。但突然出现在他面前的潮州刑警，让他的幻想如同肥皂泡般破碎了。

这个喜讯对于整个潮州警队而言，是多么激动人心！

大家奔走相告。

这场牵动万人心、历时十七年的杀警案，终于尘埃落定，可以告慰英灵。

已经退休的一、二代老刑警们眼含激动的泪花，专门到刑警队来看这个立了大功的丁皓。他们感激地说："我们当了一辈子刑警,退休时最大的遗憾,就是没有抓到这个凶手。本来以为没有指望了,要带着这个遗憾走了,没想到这个凶手被你找到了,真是一代胜过一代啊!"

丁皓没有骄傲。他知道,自己没有孙悟空的能耐,这都是科技的力量。

当然,丁皓更清醒地知道,自己有敏锐的直觉,并不是来自天赋,而是刑侦经验的积累效应。比如,他在2017年准确地在虚拟世界辨别出潜逃了二十四年的真凶陈玉坤。尽管此人早已漂白了身份,在澄海市"安居乐业"。

那是潮州市一宗涉黑团伙火拼案,发生在1994年10月。黑势力团伙双方争夺"老大"位置,主犯陈玉坤将对方老大当街枪杀后逃走。

光天化日,黑帮为争地盘、抢老大,当街开枪杀人,然后从容逃逸,这简直就是当时流行的港澳黑社会片里的情节翻版。这消息很快传遍大街小巷。一时间,潮州民众人心惶惶。

逃犯陈玉坤反侦查能力很强,当日迅速逃跑,之后杳无音讯,一直都没有留下任何线索。在这接下来的二十多年里,三代刑警都在努力,但案件一直都毫无进展。

丁皓在说这个案件时,脸上露出刑警特有的敏锐眼神。

"那天,我在虚拟世界追踪,希望能有所突破。可能是人努力,天也帮忙,我一下子注意到了一名广东户籍人员陈少辉。"

丁皓思索了一下,解释道:"为什么?因为此人持有46000开头的身份证。"

这其中的玄机,听丁皓一说,不得了,水还挺深。

原来,这46000开头的身份证,是海南省的身份证。海南原来是广东的一个市,1988年才成立海南省。当时市县尚未完善,身份证都是46000开头。由于个别地方管理混乱,买卖身份证就成了"行业"。不少逃犯漂白身份,就是钻了这个空子。

丁皓抓获的逃犯中,就有几个是用46000开头的身份证。

正是以往丰富的刑侦经验，让丁皓在众多人员里，一下子就盯上了这个有海南身份证的陈少辉。

接着，丁皓进入时光倒流的虚拟世界，围绕陈少辉的成长足迹，追踪他的真实身影。

几个日夜的追踪，丁皓又差点儿要绝望了。

从此人足迹上看，还真是没有疑点。他将户口从海南迁到广东省普宁市，是正常的投靠亲属。结婚后，他又将户口迁到老婆户籍所在地的澄海市。其本人从来没有在潮州生活过。

难道真没有问题吗？

直觉告诉丁皓，一定是漏了什么。仔细点儿，再仔细点儿。

突然，灵光一现，丁皓发现了一个很难察觉的疑点，就是姐弟两个人的生日。

当年陈少辉是去投靠姐姐，而姐姐的生日是 1975 年 10 月，陈少辉的生日是 1976 年 4 月，表面上是大了一岁，但实际上才大六个月。

谁家的姐姐才比弟弟大六个月呀？

丁皓又琢磨，如果陈少辉就是陈玉坤，他不可能无缘无故迁居普宁。陈玉坤在普宁市有什么亲戚呢？

于是，丁皓仔细研究了陈玉坤全家人员状况，又有了新的发现。陈玉坤的二姐已经 50 多岁了，资料显示还没结婚，但实际上她早就嫁往外地了，这其中一定有问题。

第二天，丁皓前往辖区派出所了解情况。通过深入调查，他得知陈玉坤二姐很久之前就嫁往普宁了。

这就对上号了。丁皓连夜加班，进入虚拟世界找寻真相。

果不其然，陈玉坤二姐嫁去普宁市后，没有将户口迁过去，而是在当地又入了户口。而陈玉坤漂白身份，以海南省的"陈少辉"身份迁入的地址，恰好就在其二姐在普宁市住处的隔壁。

真相终于浮出水面。

而"陈少辉"再次将户口迁往其妻子所在的澄海市，是因为他的反侦查意识强，这样一来可以抹掉户口疑点的漏洞，二来他不想离自己的姐姐太近。

丁皓将分析结果一上报，接下来的事情就简单了。追捕组前往澄海市将"陈少辉"抓获归案。经审讯，事实和丁皓分析的一样。

这宗潮州市最早的涉黑火拼枪杀案的侦破大戏，终于成功落下帷幕。

丁皓这个时空战警，是这样描述真实世界和虚拟世界的："通常我们所说的世界，就是能看到、听到、感知到的物质世界，它只有今天和明天，无法回到过去。而在我们真实世界外，有一个由网络视频构成的虚拟世界，它能记录过去的足迹、踪影，只要我们能很好地运用科学技术，就能够穿越时光，让真相重现。"

吃透材料让证据说话

2013年10月，潮州市在国庆节过后接连发生诈骗案，都是以工商银行密码器过期为由实施的。这类案件在以前从未有过。

经调查，该系列案件与以往电信诈骗案件确实有所不同。犯罪嫌疑人利用在汽车上安装"伪基站"信息发射装置，先后群发十万余条"工行提示"诈骗短信。

这种新型犯罪使很多市民中招。市局要求尽快将这个诈骗团伙打掉。

丁皓接到任务后，开始研究全国各地关于利用"伪基站"实施诈骗的案例，对该系列案件资料进行综合研判，很快锁定了犯罪团伙，抓获曹小军等三名湖南籍犯罪嫌疑人，缴获一辆涉案汽车及短信群发器等一批作案工具。

曹小军交代，其"伪基站"是他在深圳购买的。卖方老板先在深圳一家酒店以自己身份开好房间，让买家入住，双方确认安全，谈好价钱，卖方老板将"伪基站"送到酒店，教会他使用方法，用现金交易。

案子已经破了，但是，丁皓没有满足于现状。他知道，如果"伪基站"的上游没有打掉，就还会有团伙利用这种形式在潮州作案。

于是，他把重点放在了该团伙的上游——卖方老板身上。

说到这个狡猾的卖方老板，丁皓至今记忆犹新："早期由于缺乏经验，被表面现象所迷惑，走了不少弯路，吃了不少亏。"

丁皓能吃什么亏呢？

一开始，丁皓心想，这个卖方老板用自己的身份证开房，肯定是新手，这场仗容易打。

于是，丁皓进入虚拟世界，沿着几个时间节点，穿越时光进行追踪，发现卖方老板身份证为44开头的汕尾市户籍。

接下来，抓捕组前往汕尾。结果一核查，身份证上的地址是空的，竟然是个虚假身份，难怪敢用它去开房。

丁皓恼火了。本以为你是新手，原来还是只狐狸，看我怎么逮着你。

他再次进入虚拟世界，通过先进科技手段，在时光倒流的轨迹交叉中进行碰撞比对，终于找到了卖方老板的另一个身份及其所持46000开头的海南身份证。

他兴奋地公布结果，大家听后自然高兴不已。追捕组马上出发，准备去端掉"伪基站"源头。然而，之后消息反馈说，这个46000开头的海南身份证也是虚假的，身份证上的那个海南地址早已经是个空地址了。

丁皓这下子蒙了，连恼火的劲儿都没了。

怎么办？他向老刑警请教。

老刑警问："你有没有研究后继的案卷材料？"

丁皓摇摇头："没有。"

老刑警说："一个案子在侦办时，你要根据案情的变化，吃透材料才能把握方向。"

丁皓茅塞顿开。

他又仔细研究了案卷,发现犯罪嫌疑人后期的供述中有一个细节:"卖方老板和送伪基站的几个人讲的是闽南话。"

丁皓眼前一亮。莫非这个卖方老板是福建人?

沿着这个方向,丁皓进入虚拟世界,着重从35开头的福建身份证入手,终于找到了卖方老板的真实身份。原来此人是福建泉州人。

接下来,抓捕组立即前往福建省泉州市将卖方老板抓获归案。

"伪基站"的上游被打掉后,潮州在这几年都没有再发生过此类案件。

有了这次走弯路的教训,丁皓总结了经验,不仅要尽量在第一时间前往案发现场,对案情的后期材料也要加强了解。

这方法还真见效,随着刑侦经验的丰富,丁皓这个时空战警就更显威力了。

说到当今办案和以前办案的外部环境差别时,丁皓说,在信息发达的今天,办理敏感类的、影响大的案件,不但要又快又准,还要及时公布真相,这样才能避免谣言满天飞。

2018年9月16日晚,韩江上的广济桥头发生了砍人的命案。这可是大新闻,消息即刻在微信上疯传。各种杜撰,版本纷纭:黑社会争地盘?极端恐怖分子袭击?情敌江边谈判未果?高利贷追债砍杀……

这宗案件之所以这么令人关注,是因为它发生在广济桥头。广济桥是中国四大古桥之一,也是中国唯一一座两边桥墩、中间浮桥的经典设计桥梁。潮州人民一直都引以为豪,现在是著名的旅游景点。平时桥上人来人往,热闹非凡,类似这样的恶性案件好像从未有过。案件发生后,段子手有了发挥的机会,一时间谣言四起,给不知情的群众增添了惊恐,给清澈的韩江、古老的湘子桥笼罩上了一层阴霾。

丁皓当晚赶赴现场时，见到被砸的店铺一地狼藉，江边的人行道上血迹斑斑。

案件引发的地点，是广济桥头的一间"老五烧烤店"。该店晚上会在江边人行道上摆放桌子给客人吃烧烤。因为突然下雨，店员罗春煌赶忙为当晚在江边的两桌客人撑伞挡雨。因没有先给李敬荣、梁杰、梁勇那一桌撑伞，遭到他们指责，三人以他们先到为由，怒骂店员罗春煌搞错撑伞顺序，继而迁怒烧烤店，找老板争吵。另一桌客人见状，上前劝架，双方发生口角，继而打斗。李敬荣和梁勇跑至其停在路边的摩托车处取了菜刀，将对方四人砍伤，并将烧烤店员工罗春煌当场砍死，之后又打砸"老五烧烤店"泄愤。

潮州警方紧急出动，开启天罗地网，视频追踪，网上搜索，设卡拦截，全力搜捕涉案人。

科技的威力显现出来了，在短短十六小时内，就抓获七名斗殴人中的六人。

一审讯，原来李敬荣一伙三人本来就准备去砍人，崭新的三把菜刀是当天下午刚从超市买的。但是造化弄人，他们一伙儿原准备在消夜后去砍另一个事主，却因为与烧烤店员的纠纷先砍了店员和邻桌客人，而他们真正要砍的人逃过了一劫。

丁皓带领大队同志连夜调取视频，追踪最后一名涉案人员黄某。

案子影响大，舆情汹涌，真是压力如山大。

丁皓顶住压力。当视频追踪失去目标时，他很冷静，客观地分析：此人是被砍一方，他逃跑是因为当时躲避被砍，而不是逃避法律责任。所以，他应该跑回自己的住处。

丁皓根据黄某逃跑的方向，结合其他线索，查明黄某曾经登记的暂住地址，再结合视频分析，推断出黄某极有可能返回了其打工的鞋厂附近的出租屋。

刑警抓捕小组迅速行动，在最短时间内将黄某抓获。

二十四小时内，七名涉案人员全部缉拿归案。

潮州警方马上向社会公布案件真相。这是一起两桌贵州老乡在吃烧烤过程中，与烧烤店员工发生纠纷而引起的斗殴致死案件。

漫天谣言，戛然而止。美丽的潮州又恢复了明媚的蓝天。

丁皓很喜欢自己生活的城市，也为自己是城市守护者而自豪。

他说，潮州作为古城，在宋代就设潮州府，有四大古桥之一的广济桥，有保留完整的古城墙，有天下第一牌坊街。在科技发达的今天，潮州刑警当然要用新科技布下天罗地网，用证据说话，打击犯罪。

都赶上福尔摩斯了

潮州刑警让人民放心，并非浪得虚名。

像这种轰动潮州的大案，还曾有过几宗。但1995年发生的这一宗案件影响最久。

1995年1月7日凌晨，潮州看守所的一个死刑犯监仓，死刑犯方锦明，男，绰号"老四"，伙同其他八名死刑犯，用脚镣上的螺丝在被水泼湿的墙上挖了个洞，钻出监仓后，又打开看守所平时送货的小门，越狱逃脱。

九名死刑犯用螺丝挖墙越狱，这好像是电影里才可能有的事，却在现实中发生了。一时间，"九名死刑犯越狱逃跑了"这个恐怖的消息传遍了大街小巷，整个潮州人心惶惶。有相当一段时间，人们夜间都不敢出门。

潮州刑警不是吃素的，围追堵截，几年间就已抓回七个越狱死刑犯。

据可靠线报，第八个偷渡到了越南。第九个逃犯是方锦明，一直没有线索。

时间飞逝，转眼间，刑警已替换了三代。

丁皓是在案发后第二年才加入的刑警队。当时他这个毛头小伙子，正跟着师父学习刑侦分析，跑现场。

现在的丁皓，已是潮州第三代刑警的顶梁柱。随着科技发展，他拥有的新式武器越来越多。

2017年7月，丁皓运用最新的网上作战手段，再次进入虚拟世界搜寻目标。

突然他眼前一亮。那个让三代刑警牵挂了二十二年的逃犯方锦明，竟然远在天边，近在眼前。此逃犯已漂白了身份，叫谢小伟，就在潮州市隔壁的揭阳市悠然自在地生活。

虽有几成把握，丁皓还是不敢轻易下结论。

他运用自己研究的比对规律排除法，花了几个晚上的时间，在虚拟世界中为这个漂白身份的方锦明做了"全面体检"：一、家庭排除。此人姓谢，至今单身，两个哥哥姓方，这不正常。二、时间推算法。此人出生时间是1980年，与最小的哥哥相差十二年，这不正常。三、表象矛盾法。此人的支付宝头像是老虎，而1980年出生的属猴，这两个生肖相冲，这不正常。四、轨迹碰撞法。此人的生活轨迹几乎为零，几乎和外界不来往，这不正常。

据此，丁皓终于可以肯定，"谢小伟"就是漂白了身份的死刑犯方锦明。

当丁皓将这个发现向刑警支队领导报告时，大家都不敢相信。

"此人竟然如此大胆？就在我们的隔壁？不会吧，是不是搞错了？"

丁皓肯定地说，经过他的比对规律排除法，该"谢小伟"在几个方面均不正常，可以认定，这个谢小伟就是潜逃了二十二年的方锦明。

大家一听乐了。那还等什么呀？立即出发，抓捕归案。

经审讯，跟丁皓分析的一模一样。

大家那个真心佩服呀。"这个丁皓，都赶上福尔摩斯了！"

犯罪分子确实狡猾，他们绞尽脑汁钻空子，想瞒天过海。有的人当时也确实做到了。他们漂白了身份，逍遥自在，以为可以将旧罪一笔勾销，带着罪恶的钱财享受余生。但是，魔高一尺，道高一丈。在新科技武装的时空战警丁皓面前，他们的伪装都是徒劳的。

1996年，潮州发生了一宗特大金融诈骗案。

犯罪嫌疑人傅少鹏在当年5月至10月间骗取储户金1800万元后潜逃。这是当时潮州最大金额的金融诈骗案。那个年代，这个金额对于当时月均收入才几百元的广大家庭而言，损失是多么惨重啊！

那一年，丁皓亲眼见到受骗群众的惨状。他在心中暗暗发誓，一定要将犯罪嫌疑人抓捕归案。

傅少鹏卷款潜逃后，知道刑警不会放过他，就彻底销声匿迹了，没有跟任何亲友有过半次联系。

一晃，这个案子在潮州刑警心中，像一块石头压了二十多年。

丁皓从来都没有放弃对这个骗子的追捕。

他不断尝试使用新技术查缉，但一直未果。

2017年，最新版的人像比对系统出世了。丁皓有了这个称手的新武器，一尝试，马上有了突破。

说到这儿，丁皓脸上浮现出自信的笑容。

"肯定是他。没错，家庭不正常，时间不正常，表象不正常，轨迹不正常，这四个不正常，而且还是46000开头的海南身份证，连姓都不改，真嚣张。"

丁皓没有被胜利冲昏头脑，他冷静地在虚拟世界中跨空间搜寻傅少鹏的位置。

傅少鹏的户籍虽然由海南省儋州市迁到了广东省惠州市，但他的前妻是湖北襄樊人。他俩应该是真夫妻，假离婚，有痕迹显示他们两个就住在襄樊。

确定了方位，追捕组赶到襄樊，顺利抓捕傅少鹏归案。

傅少鹏怎么也想不到，自己远在湖北，本以为布置完美的安乐计划竟会戛然而止。

丁皓也没想到，自己从警后的第一个誓愿，是在二十二年后才实现的。

令他自豪的"电子物证鉴定官"

丁皓是潮州刑警支队的"老先进"。他获得的荣誉和奖状证书一摞摞。

他在1999年研发的系统，创刑侦追逃之历史先河。他在2002年取得全国软件水平考试"网络设计师"证书，2003年评上了"犯罪信息工程师"专业技术职称。他的"网上作战技战法"，被公安部评为2009年度优秀技战法。他是潮州唯一的"电子物证鉴定官"，是"潮州市公安机关民警的先进代表"、"潮州市十大优秀青年"。他被评为"全国优秀人民警察"、全国公安"百佳刑警"等。

丁皓对自己获得的诸多荣誉，没有半点儿骄傲的样子。

他很客观、真诚地说，作为一个技术类刑警，最重要的是数据的支撑，要不是潮州公安数据采集录入工作做得好，自己编程的系统就成了无源之水。

他研究的逃犯比例规律，一万个外来人口中，就有两个逃犯。那么，能否抓住这两个逃犯，就取决于能否全面录入这一万个外来人口信息。

2006年2月25日晚，有人报警，在路边田地水沟里发现两具尸体。

丁皓赶到案发现场。已死亡的两名受害人的头部罩着胶袋，嘴被胶带纸封贴，手脚被捆绑，系胶袋和沟水致窒息死亡。经查明证实，这两名受害者陈某和蔡某开一辆摩托车外出，在路经龙湖塘东上蔡路段时，被抢劫并杀害，所骑的铃木摩托车被作案分子抢走。

说起这个犯罪团伙，丁皓眼睛冒着气愤的火焰："像这种抢劫摩托车杀人的恶性案件，一定是外地流窜团伙作案。"

潮州刑警马上与汕头市、揭阳市刑警联系。一了解，丁皓吓了一跳，这类在作案手段、作案地点、作案工具等特征上基本相同的拦路抢劫摩托车案件有近30宗，受伤50多人，命案5宗。

根据现场勘查提取的胶带纸上的指纹，与揭东县三宗系列抢劫摩托车案件提取的指纹比对，认定为同一犯罪嫌疑人所留。可以确定，这三个市的摩托车系列抢劫案是同一团伙所为。

这时，出现了一好一坏两个消息。

好消息是，3月10日，揭阳警方抓获了一名抢劫犯罪嫌疑人文宗永，供述了其贵州老乡杨湖澄、杨星凡等作案团伙的部分信息。

坏消息是，由于犯罪嫌疑人文宗永已落网，其他同案人闻讯分别潜逃，使案件侦查工作陷入僵局。

这个僵局是被丁皓打破的。

丁皓不愧为时空战警。他在网络虚拟世界有自己独特的武器。

4月1日晚，丁皓通过信息研判获悉，潮安县局庵北派出所抓获三名报假名的盗窃旧电视机的违法人员，其中一个叫杨星凡的就是抢劫摩托车系列案的犯罪嫌疑人。

杨星凡做梦也没想到，用假名都能被识破。经过两个日夜的审讯，他终于崩溃了，交代了系列抢劫的犯罪事实，还交代了另外几个同伙在某宾馆的线索。

潮州刑警马上出动,抓获了该团伙其余五名成员。这个丧尽天良的犯罪团伙为潮州民众带来的阴影从此烟消云散。

在丁皓众多的荣誉奖状和证书中,他最自豪的是"电子物证鉴定官"这个资格证书。因为这是单位对他的技术水平的充分肯定。

2013年8月,潮州刑警破获了一宗非法获取公民个人信息案。犯罪嫌疑人詹文静在互联网上使用QQ多次联系购买、交换公民个人信息,包括车主信息、老人信息、学生信息、移动VIP信息、建造师信息、医生护士信息、企业工商信息等。现场缴获其用于作案的两台笔记本电脑、一部台式电脑、U盘。其通过QQ与买家联系贩卖这些非法获取的公民个人信息达82次,共卖给49名人员。

案子破了,人也抓获了,但是其电脑硬盘里有几千个文件夹,分门别类,标记着各个省市、各类人群的文档。

这些海量的公民个人信息如何统计呢?

按照以往的数据统计做法,用人工去数电脑里的文件数,再将每个文档的具体人数逐一计算统计。但这么海量的信息,估计几个月也完成不了。

就算我们不怕苦不怕累,案件也过了期限呀。

第一次碰到这样的问题,怎么办?

丁皓作为"电子物证鉴定官",必须想出办法。大家都期待着丁皓这个专家。

他没有让大家失望,很快解决了难题,竟然还很简单。

第一步,他编了一套自动运算程序。这个程序,首先要通过检察院的统计测试,正确率达100%。这就保证了证据的客观性。

第二步,全程视频录像,程序载入目标电脑,自动搜索,计算出电脑文件里个人信息的总量为4000多万条。反复统计,结果一致。这就保证了证据的真实性、唯一性。

第三步，用该程序计算已贩卖49名买家的个人信息的总量，共1100多万条。这就保证了量刑时证据的准确性。

全部取证只用了几分钟。但它凝聚了丁皓多年来的心血和汗水。

证据被采纳，该案顺利移送起诉。这也是潮州首例涉嫌此罪名被判决的案件。

当问到丁皓有没有遗憾的案子时，丁皓苦笑着说："哪个刑警没有遗憾？"

他说起了那宗2013年除夕夜的爆炸案。

2月9日，正是大年三十。晚饭时分，潮州市饶平县钱东邮政局斜对面一家理发店发生爆炸。理发店一楼物品被炸毁，店主的父亲林振民当场身亡，店主哥哥林绍俊在店门口处受轻伤，两侧墙体被炸倒，现场周边的铺户在爆炸后房屋受到不同程度的损坏，铺户人员有五人受伤。

接报后，丁皓放下除夕团圆饭碗筷，迅速赶赴现场。

这明显是一宗寻仇案。

谁跟一间理发店有如此深仇大恨呢？

受伤事主林绍俊说了当时情况。他正与父亲聊天，听到手机响了，是一个陌生的号码。他以为是贺年电话，因店内信号不好，他走到门外接听。电话中对方问他在不在店里，他刚回答说"在"，电话就断线了。接着店内发生了爆炸。

据爆炸现场勘查，有遥控引爆装置的残留物。凶手应该是通过手机引爆，这是一宗有科技含量的犯罪。

如果放置炸药的人是在打电话给林绍俊后，确定他在店内才引爆的，那应该是针对林绍俊来的仇家。

经询问，林绍俊讲述了两年前其在深圳做手机生意时，与一个叫柯凯明的合伙人发生纠纷，被柯凯明打断了鼻梁。后来柯凯明被判刑一年三个月，现在应该释放了。这个柯凯明对电子产品精通，很有可能是他前来报复。

这个春节，丁皓带着他的队员小罗、小陈等几人忙个不停，调取前几天的路面监控，走访周边群众，集中分析排查。

案情渐渐清晰。还真不得了，真像是好莱坞大片。

情节一，在几天前，有一个青年男子，带汕头口音，斯文地向附近居民打听林绍俊的家，称自己是林绍俊的朋友。

情节二，一个戴着鸭舌帽的男子从四天前开始，不断地在理发店周边走动，在对面马路的小商店里观察理发店内的情况。

情节三，鸭舌帽男子在大年三十下午，趁理发店人多时，手提一个塑料袋进入理发店，不久就空手走了出来，应该是安放了爆炸物。

情节四，鸭舌帽男子在理发店对面马路打电话，说了两句就挂断电话，引爆炸药。

根据林绍俊辨认，该鸭舌帽男子，就是两年前因打伤他被判刑的柯凯明。

至此，真相大白，仅用了三天时间。

丁皓看着这个高智商犯罪分子柯凯明的照片，就像猎人发现了狡猾的猎物。

猎物的狡猾出乎他的想象。其手机号码是不记名的储值卡。柯凯明在汕头市南澳县的老父亲说，儿子许多年都没有回家乡了，少有电话。柯凯明在广州的妹妹说，这么多年，哥哥只去广州看过她一次；还补充说，她哥哥很聪明，懂得技术，在网上就能谋生，身上有十几个身份证变换使用。

案发后两年的时间里，丁皓一有空就进入虚拟世界，找寻这个高智商真凶的足迹。但都没有一点儿线索。

丁皓又通过其他途径，发现偶尔有境外电话与柯凯明妹妹联系。经讯问，其妹妹称柯凯明偷渡到越南走私了。

直到2015年3月17日，丁皓接到消息：这个柯凯明在四川成都落网了，因为涉嫌一宗绑架案。

他随即联系成都警方，核实案情后，马上办理手续，准备前往成都带人归案。

丁皓兴奋得一晚都没睡着觉。谁知第二天一早，他突然接到成都警方来电，柯凯明服毒自杀了。

丁皓一脸无奈："你无法想象一个普通的犯罪分子竟然会随身带着氰化钾，还冷静得像个特工。"

原来，这个柯凯明被抓后，称自己手臂过敏，实在太痒了，要吃随身带着的"过敏药"。民警看着他红肿的带有曾烧伤后留下的整片红疤痕的左前臂，就把他的"过敏药"拿给他吃。结果柯凯明突然中毒身亡。

只差一天时间，最终没有亲手将这个高智商恶魔绳之以法。这就是丁皓的遗憾。

优秀刑警，各有各的特点。丁皓这个优秀刑警，的确与众不同。

丁皓带领的六大队，是由老、中、青不同年龄阶段的刑警构成的队伍。队里许多同志都不止一次立功受奖，整个队伍士气高昂。

工作空闲时，丁皓会组织大队民警一起去玩 X 战警野战。游戏中，队友相互配合、训练搜捕技巧；既有娱乐性，又锻炼身体，还贴近实战。

丁皓的妻子也是一名民警。她不但理解丁皓的工作，也为他感到骄傲。她说，以前坚持不让他做家务，是想让他多一点儿时间和精力教儿子学知识；现在虽然儿子上大学了，她还是坚持不让他做家务，是想让他多一点儿时间学习研究刑侦新科技，掌握更多新知识。

丁皓本就是一个好学的人。高考时他是潮州理科状元。他父亲是当时少有的大学生。他祖上是南宋时期潮州府太守丁允元，韩公祠就是丁太守呈报朝廷修建的。丁皓在华南理工大学读书时，学的是无线电专业。工作后，他考取了"网络设计师证书"、"电子物证鉴定资格证",评上了"犯罪信息工程师"等,这都是他不断学习的成果。

在同事们眼中,丁皓是一个博学、真诚、能解决问题的真专家。他担任民警培训的理论教官,大家都知道丁教官有水平,人又好。基层单位同志遇到可疑车辆查不出头绪、警综录入出差错、涉案车辆号牌不清晰等问题,机关部门同志遇到电脑出了问题、文档格式转化不了、部分网页打不开等问题,一个电话,丁皓总是急人所急,在最短时间给出正确答案,比电脑维护公司还专业。

丁皓这个名字,在广大群众心中,则是一个能布下天罗地网、能穿越时空缉拿真凶的优秀刑警。

扫描二维码即可观看
相关视频等

毒语者

黄晓梅

初识毒物检验

有一种警察鲜为人知,他几乎整天待在刑侦大楼的化验室里,依靠化验鉴定来破译犯罪密码,证实犯罪。

1984年金秋,22岁的曾远雁从赣南师院化学系毕业后,被分配到赣州市公安局,从这里开始了他的解读毒物人生。他和王捷是这里仅有的两名理化技术人员。

问世间毒为何物?直教人生死难卜。

初来理化室报到时,曾远雁脑子里浮现出的是这样的场景:丫鬟取来一枚银针,扎到饭菜里面,片刻之后,只见银针变黑……

"不好,有毒!"

"王捷在哪儿?"门外传来一声问话,把曾远雁正在穿越的思绪拉回现实。

曾远雁看看表,已是中午12点多钟。他把风尘仆仆的来人上下打量了一番,重新戴上医用手套说道:"王老师出现场了,我是新分配来的曾远雁,有什么事可以跟我说。"

"嗯嗯,曾远雁,新来的法医。"安远县公安局法医胡启贵说着,从随身斜挎包里拿出塑料袋,小心翼翼解开两层塑料袋,里面是一个铝饭盒。

"这是什么宝贝?包裹里三层外三层的。"曾远雁好奇道。

"是我们法医视如生命的生物检材,千万不能丢失。"

上班第一天就遇到命案,曾远雁立刻进入角色,说:"我去拿工具!"

"今天上午 8 点多钟,安远县龙布镇一条小路茅坑下发现两具男孩尸体,死因不明。报案人是当地村民。"胡啟贵简单介绍了案情。

曾远雁听后想了想,感到一时难以把握,便说:"还是等王老师回来吧!"

话音未落,王捷已经到了门口。

"外围调查显示,两具男尸是亲兄弟,哥哥 5 岁,弟弟 3 岁。兄弟俩昨天上午离家后失踪。侦查结论是不排除外力谋杀,但要排除毒杀可能。要定案,必须检验出死者体内的具体毒物。"胡啟贵分析。

王捷将铝饭盒轻轻打开,一股腥味扑鼻而来。

一旁凝神看着的曾远雁,差一点儿"哇"的叫出声来。他捂上了嘴,心脏越跳越快。

"需要提取胃内容物进行毒化检验。"王捷盯着饭盒内的胃片说。

"味道太大了,开一下窗户。"曾远雁走过去将窗户打开,但对于这个面积小、没有排风设施的简陋生物检验室来说,显然开窗作用不大。

曾远雁于是拿来一只口罩,准备戴上。

"面对腐败的尸体不允许吐唾沫,不允许呕吐,也不允许戴口罩,这既是对死者的尊重,也是做好法医的本分。"师父王捷立即给徒弟立了几条规矩。

"为什么不让戴口罩?"曾远雁感觉不可思议。

"很多毒物、农药用鼻子闻,就能分辨出特殊气味,为检验提供方向；不戴口罩能发现更多细节。"王捷和颜悦色道。

师父的这条规矩，曾远雁花了很长时间才适应。

有一次，一名女子死在废弃的老屋，很久才被人发现。

曾远雁一下车，就发现这个现场跟别的现场不太一样，没有围观的群众。越靠近案发现场，臭味就越浓越重。等到进屋时，他差点儿吐了出来，但他一直强迫自己忍着，直到检验完尸体。

经过检测，提取的胃内容物及在现场提取到的面麻饼，均未检测到有毒物质，结合食物消化情况，可以推断死者是在饭后两小时被害的。

"在法医学的实践中，胃肠道食物消化和推进程度的利用价值，不逊于尸表现象。我们可以通过胃内食物的状态，经过专业分析，确定死亡时间，为案件的及时侦破提供帮助。"王捷说。

确定了死亡时间，就缩小了排查范围。安远警方从死者的损伤、黏附的泥土、作案工具等锁定凶手是一人，可能是孩子的熟人或亲戚。

几天后，凶手落网，果然就是两兄弟的姨父。

嫌疑人怀疑妻子与姐夫存在不正当男女关系，怒不可遏的他本来是去找妻姐夫理论，但在途中却见到了妻姐夫的俩儿子，他瞬间失去了理智，将孩子带到无人之地，用随身携带的菜刀将两人杀害。

曾远雁第一次亲眼见证了法医毒物学的关键作用，不仅能为案件侦破提供方向，还能为审判提供证据。

他暗暗下定决心：一定要成为一名好法医，为生者申冤，替死者昭雪。

癫痫发作疑云

农历腊月二十七，再过三天，赣州市全南县的李峰就30岁了，可媳妇连个影子还没有。那是1996年。这在农村可是大龄剩男了，他心里不由得暗暗着急。

快过年了，灰蒙蒙的天空阴沉沉的，分不清是雾还是霾。李峰感觉自己被这沉闷的天压得有些透不过气来。

"叔叔，叔叔。"叶春和叶明小哥俩一早出来玩，经过李峰的杂货店，看到他时齐声喊。

"好，来来来，叔叔给你们糖吃啊！"李峰随即从自家店里拿了四颗水果糖，分给了叶春和叶明。

这小哥俩是叶国伟的儿子，平时李峰经常到他们家串门聊天，跟兄弟俩早已熟稔。俩孩子高高兴兴地接过糖，一边吃，一边蹦蹦跳跳地玩去了。村里不时传来孩子们燃放的爆竹声。

一个小时后，叶春突然倒地，四肢抽搐，口吐白沫。家人发现后急送医院就治，诊断为癫痫发作，进行了常规的对症治疗，症状缓解后出院。

二十多天后，叶春在吃完早餐后再次发生上述相似症状，经医治后好转。当地村民和卫生部门均认为是不明原因的疾病导致的癫痫发作。

1997年4月20日早餐后，叶明突然站立不稳，抽搐，头晕，经治疗后好转。

5月的一天傍晚，叶国伟的媳妇在吃过晚饭后，突然倒地，头晕，想吐，经医治后好转。

6月11日，叶国伟一家四口人在吃完午饭后，先后出现突然倒地、四肢抽搐、口吐白沫、呕吐、昏迷现象。叶春、叶明两兄弟经医院抢救无效，于第二天死亡。叶国伟夫妻在赣州市医院因"中毒性脑损害"住院治疗一个多月。

突如其来的变故，让一家人悲痛万分。

伤心之余，孩子的父亲突然意识到：没有外伤，没有遗传，以前从未发现类似情况，最近身体也很好，CT及神经系统专科检查也未见明显异常，接诊医生也没有诊断出造成癫痫发作的常见原因，全家人的癫痫发作颇为蹊跷。

之后在11月、12月，叶国伟先后有四五次发现自家厨房碗里的盐有异常。他没敢使用有异常的盐做菜，偷偷地将其保存下来。半年多夫妻俩没再出现癫痫发作症状。

1998年1月3日，夜空漆黑得像浸透了墨汁一样。正准备就寝的叶国伟夫妇忽然听到厨房传来异常的响声。

警觉的叶国伟夫妇轻手轻脚来到厨房，发现厨房门被撬开，里面有一个人打着手电，正往水缸里撒着什么。

"谁?"叶国伟一喊，把那人惊得手电"啪"地掉到了地上。

夫妻俩做梦都没有想到，这个鬼魅似的影子竟然是平时跟他们来往密切的李峰。

他来厨房干什么？他朝水缸里撒什么？联想到两个孩子的死，联想到一家人莫名其妙的患病，面对不能自圆其说的李峰，夫妇俩扭住他并报了警。

全南警方勘查完现场，了解了事情的经过，并就两个孩子的整个救治过程去医院找到当时抢救的主治医生了解情况。从医生描述的症状可以判断，两个孩子很有可能是中毒身亡。

全南警方提取了李峰投放药物的原装塑料袋、食盐，交给曾远雁检验鉴定。

经过反复检验，从中检测出含有四亚甲基二砜四胺成分，是一种无味、无臭、有剧毒的粉状物，俗名"毒鼠强"。

疾病性癫痫发作，以意识丧失和全身抽搐为主要特征，一般都有特定的病因、既往病史和家族史，大多发作不分时间、地点、场合。这和毒鼠强中毒多在进食后短时间内发作存在明显区别，从而推断叶国伟一家癫痫样症状系毒鼠强中毒所致。

经审讯：李峰平时跟叶国伟夫妻关系不错，眼见快30岁了，心里着急的他在1996年冬天请叶国伟媳妇帮忙做媒找对象。她当时答应了，但后来却没有了下文。

李峰有些恼火，觉得自己经常帮他们家的忙，可她却敷衍了事，不替自己这个光棍儿汉着想，于是越想越气。尤其是看到他们一家人快快乐乐地生活时，倍感孤独的他心里愈加扭曲，便想到用鼠药去毒他们一家人，给他们造成麻烦后，自己再去帮忙，从而促使叶国伟的媳妇尽力为自己找对象。

科学的司法鉴定与办案民警的缜密侦查完美结合，最终彻底驱散了这起全家颠痫发作案的疑云，捍卫了司法的公正与权威。

已经在毒物检验分析上工作了十四年的曾远雁，很少跟"人"接触，既不参与解剖，也不辅助审案，终日埋首实验室，一遍遍地与检材和仪器打交道。他的任务看似单调，目的却异常明确：确定毒物，精确找到毒源，令一切用毒者无处遁形。

会说话的指甲

10月的乡村，夕阳染红了西边的天空。一片片倒映在河面的晚霞，像一团团会游走的棉花。

放学的铃声一响，赣州市黄金区一村小学的小元、小强和小辉三个小伙伴便飞奔出学校，几人相约回家放了书包再出来一起玩耍。

9岁的小元和往常一样飞快跑进自家厨房，想填填肚子后再去跟小伙伴会合。当他把书包放在靠窗的小方桌上时，发现桌子上有一个白色塑料袋，没有扎紧的袋子口露出了油炸米馃。

小元欣喜万分，立即提着塑料袋朝门外奔去。小强和小辉已经在厨房后面的石板桥上等他了。

"你们猜，我带了什么好吃的？"小元向他们扬了扬手里的塑料袋。打开后发现口袋里只有两个米馃，小元便自己吃一个，另一个分给小强和小辉。

三个小伙伴坐在河边的石板桥上，津津有味地吃起了油炸米馃，全然不知道死亡的阴影已经在向他们席卷而来。

不一会儿，小元便脸色发青瘫倒在地，口吐白沫，整个人在抽搐，后来便昏迷不醒。没过多久，小强和小辉也相继晕倒在地。家人发现后立即将孩子送往医院抢救。

医院初步判断，三个男孩呈现中毒症状，但要弄清楚是中了什么毒，才好对症医治，于是报了案。

曾远雁接受指派紧急赶往医院，提取了呕吐物及三名男孩的血液进行鉴定分析，在呕吐物及血液中均检验出了毒鼠强成分。

经紧急抢救，小强和小辉脱离了危险，但小元因为摄入量过多，经抢救无效死亡。

曾远雁立即将鉴定结果告知当地公安局刑侦部门，黄金区警方随即成立专案组开展调查。

勘查现场时，民警在小元家发现三组足迹，一组是自厨房窗外南边过来，停留在窗户前，又返回的；两组从房门出入。其中两组是成人的足迹，一组是小孩的。屋门没有撬动的印记，窗户紧闭，但没有玻璃。

办案民警在走访调查中得知，10月中旬小元家曾发生过财物被盗，他的父母曾经找过本村一名叫钟小平的妇女，怀疑她是盗贼，双方发生过激烈争吵。钟小平存在作案动机。10月31日下午3时20分左右，有村民看到钟小平曾在小元家厨房外的石板桥上经过。

但钟小平拒不交代犯罪事实，称根本不知道什么是老鼠药，更没有见过老鼠药。审讯工作陷入了被动。

在没有取得确凿证据的情况下，经过进一步勘验现场，大量调查走访，所有证据都直接指向了钟小平。

"如果钟小平做米馃并在里面下毒,那么她的指甲上一定有附着物。"曾远雁认为。

专案组民警立即将钟小平请到赣州市公安局实验室配合调查。

"不是我下的毒,不是我。"钟小平顽固地说。

"是不是你下的毒,现在就让事实来告诉大家吧!"曾远雁对钟小平道。

钟小平不知所措地搓搓双手,不置可否地笑道:"是吧?我其实是蛮会做米馃的,尤其是炸米馃。"

同时,她目光轻蔑地看了一眼曾远雁,暗自思忖:"这两天我已经反复洗过几十次手了,就算剪下指甲,谅你们也不会有什么收获的。"

曾远雁不顾钟小平轻蔑的眼神,用棉签在她的十个指头上擦了药水,最终从她的双手及指甲附着物中检出了微量毒鼠强成分。

在证据面前,钟小平终于交代了犯罪事实。

2001年10月15日,赣州市黄金区潭东镇村民小元家的财物被盗,小元父母怀疑是钟小平所为。钟小平认为小元父母无端怀疑损害了自己的名誉,便产生了报复心理。10月29日上午,钟小平从街面上一个50多岁的卖鼠药老头儿那里花两元钱买了一包老鼠药。31日早上,钟小平将买来鼠药的三分之一拌了米馃,剩下的丢到了粪坑里。下午3时30分左右,钟小平趁小元家周围无人之际,从他家后院的厨房窗户将用塑料袋装好的两个油炸米馃放在靠窗的小方桌上,最终导致三名男孩中毒。

半夜接到命令奔赴案发地,连夜检验,通宵分析,几天几夜"泡"在理化室,领导反复催问鉴定结果⋯⋯

如果说这样的工作压力,还不足以体现曾远雁的坚韧毅力,那么,当我走进他日复一日工作的理化室,便明白了这样的工作并非一般人可以承受。

这个柜子里存放着涉案死尸需要检验的胃、肝、肾等人体脏器。

这个柜子里存放着涉案当事人的呕吐物、尿液以及含有可疑毒物的血液。

柜架上摆放着大大小小装有药液的瓶瓶罐罐。

空气中时而飘出恶臭刺鼻的浓烈气味儿。

这里摆放的花草，在一周后会出现枯死现象。

这里见不到苍蝇。

在这里工作，双手每天要仔细洗十几遍。

……

曾远雁一一道来。我感觉背部有了丝丝的凉意。

"搞这个工作，牺牲很大。"曾远雁平静地说。

很多从事这项工作的人都已中途改行。目前，在省内干这行的人里，他算是干的时间最长的人。

曾远雁参与过成百上千大要案的侦破，其检验鉴定为案件侦破以及随后的诉讼提供了扎实的科学证据。

尽管曾远雁已经是主任法医师了，还被聘为公安部全国公安刑事技术特长专家后备人才，成了省内甚至国内颇有名望的技术专家，但这些似乎都还不是他坚守在这样一个"枯燥、危险"岗位上的真正动力。

"每当我接到案情，似乎就听见了受害人的诉求；每当看见死者家属祈盼的眼神，我就决定要为死者言，维生者权；每当自己的检验在侦查破案中还原了真相，我深感自豪，倍感欣慰。这更是我前进的动力。"曾远雁深情地说。

沉睡的新娘

赣州市于都县一个农家小院张灯结彩，李梦与陈世福六年的爱情长跑，终于修成正果。那一天是2002年11月20日。

"结婚我还没吃酒酿蛋。"李梦娇嗔地对陈世福说。

陈世福立即叫其母亲煮了两碗酒酿蛋。

一碗温热的甜酒酿蛋下肚,李梦的双颊灿如桃花,浑身热乎乎、暖洋洋的。坐在她边上的新郎陈世福,体贴地倒了一杯热水给她。

突然,李梦昏迷摔倒在地。陈世福赶忙叫来本村的赤脚医生。

赤脚医生给李梦做了初步治疗,但李梦仍然昏迷不醒。

赤脚医生建议马上打120急救电话。

"病人是如何昏迷的?"于都县人民医院出诊医生问。

"可能是酒醉摔倒。"陈世福回答。

在县人民医院抢救室,陈世福说他是深圳市一家大医院的医生,作为一名专业医生,他告诉抢救的医生,其妻子可能是脑干损伤。

11月21日凌晨3时许,李梦经抢救无效死亡。

她刚刚26岁,平时身体健康,没有什么毛病,家人觉得死因可疑,遂向于都县公安局报案。

县公安局刑事技术人员立即勘查室内现场,并在殡仪馆对尸体进行解剖。

对李梦尸检后,警方发现,死者脑干并没有受损,倒是双侧瞳孔缩小,呈现中毒迹象。

法医认为李梦有中毒的可能。可通过对死者的尸检,却没能找出是何种毒物导致李梦死亡。这时,于都警方想到了曾远雁——那个常常能突破侦查困境的人。

于是,曾远雁开始提取李梦的胃内容物进行毒物分析。

通过鉴定,常规中毒死因均被排除。食酒酿蛋醉酒摔倒导致死亡这一说法也被排除。面对这个结果,接下来工作该朝哪个方向突破?

侦查陷入困境。

曾远雁感觉很困惑。因为能筛查的毒物、常见毒物都已经排除了，李梦到底是怎么死亡的呢？

他决定把现场勘查情况和初步尸检情况再筛查一遍，期待从中发现可疑的地方。

毒物化验的筛选，费时费神费财。自然界的毒物有千千万，提取不同性质的毒物，需要不同的提取方法，并用不同的检测设备去检验。

检材反复筛查后，有机磷农药、老鼠药等常见毒药都被一一排除，案子仍是一个谜。

一筹莫展的曾远雁回到家中，苦思冥想。

唉！他轻轻地叹了一口气。母亲见他满腹心事，便问他遇到啥难题。

曾远雁便把自己的困惑和问题一一摆了出来。

曾远雁的母亲是医术精湛、经验丰富的临床医生，她告诉儿子，瞳孔的大小是判断神经系统疾病的重要方法，瞳孔大小不等常见于脑血管疾病或脑肿瘤。瞳孔散大多见于颅脑外伤，正常死亡瞳孔是散大的。瞳孔缩小多见于老年人脑桥疾病，也有部分糖尿病患者。排除疾病后，药物中毒也会引起瞳孔缩小。

闻听此言，曾远雁心里豁然开朗。

他立即从沙发上弹了起来，冲出了家门。

母亲拿着雨衣追了出来，告诉他："你的职责是读懂毒物的语言，揭开真相。所以要对每一个检材认真负责。有不知道或者不懂的，你一定要向你认为最可靠的人请教。"

一语点醒梦中人。曾远雁最终在死者的胃组织内，检出了安定、苯巴比妥等三种安眠药成分。经送公安部物证鉴定中心做定量分析，鉴定结论证实：死者是被人投放三种安眠药中毒致死。

"这是一起精心策划的谋杀案。作案人懂药性，也有获取安眠药的条件。"曾远雁得出了这样的结论。

然而，死者家中没有发现安眠药。死者是新婚第二天死的，生前身体一直很好，亲属称其未购买过安眠药。

根据鉴定结论及作案人的特点，侦查人员秘密来到死者丈夫工作的深圳某医院药房查处方，获取了他从药房取走上述三种药物针剂的处方证据。

在铁的证据面前，死者丈夫供认了谋害新婚妻子的犯罪事实。

那是1994年，陈世福与李梦恋爱了。这一年，陈世福考上了大学，李梦到东莞打工资助陈世福上大学。1998年，陈世福大学毕业，2001年硕士研究生毕业，分配在深圳市某医院工作。至此，李梦与陈世福的学历、地位悬殊越来越大，李梦担心陈世福会抛弃她而另觅新欢，对陈世福与异性朋友交往过分干涉，并整日闷闷不乐。

陈世福对此十分不满，想抛弃李梦又怕别人骂他是陈世美，遂产生了杀死李梦的恶念。2002年11月15日，陈世福在医院获取十支安定针剂，并冒用同事名义开取二十支氯丙嗪针剂和二十支苯巴比妥，准备与李梦回于都办酒席时伺机作案。

20日下午5时许，婚宴后，按当地风俗新婚要吃酒酿蛋，陈世福趁夫妻吃酒酿蛋时，将早已准备好的安定、氯丙嗪、苯巴比妥注射液用开水冲好，又在酒酿蛋里加了盐，使李梦吃完酒酿蛋后口渴，他就让李梦喝下放有安定等药物的开水，过后不久，李梦中毒倒地……

看似普通的死亡，通过细致的检验、分析、探索，明察秋毫，发现犯罪的痕迹，是法医之所以能够为死者洗冤的关键。

厚厚的卷宗中，一环紧扣一环相互印证的证据，最终让犯罪嫌疑人受到了法律的严惩。

曾远雁觉得那一刻，是毒物分析工作者最大的荣耀。母亲的谆谆教诲深深烙在他的心里，成为他毒物检验三十四年里一直坚守的信心。

盐罐里的秘密

信丰县一个山村被笼罩在死亡的气息里。一天之内，陈大妹家里除了一个老年妇女外，她的小叔子与孙子、孙女三人在吃稀饭之后，先后暴毙。时间是 2010 年 5 月 22 日。

顿时人心惶惶，传言四起。有人说是瘟疫来了。

及时消除恐慌，还原事实真相，成了信丰县公安局的当务之急。办案民警初步查明：5 月 20 日中午，陈大妹在家煮了一大锅发了芽的板薯和芋头粥，陈大妹和其亲家公傅平吃后，傅平当天下午出现呕吐、头晕等不适症状。第二天，傅平病情加重，陈大妹将其送至县人民医院救治。陈大妹送傅平去医院前，托付小叔子殷同到家中帮助照看她的孙子殷小刚和孙女殷小华。

5 月 22 日早上，殷同被本村村民发现死在陈大妹家的床上。

陈大妹得知情况后，从县人民医院赶了回来，发现 5 月 20 日中午煮的板薯、芋头粥少了许多，认为殷同是吃了发芽的板薯、芋头粥中毒身亡，遂将粥倒掉。

当日 21 时许，孙女、孙子突然呕吐、头晕。陈大妹急忙请人往医院送。可是太晚了，两个年幼的生命在去医院的路上夭折。

案情重大，信丰县公安局迅速上报赣州市公安局。赣州市公安局分管刑侦工作的副局长周学云、刑侦支队支队长吴品才率侦查员迅速赶到信丰指导破案。

办案民警询问陈大妹，其孙女、孙子可曾患病，其家族中可有类似病史，均得到否定的回答。询问其近日的饮食情况，陈大妹回答，5 月 22 日，他们祖孙三人吃的都是白粥，其他什么也没吃。而且，法医尸检获知，殷小刚、殷小华胃里确实只有米饭，没有发现可疑物质。

这就奇怪了！陈大妹祖孙三个同是吃的白粥，为什么孙子、孙女死了,而陈大妹自己却安然无恙?

据陈大妹称:5月20日中午,她和傅平同吃了发芽的板薯、芋头粥。

假如板薯有毒,为什么她自己没事,难道是陈大妹投毒?

就在此时,市公安局刑事技术科传来消息,死者胃里没有检测到毒药。案件再一次陷入迷局。

侦查人员决定开展外围调查。大规模走访了塘尾小组村民,进行拉网式摸排,村民均反映陈大妹一家在当地没有仇家。

警方再次勘查现场痕迹,认真观看了傅平的昏迷症状及殷小华、殷小刚死前症状以及尸表检验情况,发现上述症状均符合中毒特征。

是食物中毒吗?

可死者胃内没有检测到毒物。

办案人员决定提取死者胃内的物品,安排专人马不停蹄地前往广州进行化验检查,以探真相。

"当时我们做了常见毒物检验,都没有任何发现。"

是有人投毒,还是中毒事故?所有办案人员都将目光集中到了曾远雁身上,期待他能给出一个答案。

当时吃饭的四人,有三人中毒死亡,唯有小孩的奶奶安然无恙。这隐藏着怎样的玄机呢?每次吃饭的不是某一个人,都是好几个人在一起的。

反其道而行之,这是当时曾远雁想到的检测方法。

通过还原老年妇女吃饭的经过,曾远雁发现,与其他人相比,老年妇女没有和其他人一样在稀饭中放盐。

很快,曾远雁检测发现,死者家的盐罐中并非普通的食盐,而是亚硝酸盐。只要两三克,就足以致人死亡。利用自己的专长,曾远雁查出了这一悲剧的真相。

5月25日下午,经过近三个小时的努力,案情终于有了重大转机。

陈大妹叙述，5月22日晚餐时，她们祖孙三人吃的是中午剩下的白粥。孙子、孙女吃不下，她就给他们加了一点儿盐和油。

刑科所技术人员连夜从陈大妹家中提取盐、油送往赣州化验，结果显示：陈大妹家中的盐罐里是百分之百的亚硝酸盐。亚硝酸盐中毒量为0.2~0.5克，致死量为3克，陈大妹家的亚硝酸盐足有800多克。

这时，县人民医院传来消息，傅平已脱离生命危险，从昏迷中醒了过来。

5月27日下午，经过五天五夜的辛苦工作，案情真相大白。

傅平住在大塘埠圩上，他从自己原先租给河南人开卤制品店的房子里，捡回一罐亚硝酸盐，有一斤多重。看见包装还干净，他误以为是葡萄糖，便带到陈大妹家里给小孩子吃。

陈大妹尝了一下，有咸味，告诉傅平这是食盐，于是放在家里的食品橱上。

5月20日中午，盐盒里炒菜的食盐用完了，陈大妹便将那罐亚硝酸盐拿出来当食盐用，才出现了接二连三的中毒死亡事件。

原来，"凶手"竟是一罐被人遗忘的盐。

待在实验室里，却能拨开案发现场的迷雾，虽然没有亲手抓过一个犯罪嫌疑人，但曾远雁通过一份份鉴定报告，让那些以身试法者最终受到了公正的审判。与此同时，也是通过他的鉴定报告，验明凶手真身，防止了冤假错案发生。

"虽然我们在幕后，但是能够为侦查破案提供方向、证据，还原事实真相，让诉讼顺利进行，这就足够了，这是我们的责任和使命。"曾远雁说道。

探秘河鱼之死

上犹县东山镇发生了一起疑似环境污染事故。当地有关部门邀请了一位大学教授进行调查，却找不出污染源，于是向赣州市公安局刑科所求助。那是 2012 年 4 月 23 日。

时任副所长的曾远雁带领技术员紧急赶赴现场。

河岸上已经聚集了很多居民在翘首观望，猜测河鱼的死因。河道已经拉起了警戒带，几个派出所民警正在保护现场。

"这是易制毒。"曾远雁到达现场，根据刺鼻的气味及周边枯死的树枝，很快得出这个结论。

他怀疑，在水库上游存在着毒品制造工厂。

为了证实自己的判断，曾远雁从现场提取了多份水样进行检测。结果在检测的时候发现了两样罕见的物质：羟亚胺和邻酮。邻酮是生产羟亚胺的原材料。

羟亚胺，目前被列为第一类易制毒化学品。将它与其他化学原料合成，便可以生产出被人们俗称为"K粉"的氯胺酮。

根据曾远雁的推断，民警在水库的上游找到了一家涂料厂。

在厂区门口，工人们摆放了十几个大桶，其中装满了白色晶体。经化验，桶内物质为盐酸羟胺，与制毒原料毫不相干。

这似乎表明，曾远雁的判断有误。

到底是判断有误，还是另有隐情？对自己的判断深信不疑的曾远雁，再次带领技术人员进入可疑厂房。

凭借着多年的经验，曾远雁敏锐地感觉到这家工厂可能是一个制毒窝点。他们这一次不仅从生产仪器的缝隙中提取到了羟亚胺等易制毒成分，还通过还原生产流程，推翻了嫌犯的谎言。

门口摆放的盐酸羟胺，所谓的涂料厂，都是犯罪嫌疑人为了掩盖制毒犯罪的伪装。

此后，曾远雁和侦查人员又专程来到现场提取了原料、产品、废水等五十多份样品检验，均检测出羟亚胺，还检出了邻酮。

检验结果表明，这是一起新型的利用邻酮作主要原材料合成羟亚胺的非法生产易制毒品案。这为成功侦破重大制贩盐酸羟亚胺案件，提供了侦破线索和强有力的证据。

曾远雁随后又对送检的水库泄洪口、水库下游约六公里处的水样进行了监测，直到水样稀释，不会对鱼产生危害才放心离开。

通过侦查，这起震惊全国的制贩盐酸羟亚胺案真相大白。

公安部禁毒局领导指出，本案是迄今（2012年）全国破获的最大的一起制贩羟亚胺案件，是一起惊天大案。

因为这起案件，盐酸羟亚胺被列入公安部门管制的第一类化学品。

如果没有曾远雁的快速准确定性，就意味着案件的侦查方向可能会产生偏离。由于在这起案件中的出色表现，曾远雁被江西省公安厅记个人三等功。

对于赣州市许多农药店的销售人员来说，眼前这个中年男人的行为有些古怪。他是典型的南方人，皮肤微黑，高额头，剑眉下眼睛炯炯有神，笑起来憨厚腼腆。他不是种田的农民，却每隔一段时间都会光顾这里，遇到新品农药，总要购买一瓶带走。

曾远雁对待毒物分析，就像农民对待土地一样虔诚。

三十四年来，曾远雁先后组织有关单位开展了黑火药组成的检验研究，并运用于办案，成功为石城县公安局侦办的案件诉讼提供了科学依据：对在丁某某等三人私藏爆炸物品中缴获的13.7万克黑色粉末进行定量分析，确定为黑火药的组成成分；利用红外光谱仪快速、准确地检验出发生在赣州市的一系列利用飞镖毒杀盗狗案的毒物系氯化琥珀胆碱成分；利用扫描电镜、能谱仪解决了气枪子弹铅的定性、定量分析，改变了以往要送外单位检验的历史……

曾远雁长期致力于毒物领域的研究，为 4500 多起刑事案件的侦破及诉讼提供了强有力的科学依据，在我国侦查史上留下了可圈可点的辉煌业绩。

在公安部物证鉴定中心 2013 年举办的全国首届毒物、毒品、微量物证检验技术交流会上，曾远雁发表的《气枪铅弹中铅的含量测定方法》一文，被国内广大同行认可。特别是该方法通过对检材消化处理过程中关键点的改造，可以满足办案需求，极大降低了鉴定成本，使区市级公安机关均可完成气枪子弹中铅的含量的检测任务。曾远雁的这一技术成果获得 2015 年江西省首届全国公安基层技术革新三等奖。

凭借精湛的技术和出色的工作，2017 年 9 月 22 日，曾远雁被评为全国公安"百佳刑警"，还先后被评为江西省优秀人民警察、全省刑事科学技术先进工作者等。

三十多年过去了，50 多岁的曾远雁因长期与毒物打交道，身体处于亚健康状态。

可毒物检验鉴定分析，已经成为他生命的一部分。他的执着与忠诚，使他在铺着鲜花与荆棘的路上，成为了新时代中国公安刑事侦查事业中解读毒物语言的"毒语者"。

扫描二维码即可观看
相关视频等

幕后英雄柯海鸥

郑天枝

温州公安有这样一个地方,两年多的时间里,接待了全国五百余批公安同行及政法部门考察交流,并建立了友好协作关系,成为全国公安的参观"警点"。

其创新的"打击主导、警种主建、合成主战"的工作体系建设,得到公安部和省、市领导高度肯定,正在向全国推广。

这个地方,就是温州市公安局合成(反诈)作战中心。

合成作战中心里,有一位女警,叫柯海鸥,江湖上人称"柯大侠"。她的故事令人赞叹,令人肃然起敬。

令她耿耿于怀的案件

据有关权威科研机构研究发现,即便是在全国引起轰动并产生巨大反响的热点事件,其热度一般不会超过一周。比如,发生在乐清的某网约顺风车司机杀人案,一时间网上网下众说纷纭,成为当时全国热点事件。针对一些网民的质疑,温州市公安局在案件侦破后,第二天就发出核查通报,澄清了事实真相。如今,这个热点事件还有多少人记得,还有多少人关注?

但有一人对此一直耿耿于怀。这个人就是温州市刑侦支队副支队长、温州市公安局合成作战(反诈)中心常务副主任柯海鸥。

作为这起案件侦破的亲历者，时至今日回忆这起案件，她依然有锥心般的疼痛。

在温州采访时，当我提到这起案件，原来很开心的柯海鸥，心情立马变得十分沉重。她的讲述，也让我的心情凝重起来——

2018年8月24日，乐清接报一起案件，一个女孩当天下午打了一辆滴滴顺风车，不久给她朋友发了"救命"的微信后就一直失联。

那天的雨出奇地大。晚7时许，我接到乐清合成作战中心的求助。

这种疑似受害的警情，较之已经明确受害，更让人高度紧张。凭借侦查经验，受害人凶多吉少的可能性极大。

但那一刻，我心里唯一的念想，就是早点儿找到顺风车司机，就能早一点儿找到失联女孩，也许女孩还有一线生机。

"与时间赛跑"，这是所有参战人员的理念。市局主要领导和分管领导信任的目光，给了我们合成作战中心所有参战民警鼓舞和信心。

在合成作战中心，大家各就各位，有条不紊，彻夜进行数据分析……

滴滴、阿里、腾讯等互联网公司的相关安全专家在我的指挥下，也是彻夜应对，并源源不断地反馈着死者和司机的行为数据。而我要做的，就是对这些数据开展交叉碰撞和研判分析，透过数据不断接近真相。

数据刻画之后的司机，更让我确信，死者可能遇害的指数很大。司机案前的异常行为，前一个晚上被乘客投诉，以及司机作案后异常的关机行为，都证明了我的判定。而女孩失联之后产生的相关数据，更是让我推断出了司机的真实作案动机以及他可能藏匿的地方。

25日凌晨2点，当我把所有的数据和结论反馈给乐清警方后，我并没有轻松感。因为我有了一种很强烈的不祥预感。

26日5点16分，前方战场传来消息，犯罪嫌疑人已经被缉捕归案，女孩已经遇害……

此时，我彻夜未眠……

生命很脆弱，我不得不思考：今后再碰到这种情况怎么办？公安信息化建设中，能否对网约车多一些安全监管？能否对一些明显偏离正常的信息提早预警？能否从根本上提升老百姓的安全感……

"作为警方，接到报警后，其实想法很简单，就是研判、找人、破案。前方大雨中坚持不懈地搜山，为的是受害人还幸存的一线希望；后方夜幕下彻夜无眠地追踪，为的是嫌疑人逃跑后的尽快归案。和时间赛跑，让凶手落网，愿死者安息。"

这段文字，摘自柯海鸥8月26日9时07分的微信。这是柯海鸥的心迹表露，从中可窥见她的情怀。

案件破了的那一刻，柯海鸥重重砸在桌子上的拳头，定格成一个永恒的画面……

从"假网站"到地下钱庄到"无间道"

一个要求升级中国银行动态口令卡的短信，让温州的康女士紧张得手足无措。那天是2013年6月26日。

康女士脑子里顿时一片空白。她登录到一个中国银行网站。在"升级"的过程中，自己卡里的三百万人民币，瞬间不翼而飞……

吓出了一身冷汗的康女士，立刻报了案。

当然她不知道，这是一个骗子精心设计的和中国银行网站一模一样的"假网站"。

诈骗短信，口令升级，假网站，VPN……那个时候，对于这些新型犯罪，全国都十分迷茫。

非接触式犯罪，骗子在哪里？三百万元去了哪里？对于刚组建"合成作战中心"的柯海鸥来说，完全是一个新课题、新挑战。

在了解整个情况经过后，柯海鸥立即带领战友们进入紧张的研判。

她很快发现，康女士打出去的这三百万元，已经被犯罪嫌疑人快速地转走，并分级到多张卡中，不知去向。

有一句话说警察破案，非常形象——"你破的其实不是案子，而是别人的人生。"

康女士求助的眼神，一直在柯海鸥的脑海里挥之不去。

她既痛恨骗子用卑劣的手段欺诈害人，又同情康女士这样容易轻信上当的人。可痛恨和同情都于事无补，必须尽快抓住犯罪嫌疑人，最大限度地挽回被害人的损失。

经过几昼夜连轴转的分析研判，柯海鸥终于发现了此案的一些蛛丝马迹……

7月的厦门，炎热到无法用语言形容。无风无雨，潮湿沉闷得令人窒息。在温州市公安局分管刑侦副局长王造的率领下，专案组在厦门安营扎寨。

战前动员会上，王造副局长给柯海鸥一行下了死命令：不破此案，决不收兵。

案件发生已经过了半个月。这期间，各侦查组反馈的信息繁多，但指向特别明确的却寥寥无几。这让柯海鸥倍感压力。

被骗资金去了何处？这是此案的关键所在。

必须抽丝剥茧，找出"源头"，才能对症下药。

柯海鸥连夜奋战，从大量银行明细中发现被骗的三百万中，有二百万进入了珠海地下钱庄。

珠海地下钱庄由来已久。根据"行规"，地下钱庄和客户通常是背对背，相互隐瞒真实身份，只留下一次性联系方式。

这给侦查破案带来了极大的难度。

经过细致排查，了解到一个情况："据说人民币折合成港币后，被一对疑似母子的男女取走。"但该男女身份不详。

凭着积累下来的丰富经验，柯海鸥感到，搞清楚将二百万元取走的可疑男女身份，非常关键。这就像一把至关重要的钥匙，找到了这把"钥匙"，也许就能轻而易举地打开案件这把"锁"。

柯海鸥立即将队里最好的视侦专家派到珠海去一路寻踪，沿着寥寥无几的蛛丝马迹，去刨根问底，去找到柳暗花明的路径……

功夫不负有心人。派出去的视侦专家，在珠海警方帮助下，经过海量筛选，终于发现了这把"钥匙"：这对取款男女拿着钱在一个洗脚店逗留了一夜后，从深圳罗湖口岸出了境；从而明确了取款中年女子的身份——祖籍福建安溪，后嫁到香港的林梅某。

但是，经过综合分析，柯海鸥敏感地认为，此人还不是真正实施诈骗的人。

那么，林梅某和诈骗分子有着怎样的联系呢？她在这起案件中到底扮演什么角色呢？

在珠海和深圳两地，柯海鸥和专案组调取，大量的时空数据开展分析研判。

果然，从海量的数据中，柯海鸥发现，取款前后，林梅某和一个可疑的郑州电话号码进行了联系。

经查，这个电话号码是安溪籍的林溪某持有的。

"一个非常好的突破口！"手机号码异常跳跃的时空，引起了柯海鸥的兴奋。她判断林溪某应该是坐了飞机的。

可是，林溪某没有出现乘坐飞机的轨迹。难道他还有另外的身份？

泡上一杯浓咖啡，不加糖。柯海鸥在窗前来回踱步，看着窗外马路上人来人往，思路顿时豁然开朗。

都说触物留痕，雁过留声，那么这幕后男子也必定摆脱不了与泉州、厦门之间的各种关系。从厦门获取的各类数据入手，应该是一个解决问题的好办法。

经过反复斟酌，层层剖析，一个陕西籍男子的身份冒了出来。一看照片，发现这个人和林溪某居然就是同一个人。

原来林溪某因为有诈骗前科，从2012年开始，就不再使用自己的真实身份；到陕西漂白身份后，一直使用这个伪造的新身份。

而这次，林溪某就是用这个身份，带着他的同伙辗转全国多个地方，搭窝点，搞诈骗，频频得手。这让他踌躇满志，得意非凡。这家伙真不愧为福建诈骗界的"泰斗"……

为什么将林溪某称为福建诈骗界的"泰斗"？

此头衔非专案组所授。当柯海鸥探访厦门市公安局反诈骗大队大队长时，谈及林溪某，其不禁惊叹一声："水很深哪，你们抓的这个人，可是福建诈骗案的'泰斗'级人物！"说着其点了一根烟，若有所思，"我们盯了很久，还没有搞定他，就看你们的能耐了……"

柯海鸥微微笑了笑。

她在等待一个最佳时机，不能打草惊蛇。

她看着始终与专案组奋战在厦门第一线的王造副局长，真诚地说道：您是我们的"定心丸"。有王造副局长在，专案组就有了主心骨。

接着，专案组在侦查中发现，这个案件的幕后，居然躲着一个支持网络操作的"无间道"——一个隐藏很深的"内鬼"。

午夜11点，厦门某宾馆，专案组召开案情分析会，研究如何一举铲除这个毒瘤。

王造副局长指挥若定，对柯海鸥和前线专案小组长张杰尔说道："杰尔，海鸥，明天应战'无间道'，需要你们俩共同完成。今天，先把我当作'无间道'，把你们准备的问题全抛出来，我们要针锋相对，确保万无一失。"

于是，他们将宾馆当作战场，一招一式，兵来将挡，水来土掩，高手过招，招招直指要害……一场力量和智慧的模拟较量，沙盘推演，没有硝烟，却暗藏杀机。

真正的较量在第二天开始了。

由于这之前大量的数据研判，反复演练，给了柯海鸥他们正面"拔钉子"的信心。

张杰尔、柯海鸥、"无间道"，一场斗智斗勇的谈话正在进行之中。

"无间道"不说话，表情很淡定，内心露蔑视，同时不经意间流露出了一副死猪不怕开水烫的腔调。

可再淡定的"技术男"，最终也斗不过睿智的侦查员。捕捉到他微妙的胆怯心虚，柯海鸥适时抛出了一环扣一环的"包袱"："苹果手机、MAC、30万……"细节笃定，严丝合缝，没有悬念。因为一个谎言需要无数的谎言去掩盖。

渐渐地，"无间道"的额头上沁出汗珠。他向专案组提出抽支烟的请求。

柯海鸥和张杰尔迅速交换了眼神：这是胜券在握的征兆。

果然，"无间道"很快交代了自己如何被林溪某拉下水，如何成为他实施诈骗的帮凶等情节。

抓住了"无间道"，对真正的老狐狸就该收网了。

直捣团伙之窝，必先掌有胜券。柯海鸥带领研判团队继续日夜苦战，分析团伙的架构，上至技术支撑，下至取款洗钱，远至飞行记录，近至车辆轨迹，悉数掌握。

当虫鸣渐消、鸟鸣渐起时，柯海鸥才发觉新的一日已经来临。但她全然没有睡意。在王造副局长指挥下，一个周全的抓捕方案已经制订完毕，像一张无形的巨网撒了开来……

8月初，厦门再次迎来台风，降雨拂去夏日的炎热，给人们带来了清凉的风。此时此刻的柯海鸥，心情像风一样凉爽。她眺望远方,思绪在随风飘扬……

可疑的黑色轿车

温州市110指挥中心接到市民报警,说他看见三个人殴打一个人,然后这三个人将被打的那个人拽到车子里,将车子开走了……

可是,这个报警的人既不知道被推上车的是谁,也说不清嫌疑人的特点,更不知道这辆车子开往哪里,甚至连车牌也没有看清楚……但他怀疑这是一起绑架案。案发时间为2016年5月17日凌晨。

这条模棱两可的报警信息,被温州市110指挥中心立即转到所在辖区的鹿城公安分局刑侦大队进行甄别。

依据报警人所提供的那个不能确定的车牌号,经查,出事时这辆车都没有移动过。如果不是报警人看错了,那就是这辆车使用了假车牌。

报案人无法说清涉案汽车的牌照,只记得是一辆黑色轿车,对事件前后叙述又不太一致,警方该如何去判断事件的性质呢?

事发地点,位于温州市中心的一个住宅区附近,只有一条小路从这里经过,来往的车辆并不多。

办案民警开始排查,但走访中没人看到报案人所说的这个情况。

不过,办案民警在事发地点附近发现了一只崭新的男士运动鞋,怀疑很可能与所涉事件有某种关联。

按照常规做法,如果通过提取这只鞋上的DNA信息来确定事件的参与人,仅仅是等待检验结果,差不多就需要十多个小时,甚至更长时间。如果这真的是一起恶性案件,就是人命关天的大事,稍有差池后果不堪设想……

要明确事件的性质,就必须尽快找到这辆不能确定具体信息的黑色轿车。

温州市公安局合成作战中心接到了鹿城分局刑侦大队的汇报和求助。

正在合成作战中心加班的负责人柯海鸥,迅速组织合成作战中心的诸警种展开侦破工作。也就是柯海鸥常说的,特别需要以快制快的案件,各警种务必实现"无障碍施工"。

柯海鸥当机立断,立即启动一级合成作战紧急预案。

视频侦查、网侦、情报等警种同步运行,目标就是追踪那辆一时无法确定,但又有特征的黑色轿车。

柯海鸥根据案情,首先划定一个时间范围,让合成作战中心在这个范围内,设法尽快找到这辆黑色轿车。

通过合成作战信息平台,不到半个小时,一辆号牌为C0613G的黑色轿车进入了侦查员的视线。

"紧紧咬住这辆可疑的轿车!"柯海鸥下达指令。

此时,距离报案时间已经过去三个多小时。人海茫茫,车流滚滚,要找到这辆轿车,无异于大海捞针。但又必须要从这茫茫的"大海"里捞出这根"针"。

"是的,我们就是要在'大海'里捞到这根'针'!"柯海鸥指挥温州市合成作战中心所有警种,进入了高速运转状态。

就在这时,警方又接到一起报警。报警人称自己的丈夫被绑架了:我接到丈夫的电话,他用普通话告诉我,明天准备三百万现金,并叮嘱千万不能报警,说完就挂了电话。我接着回拨电话,手机已经关机。

从报案人口中了解到,可能遭到绑架的人叫王某强,是温州本地生意人,家境殷实。

"温州本地人,居然用普通话和妻子通话,看来他一定是被人控制了,而且控制他的绑匪,应该是听不懂温州话的外地人。那个被拉上车的人,很可能就是王某强。"柯海鸥和合成作战中心的办案人员紧急研判。

可是，经报案人辨认，警方在现场附近找到的那只鞋，并不是她丈夫遗留下来的。

这两起案件到底是不是一回事？

当务之急，依然是快速找到那辆可疑的黑色轿车。

就在这个节骨眼儿上，负责追踪那辆作案轿车位置的侦查员将车跟丢了。

原来，侦查员在追踪过程中，发现这辆车一直驶向温州，开到一个叫七都的小岛上面后就没有了踪迹。

柯海鸥分析，可能会出现两种情况：一种是这辆车上了七都岛，藏匿于岛上；另一种是其换了一个牌照，从岛上离开，然后继续前往别的地方。

根据合成作战中心的建议，实战部门立即出动，前往这辆车消失的位置进行追踪。

"我们要和绑匪抢时间，要在第一时间确定人质在哪里，以及如何营救。我们必须分秒必争！"柯海鸥紧锁着眉头。

在多警种的有力配合下，一辆车的监控照片传到了合成作战中心。这是一辆江苏牌照的车，除了牌照不同，其他的特征都和作案车辆非常相似。

视频监控人员查了大量七都岛的监控画面，一直找不到这辆车进入的画面。在疑似作案车辆驶入七都岛半小时后，这辆车出现了。

这证实了柯海鸥分析的第二种情况："换牌"——前面出现时挂浙江牌照，再次出现时挂了江苏牌照，等于换了"马甲"。

"这辆车，就是那辆可疑的作案车子！"柯海鸥果断地判定。

这次监控抓拍的照片比较清晰，不仅能看到开车人的大半张脸，还能隐约看到后排的位置上躺着一个人。

根据嫌疑车辆显示的江苏牌照，合成作战中心从信息平台上，查出这个车牌的主人叫苏某亮。通过和档案信息中的照片对比发现，驾驶嫌疑车的人和苏某亮的相貌非常像。

深入探究后，进一步得知，苏某亮是河南人，这辆车是他多年前在江苏工作时购买的。他一年前才刚刚出狱，入狱的原因就是因为绑架……

就在线索如剥笋般逐层展开时，这辆可疑的车子驶离了浙江省，进入了江西省境内。

"马上打电话给江西警方，请求他们立即拦截这辆嫌疑车！"柯海鸥的语气斩钉截铁。

此时是凌晨1点，距离案发已过去七个小时。

一路刑警驱车赶往江西，直扑目标。

守在合成作战中心的柯海鸥和办案民警，一直焦急地等待着前方的消息。

此时的合成作战中心出奇地安静。所有人各司其职，眼睛紧紧地盯牢电脑屏幕。

令柯海鸥感到疑惑的是：为什么绑匪一直没有打电话给王某强的妻子，并约定交接赎金的地点和时间？难道是绑匪已经有所察觉，临时改变了主意？

"如果是这样，人质的安全将会受到威胁。"柯海鸥紧抿着嘴唇，双手下意识地紧握在一起。

凌晨3点多，江西警方传来消息：你们要追踪的这辆可疑车辆是在鄱阳高速口下来的……现在已经被我们扣押。

没多久，温州警方就与江西警方会合了。原来，早在追踪到嫌疑车在七都岛时，温州警方就已紧急出动，一路追踪，锲而不舍。所以，当江西警方拦截住这辆可疑车辆时，温州警方快速跟到。

但是，当两地警方检查这辆可疑车时，车内只见两名嫌疑人，却不见人质……

"立即突审嫌疑人，尽快搞清真相，做好营救人质的预案。"在合成作战中心坐镇指挥的王造副局长给前方侦查员下达指令。

与此同时，柯海鸥带领合成作战中心警员继续研判警情，并做好多种营救人质的预案。

突审中，在温州警方的证据面前，苏某亮见无法抵赖，只得交代了实施绑架的整个过程，并说之所以换牌照，是想开车回温州索要赎金的。

"人质在哪里？"侦查员厉声喝问。

"藏在一个安全的地方，有人看牢……"苏某亮嗓音很低。

"几个人？"

"一个人。"

"具体地点在哪里？"

"不知道……"

"你再说一遍'不知道'！"侦查员提高了嗓音。

面对温州警方的追问，苏某亮要么瞪着一双死鱼眼，一副死猪不怕开水烫的腔调；要么装疯卖傻，前言不搭后语。

看着审讯视频，王造副局长和柯海鸥快速交换了一下眼神。他们担心审讯久拖不决，一旦苏某亮留守看管人质的同伙发现情况突变，推测苏某亮等已被警方控制，就会危及人质的生命安全……

前方的审讯警员继续与苏某亮斗智斗勇，后方的合成作战中心指战员们则在做着多种应变准备。

直到早晨6点，面对侦查员锲而不舍的追问，苏某亮觉得再这样拖下去，也难以蒙混过关，反而会弄巧成拙，加重对自己的处罚，于是他开始服输。

他终于缴械投降，和盘托出藏匿人质的地点。

侦查员被苏某亮带到鄱阳县一处郊外荒地。远远地能看到一幢红砖房子，房子四周没有任何遮掩物，像一座"孤岛"。

侦查员们开始对这幢房子进行包围式突袭。

"咣当"，一名警员猛地一脚踹开门，其他警员快速冲进房内，正在看守人质的歹徒被这阵势吓傻了，束手就擒。人质王某强被成功解救。

接到前方的捷报，合成作战中心这些一夜没合眼的警员们，一个个如释重负。

开怀大笑之后，他们寻找柯海鸥，发现他们的头儿，此时正坐在椅子上，脸色苍白，额头上渗出细密的汗珠……

一个"破案车间"

从王某强被绑架，直到在江西将他成功解救，温州警方只用了十二个小时。这便是温州市公安局合成作战的威力。

所谓的合成作战，就是引进了军队联合作战的思路。公安机关将若干个相关联的警种联合起来，共同作战，形成合力，攻坚克难，往往会事半功倍。王造副局长解释道。

合成作战中心是一个高效运作的作战"枢纽"。柯海鸥说，合成作战中心，其实就是一个"破案车间"。

我的采访就是从合成作战中心开始的。在合成作战中心，那些奇形怪状的桌子让我充满好奇。

柯海鸥告诉我，这些桌子都是他们从实战出发，自己发明并精心制作的，全国独一无二，如今已被全国各地许多同行"克隆"。

"这个区域是视频侦查区，这起绑架案，之所以能够快速锁定嫌疑车辆，就和他们的准确研判密不可分。往里走，是合成作战区域，网监区块以及现场指挥部……"

柯海鸥如数家珍。

"在温州市公安局，合成作战中心就如同一扇神奇的大门。当遇到疑难案件时，经过申请，很多警员都可以按程序推开这扇门，进入这里，得到各警种、部门甚至跨地域警方的协助。而从这个'车间'生产出的线索，不仅能指导破案，还能为锁定证据提供有效的支撑。"

每当遇到大案要案，作为合成作战中心的常务副主任，柯海鸥都要亲临现场，掌握第一手素材和资料，为合成作战推演、研判，提供扎实可靠的依据。

在柯海鸥的心里，上级领导是宏观决策指挥，基层民警是具体操作者，自己作为合成作战中心的具体负责人，则是要把宏观思路细化成工作思路和具体方法步骤，引领具体操作者运用到实战。思路对头，方法对头，干活儿的人就不会乱，效率就会高。

柯海鸥讲述了一个典型的案例——

2016年12月19日早上6点33分，温州市公安局指挥中心接到报案，在瓯海区郭溪镇的一个路边公园，发现一男一女两具尸体，割喉被杀，女性死后可能有被强奸的迹象……

我接到指令后，第一时间赶到了案发现场。每一个重大案件的发生都是指令，合成作战工作机制将作战等级升级到一级后，对应一级作战的相关工作流程、专业配备、设备要求都会根据既定的机制迅速到位。

此案引起了高层的高度重视。省、市领导都有明确批示，要求快侦快破，迅速缉捕凶手。

温州市公安局的主要领导和分管领导，以及刑侦支队的主要领导，都全身心投入案件的侦破工作。作为案件侦破的指挥部——合成作战中心，责无旁贷，全力以赴，为领导决策和一线指战员开展追捕工作提供科学依据。

针对现场访问、初期侦查、视频侦查均未发现有价值线索的情况，市局领导决定立即启动一级合成作战。

市局副局长王造坐镇指挥，刑侦、技侦、网警、情报等警种入驻合成作战中心，开展无障碍"施工"……

此时的合成作战中心，每一个人都好比是箭在弦上，又好似在精心编织一张无形的天罗地网，让犯罪嫌疑人插翅难逃。

"'以卡管车'结合视频追踪，重建对象逃离轨迹。"

"基于综合轨迹，合成研判确认对象通信号码。"

"以通信、虚拟轨迹结合 DNA 比中情况，锁定犯罪嫌疑人。"

……

当时针指向 19 日 16 时，距离报案不到十个小时，警方就锁定了两名犯罪嫌疑人曹某月、钟某军。

从 19 日 23 时开始，专案组在市局合成作战中心制订围捕方案，分东西两片全程指挥对两名犯罪嫌疑人实施抓捕。

此时的合成作战中心就是"眼睛"，指明路径，研判抓捕过程中可能出现的各种情况。

20 日 13 时 30 分，抓捕组在一家修理店内抓获犯罪嫌疑人曹某月，缴获被抢电瓶车及作案刀具一把。

20 日 22 时，另一路抓捕组在钟某军哥哥住处周边空置出租房内，将犯罪嫌疑人钟某军缉捕归案。

从接处警到将两名犯罪嫌疑人抓捕归案，整个侦破过程不到四十个小时……

"这是我们经历了多年的实践摸索和破案的历练提炼的合成作战工作机制。立体勘查提取相关痕迹和物证、物联网精确捕捉案后轨迹，视频网追踪锁定嫌疑目标，大数据分析蛛丝马迹，合成指挥在线收网，这一系列的动作都是一气呵成。良好的机制可以让案件快速得以侦破，而这还不是合成追求的重点。"柯海鸥说道。

"我相信，不久的将来，计算重点对象的所有轨迹、行为、动作、关系将变成在线。"柯海鸥的语气里透出期待，透出自信，透出不断探索的坚定信心。

柯海鸥带领她的团队，又开始了对犯罪特征的提炼。因为只有不断提炼，不断建立不同的犯罪类型，建成智能平台推荐、预测可能的发案，才能真正达到事前预警，挤压犯罪，实现真正的平安温州。

这就是柯海鸥，一个不断负重前行的人，一个不停自我加压的幕后英雄。

年度实战比武

从2014年开始,温州市公安局每年都会举行合成作战实战比武。这是为了将合成作战中心这柄利剑磨砺得更快,召之即来,来之能战,战之必胜。

柯海鸥是实战比武的策划者和评判者。从方案的设定,到比武题目的选择;从比武开始,到总结演示结束,她都坚持全程投入,全身心参与。

实战比武,不是摆摆架子,做做样子。而是真刀实枪,是检验侦查破案的真功夫,体现"实战"。实战比武,将解决如何将合成作战的理念和方法灌输给每一名侦查员,从市局到每一个县区局,上下贯通,形成合力。

柯海鸥带领考核组,从现实中未破的刑事案件和未归案的逃犯名单中,随机抽取目标案件和逃犯作为题目,下发给每个县市区。

"结果论英雄"。这是一种提升和检验全市合成作战核心能力的举措。

"这样的比武,不仅增加了实战成效,也给全市的信息研判高手搭建了大舞台,让他们淋漓尽致地主导侦查,由幕后高手转向前线指挥。"柯海鸥发自内心地为比武叫好。

每一次比武中,柯海鸥都会被参战人员的负重拼搏感动。因为在短短的十五天,他们需要破两个指定案件,需要抓捕四个指定对象,不管是荒无人烟的山林,还是远赴高原盆地,他们只有一个信念:破案,抓人,不达目的誓不罢休……

年年相似,年年有创新。每年度的实战比武,柯海鸥都会思考如何创新,让参战的警员不断接受锤打。

从简单的破几个案件,到后来的既要破案,又要抓人。难度在不断加大。而合成作战这柄利剑也变得越来越锋利，剑锋所指，所向披靡。

到了 2017 年，温州市委常委、市公安局局长罗杰提出了"云上公安，在线警务"第一战略，合成作战工作被纳入了温州公安情指战一体化工作体系，"在线"变成一个时髦词语：在线比武、在线协作、在线演示、在线评分。

从此，比武变成了对基础培训的真案例，也成为对新的警务机制的试金石，给了今后合成作战工作无限的拓展空间。

回顾一下合成作战历年实战比武的战绩——

2014 年：抓获犯罪嫌疑人 55 名，破获试题案件 24 个，追回群众损失十余万元。

2015 年：抓获犯罪嫌疑人 62 名，逃犯 21 名，破获试题案件 29 个，追回群众损失二十余万元。

2016 年：抓获犯罪嫌疑人 70 名，逃犯 41 名，破获试题案件 36 个，追回群众损失三十余万元。

2017 年：抓获犯罪嫌疑人 119 名，逃犯 35 名，破获试题案件 23 个，成功处置警情 19 条，追回群众损失四十余万元……

2018 年的比武，在柯海鸥设计的方案中，增加了行动能力的对抗和大数据预测下的作战思考。她认为，只有融入这些崭新的内容，合成作战的路才会越走越远。

"2018 温州合成作战实战比武正式启动，开始十小时，瑞安、龙湾、文成、瓯海四个地方已抓获五名目标对象。出差远程关注中，兄弟们加油。"摘自柯海鸥 10 月 22 日微信日志。

"合成作战比武第二天，又入 11 个目标对象，破了一批目标案件。"摘自柯海鸥 10 月 23 日微信日志。

"合成作战比武战果花絮：截止至 10 月 29 日 10 点，全市'云上公安、在线警务'合成作战比武已抓获犯罪嫌疑人 45 名，逃犯 16 名，破获试题案件 26 个，成功处置警情 8 条，追回群众损失 500 余元……"摘自柯海鸥 10 月 30 日微信日志。

作为 2018 年度合成作战比武的设计者和主考官，柯海鸥这时正在国外进行学术交流。由公安部指定，柯海鸥随同公安部相关领导赴荷兰出席欧警署举办的警务交流活动。

指定她出国的起因，是去年奥地利一家企业发生了一起邮箱诈骗案件，被骗 580 万欧元。这些被骗的钱已转到中国境内的一个账户。

柯海鸥接到公安部指令后，立即让相关银行开展紧急止付，克服跨国协作的种种困难，成功止付了所有被骗金额。这让柯海鸥名震遐迩。

身在国外，心系温州。正在进行的 2018 合成作战实战比武，作为导演之一的她，无法不关注。

柯海鸥返抵温州后，未及回家，便直接赶赴合成作战中心。

这次比武的战绩，让柯海鸥倍感欣慰——共抓获犯罪嫌疑人 111 名，逃犯 77 名，破获试题案件 54 个，成功处置警情 25 条，追回群众损失 50 余万元……

"摘帽"行动

飞机从萧山机场起飞，目的地海南。这是柯海鸥今年第九次奔赴海南。时间是 2018 年 11 月 13 日上午。

这次她是代表温州市公安局反诈中心协助海南省东方市警方开展"摘帽 3"行动——摧毁"低价充值连环套"系列案件。

飞机在万米以上的高空穿行，俯瞰景色，美不胜收。此时，柯海鸥却无心赏景。她微闭眼睛，将此次行动方案在脑海里一遍遍"过电影"，对每一个环节再仔细推敲。她深知细节决定成败……

"300 元人民币等于 38 万元宝加 80 万金币，送 V14 加 16 名武将，担保交易，赠送 100 块钱话费……"

如此大力度的优惠充值广告，看上去确实令人心动。其实，这是诈骗团伙设下的陷阱,一旦迈入其中,便有层层圈套让你越陷越深。这是"游戏币诈骗"犯罪的惯用伎俩。可总是有人因为贪婪,明知有风险,依然选择铤而走险。

2018年以来,海南省东方市被国务院联席办列为"游戏币诈骗犯罪重点地区"。公安部指定温州市公安局反诈中心与东方市公安局结对定点帮扶,共同摘掉"重灾区"的帽子。

11月13日晚,东方市召开"扫黑除恶'雷霆一号'暨打击治理电信网络诈骗违法犯罪'摘帽3'行动"的动员部署会。

14日凌晨,"东方市扫黑除恶'雷霆一号'暨打击治理电信网络诈骗违法犯罪'摘帽3'行动"开始,全市共出动500余名警力进行抓捕。

柯海鸥和温州反诈中心驻东方市工作组的同事奔赴第一线,协同指导抓捕工作。

此次集中统一行动,共抓获游戏币充值诈骗的犯罪嫌疑人102名,取得显著成效。柯海鸥和同事们的努力,得到了东方市领导的高度称赞。

自从2018年4月公安部确定温州市公安局反诈中心对点帮扶海南省东方市游戏币诈骗"摘帽"工作,柯海鸥就带领反诈中心的同事,多次赴东方市进行摸底。在摸清底数的同时,与东方市同行共同研究"破题"对策,选调精兵强将,驻扎在东方市合成研判,深挖线索。同时强化面对面指导,从技术到战术,点对点,手把手,精心布局,细化收网目标。

4月27日以来,温州市公安局反诈中心协同腾讯守护者计划安全团队、阿里巴巴安全团队以及蚂蚁金服天朗计划团队连续两次协助海南省东方市的警方开展了4次"摘帽"专案收网行动,共计抓获犯罪嫌疑人600余名。这种"规模研判"、"集群打击"模式,给当地实施诈骗的嫌疑人以极大的震慑,海南出现了排队自首的"奇迹"。

柯海鸥明白,虽然经过多次收网行动,取得了预期成效,但依然任重道远。

在返回温州的飞机上,前不久奔赴海南省儋州市协助"清网行动"的情形,又在柯海鸥的脑海里呈现——

"尊敬的高某某旅客,您预订的昆航 KYKY8213 航班已取消,请致电客服 0086×××173254 办理免费改签或退票,并补偿误机费 300 元。"

航班起飞前几个小时,突然接到短信,说你即将乘坐的航班因故取消了,而且短信中你的姓名和航班信息准确无误,你会信吗?

温州的高女士就信了。接到短信后,高女士顿时慌了神。她按照短信内容和"客服"提示一步步操作。可到了机场后,她才发现,航班照常起飞,而她绑定微信的银行卡中的5.9万元却不翼而飞……

这就是常见的"机票退改签诈骗",此类犯罪的高危地区就在海南省儋州市。

按照公安部的统一部署,儋州市"机票退改签诈骗"的"脱帽"工作,依旧由温州市公安局对口支援,重点帮扶。

这项工作,自然而然地又落在了温州市公安局反诈中心,由柯海鸥牵头抓落实。

温州市公安局反诈中心与儋州市警方签订警务合作及信息资源共享协议,专门在儋州市组建工作组,"远程+驻点"帮扶儋州市警方开展案件研判和专项打击,同频共振。

经过连续近三个月的合成研判、深挖扩线,摸清多个规模较大的通信网络诈骗团伙,联合儋州市警方开展两轮集中收网行动,抓获犯罪嫌疑人 53 人,打掉团伙 11 个,捣毁诈骗窝点 13 处,缴获大批电脑、手机、电话卡及作案银行卡,有力地震慑了"机票退改签诈骗"犯罪活动……

飞机继续朝着温州方向飞行。柯海鸥收回思绪,开始思考如何让温州市公安局反诈中心不断创新,形成新的机制,发挥更大的作用。

近几年，电信网络诈骗越来越多，尤其在2015年，几乎到了失控的状态。犯罪分子冒充公检法，诈骗老百姓，手段花样百出，让老百姓难辨真假。一旦上当受骗，轻则损失巨额钱财，重则可能倾家荡产。久而久之，社会诚信没了，老百姓的钱袋子捂不住了，人心惶惶……

面对这种局面，2015年9月，温州公安迎来了一场特殊的"瓯越警务论坛"，主题就是打击防范电信诈骗。

这场论坛的组织策划者，就是柯海鸥。那天，当着时任温州市委常委、公安局局长的面，柯海鸥大胆地把自己对如何有效应对诈骗犯罪的观点和对策说了出来，建议组建专业队伍，开展合成作战，建立银行运营商和公安共同参与运行的反诈中心……

让柯海鸥倍感幸运和感动的是，她的想法正好与局长的想法不谋而合。于是，她被委以重任，牵头筹备"瓯越警务论坛"。

柯海鸥足足准备了两个月，论坛如期在温州举行，并取得了意想不到的成功，真正实现了"让高深的理论落地，让思想的亮点升华"。

更让柯海鸥欣喜不已的是，论坛结束不到两个月，温州市公安局反诈中心正式揭牌，时任温州市公安局刑侦支队副支队长的柯海鸥，被任命为温州市公安局反诈中心常务副主任，具体负责筹备工作……

我比受害人还紧张

回想以前搞案件，为了查一个在北京开户的银行账户，侦查员要在北京待一个月才能等到结果。明知是诈骗电话，却对他们无可奈何。柯海鸥深有感触。

随着反诈中心的成立，以前的无可奈何，变成了如今的一切皆有可能，真是应了一句流行语："让梦想照进现实。"作为创建者和参与者，柯海鸥见证了这种惊人变革带来的巨大变化。

反诈中心运行的第一年，柯海鸥带领同事摸着石头过河。没有现成的经验可以借鉴，她和同事们就不断摸索创立"温州经验"。

她始终坚持扎根在案件的接警处置、研判打击和宣传预警的每一个环节。"机制理顺了，工作才不会乱。"柯海鸥坚持自己的理念。

她经常对接警的民警说：我比受害人还要紧张。他们被骗的钱，如果我们慢那么几秒，可能就追不回来了。所以我们必须着急，时时刻刻保持高度紧张感和责任感。

实战中，柯海鸥总觉得案后的被动处置不能解决根本问题。

她将研究方向投向了案中反制犯罪手段。这在一定程度上，实现了对电信诈骗犯罪从一开始的遥不可及，到如今的短兵相接。

利用现代科技手段和大数据的实战应用，引进国内外先进技术，实时获取正在被骗中的温州人员数据，逐一开展回访劝阻，千方百计干扰诈骗成功概率。

通过对被骗人员手机占线就强制踢线、被洗脑后呼叫转移至他人手机就取消呼转、被骗关机就想方设法寻找轨迹、发动被害人亲属寻找、指令派出所民警上门劝阻等措施，简直是"不择手段"，直到让被害人醒悟自己正在被骗，而不使犯罪嫌疑人的目的得逞。

柯海鸥告诉我，自2017年以来，温州市公安局反诈中心共回访疑似受害人3.5万人次，阻止案件2800余起，劝阻拦截金额近亿元……

数字是冰冷的，但这些数据的背后，凝聚的是柯海鸥和同事们的热血，是人民警察为人民的拳拳之心的最好见证。

"面对温州的严防死守猛打,近两年,每每我被宣传,温州就被电信诈骗犯罪分子进行阶段性的疯狂'报复',经常出现诈骗电话狂轰滥炸温州的情况,或想方设法不间断呼叫报警电话,甚至故意将网络电话改为温州市公安局领导的座机号码,意图干扰正常办公办案秩序……但我知道,那一刻如果我们不严防死守,势必溃不成军。"柯海鸥说,表情异常冷峻。

"我带领着我们的反诈小伙伴们,凭借不断提升的专业能力,经过两年多时间的超距离暗战,抵制了一波又一波的'轮番进攻',在反复的博弈中站稳脚跟、不失阵脚、及时出击、力获先手。经多家安全类公司内测数据显示,今年境外诈骗窝点呼叫温州手机的数量明显低于同类地区……"柯海鸥的语气中透出自豪。

接着,她讲述了两起较为典型的案例——

2017年5月的某一天,温州市公安局反诈中心监测到鹿城区徐某可能正在被冒充公检法的人诈骗。

反诈中心立刻启动回访,但徐某电话一直被诈骗分子占线。经研判,发现徐某已登记入住市区一酒店。

反诈中心一边通知运营商对受害人手机踢线,一边指挥派出所民警赶赴酒店上门提醒。

当民警到达徐某入住的这家酒店后,发现徐某已登陆骗子提供的"上海公安110"假平台,正准备将银行卡里的640万元转入骗子提供的安全账户。至此,反诈中心成功阻止了巨款被骗。

当徐某回过神来后,吓得一屁股跌坐在酒店的地上。

2018年2月12日,温州"云上公安、在线警务"实战中心,根据"公安大脑"时空分析预警推测,暂住在永嘉县瓯北镇的杨某,其活动轨迹关联几起刑事案件,盗窃嫌疑指数较高,需要落地经营。

合成作战中心接到指令后,立即开展研判。发现杨某系贵州铜仁人，有盗窃前科，经常开车昼伏夜出。夜间他离开暂住区域，跨区县流窜，出没高档住宅小区，并多次逗留二手手机交易市场。同行人员特征相似，疑似同伙，其智能关联的三起案件，为发生在市区的夜间入室盗窃案件……

"收网！"柯海鸥下达了指令。

侦查员根据合成作战中心提供的精准信息，对杨某及其同伙开展一键式全维布控，成功将杨某及其同伙抓获。在杨某的住处，起获了名贵手表等物证。

通过审讯及对赃物的核查，又成功破获了一起发生于2月10日，在市区一别墅区内盗窃保险箱的案件。该事主全家于当日飞往海南过春节，直到接到侦查员电话，才知道家中被盗，涉及现金、名表等价值50余万元。

"我们不仅要用数据说话，更要着力于让数据讲话，实现用数据支撑到让数据主导的迭代。"柯海鸥颇有感慨地说，"而这些，给合成作战中心的研判人员，源源不断地提供了'无中生有'、'批量流水'的破案线索。"

虽然我对柯海鸥讲述的这些陌生的名词不甚明了，但对她及其同事们不断求变、不断探索的精神，充满了发自内心的敬重。

扫描二维码即可观看
相关视频等

警界工匠周贤人

朱建平

独自在山上守尸体

平水派出所接待了一个30来岁的妇女,她说上午去平江村舅舅家做客,发现70多岁长年患病的舅舅不在屋内,找了几圈都没找到。

她问表哥:"舅舅去哪里了?"

表哥看了她一眼,低着头说:"老头子早些天死了,我没钱办丧事,就在平水江水库边的一座山上挖了个坑,埋了。"

结果,妇女去表哥说的山上找了半天,没看到山上有新鲜的土堆,也没找到舅舅的尸体。

她认为,舅舅肯定被她表哥杀害了。

平水派出所,是浙江省绍兴县即现绍兴市柯桥区公安局所属。报案时间为1987年2月18日中午。

接待她的是从警校毕业才一年的周贤人。

周贤人一听,出了人命,非同小可,赶紧向所领导汇报。

所长说:"你先带人去查一查,这事并不一定准确。"

于是,周贤人和一个同事骑着一辆自行车,赶到平江村妇女的表哥家。

见到民警，妇女的表哥还是那句"老头子早些天死了，我挖了个坑，埋了"的话。

要证实表哥的说法，就必须找到老人的尸体。于是，周贤人和同事一起，按照其交代的地点去找尸体。

经过一番细细的搜索，终于看到了一处新鲜的泥土。看来这里就是尸体掩埋地了。

于是，周贤人和同事拿来锄头、铁锹开挖。尸体埋得很深，两人挖了一个多小时才挖到。

由于天冷，且掩埋得深，尸体腐败并不严重。检查尸体，周贤人无法确定是正常死亡还是非正常死亡。

没法，周贤人让同事赶紧骑自行车回派出所向县公安局汇报，请刑侦队派人来检验尸体。自己就留在山上，守护现场。

2月中旬，正是初春时节。绍兴有句俗语："冬冷不算冷，春冷冻死牛。"坐在山上守着尸体，周贤人越坐越冷。他只好通过在尸体旁的树林里小跑来保暖。跑着，跑着，太阳也跟着跑到山那边去了。黑暗上来，漆黑的山林在夜风中呼呼乱叫。

从不相信有鬼神的周贤人莫名其妙地想起了儿时听过的鬼故事，顿时觉得周边影影绰绰的树影都成了传说中的鬼怪魔影。时断时续的风声松声、虫鸣鸟叫和库水的浪击堤岸声，俨然都是鬼哭狼嚎。如此一来，他越想越怕，越怕越想。饥饿和恐惧，让他几近崩溃。

足足煎熬了四个多小时，周贤人终于看到同事和县局刑侦队民警打着手电上山的身影。

事后，周贤人说，这种经历一生只能一次。那种饥饿、寒冷、孤独、恐惧和看到同事激动得想哭的感受，是常人无法言说，也无法体会的。

所以，从现场回来，他一边吃着已经冰冷的饭菜，一边听着刑警队法医解说老人属于自然病死的检验意见，暗暗发誓，一定要学会现场勘验，看懂痕迹，成为独当一面的能手。

从那时起，刑事科班出身的周贤人特意托人找了很多的资料、书籍，利用空余时间，认真学习，并虚心向刑警队的老技术员请教、探讨。为了能看到不同的痕迹，获取不同的信息，周贤人基本包下了派出所的出警任务。

开始的时候，领导和同事以为周贤人喜欢出现场，只是年轻人的勤劳。可到了1987年夏天，侦办一起强奸案，所有的同事都开始对周贤人刮目相看，县公安局的领导也眼睛一亮。

那天，一个40来岁的女人去山上砍柴，砍到一半的时候，同村一个和她年龄相仿的男人也上来砍柴。本来两人说说笑笑一起砍柴也不错，可男人砍了会儿柴，看着身边单衣薄衫的女人，居然精虫上脑，一把把女人扑倒在地。受到惊吓的女人拼命反抗。男人见突袭不成，就拿起柴棒威胁。山村长大的女人哪里会轻易就范。最后，男人未能得逞，受伤的女人顾不得"丑事不出门"的旧俗赶到乡政府报案。

接报后，周贤人赶紧出警抓获了嫌疑人。最后，为侦办此案，周贤人在该乡公安员的配合下，把接处警、现场勘查、侦查调查、预审办案、精神病司法鉴定、移送起诉全套办案程序都干了个遍，让他学到了很多从书本里无法学到的知识。

有了这次实战的锻炼，周贤人很快能独立办案。而和他同批的新警，还在跟师学艺呢。

有人说，周贤人你太厉害了。

而周贤人却说，这是我运气好，上天给了我实战锻炼的机会。其实，这个时候的周贤人，心里已经有了目标，有了方向。

他觉得做警察，就得做刑警，做受人尊敬的刑警，而且必须要像工匠一样，学一行，爱一行，专一行，把手头的活儿做到极致。

就这样，周贤人一直奉行"工匠精神"，赢得了绍兴刑警同行的敬佩，也让他成了浙江省唯一具有"痕检"和"文检"两个高级工程师职称的刑警。

远近闻名的"神探"

20世纪80年代末,绍兴县的纺织企业发展迅速。柯桥镇建起了柯桥轻纺市场,即现中国轻纺城,专门从事轻纺产品的交易。柯桥轻纺市场的建立,使外来人员大量涌入,让柯桥成了全国著名的商业经济热土,同时也成为各类案件的高发地。

为适应柯桥经济的发展,绍兴县公安局增加警力,把原来的柯桥派出所改组成柯桥分局,周贤人也从平水派出所被调到了柯桥分局刑侦股。

一个从警校毕业才一年多的新警,居然到柯桥分局成了刑侦骨干。这让周贤人在激动之余,也深感压力巨大。

周贤人一直非常欣赏爱尔兰作家王尔德的那两句话:"如果你浪费了自己的年龄,那是挺可悲的。因为你的青春只能持续一点儿时间——很短的一点儿时间。"

直到现在,周贤人还经常说:"那时,在紧张忙碌的同时,我学会了'细',我把每一张现场图都画成像机械图纸那样精致,每一份笔录都做到像总结报告那样精美,每一次现场勘查都不漏掉任何的可疑点。"

确实,一个"细"字,周贤人已做到了极致。当时有很多案件,都是因为周贤人的"细",找到了极有可能被忽略的线索,而这些线索,往往成为案件侦破的关键。如1988年初秋,绍兴县管墅乡上午头村发生一起重大火灾。周贤人耐心勘查火场,最终找到起火点。于是,一起为骗保而放火的案件很快突破。

1991年冬,上级公安机关把周贤人从绍兴县公安局调到上虞市公安局。

得知这个消息,他的一帮亲朋好友很不理解:"你在绍兴县已经小有名气,而且在政治上也有了起步,怎么能舍弃这一切,到一个陌生的地方，从头开始呢？"

周贤人说："做警察，干事业，到哪里都一样。"

果然，到了上虞市公安局后，周贤人很快以认真、细致、坚持的特点，让上虞市公安局的同事们刮目相看。他很快成了上虞市公安局刑侦大队的骨干。

1992年11月4日，上虞市南湖轮窑厂发生一起财务室的保险箱连同四万余元现金、国库券、邮政有奖储蓄一起被盗的特大盗窃案。

接到报警后，上虞市公安局刑侦大队领导带着周贤人等赶到现场。

据现场痕迹显示，大家一致认定作案人员在两人以上，但现场除一枚新鲜右手大拇指指纹、三枚半足印外，再无别的有效痕迹。

这时，周贤人针对轮窑厂的实际环境，大胆提出案犯应该熟悉轮窑厂环境，熟悉逃走路线。因此，在撬开财务室后，其先把重达150公斤的保险箱偷出，再返回擦掉留在财务室的部分痕迹，再通过三轮车运出，最后通过船走水路逃走。

这样的推断，得到了大队领导的支持。随后，大家的工作也顺着曾经在轮窑厂工作过的人员入手排查。

很快，百官镇星五村一位姓郑的嫌疑人进入了侦查视线。经过对其右手大拇指指纹进行提取、比对，确认他就是作案嫌疑人。经过突审，郑某交代了伙同陈某作案的过程。

事后，刑侦大队的民警发现，郑某和陈某的作案方式、逃走路线和周贤人的判断一模一样。

2000年4月4日，上虞市二都一名40多岁的妇女被人用枪击伤。接到报警时，恰逢湖南警方赶到上虞追捕一持枪携爆暴力犯罪团伙成员。在现场取到的弹头难以确认这起枪击案是否和湖南籍犯罪团伙案有关。

关键时刻，周贤人通过鉴定，得出了歹徒使用的枪支跟湖南籍团伙使用枪支同一的结论。这个鉴定的做出，对围捕湖南籍持枪携爆暴力犯罪团伙案专案组调整围捕方向、抓获犯罪团伙成员起到了决定性作用。

这些案件的侦破，让周贤人很快成了远近闻名的"神探"。

每一个案子都是一部电影大片

周贤人喜欢记笔记，办公室橱窗里整齐排列着的一大摞笔记本，记载着他三十多年来凝神破案的心血和汗水、睿智和传奇。他还喜欢模拟案犯的动作，也喜欢用换位思考的方式来对待案犯。

每一个案子在周贤人脑海中仿佛都是一部电影大片，每一个片段、每一句对白都历历在目、记忆犹新。他觉得只有这样，才能让自己内心踏实，才能把工作做细、做准、做好，不留死角，不生遗憾。

1997年5月23日，就在大家喜滋滋开始筹划周末生活的时候，周贤人却风尘仆仆从外地赶回来出警。

这是一起凶杀案。一女子颈部被电熨斗的电线勒住，双手被电热灭蚊器上的电线反绑在身后。当然，最重要的细节是死者的上身衣服被解开推过胸口，下身赤裸。所有的一切都显示，案件的性质是强奸杀人。案犯作案后拖地抹桌，对现场进行了全面破坏处理。

在家的刑警们已经完成了前期的现场勘查处置，但根本提取不到可以甄别人身的痕迹物证。案件的侦查陷入了僵局。

都说风过无痕，难道案犯有风一样的能力？周贤人决定再次复勘现场。

其实，现场的一切周贤人早已了然于胸，只是他在潜意识里认为，一定还有痕迹没被发现。所以，他一个人再次对现场和周边的一切进行了细细"体检"。

一个小时过去，两个小时过去，三个小时过去。本来还在头顶的太阳，开始慢慢向西边转去。日光下，周贤人的身影，被拉长，缩短，再拉长。

终于，周贤人在被害人家和邻居家正屋后天井隔墙的墙顶上，发现了一条断痕新鲜、细若发丝的横向裂纹。

这一发现，让周贤人欣喜若狂。他像个古玩鉴赏专家，把断裂纹当成岁月的印记，细细地观察，期盼从这条细纹中找出能体现价值的信息来。

果然，在裂纹西侧边缘，他发现有一小块米粒大小的石灰块脱落。

看到这个稍不用心就会被忽视的缺口，周贤人的眼睛顿时亮了。

经过细细追寻，死者家西邻章某某家的正屋与隔墙间的一只水缸边缘，有一小片白色石灰粉末。如果把这些粉末再集结起来，大小与裂纹边缘脱落的灰块能很好吻合。

在排除了是现场勘查人员在勘查中形成的可能性后，周贤人开始慢慢研究裂纹的形成和石灰块跑到水缸边沿的蹊跷。

通过对天井中的隔墙、灶屋的高度分析，周贤人认定，裂纹是人从灶屋平台跳到隔墙墙顶时重力作用下形成的。至于灰块，是案犯在墙顶行走时粘走的，后来在攀援踩到水缸缸沿时丢落，并被碾压挤成粉末。

据此，周贤人断定，这是案犯的逃跑路线。

有了目标，周贤人对章家的房屋、天井进行了全方位的仔细踏勘，对两家人员进行了全面彻查。最终发现，邻居章某某嫌疑重大。

果然，章某某进了审讯室后，立马举起了白旗……

事后，有人说周贤人太神了。"难道犯罪嫌疑人作案时你看见了？"

周贤人笑笑说："这不是神，只是日常观察、分析、思考的结果。当然，还要把握重点勘查现场'进出口'。只要把进出口和行走路线痕迹搞清楚了，案子的方向也就明朗了。"

开始的时候，大家并没有把这话当回事。可是，随着一次次案件的侦破，大家渐渐明白了周贤人这句话所包含的含金量。

2005年2月23日，农历正月十五，过年的喜庆还没过去，嵊州市三界茶叶机械厂却发生了一起恶性抢劫杀人案。工厂老板和一名职工在厂内被杀死，一万两千余元现金被抢。消息传出，工厂周围的群众吓得连元宵都不敢闹了。

三界茶叶机械厂位于三界镇工业新区。东、西、北三面都是其他工厂厂区，南面临街一排高楼，工厂大门通道穿楼而过。

嵊州市公安局民警在勘查中发现，案发时工厂大门关闭，所有门窗完好无损。再进一步勘查，没有提取到有价值的痕迹物证。

周贤人被请到了现场，他没多说话，像闲逛一样在厂里转悠。走着走着，周贤人在厂区食堂边上的围墙旁停了下来。因为他在围墙内侧比较隐秘的墙面上，看到了两组四条攀爬形成的蹬擦痕迹，在围墙外侧的墙脚下看到了一块水泥两孔砖。

周贤人在围墙内外两侧看了几遍，突然手一指，对同行的民警说："此处就是案犯的进出口。"

同行的民警看看周贤人，说："周工，你确定？"

周贤人说："我还能告诉你，作案者为两人，而且熟悉厂区环境。当然，这两个作案者对厂区环境既熟悉又不熟悉。"

民警问："为什么？"

周贤人解释："你看，同一高度位置出现四条蹬擦痕的细微差别，说明作案人数应为两人。这个地方冷僻、隐秘，说明案犯对这里的环境较熟悉。不过，你有没有发现，案犯作案后要离开现场，其实还有一处更理想的出口，就在食堂的后面。那里的围墙边有一个砂石堆，踩到砂石堆上不需要爬墙就可以直接越过围墙离开现场，而砂石堆是2004年年初堆放的。所以，案犯对厂内现场的近况不熟悉，应该说是2003年建厂以来在茶机厂打过工，但在2004年年初前已离开的人员。你们只要按照我说的去摸排，肯定不会错。"

果然，依据周贤人的判断，专案组很快查到并抓获了两名河南商丘籍嫌疑人，其中一名嫌疑人正是2003年3月被该工厂解雇的职工。

这一案子的侦破，使本来就被业内称呼为"神探"的周贤人，更被人传得神乎其神。

周贤人听了传闻，没有多做解释，只是说了一句："我在现场所做的、所想的，其实都是平时注意观察和积累的结果。"

2012年1月9日，诸暨市草塔镇发生一起命案：一位77岁的独居老太太被人杀死在自家床上。现场室内家具虽然有稍稍被翻动的痕迹，但翻动的幅度不大，门窗也未被撬动破坏。老太太衣袋里，以及家里各处存放的几千元现金也还在原处。因此，翻箱倒柜似乎更像是一种掩人耳目的行为。而其他种种迹象表明，嫌疑人应该是那种对老太太情况较熟悉的人。

但围绕老太太的家人、朋友及周围邻居摸查结束，案件侦查却陷入了一团乱麻之中。

4月11日下午，周贤人赶往诸暨参与疑难案件攻坚"会诊"。

先后两天，周贤人对命案现场进行了多次复勘。从门框到墙角，从柜子到床板，再到殡仪馆复检尸体，周贤人仔细地观察着每一个细微之处。

就在勘查到老太太的床边时，他突然发现，老太太床上和床边地上的隐秘之处散落着几根黄色长发，这显然与老太太的满头白发不符。

周贤人对这几根头发丝做了仔细的对比和研究，从长度及发质看，这是一位女性的头发；从形状看，虽有弯曲感，但并不像是正常烫发的卷度，而更应该是拉扯过后形成的一种变形。

据此，周贤人判断，嫌疑人是年轻女性，较熟悉老太太的起居生活，案发时双方发生过拉扯打斗。因此，侦查方向应重点考虑25周岁以下，中长发，染发，有小偷小摸劣迹的女性。

有了对案件准确的定性和对案犯精确的刻画，租住在老太太家不远处一名20岁的贵州籍女工陆某进入了侦查员视线。

一周之后，犯罪嫌疑人陆某在贵州老家被抓获归案。一起艰苦侦查了三个月的疑难命案就此告捷。

后来，新闻媒体多以"一根发丝破疑案"为题报道了此案。面对接踵而至的赞美，周贤人只是用他招牌式的微笑说："任何事情，只要做到用心，而且做到极致，就能收到相应的回报。"

就像此刻，有一组现场照片摆在周贤人面前，地点在上虞丰惠三立铜业厂附近的一座大桥下，案情是一具打捞上岸衣着完整的女尸。

是他杀？还是自杀？需要周贤人用心研究。

周贤人盯着照片看了一会儿，算是对案件有了一个基本的了解，然后就出发，赶到现场。要想获得真正的第一手资料，当然需要到现场。

到了现场，周贤人走上离河面十米多高的大桥，再回到河边，脱下衣裤跳进了冰冷的河水中摸索。然后，再度回到发现尸体位置对应的桥面。他突然发现桥沿的青苔里有隐约可见的脚印。

"这个脚印怎么来的？它的前一个动作是什么？"周贤人沿着桥边来回踱了好几遍，又爬到桥栏外侧，蹲了下来，盯着几个若隐若现的脚印，眼睛一眨不眨。

许久，他站起身，开始对脚印周围进行查看。

很快，他在离脚印不远的桥栏外侧找到一个手印，不，应该是两个轮廓，一个五指稳定，另一个五指滑动，还有一处疑似衣袖拂过的痕迹。

"一个静态，一个动态，如果把几个动作串联起来看，就是一组连贯动作，就是一个人爬越桥沿时完整的高危动作！"周贤人思索着。

是谁，会在大雨滂沱的恶劣天气里冒着危险，在湿滑的桥沿进行如此高风险的爬越？或为顽皮，或为极限表演，也或许是将自己的生命置之度外，是什么让这人非得在此爬越不可？

看着那模糊的脚印，那有动有静的手印轮廓，周贤人看出眉目来了。

很快，离桥一百多米外三立铜业厂边的一个监控，印证了周贤人的判断。

就在那个漆黑的雨夜，一个没带雨具刚下出租车的模糊身影，蹒跚着往桥头走去，然后消失在视频画面外，消失在雨夜桥上。

很显然，可以排除他杀。一起迷惑了很久的疑案得以澄清。

案件分析会上，周贤人说："用痕迹追溯潜藏在现象背后那真实的故事，从静态无言的现在，还原真实动态的过去，就像拍电影，用一个接一个的镜头可以还事实以真相。"

拍电影，导演可以虚构和夸张。但是，周贤人破案，只能在大量痕迹物证的支撑下，来还案件以原貌。

新昌县七星街道塔山村双尸案侦破，周贤人就是用痕迹物证揭开真相，把一起看似简单的自杀事件，还原出强奸杀人案件的本来面目。

一个周末的上午，周贤人突然接到单位领导的电话："新昌有两个人死亡，可能不是案件，但人命关天，还是请你去一下。"

很快，周贤人赶到了现场。

这是一幢在建的农村新居，卧室有门无窗，仅用塑料布挡风遮拦。在场的民警一边指点着床头柜的药瓶，一边说："两人姿态平静，睡衣穿着整齐，未见明显外伤和出血。室内没有贵重财物，家具和衣着外套没有明显的翻动痕迹。急救医生也来过现场,没有发现疑点。这对江西来的年轻夫妻在新昌打工几年,一直未生育,综合看可能是服药了断。"

听着民警的介绍,周贤人看着紧挨在一起的男尸与女尸,总觉得有点儿不对。但问题在哪儿,一时又说不上来。

于是,他边听介绍,边对尸体外观进行细细的检查。

突然,他发现男尸右脚大拇指上有一圈烧焦的皮肤,再看女尸,左踝关节外侧也有同样烧焦的痕迹。

再仔细勘查,周贤人发现女尸只穿睡裤没穿内裤。从上面看,裤子穿到了腹部,但下面贴床的裤腰只到了臀部以下。阴部有类似精液的黏液,把黏液放在显微镜下,周贤人看到了精虫。再经检验,精液不是男死者的。

对此,周贤人认定,此案是"电击杀人→奸尸→伪造破坏现场"。

果然,案件很快侦破,嫌疑人就是在该村打工的一名贵州籍男青年。

2009年5月30日晚,嵊州市忠铨村发生了一起一家三口被害的恶性灭门杀人案件。

忠铨村,位于嵊州市三江街道城郊接合部,距中国领带城不到一公里。这里外来人员聚集,人口流动频繁,治安环境十分复杂。

案发现场是一座四层楼房,顶楼为房东任某家住屋,二、三楼为出租仓库,一楼为死者庞某的副食品超市。超市大门朝北,卷闸门关闭上锁,门窗均无破坏。

嵊州警方邀请多方专家进行"会诊"。周贤人和省市县三级现场勘查团队的现场主勘专家对案件作了综合分析。

周贤人说:"这是一起抢劫杀人案,案发中心时间应该在28日凌晨1时左右。以购物等理由敲门或溜门和平进入现场。入室行凶是两人,不排除室外望风第三人的可能。结账付款时,一人拉卷帘门强关,另一人发动袭击。先徒手后戴手套持刀行凶，作案工具手套就地取材。作案后锁好门离开，是延缓案件发现时间。同时，我认为案犯的个体特征为二至三人结伙，年龄偏轻，至少一人熟悉现场情况，案发之前曾在这里玩过老虎机，其中一人作案时受伤出血。所以，我们要把排查对象的重点放到25岁以下的小青年，特别是一些在附近学校活动的劣迹青年，应当列为排查对象。"

听了他的话，在场的民警说："周工，如果按照这个要求去排查，会不会延误战机？"

周贤人坚定地说："不会。"

专案组民警经过十八天的艰苦摸排，依然没有实质性进展。

专案组民警不禁对周贤人的判断产生了怀疑。

周贤人说："我的分析判断不会错。问题的关键是要对提取的案犯指纹进行深入的分析与研究，从指纹上可以看出，至少一名案犯年龄在16岁以下。因此，要重点关注在校或离校不久的问题学生，特别是现场附近的三所民工子弟学校是排查的重中之重。"

专案组及时调整排查方向，把重点指向了问题学生。

三天后，排查很快有了结果，其中一个嫌疑人正是附近一所学校的离校问题学生，年龄为15岁。

事后，专案组专门召开了破案总结分析会。审讯组介绍完案犯交代的情况后，省公安厅刑侦总队一位资深领导接着说："请在座的各位参战同志，把侦查笔记翻到5月31日（即案发第二天晚上），回看周贤人同志代表省市县三级现场勘查团队同志作的综合分析报告，是不是与案犯交代的相一致？"

在场所有人无不赞叹："完全吻合，不差分毫啊。无论是案发时间、案件性质、作案人数、作案过程的分析，还是侦查方向、范围的判断，特别是对案犯身份、年龄等个体特征的刻画，都十分正确且到点到位。"

案子不破心里就痛得难受

周贤人经常说:"刑事侦查是智者的舞台。一名优秀的刑警身上必然闪耀着理性与智慧的光芒。否则,纵然历尽磨难,也难追到真相,更不可能做到精确打击。我是在血与火的侦查实践中不断地磨炼着自己,不断地锻造着自己。"

2011年3月17日,绍兴市小舜江水库老鼠山,两名青春少女的生命永远停留在了那片阳光下的山坡上。

周贤人从死者的损伤、血迹分布、砂石移位、树枝损坏、遗留物品出发,对案件进行全面分析。

他认为这是第一现场,系激情杀人,案犯一人,年纪很轻,有带刀习惯。同时,通过对现场的分析,周贤人认为案件的作案过程清楚,非熟人作案。凶手作案后,顺手牵羊掠走被害人的手机等财物。

但专案组成员对作案人数提出异议,多数观点认为系二人作案。

后来,绍兴市公安局请省厅组织专家会诊,周贤人的观点得到了专家们的支持。

最后,侦查措施调整,案件很快突破。嫌疑人是一个18岁的河南籍打工仔。

不过,在周贤人参与侦查的案件中,也有多人作案被误解为少人作案的案例。

袍江新区育贤路抢劫出租车案,黑车司机被杀害并抛到车外,车子侧翻在路基外。几天后,两名嫌疑人被抓获归案,周贤人说还少一名嫌疑人。

侦查员们说:"周工你错了,已审查一天了,两名嫌疑人都交代就他们二人。"

周贤人说:"从死者身上的刀伤、颈部的抓伤、驾驶座椅枕头上对称的勒痕和后排右侧位的脚垫向左前移位的情况分析，犯罪嫌疑人有三人。"

果然，第三名嫌疑人也归案了。

大家纷纷伸出拇指："周工，你是对的。牛！真牛！"

"要成为一名优秀的侦查员，不仅要看到别人都能看到的，更要想到常人难以想到的。"周贤人谈及"浙江第一悬案"——宁绍系列持枪抢劫杀人案侦破感想时说道。

"浙江第一悬案"，是浙江公安史上被公安部督办命案中唯一的多年未破的第一大案，历经二十二年总算得以告破。

1995年12月6日凌晨1时许，宁波市中山路绿洲珠宝行发生特大持枪抢劫杀人案件，两名保安被枪杀，抢走价值一百六十余万元金银首饰。

1998年4月7日凌晨1时50分，绍兴市解放路供销大厦发生持枪抢劫案件，案犯潜入大厦后，与保安相遇时开枪打伤保安后逃离现场。

2004年1月22日凌晨2时20分，诸暨市浣纱路第一百货商店发生持枪抢劫案，案犯开枪将值班保安打伤后，在其他保安赶来前逃离现场。

2007年11月6日21时，诸暨市艮塔路嘉瑞珠宝店案件，案犯从箱式变压器引高压电实施电击杀人，因断路和电弧放电，引发变电所监控系统报警，作案未遂逃离现场。

周贤人全程参与了"浙江第一悬案"的侦破工作。

对于煎熬二十余年的漫漫侦查路，周贤人说："这是无声的长期较量。我们是在无边的黑暗中摸索，希望通过不断的物证调查，早日找到突破的光明。"

到底排查了多少物证？

周贤人沉默好久，说："太多了，真没计算过。但我们从没有忽略对任何一件物证刨根问底式的深追细查。"

作为"浙江第一悬案"主勘主侦队员，又是全国刑事技术特长专家，周贤人和同事开展了多次指纹查档检验工作，参与了案件中老头儿帽、网罩片、撬棒、枪弹、手雷、农夫果园饮料瓶、RO管、弹簧钢丝等六十多种重点物证和机械加工业、黄金加工业、网罩片产销业、弹簧加工业等专项大排查。

为查清物证"反渗透管"的产供运销用所有接触人员，周贤人跑遍了浙江、江苏很多生产涉及"反渗透管"的净水器企业。后来，因为他对涉案物证——"反渗透管"的透彻了解，以至于有厂家想用高薪"挖"他去做顾问。

这样的物证排查，周贤人一做就是六年多。

面对家人、朋友的不解，周贤人说："刑侦民警就该战斗在侦破第一线！"

"每一次发案对我来说，都是一次冲击。案子不破，心里就痛得难受。"周贤人就是这样专注于刑侦事业，奋力侦查，为破案绞尽脑汁。

2017年3月29日，犯罪嫌疑人徐利被抓获。

让徐利没有想到的是，他归案后对一些案件的情节模糊得难以记起。而周贤人则对徐利所犯下的每一起罪案的整个作案过程，都了然于胸。

事后，有记者问周贤人，为什么要选择挑战宁绍系列持枪抢劫杀人专案侦查，并能始终保持高度的热情和为之坚定的付出。

周贤人笑笑说："让疑难积案尘埃落定，让万千疑问在自己手中终结，这就是刑警担当。二十二年的追踪，没有放弃，因为我们具有侦破此案的必胜信念。就像一个合格的工匠，揽下每一件重活难活，必定要有勇气以精湛手艺来担当。"

确实，周贤人有这样的底气说这样的话。他有舍我其谁的勇气与决心。因为对刑侦事业赤诚，三十多年来，他一直坚持在刑侦岗位精雕细琢，默默奉献。因为对侦查工作的热爱，他具备了极好的侦查专业素养，精益求精。他曾多次参加全市、全省甚至全国各类有影响的疑难大要案件的侦查，凭实力为案件侦破提供大量精辟见解，为众多案件的最终侦破起到过重要作用，赢得了各级领导和同行们的高度赞扬。

租了房子不住的是一个警察

周贤人常年奔波在刑事案件侦查一线，从警三十多年，仅仅休过三天年假。长期以来经常没节日、没假日的工作状态，使他的身体状况早已亮起红灯。

周贤人走路的姿势有点儿怪异，不熟悉他的人会以为他的腿有残疾。其实，他这奇怪的走姿，都是腰椎间盘突出惹的祸。

在"浙江第一悬案"侦查期间，他被查出了高血压；接着走路腿痛，被诊断为腰椎间盘突出。后来，他又出现鳞状细胞癌抗原指标超标接近200%，左肾结石比鸽子蛋还大。每次病痛发作，都让他痛得满头大汗。

他想休息，可当时正处在"浙江第一悬案"侦查攻坚阶段，休息就意味着辛苦了一段时间的工作白费，到时候又得从头再来。所以，他只能忍，只能靠吃药来缓解。

2017年5月31日，因为肾结石病发作疼痛、尿血，带病工作的周贤人下班去了医院。

晚21时20分，电话响起，诸暨发生一桩命案。他放下电话便立即赶往诸暨。这一走就是十天，直到将案犯缉拿归案。这期间，周贤人肾病痛得实在难受，只好到当地医院去配点儿药。

事后，面对妻子心疼的埋怨，周贤人说："破案比身体重要。"

绝大多数时候，周贤人都坚持今天的事今天完，情愿做完事再休息，决不拖泥带水。他还是一个完美主义者，对别人做得不够完善的事无法忍受，宁愿多花点儿时间，多受点儿累，能做的事尽可能自己做或自己重新再做。一旦空闲下来，无事可做，他就会觉得非常失落和难受。

为了方便自己说走就走的工作，周贤人在身边长期备着一个行李箱，放着换洗衣服和一些日用品。他说："案情不允许等等、再等等，不能等你做好准备再出发。无论白昼，无论黑夜，一个电话就得快走。"

周贤人还说："有时风雨泥泞，有时雾锁大道；有时陈尸恶臭，有时凄惨残酷；有时烈日炎炎，有时冰雪严寒；但无论道路多艰险，无论环境多恶劣，奔赴现场，刑警的脚步就是一往无前。破案重在一线，核心就在现场，办公室里出不了线索，越是专家就越应该沉在现场。破案，灵感只能来自现场。"

对妻子，对家庭，周贤人满怀愧疚。

周贤人的妻子，在上虞区一家银行工作。与周贤人从认识到结婚三十多年来，她付出了很多很多。自从与周贤人恋爱之后，她就想到过以后可能的付出，但是没想到警嫂做得会那么辛苦，付出会那么多。以至于让她说说周贤人好在哪里，她都无法说出一二三。

2003年，周贤人作为专家，被选调到绍兴市公安局刑侦支队工作，他妻子想着周贤人每天上虞、绍兴两地奔波不方便，就专门在绍兴市区租了房子，好让周贤人不用赶着时间回家。

谁知，房子租了两年，周贤人只在准备搬进去这天搞卫生的时候睡了一个午觉，随后整整两年，他天天蹲点在诸暨，再没有踏进过租住房。

据说，当时的房东还差点儿报了警。后来在报纸上、电视上看到周贤人，才知道，原来租了房子不住的人，是一个警察。

为了案件的侦破，周贤人虽然愧对家人，但从不后悔。

可每当说起对孩子小时候的学业无暇指导；妻子体质较差不但不能照顾，还要让妻子拖着病体操持家务；80多岁的老父母不能时常去看望，让老人享受天伦之乐……有泪不轻弹的周贤人便会潸然泪下。

他承认自己完全是一个不合格的父亲、不合格的丈夫、不合格的儿子，但一想到这份放不下的工作，想到那些现场，他依然觉得这些牺牲值得。

周贤人用长期高强度的工作，积淀了人生的高度和刑警的辉煌。

他先后参与、主侦大案要案、疑难案件2750余起，其中在省内甚至国内有影响的重大案件百余起。

誓言无声，刑警的情结已深深地融入了周贤人的血脉和生命。

绍兴市举行第四届道德模范表彰活动时，给周贤人的颁奖词是这样写的：

> 总是以个人的极大牺牲，铺就重特大案的侦破之路；
> 总是以精准的分析判断，寻觅到疑难案的蛛丝马迹。
> 也曾数次直面死神，经历生与死的考验；
> 也曾不顾伤痛，拄着拐杖坚守在案发现场。
> 刑警本色，其实就是舍生忘死智勇双全铁骨铮铮；
> 刑警本色，其实就是满腔热血忠诚无私痴心不改。

拜周工为师根本不用别人说合

刑侦本领，除了书本上的理论，更多地需要实践锤炼。

薪火相传，后继有人，需要前人提炼总结，需要师者无私传承。春风化雨，乐传真火，这一点，周贤人做到了。

周贤人在与罪犯进行着体力与脑力残酷比拼的同时，利用空余时间，潜心总结刑事侦查、刑事技术的实践经验，已撰写发表论文二十余篇。

他还自撰自编教案,制作《命案现场勘查组织与指挥》、《杀人案件现场勘查之重点》、《命案侦办质量提升举要》、《疑难命案现场勘查与分析》、《爆炸案件处置要点》、《火灾案事件现场勘查与分析》、《痕迹检验数字化》、《文件检验典型案例剖析》、《高仿真印章印文检验》、《文件历时性特征研究》等课件PPT,无怨无悔地传授着知识与经验,培养了一大批业务骨干和人才。

现在,绍兴市公安机关的刑侦部门,基本上都有周贤人的弟子、传人。

现任绍兴市公安局刑侦支队副支队长吴江英是周贤人的徒弟之一。说起师父,他是满脸的敬仰。

他初识周贤人是在2004年。当时,刚刚走上刑侦技术岗位的他,对现场勘查、痕迹鉴定虽然有所掌握,但并不深入。所以,他在听周贤人分析当时震惊全国的中国轻纺城"4·14枪案"时,决心拜周贤人为师,好好学习痕检技术。

于是,他专门找了教导员,请他到周贤人处说合一下。

谁知,教导员一听,差点儿笑出来:"你要拜周工为师,根本不用我给你说,你自己直接说就行。"

吴江英还以为教导员是对他要拜周贤人为师可能会被拒心存顾虑,谁知教导员根本不是这个意思。他说:"周工这人你接触后就会知道,他哪来什么架子。"

果然,当吴江英壮着胆子和周贤人说拜师这事时,周贤人一口答应了。

不过,他告诫吴江英说:"你既然叫我师父,就要在技术岗位精雕细琢,精益求精,把案件办得如艺术品一般精美,让人赞赏。哪怕是今后转岗,也要把工作做好,直到离岗的最后一天。"

从柯桥分局调到市局刑侦支队的潘宝来,当初从警校毕业分配到柯桥分局刑侦大队时,带他的师父,是周贤人的徒弟。

可在周贤人的眼里，是没有辈分区别的，只有传授技术的职责。所以，在柯桥分局刑侦大队的潘宝来只要碰到疑难问题，就会去请教周贤人，而周贤人则是知无不言，言无不尽。

潘宝来学的是图像专业，开展视频图像鉴定是他的职能。2014年夏天，潘宝来为柯桥区的一起大案出视频图像鉴定。检验报告初稿出来后，潘宝来总觉得有欠缺，但自己又找不出欠缺在哪里。

于是，他拿着鉴定文书初稿，找到周贤人请求指点。

周贤人看了材料，说："你的检验做得不错，鉴定意见很准确，欠缺在文字的表述。"

接着，他就直接提笔，逐字逐句快速在文稿上进行修改。修改后的鉴定文书词句严谨，表述贴切。

潘宝来不由自主地赞叹："专家的水平就摆在那里。"

周琦，是诸暨市公安局刑侦大队的刑技室副主任。2004年参加工作后，他对现场勘查虽已入门，但由于刑侦大队人少案多，很多时候都在忙着跑马观花看现场，而做不到认真细致勘现场。所以，碰到一些重大案件出警勘查的时候，总有这样或那样的疏漏需要请专家再补勘现场。就这样，他和周贤人有了较多接触。

开始的时候，他看着中等身材，整天笑眯眯的像个邻家大哥的周贤人，觉得也很普通，完全没有别人嘴里说的那样神奇。

可是，当他跟着周贤人勘查了几次现场后，他彻底服了。

从此，他跟定周贤人，规规矩矩地做了周贤人的徒弟。周贤人也乐意收他为徒，教他各种勘查的技能。

2017年8月，诸暨城区发生一起放火案。周琦印象十分深刻，当时现场所有的证据都已经被烧毁，是灾是案一时无法定性。

周贤人接到求助后，先后两次赶到现场，亲自动手清理四五百平方米的火灾现场，并进行详细分析。

结果，先前百般抵赖的犯罪嫌疑人，一听到周贤人的火场分析后，乖乖地低头认罪，彻底交代了为骗取保险赔偿放火烧厂的事实。

类似的火灾案件，2014年嵊州也发生过一起。

那年的农历大年三十，嵊州市长乐镇一家塑料加工企业发生火灾，损失达两千多万元。火灾发生后，周贤人第一时间赶到了现场。

嵊州市公安局刑侦大队民警俞建峰跟着周贤人勘查现场。让俞建峰没想到的是，周贤人把火灾现场当成了课堂，教俞建峰等侦查人员边查看痕迹，边做分析。

事后，俞建峰跟同事们说："周工这一次现场授课，比从书本上获得的知识不知道要强上多少倍。"

同在绍兴市公安局刑侦支队的郦树枫，最初因为"浙江第一悬案"侦查而成了周贤人的搭档。

郦树枫说："当时我和周工是搭档，其实这个说法并不准确，更多的是我配合周工工作，跟着周工学业务。周工对案子的死盯不放，对案件的精辟分析，对嫌疑人的深度刻画，都有其独到的视角。而这视角，往往是我们根本没有想到的。这样的独到绝对不是天生的，而是他三十多年如一日勤奋实践的结果。"

2017年9月22日晚，全国公安"百佳刑警"推选宣传活动揭晓，绍兴市公安局刑侦支队重案大队大队长周贤人顺利当选。

周贤人认为，自己只是立足本职，坚守在打击犯罪第一线，默默诠释"工匠精神"，却得到了如此高的肯定与褒扬，让他十分意外和惊喜。

2017年9月26日，绍兴市公安局成立了"周贤人工作室"。在揭牌仪式上，绍兴市副市长、公安局局长徐华水说，周贤人先后被评为绍兴市道德模范、绍兴市劳动模范、全国公安"百佳刑警",工作室应充分发挥示范引领作用,紧盯疑难案件;应以工作室为龙头,坚持上下协同、警种联动、系统作战,啃下硬骨头,占领制高点,尽最大努力消除积案。认真研究不同时期犯罪形势的新变化、新趋势,提出行之有效的应对措施,形成全警适用的技战法,有效提升整体打击效能,为基层和实战提供服务和指导。紧密结合实战需求,牢牢抓住专业人才培养的短板和薄弱环节,以跟班学习、以战代训等形式,边干边成长,为各类专业人才提供平台和空间。

周贤人有着一连串响当当的专家头衔:法庭科学痕检高级工程师、文检高级工程师、全国刑事技术特长专家、公安部刑侦局特聘爆炸投放危险物质放火案件侦查专家、浙江省公安机关特聘刑事犯罪侦查专家、浙江省公安机关火灾事故调查专家、绍兴市反恐怖工作专家。

周贤人,这位"警界工匠",正在用敬业、精益、专注、创新的方式,在新时代继续积极弘扬和践行着"工匠精神"。

扫描二维码即可观看
相关视频等